KNAUR

Über die Autorin:
Pippa James liebt Essen, Mode und alles Französische. Im britischen Raum ist sie als Kinderbuchautorin unter dem Pseudonym Janey Louise Jones vor allem für ihre »Princess Poppy«-Reihe bekannt. »Lovecakes – Liebe schmeckt süß« ist ihr erster Roman für Erwachsene. Pippa James lebt mit ihrem Mann und drei Söhnen in Edinburgh.

PIPPA JAMES

lovecakes

LIEBE SCHMECKT SÜSS

Roman

Aus dem Englischen
von Ursula C. Sturm

KNAUR

Die englische Originalausgabe erschien 2017
unter dem Titel »The Secret Life of Lucy Lovecake«
bei Black & White Publishing Ltd, Edinburgh.

Besuchen Sie uns im Internet:
www.knaur.de

FSC
www.fsc.org
MIX
Papier aus verantwortungsvollen Quellen
FSC® C083411

Deutsche Erstausgabe Juli 2019
Knaur Taschenbuch

Redaktion: Greta Frank
Covergestaltung: ZERO Werbeagentur, München
Coverabbildung: plainpicture/Westend61/Mandy Reschke
Illustration Cupcake im Innenteil: Goodreason/Shutterstock.com
Satz: Adobe InDesign im Verlag
Druck und Bindung: CPI books GmbH, Leck
ISBN 978-3-426-52231-8

2 4 5 3 1

KAPITEL 1

Tortenwunder

Ein Ingwer-Schokoladen-Gâteau mit Crème Chantilly und Schokoguss, bestreut mit in Bitterschokolade getunkten kandierten Ingwerstückchen«, verkündete ich und strich meine grüne Schürze glatt.

Bex, die Regisseurin, streckte die Daumen hoch.

Puh. Klingt toll, aber ist das auch wirklich zu schaffen, unter Zeitdruck und vor aller Augen?

»Mmmm. Gleichermaßen ambitionierte wie köstliche Pläne von unserer reizenden Literaturnovizin Daisy Delaney, deren Beziehungs- und Backbuch *French Fancy – Beziehungstipps von Lucy Lovecake* zurzeit auf Twitter ordentlich Furore macht«, sagte Victoria Darling, die Moderatorin, die einfach umwerfend aussah in ihrem hautengen grünen Kleid mit beeindruckend konstruiertem Oberteil. »Oder soll ich Sie lieber Lucy Lovecake nennen?«, fügte sie hinzu.

Gelächter von den gut gefüllten Zuschauerrängen. Wir befanden uns auf dem Literaturfestival in Hay-on-Wye, und zwar im größten Zelt, das von Barclays, Glenfiddich und dem *Daily Telegraph* gesponsert wurde und mit zwei Küchen – eine in Rot, die andere in Grün – ausgestattet war. Hier wurde zum großen Vergnügen des sensationsgierigen Publikums täglich ein Koch- oder Backwettbewerb ausgetragen, bei dem es stets hoch herging. Laut Tara, die dem Organisationsteam des Festivals angehörte, war es das bislang populärste

Konzept des Events. Das Zelt war für die komplette Dauer des Festivals bis auf den letzten Platz ausgebucht. »Heutzutage können es sich die Autoren nicht mehr leisten, lediglich über ihre Bücher zu reden. Wir wollen Tipps und Tricks!«, so ihr Credo.

Da konnten einem die Romanautoren, deren Möglichkeiten in dieser Hinsicht ja eher beschränkt waren, direkt leidtun.

Der Großteil der Plätze in den ersten sechs Reihen war von Besuchern mit Freikarten belegt, darunter Journalisten, Blogger und berühmte Schriftsteller. Ich hatte so einige Vertreter der Presse kennengelernt, seit ich mit dem Start der Werbekampagne für mein erstes Buch vor eineinhalb Jahren ein Mitglied des Literaturzirkus geworden war. Manche von ihnen betrachtete ich als Freunde, andere als Feinde, und bei etlichen war ich alles andere als sicher, ob ich sie dem richtigen Lager zugeordnet hatte.

Meine Mitbewohnerin Kitty wedelte aufgekratzt mit den Armen. Sie thronte in der Mitte des Zuschauerraums, gleich neben meiner Chefin Clara, der Betreiberin eines Dessousladens namens Voluptas. Dort hatte ich mein Meisterwerk inmitten von zarten Seidenhemdchen, spitzenbesetzten Strümpfen und den dazugehörigen Strapsen zu Papier gebracht und mich dabei allerlei kühnen Träumen von einem Dasein als publizierte Schriftstellerin hingegeben. Neben Clara saß Francesca, die in der an unsere Boutique angrenzenden Werkstatt alte Möbel restaurierte. Sie trug ein smaragdgrünes Kleid und unterhielt sich so aufgeregt mit ihren Sitznachbarn, dass ihre engelsgleichen Locken nur so hüpften. Mum und Dad hatten links von ihr Platz genommen und winkten mir verhalten zu, darauf bedacht, bloß keine Aufmerksamkeit zu erregen.

Zweifellos sind sie stolz und peinlich berührt zugleich. »Unsere Tochter ist ein Genie – sie hat ein Buch veröffentlicht. Allerdings eins zum Thema Verführung. Sie ist ein Flittchen.«

Auch meine Freundin Jessica aus dem Backkurs war gekommen, in Begleitung ihres Mannes Ted. Sie behauptet, mein Buch habe ihre Ehe gerettet. Es war toll, all diese Menschen hier versammelt zu sehen. Dank ihnen erschien mir die ganze absurde Angelegenheit etwas weniger unglaublich.

Wie ist es nur so weit gekommen? Wie kann es sein, dass ich hier bin – ich, die verträumte, stets zaudernde Daisy Delaney, die ewige Versagerin?

Vor eineinhalb Jahren war ich noch eine stinknormale junge Frau gewesen, orientierungslos, deprimiert und arm wie eine Kirchenmaus. Und vom Pech verfolgt obendrein, jedenfalls bis zum Erscheinen meines Erstlingswerks *French Fancy – Beziehungstipps von Lucy Lovecake*, das nach einer sehr wohlwollenden Besprechung in der Weihnachtsausgabe der Zeitschrift *Elle* die Bestsellerlisten gestürmt hatte. Danach hatte mein Leben eine geradezu märchenhafte Wende genommen, und genau der verdankte ich es, dass ich hier gelandet war, in einem der größten Zirkuszelte der Literaturwelt. Bei den beiden Clowns, die an diesem angenehm warmen Junitag durch die Manege tollten, handelte es sich zum einen um meine Wenigkeit – Daisy Delaney, Fachfrau für Dessous, frischgebackene Schriftstellerin und Clown in Ausbildung – und zum anderen um meinen Erzfeind, einen französischen Starkoch und Autor namens Michel Amiel. Ein sehr erfahrener und sehr fieser Clown mit einem massiven Alkoholproblem. Die Art von Clown, bei dessen Anblick Kinder kreischend das Weite suchen.

Im Augenblick glänzte er allerdings durch Abwesenheit, obwohl er bereits auf dem Festivalgelände gesichtet worden war. Angeblich saß er unter einem Baum und trank in herzhaften Schlücken aus einer Flasche Veuve Clicquot. Tara hatte mich gefragt, ob ich nicht mit ihm reden und ihn dazu bringen könne, sich in die rote Küche zu begeben. Inzwischen ging sie mir richtig auf die Nerven mit ihrem ultrabreiten künstlichen Grinsen.

Ich hatte rundheraus abgelehnt. »Vergessen Sie's, Tara. Wir *tun* nicht nur so, als stünden wir auf Kriegsfuß miteinander, wir tun es wirklich. Ich habe seit Monaten nicht mit ihm geredet.« *Seit dem Valentinstag genau genommen. Gott. Bloß nicht daran denken, Daisy.*

Diese Leute waren echt ganz schön dreist. Nur Bex schien Mitleid mit mir zu haben. Sie schenkte mir ein aufmunterndes Lächeln, während sie sicherstellte, dass der ganze Technikkram ordnungsgemäß funktionierte.

Ich stand noch immer unter Schock nach der Eröffnung, dass ich mich mit Michel messen sollte, noch dazu auf eine derart erniedrigende Art und Weise. Eigentlich hätte ich gegen Myles Munroe, den Star aus *Bake It* antreten sollen, was ich weiß Gott schon aufregend genug gefunden hatte. Doch dann hatte Tara vorhin im sogenannten Green Room, dem Aufenthaltsraum im Backstagebereich, gesagt: »Tut mir echt leid, Daisy, aber wir stecken bis zum Hals in der Scheiße. Es ist doch hoffentlich okay für Sie, wenn Sie gegen Michel Amiel antreten? Super, danke, Sie retten uns damit echt den Arsch. Von allen Autoren, die wir je hier hatten, sind Sie mit Abstand die allernetteste.«

Aha.

Zurück zu Victoria. »Alle, die *French Fancy* bereits gelesen haben, wissen, dass es sich bei diesem Werk um eine Art Dating-Ratgeber handelt, der im Einklang mit den Prinzipien der dritten Feminismuswelle steht und das Backen, das ja neuerdings wieder voll im Trend liegt, auf humorvolle Art als Werkzeug der Verführung präsentiert. So steht es hier jedenfalls in meinen Notizen, Leute. Es mag Menschen geben, die *French Fancy* das ›Back- und Bumsbuch‹ nennen, aber so etwas käme mir natürlich niemals über die Lippen.«

Victoria war ganz offensichtlich per Knopf im Ohr angewiesen worden, die Zuschauer bei Laune zu halten, bis man Michel herbeigeschafft hatte, und das Publikum fraß ihr aus der Hand. Victoria Darling lud die Öffentlichkeit nicht nur regelmäßig über die

Fernsehbildschirme in ihre Küche ein, sondern ließ sie auch bereitwillig an den diversen Höhen und Tiefen ihres Privatlebens teilhaben.

»Wie Sie wissen, postet das Hay-Team während des Backwettbewerbs regelmäßig Updates auf Twitter, Facebook und Instagram. Zudem können Sie sich sämtliche Highlights zwei Stunden nach dem Ende der heutigen Show noch einmal auf YouTube ansehen.«

O Mann. Als wäre es nicht schon schlimm genug, dass ich mich darauf eingelassen habe, muss das alles auch noch für die Nachwelt verewigt werden!

Während Victoria einige Tweets und Kommentare vorlas, machte ich mich mit meiner Küche vertraut. Ich überprüfte sämtliche Geräte auf ihre Funktionstüchtigkeit, stellte den Backofen zum Vorheizen auf 180 Grad ein und überflog noch einmal mein Rezept und die To-do-Liste für die komplizierteste Torte der Welt.

Als Michel endlich vom Backstage-Bereich in die rote Küche geführt wurde, warfen sich Bex und Tara einen verstohlenen Blick zu und verdrehten mit einer Mischung aus Enerviertheit und Erleichterung die Augen. Michel schwankte und wurde von einem stämmigen Bodyguard gestützt, der einige Mühe hatte, dafür zu sorgen, dass Michel nicht strauchelte. Trotzdem brandete heftiger Applaus auf. Je toller Michel es trieb, desto größer war die Begeisterung der Leute.

Ich dagegen erschrak richtig bei seinem Anblick.

KAPITEL 2

Ein Wrack auf zwei Beinen

Michel hatte in den vier Monaten seit unserer letzten Begegnung ziemlich abgebaut. Seine blasse Haut wirkte teigig, die dunklen Augen eingefallen. Sein Haar war mittlerweile eher weiß als grau meliert und stand ihm noch wirrer als sonst vom Kopf ab. Auf seiner Stirn glänzte ein Schweißfilm, dubiose Flecke zierten seine Kleidung, in der er zweifellos geschlafen hatte.

Michel, Michel, was ist nur los mit dir?

»Ah, da ist ja unser hochgeschätzter zweiter Kandidat!«, rief Victoria betont unbekümmert. »Willkommen in der roten Küche!«

Michel winkte und schickte ein Luftküsschen in Richtung Publikum.

»Charmant wie eh und je, Monsieur Amiel«, fuhr Victoria fort. »Die Franzosen sind ja bekanntlich Experten in Sachen Liebe. Passenderweise geht es in Daisys Buch auch um Romantik und hin und wieder sogar um Erotik … Ich wette, der eine oder andere unserer Zuschauer ist enttäuscht, dass Lucy Lovecake nicht etwas leichter bekleidet ist.«

Gelächter, gefolgt von einigen anzüglichen Bemerkungen. »Ja, ein bisschen mehr Seite 47, bitte!«, rief ein Mann. Etliche andere Anwesende reagierten mit beifälligem Stampfen.

Ah ja, die berühmte Seite 47.

Ich sollte auf Victorias Bemerkung eingehen.

Mein Verleger Dominic McGann warf mir von seinem Platz in der ersten Reihe aus einen erwartungsvollen Blick zu, als wollte er sagen: »Na los! Zeig dich von deiner spritzigsten Seite!« Zu seiner Linken saß mein Agent Branwell Thornton, den ich auf keinen Fall enttäuschen wollte. Schließlich war er der Einzige gewesen, der an mich geglaubt hatte, während seine Kollegen das von mir eingesandte Manuskript allesamt kommentarlos ignoriert hatten. Ihm war es überhaupt erst gelungen, dieses Buch aus mir herauszukitzeln. Michel damit beruflich zu schaden oder gar seine Gefühle zu verletzen, war nie meine Absicht gewesen, und trotzdem hatte ich binnen weniger Monate beides getan.

Na los, Daisy. Michel hasst dich ohnehin schon. Also, mach gute Miene zum bösen Spiel, wirb für dein Werk und streich die Kohle ein. Irgendwann wirst du das Gefühl haben, du hättest alles, was hier in diesem walisischen Nest an einem heißen Sommertag geschehen ist, nur geträumt …

Ich räusperte mich. »Ähm, ich backe nie in Reizwäsche, Victoria. Wie bei Lucy Lovecake – unter anderem auf Seite 47 – nachzulesen ist, spart man sich das besser für das Servieren auf.«

Merke: Rausfinden, was genau von Seite 47 bei den Lesern so gut ankommt, und mehr davon ins nächste Buch packen.

Mein Gegner stand nun an die Anrichte der roten Küche gelehnt da und war damit beschäftigt, eine bernsteinfarbene Flüssigkeit aus einem Flachmann in eine Tasse Kaffee zu gießen, die ihm Tara gebracht hatte. Er hielt inne und warf mir einen Blick zu, bei dem mir das Lächeln im Gesicht gefror. Offensichtlich dachte er gerade an den Tag, an dem er mir unangemeldet einen Besuch in meiner Wohnung in der Rosehip Lane abgestattet und mich in Mieder und Strapsen angetroffen hatte. Ich hatte zu dem Zeitpunkt mit Szenarien für einen erotischen Krimi experimentiert, ein Projekt, das ich dann doch nicht verwirklicht hatte.

Dafür war mir an diesem Tag die Idee zu *French Fancy* gekommen. Gefühlt war das alles schon eine halbe Ewigkeit her, dabei waren seither gerade mal anderthalb Jahre vergangen.

»Kokett wie eh und je«, brummte er, dank seines Mikrofons für alle deutlich hörbar.

Ich zog in Erwägung, mit einer Bemerkung à la »Lieber kokett als ein Arsch im Jackett« zu kontern, aber meine Eltern saßen im Publikum, und meine Großmutter väterlicherseits würde sich nachher das Video auf YouTube ansehen, sofern es ihr die Nonnen, die ihr Altersheim betrieben, erlaubten. Es war allgemein bekannt, dass Schwester Angelica einen Laptop besaß und eine Vorliebe für Online-Bingo hegte.

Michel lachte, als hätte er meine Gedanken gelesen.

Spaß kann man mit ihm haben, so launisch er auch ist.

Wie ich es hasste, mit ihm im Clinch zu liegen! Fast genauso sehr, wie ich ihn selbst hasste. *Hätte ich ihn doch nie kennengelernt! Andererseits hätte man mich dann garantiert nicht zu dieser Freakshow für B- und C-Promis eingeladen.*

Jetzt grinste er spitzbübisch. »Wir könnten alle viel mehr Bücher verkaufen, indem wir uns bis auf die Unterhose ausziehen«, sagte er und hickste.

»Bis auf den Stringtanga, meinst du wohl«, bemerkte ich trocken.

Das Publikum johlte, und Dominik zwinkerte mir zu.

Wie es aussah, gewann meine innere Lucy Lovecake allmählich die Oberhand.

»Ja, ja, ›Sex sells‹, heißt es immer – nicht, dass ich da aus Erfahrung sprechen könnte«, meldete sich Victoria zu Wort und machte einen Schmollmund, was ihr die bislang lautesten Lacher eintrug. Sie lächelte gefällig. »Also, mal sehen, was Monsieur Amiel für uns in petto hat. Eigentlich geht es in dieser Sendung ja um Desserts, falls das zwischenzeitlich in Vergessenheit geraten sein sollte.«

Mit einem Hüftschwung, der Marilyn Monroe alle Ehre gemacht hätte, stöckelte sie in ihren schicken Pantoletten zu Michel hinüber.

»*Qu'allez-vous faire aujourd'hui?*«, fragte sie ihn.

Er nahm einen großen Schluck aus seinem Kaffeebecher.

»Mein Kirsch-Clafoutis, *clafoutis aux cerises. C'est tout*«, erwiderte er.

Mist. Sein Spezial-Nachtisch.

Victoria nickte. »Ah, großartig, ein Klassiker. Für alle, denen das nichts sagt: Ein Clafoutis wird aus einer Art Pfannkuchenteig gemacht und ist eine Mischung aus Auflauf und Kuchen. Die Auswahl unserer heutigen Kandidaten könnte wohl gegensätzlicher nicht sein, und ich kann es kaum erwarten, beides zu verkosten.« Dann fuhr sie, zum Publikum gewandt, fort: »Nun mögen Lucy Lovecake und Michel Amiel zwar eine gemeinsame Vorliebe für Süßes hegen, aber abgesehen davon sind die beiden nur höchst selten einer Meinung, wie alle, die gelegentlich in sozialen Netzwerken unterwegs sind, wissen dürften.«

»Wie kann man mit einer Lügnerin einer Meinung sein?«, ätzte Michel prompt.

Okay, das lasse ich ihm nicht durchgehen.

»Tja, es gibt eben leider Menschen, denen man keine Geheimnisse anvertrauen kann, weil Diskretion und Selbstbeherrschung für sie ein Fremdwort sind«, konterte ich.

Victoria war sofort mit einer Plattitüde zur Entschärfung der Situation zur Stelle: »Dazu fällt mir natürlich gleich das Sprichwort ›Probieren geht über Studieren‹ ein, was ja auch für unsere Sendung gilt. In genau einer Stunde werden unsere geübten Verkoster darüber entscheiden, wer gewonnen hat.« Damit trat sie an einen runden Tisch zwischen den beiden Küchen. »Sobald für Daisy und Michel der Startschuss gefallen ist, werde ich Ihnen die heutige Jury vorstellen. Unsere Kameraleute werden den beiden

Kandidaten derweil ein wenig über die Schulter schauen. Und nein, wir hoffen selbstverständlich nicht auf Katastrophen. Großes Pfadfinderehrenwort!« Sie zwinkerte affektiert. »Wobei wir doch alle mal Fehler machen, selbst ich. Auf diese Weise habe ich weiß Gott schon so manches neue Gericht erfunden.«

Hmpf. Verglichen mit Michel war ich eine blutige Anfängerin, und bei meinem hoch komplizierten Rezept konnte so einiges schiefgehen. Warum zum Teufel hatte ich mich nicht für einen einfachen Biskuitkuchen entschieden oder für meine viel gerühmten French Fancies, die britische Version der Petit Fours?

»Dank der beiden großformatigen Bildschirme hier oben können unsere Zuschauer genauestens mitverfolgen, was in der jeweiligen Küche vor sich geht.« Victoria drehte sich zu uns um und sah erst zu mir und dann zu Michel. »Daisy, Michel, viel Glück! Sie haben eine Stunde Zeit, also halten Sie sich ran. Drei, zwei, eins, los geht's!«

Es war eine Erleichterung, mich ganz auf die vertrauten Rituale des Backens konzentrieren zu können, auf die gewohnten Handgriffe, die ich mir im Laufe meines Lebens antrainiert hatte, aufgepeppt im Rahmen von zwei Backkursen an Michels Kochschule in Primrose Hill. Ich müsse eine Autorität in Sachen Backen werden, hatte Dominic gesagt.

Ich machte mich daran, den Teig für den Biskuitboden anzurühren, den ich nachher in vier Scheiben schneiden und mit Crème Chantilly füllen würde. Zutaten wiegen. Mehl sieben. Backform einfetten. Rühren. Mixen. Eischnee schlagen und unterheben. Ich vergaß alles um mich herum. Mein Ziel war in der Tat ambitioniert. Ich verwendete eine Extradosis Eiklar, damit der Teig besonders luftig und leicht wurde, was in meinen Augen den oft kleinen, aber feinen Unterschied zwischen Kuchen und Torte ausmachte. Die Zubereitung der Schokoladenganache war knifflig. Wenn sie schön dickflüssig werden sollte, musste sie Sahne und

Schokolade zu exakt gleichen Teilen enthalten. Ich wusste, die Zeit war äußerst knapp bemessen – ich hatte den gesamten Backvorgang mehrfach zu Hause in der kleinen Küche unserer Souterrainwohnung geübt, und Kitty hatte dabei die Zeit gestoppt.

Über der Arbeitsplatte war eine Kamera montiert, damit man mich genauestens beobachten konnte, während ich mit dem Mixer und den Rührschüsseln hantierte, die ich auf keinen Fall aus dem »magischen Quadrat« bewegen durfte, wie mir Bex im Vorfeld eingeschärft hatte. Außerdem folgte mir ein junger Kameramann namens Harry auf Schritt und Tritt, stets darum bemüht, mir nicht im Weg zu stehen. Man hatte mir aufgetragen, gelegentlich in seine Kamera zu gucken und so weltbewegende Kommentare abzugeben wie: »Okay, der Teig ist fast fertig. Ist gar nicht übel geworden. Hoffentlich hab ich's mit dem Ingwer nicht zu gut gemeint.«

Ich hörte Michel drüben in der roten Küche schwafeln. Er war viel unterhaltsamer als ich, erzählte Witze und machte Faxen. Seine Bemerkungen waren teils amüsant, teils bissig. Das Übliche. Ich versuchte, sein Geschwätz auszublenden, mit mäßigem Erfolg. Mal rief er: »Champagner, bitte!«, dann wieder knurrte er: »Kann mich dieser Kamerafuzzi nicht mal eine Minute in Frieden lassen?« Oder: »Das nennt ihr Eier? Die hat wohl ein Wellensittich gelegt.«

Nach einer guten Viertelstunde schob ich die beiden Springformen mit dem Schokoladen-Ingwer-Biskuitteig für zwölf Minuten in den Ofen und spähte hinüber zu Michel, der das Publikum wie gehabt mit allerlei Kunststücken unterhielt. Im Moment jonglierte er mit Eiern. *Hoppla!* Fast wäre eines davon runtergefallen, aber er fing es in letzter Sekunde auf. *Uff. Verdammt cool.*

»Soll ich die Kirschen einhändig entsteinen?«, schlug er vor. »Es soll ja schließlich ein fairer Wettkampf für Daisy sein.«

Er wies Victoria an, seine Schürze neu zu binden, und zwar so, dass ein Arm seitlich an seinem Körper festgezurrt war.

Die Zuschauer liebten ihn. Kaum zu glauben, dass dieser Mann vor einem knappen Jahr von britischen Polizisten zum Flughafen eskortiert worden war, um in Frankreich verhört zu werden. Seine Ex-Freundin, ein französischer Filmstar namens Eve Berger, hatte ihn angezeigt, nachdem er sie um einen Batzen Geld betrogen hatte.

Wie nah wir uns damals gestanden haben … Heute erscheint es mir unvorstellbar, dass ich mit seiner Mutter nach Paris geflogen und mit ihm am Ufer der Seine entlangspaziert bin. Er hat mir vertraut, »mehr als jedem anderen Menschen« …

Nach der anfänglichen hektischen Betriebsamkeit kehrte nun etwas Ruhe in meiner grünen Küche ein. Ich gestattete mir einen kurzen Blick nach nebenan – und traute meinen Augen kaum, als ich sah, wie jemand aus dem Backstagebereich klammheimlich eine Schüssel mit Teig auf der Anrichte der roten Küche deponierte.

Das darf doch nicht wahr sein! Dieser Schuft macht den Clafoutisteig noch nicht einmal selbst!

KAPITEL 3

Showdown

Bis gerade eben hatte Michel noch eine Mischung aus Bewunderung und Bedauern bei mir geweckt, doch jetzt kochte ich vor Wut. Diese widersprüchliche Wirkung hatte er seit jeher auf mich. Sie war der Grund dafür, dass ich irgendwann das Handtuch geworfen hatte.

Meine Wangen glühten. Ich atmete tief durch und überlegte, ob ich es einfach ignorieren sollte. Schließlich ging es in dieser »Show« vor allem um den Unterhaltungswert. Nicht, dass ich am Ende dastand wie eine autoritätshörige Streberin, die den coolsten Jungen der Schule verpetzt.

Konzentrier dich lieber auf deine Torte, Daisy!

Schon begann der Teig in den Springformen aufzugehen, die Oberfläche wölbte sich zu zwei sanften Kuppeln. Ein köstliches Duftpotpourri aus Ingwer und dunklem Kakao hing in der Luft. Ich schlug die Sahne und fügte ein wenig Vanille und Puderzucker hinzu. Offenbar hatte ich mich etwas entspannt, denn jetzt nahm ich zum ersten Mal seit einer ganzen Weile wieder Victorias Stimme wahr, obwohl sie schon die ganze Zeit über mit den Zuschauern und den Mitgliedern der Jury geplaudert haben musste, die bei ihr am runden Tisch saßen. Als Juroren fungierten Paul Finch, Jane Bell und Caroline Bateman.

»Clafoutis ist eines meiner absoluten Lieblingsdesserts«, sagte Paul gerade. »Aber ich bin nicht sicher, ob es mir schmecken würde, wenn Michel es mir in einem Seidenhemdchen serviert.«

»Den Auftritt im Seidenhemdchen überlasse ich lieber dem Sahneflittchen – äh – -schnittchen in der grünen Küche«, rief Michel.

»Sahnetorte, wenn ich bitten darf«, korrigierte ich ihn.

»Viele Worte, keine Torte«, schoss er, zum großen Vergnügen des Publikums, zurück.

Ich sah auf die Uhr. *Tatsächlich. Eine halbe Stunde noch. Ignorier ihn. Lass dich nicht aus der Ruhe bringen. Genau das bezweckt er doch damit.*

Ich fuhr mit der Zubereitung der Glasur fort. Sobald die dunkle Kuvertüre geschmolzen war, kippte ich den Großteil der dickflüssigen, glänzenden Masse in die rosa Keramikschüssel mit der Sahne. Ein klein wenig hob ich auf, um den Ingwer damit zu überziehen. Ich rührte, bis die Ganache eine cremige Konsistenz hatte, und sah erneut auf die Uhr.

Huch! Jetzt aber dalli!

Hastig überzog ich den kandierten Ingwer mit dem Rest der geschmolzenen Kuvertüre.

Pling! Das Biskuit war fertig.

Ich verbannte Michel und seine Betrügerei aus meinen Gedanken. In der heißen Schlussphase konnte ich keine Ablenkung gebrauchen.

Ich musste noch die beiden Kuchen in vier gleich dicke Scheiben schneiden und etwas auskühlen lassen, ehe ich sie mit Crème füllen, glasieren und dekorieren konnte.

»Sie liegen super in der Zeit«, flüsterte Harry.

Ich lächelte, wagte aber nicht, etwas zu entgegnen, das dank meines Mikrofons womöglich alle hören würden.

Es war schier unmöglich, nicht zu hören, dass Michel eine attraktive junge Frau aus dem Publikum zu sich bat, damit sie ihm bei der Zubereitung der Vanillesoße – eine Crème Anglaise mit einem Schuss Amaretto – zur Hand ging. Das Clafoutis war bereits fertig. Ich konnte das charakteristische, säuerliche Kirscharoma, gemischt mit dem zarten Duft des Teigs, bis in meine Küche riechen. Eine perfekte Kombination, mit der man nichts falsch machen konnte.

Nun, ich habe mein Bestes gegeben.

Inzwischen war meine Torte bereit für den Schokoladenüberzug. Ich strich die samtig-sämige Ganache mit einem Teigschaber glatt, dann hob ich mein Werk auf eine gläserne Tortenplatte mit Standfuß, die Kitty und ich bei Pike's, einem Antiquitätenladen in der Gloucester Avenue, aufgestöbert hatten. So. Fehlte nur noch die Verzierung.

Da der glasierte Ingwer noch nicht ganz trocken war, legte ich ihn für zwei Minuten ins Tiefkühlfach, ehe ich die Torte großzügig mit den schokolierten Stückchen bestreute.

Dann rief Victoria auch schon: »Die Zeit ist um! Bitte das Backen jetzt einstellen!«

»Das war eine Meisterleistung!«, stellte Harry fest. »Sieht toll aus.«

»Danke.« Ich atmete tief durch. »Puh, das war ja wirklich in letzter Sekunde.«

Und er hat recht. Mein Gâteau sieht echt verlockend aus.

Ich fing einen Blick von Dominic auf. Er wirkte zufrieden. Stolz. Ich posierte mit geröteten Wangen, während er mit seinem Smartphone ein Foto von mir und meiner Torte schoss. Dann tippte er eine Weile auf dem Display herum. Bestimmt postete er das Bild gleich auf Instagram. Anerkennendes väterliches Lächeln von Branwell. Meine Bekannten und Verwandten in der mittleren Reihe strahlten und winkten.

Blitzlichtgewitter, als unsere Desserts der Jury vorgesetzt wurden. Beide machten einen mehr als passablen Eindruck.

Während der Verkostung standen Michel und ich nebeneinander hinter dem runden Tisch.

Er beugte sich zu mir rüber, das Mikrofon am Jackettaufschlag mit der Hand bedeckt. »Du riechst so … selbstgefällig.«

»Und du so … schmutzig«, murmelte ich, ebenfalls mit der Hand über dem Mikro.

»Vielen Dank für das Kompliment. Ich weiß ja, wie sehr du es schmutzig magst, Lucy Lovecake.«

»Ach, hör auf.«

»Ich hab mein Clafoutis absichtlich vermasselt, damit du zumindest eine Chance hast«, flüsterte er.

»Du bist ja so charmant …«, sagte ich zuckersüß und fügte verhalten hinzu: »Ein charmanter Scharlatan?«

»Pah! Du und deine Spitzfindigkeiten.«

Er schwankte. *Herrje. Gleich verliert er das Gleichgewicht.* Ich legte ihm fest die Hand auf die Schulter. Er tastete danach, richtete sich zu seiner vollen Größe auf und legte mir dann mit der im Showbiz üblichen vorgetäuschten Kumpelhaftigkeit einen Arm um die Schultern, wie es die Teilnehmer von *Let's Dance* und anderen Talentshows tun, während sie auf das Ergebnis warten, dabei wäre er ohne mich wohl der Länge nach hingeschlagen. Ich schlang ihm einen Arm um die Taille, spürte seine vorstehenden Rippen, roch seine Fahne und den Mief nach Zigaretten und ungewaschenen Kleidern, der ihn umgab.

Die Verkostung begann. Selten war ich so nervös gewesen wie in diesem Moment.

Caroline probierte meine Torte zuerst. »Ein Gedicht!«, schwärmte sie. »Leicht und zugleich wunderbar vollmundig, die Aromen perfekt aufeinander abgestimmt. Die Süße der Crème bildet einen interessanten Kontrast zum Teig, der dank seiner herben Schärfe eher etwas für Erwachsene ist. Großartig.«

Auch Paul fand lobende Worte. »Diese Torte versetzt meine Sinne wahrlich in helle Aufregung – oder liegt es doch an Seite 47?«

Jane dagegen meinte, ihre Geschmacksknospen seien mit der Vielzahl an verschiedenen Eindrücken überfordert: »Mir ist nicht ganz klar, welches der vielen konkurrierenden Aromen überwiegen soll.«

Vermutlich ein berechtigter Einwand.

Nun wandten sie sich Michels Clafoutis zu. Ich wusste, was sie erwartete – er hatte es auch für mich schon gemacht.

»*Superb!*«, sagte Paul.

»Fantastisch!«, hauchte Jane.

»Einfach … himmlisch!«, tönte Caroline.

Michel zischte: »Elende Schleimer. Es ist bestenfalls durchschnittlich.«

Victoria forderte die Juroren auf, sich zu besprechen, und trat dann an den Tisch, um sich selbst ebenfalls eine Kostprobe der beiden Nachtische zu genehmigen.

»Also, ich werde mich jetzt mal ziemlich weit aus dem Fenster lehnen: Für mich ist Daisy die Gewinnerin – schon für ihren Mut, mal ganz abgesehen davon, dass ihre Torte wirklich unfassbar lecker geworden ist. Aber gut, ich bin ja keine Jurorin.«

Damit trat sie zu Michel und mir, um uns noch kurz zu interviewen, während sich Paul, Caroline und Jane berieten. Michel war nun wieder etwas sicherer auf den Beinen, hielt sich aber nach wie vor an mir fest.

»Gleich vorneweg ein großes Kompliment an Sie, Daisy. Für Sie ist das alles ja noch recht neu, aber Sie haben kühlen Kopf bewahrt und sich nicht ablenken lassen, was vor Publikum und laufender Kamera ja alles andere als einfach ist. Wie war diese Erfahrung für Sie?«

»Stressig«, gab ich zu. »Ich stand fürchterlich unter Druck, nicht zuletzt wegen meiner eigenen hohen Ansprüche. Ich glaube, es entsteht bisweilen der Eindruck, ich würde das Backen nicht sonderlich ernst nehmen, dabei ist das Gegenteil der Fall, und es ist mir wichtig, das zu zeigen und meine Fähigkeiten unter Beweis zu stellen.«

Dominic hatte mir eingebläut, das möglichst oft zu erwähnen, um allen kritischen Stimmen entgegenzutreten, die Lucy Lovecakes Buch für seichte Lektüre hielten und behaupteten, es gehe »eigentlich gar nicht wirklich ums Backen«, wie Penny Laws in der *Times* geschrieben hatte. (Woraufhin ich zu Dominic nur gemeint hatte, dass es nicht *ausschließlich* ums Backen ging.)

Jedenfalls zwinkerte mir Dominic von seinem Platz in der ersten Reihe aus verschwörerisch zu, sichtlich angetan von meinen Äußerungen. Mein Widersacher sah aus, als würde er an einer spitzen Antwort feilen.

»Also, wenn ich mir die Bemerkung erlauben darf, ist Ihnen der Beweis mit dieser Torte durchaus gelungen. Ich finde sie wirklich unbeschreiblich köstlich«, sagte Victoria.

Pling! Michels frostige Verbitterung stand zum Verzehr bereit, in Kombination mit reichlich saurer Zunge: »Ja, ja, ihre Fähigkeiten in der Küche sind bemerkenswert … Erzähl doch mal, wem du die verdankst, Daisy«, schnarrte er.

»Du spielst wohl auf den Backkurs an, den ich an deiner Kochschule in Primrose Hill absolviert habe, Michel«, sagte ich.

»Ganz recht. Ein Kurs, an dem du angeblich ›nur zum Spaß‹ teilgenommen hast, dabei hast du da bereits klammheimlich an deinem Buch gearbeitet. Du hast wahrhaft viele Fähigkeiten – in erster Linie die, andere hinters Licht zu führen.«

Ich schielte zu Dominic. Er hatte Sorgenfalten auf der Stirn, würde jedoch sicher nicht eingreifen. Ich musste allein mit Michel fertigwerden.

»Ja, der Grat zwischen Verschwiegenheit und Verrat ist so schmal, dass man ihn manchmal kaum sehen kann«, sagte ich leichthin. »Verschwiegenheit ist eine Tugend, Verrat eine Sünde. Ich habe lediglich ein Geheimnis für mich behalten.«

»Okay …«, schaltete sich Victoria wieder ein. »Und, Michel, wie war es für Sie?«

»Ich hatte damals keinerlei Grund zur Klage. Ach so, der Cake-Off heute?«

»Ja, der Cake-Off.«

Wieder waren meine Wangen flammend rot geworden. Ich versuchte, mich aus seiner Umarmung zu befreien, doch er ließ mich nicht los.

»Na ja, ich bin faul«, sagte Michel. »Ich habe beschlossen, etwas zu backen, das ich schon hundert Mal gebacken habe, vielleicht auch schon tausend Mal.«

Victoria lächelte. »Was wahrscheinlich daran liegt, dass die Leute Ihr Clafoutis so lieben. Mal sehen, was unsere Jury davon hält.«

Paul kam zu uns rüber, um das Ergebnis zu verkünden.

»Das ist doch alles eine reine Farce«, flüsterte mir Michel ins Ohr. »Sie werden mich zum Sieger erklären, weil ich berühmt bin.«

»Na, Paul, schwierige Entscheidung heute?«, fragte Victoria. »Ich fand ja beide Torten einfach göttlich, aber genau deshalb könnte ich wohl niemals einer Jury angehören. Ich bin unersättlich und liebe alle Süßspeisen gleichermaßen.«

»Die Entscheidung ist uns in der Tat nicht leichtgefallen«, sagte Paul. »Auf der einen Seite ein ganz klassisches, simples Dessert mit einer exquisiten Vanillesoße, die geschmacklich wundervoll damit harmonierte. Auf der anderen Seite eine fantastische Tortenkreation mit einem raffinierten, kontrastreichen Potpourri aus Aromen von süß bis scharf. Ein wahrer Triumph.«

»Das hilft uns aber noch nicht weiter«, sagte Victoria.

»Ich weiß, ich weiß. Tja, man hat mir die unangenehme Aufgabe übertragen, das Ergebnis zu verkünden …«

Ich sah zu Caroline, die meinen Blick auffing und dann die Augen niederschlug. Was für eine sympathische Frau. In diesem Moment wusste ich bereits, was Sache war.

»Und wir sind nach langem Ringen zu dem Schluss gekommen, dass das Clafoutis einen Tick besser ist«, schloss Paul.

KAPITEL 4

Vergebliche Liebesmüh

Höflicher Applaus, aber weder begeistertes Stampfen noch Standing Ovations. Peinlicherweise lief mir eine Träne über die Wange. Michel wischte sie mit seinen rauen, schmutzigen Fingern behutsam fort.

»Okay, vielen Dank, Paul. Ich bin sicher, es war knapp«, sagte Victoria. »Ich bedanke mich bei unseren Teilnehmern, Daisy Delaney und Michel Amiel, bei unseren Juroren Paul Finch …«

Michel unterbrach sie.

»Das ist doch alles Quatsch.« Er machte sich umständlich von mir los. »Ich hab beschissen, und das wisst ihr auch. Ich habe darauf bestanden, dass man mir einen Teig hinstellt, den jemand im Backstagebereich vorbereitet hatte. Die Mädels, die den Teig gemacht haben, trifft keine Schuld. Ich habe damit gedroht, nicht aufzutreten, wenn meine Bedingungen nicht erfüllt werden. So bin ich eben – ich betrüge und schikaniere meine Mitmenschen. Es war alles nur Show, ich habe euch etwas vorgespielt. Daisys Torte dagegen ist echt. Und sieht auch noch richtig toll aus. Daisy kann hervorragend backen. Davon konnte ich mich schon überzeugen, bevor sie den Kurs an meiner Schule belegt hat. Ihre French Fancies waren köstlich. Vielleicht die besten, die ich je gegessen habe.«

Victoria war eine Millisekunde lang sprachlos. Paul, Caroline und Jane guckten reichlich bedröppelt aus der Wäsche. Das Publikum war ungewöhnlich still.

Victoria ergriff das Wort.

»Ähm, Michel, du nimmst wie üblich kein Blatt vor den Mund, und das imponiert mir. Trotzdem müssen wir dich leider disqualifizieren, wie mir die Regie gerade mitteilt. Die Regeln besagen, dass alles, was den Juroren zur Verkostung vorgesetzt wird, in einer unserer beiden Showküchen zubereitet worden sein muss. Es tut mir sehr leid.«

»Nein, mir tut es leid«, entgegnete er und wandte sich zum Gehen. »Die ganze Sache ist absoluter Schwachsinn. Eine Scharade. Ich hätte mich nicht darauf einlassen sollen. Auf nichts davon. Ich will mit diesem ganzen Affentheater nichts mehr zu tun haben. Ich bin Koch, kein Entertainer. Ich fahre jetzt nach Hause und lege mich ins Bett.«

Der Bodyguard, mit dem er vorhin gekommen war, brachte ihn schnell hinaus. Niemand machte Anstalten, die beiden aufzuhalten. Es war fast ein Wunder, dass sich Michel die ganze Zeit über auf den Beinen gehalten hatte, das war wohl allen Anwesenden klar.

Die Jurymitglieder waren schokiert und peinlich berührt. Es gab eine kurze Diskussion im Flüsterton zwischen den Juroren, Victoria, Bex, Tara und Stephen Murray, dem Regisseur.

Victoria war sichtlich aufgebracht. Allem Anschein nach würde sie gleich verkünden müssen, dass ich gewonnen hatte, was total absurd war. »Ihr hättet euch von vornherein für Daisys Torte entscheiden sollen«, hörte ich sie zischen.

Tja, was blieb ihnen anderes übrig? Es musste einen Sieger geben, auch wenn ich nicht auf diese Weise gewinnen wollte. Meine Teilnahme im Nachhinein zurückzuziehen erschien mir nicht ratsam.

Es kam, wie es kommen musste: Victoria teilte dem Publikum mit, dass ich den Backwettbewerb für mich entschieden hatte. Sie legte mir einen Arm um die Schultern, als wüsste sie genau, was in mir vorging.

Ich wäre vor Scham am liebsten im Boden versunken. Mein Gesicht glühte wie flüssige Lava. Wie in Trance registrierte ich, dass die Zuschauer klatschten und mir zujubelten.

Wann immer Michel in meinem Leben in Erscheinung trat, stiftete er Chaos und Verwirrung. Es war unverzeihlich. Andererseits war er ein ungemein warmherziger und aufrichtiger Mensch, und er hatte Tacheles geredet und mich verteidigt.

Er hasst Heuchelei. Das fand ich schon immer sehr sympathisch an ihm.

Am liebsten hätte ich mich sofort auf die Suche nach ihm gemacht, um ihn etwas aufzuheitern, wie ich es vor dem Valentinstagsdesaster so oft getan hatte.

Leider dauerte es noch eine halbe Ewigkeit, bis die Sendung endlich vorbei war, und das, obwohl ja nun nur noch ich übrig war. Victoria und die Juroren scherzten und schäkerten noch eine Weile mit dem Publikum, wohl, um dem dramatischen Ausgang zum Trotz den Anschein von Normalität zu wahren.

Dominic kam in die grüne Küche und umarmte mich so kräftig, dass ich fünf Zentimeter über dem Boden schwebte. »Du warst der Hammer, Daisy! Die Leute waren völlig hin und weg.«

Stephen Murray, Bex und Tara bedankten sich bei mir dafür, dass ich »es sportlich genommen« hatte.

Sportlich, soso.

Ich drehte mich zu Kitty, Clara, Francesca und meinen Eltern um, die sich inzwischen zu uns gesellt hatten, und umarmte sie. »Ich bin so müde.« Nun, da ich es überstanden hatte, war mir zum Heulen zumute.

»Du warst toll!«, rief Mum. »Und deine Torte erst! Ich hoffe, wir dürfen sie auch probieren.«

»Das verdanke ich zum Großteil den Kursen an Michels Kochschule«, sagte ich. »Er ist ein großartiger Lehrer.«

»Papperlapapp«, sagte Dominic. »Du bist ein Naturtalent, Daisy. Einfach herausragend. Und Michel ist ein Loser. Er kann froh sein, wenn er in einem Monat noch lebt, wenn er in dem Stil weitermacht. Vergiss ihn.«

Er drehte sich zu Stephen um und überhäufte ihn mit Vorwürfen, weil man mich in eine derart kompromittierende Lage gebracht hatte. »Wo ist eigentlich Myles Munroe abgeblieben?«, hörte ich ihn fragen.

Alle Stimmen um mich herum verschwammen. Ich wollte mit Michel reden, wollte dieses ganze Drama ein für alle Mal aus der Welt schaffen. Ja, ich hatte ihm verheimlicht, dass ich ein Buch veröffentlichen würde, und ich bereute es zutiefst, aber ich hatte damals einfach nicht gewusst, was ich sonst machen sollte.

»Daisy wird Sie in zehn Minuten drüben im Verkaufszelt erwarten«, verkündete Victoria. »Nutzen Sie die Gelegenheit, sich Ihre persönliche Ausgabe von *French Fancy* signieren zu lassen. Wer weiß, vielleicht fällt bei der Gelegenheit ja auch der eine oder andere Tipp zum Thema Beziehungen ab! Könnte mir eigentlich auch nicht schaden.«

Ich bewunderte sie für den ungetrübten Frohsinn, den sie an den Tag legte, aber ich selbst hatte die Nase gründlich voll davon, gute Miene zum bösen Spiel zu machen. Mir schwirrte der Kopf. Im Grunde wollte ich nur noch eines: mit Michel an einem sonnigen Flussufer sitzen, den Kopf an seine Schulter gelehnt, und mein kurzes Gastspiel im Literaturzirkus schleunigst vergessen.

Ich schüttelte den Kopf. Vor dem Erscheinen von *French Fancy* war mein Leben ein Trauerspiel gewesen. Ich durfte mir diese Chance nicht entgehen lassen, endlich etwas aus mir zu machen.

Daisy, das hier ist dein Traum! Er ist wahr geworden! Also reiß dich gefälligst zusammen und tu, was von dir erwartet wird. Da draußen tummeln sich Hunderte Menschen, die mit dir ein paar Worte wechseln wollen.

Ich atmete einmal tief durch, nahm die Schürze ab und begab mich auf die Toilette hinter der Bühne, um mich etwas frisch zu machen. Dann ging ich, flankiert von Branwell und Dominic, hinüber zum Verkaufszelt. Eine relativ lange Schlange von Fans in Sandalen und Strohhüten wartete geduldig in der Sommersonne.

»Und immer schön lächeln«, raunte mir Branwell zu. »Ihr Buch geht weg wie warme Semmeln!«

Meine erste Signierstunde hatte ich vor ein paar Monaten bei Harrods absolviert, an besagtem Valentinstag, und ich fand den Gedanken, dass es Menschen gab, die bereit waren, sich anzustellen, nur um ein Autogramm von mir zu bekommen und mit mir zu plaudern, nach wie vor gewöhnungsbedürftig.

Verrückt. Mein halbes Leben lang habe ich selbst in solchen Schlangen gestanden, und jetzt stehen die Leute meinetwegen Schlange …

Tara hatte eben behauptet, die Schlange vor meinem Tisch sei die längste des gesamten Festivals. Vermutlich sagte sie das zu jedem Autor hier, aber es waren in der Tat recht viele Leute gekommen. Ich nahm Platz und legte los.

Schon bald taten mir die Finger weh, und meine Wangenmuskeln schmerzten vom pausenlosen Lächeln. Einige meiner Fans waren richtig süß und lobten die Rezepte und die Idee zu meinem Buch, auch wenn sie sich nicht vorstellen konnten, selbst jemanden mit Süßem zu verführen, sei es mit Kuchen oder ohne. Ein paar übertrieben es auch mit den Schmeicheleien oder wurden mir eine Spur zu aufdringlich: »Es ist so toll, Lucy Lovecake endlich persönlich kennenzulernen! Ich habe alle Ihre Tweets gelesen. Sie haben mein Leben verändert! Sie geben mir das Gefühl, dass alles möglich ist. Darf ich für meine Instagram-Pinnwand ein Selfie mit Ihnen machen? Sie sind so hübsch! Wo kaufen Sie Ihre Kleidung? Könnten wir uns mal zum Mittagessen treffen? Ich habe da eine Idee für ein Buch …«

Es waren auch etliche männliche Fans gekommen, die es sich nicht nehmen ließen, ein bisschen mit mir zu flirten.

»Falls Sie sich mal einen Baiser-Kuss mit mir teilen wollen, jederzeit gern«, scherzte etwa ein strammer Bursche, der nicht viel älter als fünfundzwanzig sein konnte. Damit bezog er sich wohl auf Lucy Lovecakes Rezeptempfehlung für das dritte Date.

»Sind Sie eigentlich vergeben?«, erkundigte sich ein Mann Mitte dreißig und versicherte mir sogleich: »Ich frage für einen Bekannten.«

Überwiegend harmloses Süßholzgeraspel mit reichlich ironischem Augenzwinkern also. Ich hätte mich darüber freuen und stolz auf mich sein sollen, doch ich war zu angespannt.

Dominic las mir dann und wann im Flüsterton die neuesten Twitter-Nachrichten vor. »Die Leute fanden dich spitzenmäßig, hör zu: ›Leckeres Teilchen: Lucy Lovecake macht keine halben Sachen!‹ ›Amiel ist ein hinterfotziger alter Arsch!‹ ›Zeig's ihm, Lucy! Tolle Torte!‹ ›Rezept für den Ingwer-Schokoladen-Gâteau bitte!!‹ (649 Likes) ›Rauswurf für Amiel nach Betrugsskandal!‹ ›Starkoch entpuppt sich als Schaumschläger‹.«

Nach zweieinhalb Stunden Signieren und Fachsimpeln über Beziehungen, Rezepte und Reizwäsche kehrte ich zurück in den Green Room zur Nachbesprechung mit Tara, die bereits eine Afterparty im Hotel bei Kaffee und Kuchen arrangiert hatte.

Uff. Noch mehr Kuchen, genau das, was ich jetzt brauche …

»Ich gehe zu Fuß zurück zum Hotel«, sagte ich zu Dominic, der auf mich gewartet hatte. »Allein. Ich brauche ein bisschen Bewegung und frische Luft.«

»Du wirst ihn nicht finden. Sein Wagen verlässt gerade das Gelände«, erwiderte er. *Mist. Er hatte mich durchschaut.*

»Im Ernst?« Ich spähte zu der großen Wiese hinüber, die als Parkplatz diente (angeblich normalerweise sumpfiges Marschland, dieses Jahr allerdings staubtrocken).

»Wir sehen uns nachher!« Ich schlüpfte aus den Schuhen und spurtete los, auf Michels schwarzen Mercedes zu, der tatsächlich bereits in der Schlange vor der Ausfahrt stand. Ich konnte nur hoffen und beten, dass es mir gelang, ihn abzufangen, ehe er das Holzgatter passierte. Ich musste mich unbedingt bei ihm entschuldigen.

Zwei Autos verließen den Parkplatz, Michels Wagen kroch ein paar Meter vorwärts. Vier Autos waren jetzt noch vor ihm. Ich ließ die Schuhe ins Gras fallen, damit ich die Arme besser schwingen konnte, und hastete mit schweren Schritten weiter.

Ich muss es schaffen.

Ich näherte mich dem Parkplatz. Vor dem schwarzen Mercedes stand mittlerweile nur noch ein Wagen.

»Michel!«, rief ich. »Warte!«

Zwei Damen, die eben auf ihr Auto zugingen, fuhren herum und eilten sogleich auf mich zu. »Wir sind riesige Fans von Lucy Lovecake!«, verkündete die eine. »Ich bin Barbara, und das ist meine Nachbarin Martha.«

Wie es schien, hatten sie vorhin im Publikum gesessen, denn Martha plapperte munter drauflos: »Sie waren fabelhaft!«

»Danke, sehr liebenswürdig!«, keuchte ich, ohne den Blick von Michels schwarzem Mercedes abzuwenden.

»Dieser Franzose war ja ganz schön unverschämt, nicht?« Martha schüttelte den Kopf.

»Ein bisschen, ja.«

Barbara trat näher. »Wie war das noch gleich mit dem Ingwer, haben Sie den vor oder nach der Schokolade in den Teig gegeben?«

»Danach«, sagte ich und verfolgte, wie der Mercedes im Schritttempo das Tor passierte.

»Wir sind vom Women's Institute in Woking und haben uns gerade gefragt, ob Sie uns wohl mal einen Besuch abstatten würden. Am besten im Spätherbst, davor haben wir Vorträge zu allerlei Gartenthemen.«

»Furchtbar gern, aber jetzt muss ich leider …«

Du wirst ihn verpassen. Entschuldige dich einfach und lass die beiden stehen.

Martha zückte einen Terminkalender. »Ich sehe gleich nach, wann es …«

»Es tut mir schrecklich leid, aber ich hab's eilig«, unterbrach ich sie. »Kontaktieren Sie mich doch einfach über Twitter! Ich würde mich freuen! Und ich besuche Sie natürlich gern.«

»Wir haben kein Twitter«, sagte sie.

Ich rannte los. »Dann wird's Zeit«, rief ich ihr über die Schulter zu.

»Frechheit!«, rief sie mir hinterher. »Das war garantiert das letzte Mal, dass ich eins Ihrer Bücher gekauft habe!«

Als ich beim Gatter ankam, hatte der Wagen den Parkplatz gerade verlassen, mit Michel auf der Rückbank, vermutlich in Begleitung von drei Flaschen Champagner. Ich lief noch ein paar Meter hinterher, dann stieg der Chauffeur aufs Gas, und ich gab mich geschlagen. Es war sinnlos.

Schwer atmend sank ich unter einem Baum ins Gras und wischte mir den Schweiß von der Stirn. Ich dachte an unsere Kinobesuche, unsere Küsse, an den Spaziergang am Ufer der Seine. *Das ist vorbei. Denk an die Gegenwart.*

Dominic war bestimmt gekränkt. Ich musste schleunigst zurück ins Hotel und mit ihm reden.

Ich hatte mich aufgeführt wie eine komplette Idiotin, und das alles nur wegen Michel Amiel. So war das von Anfang an gewesen.

KAPITEL 5

Die Einladung

18 MONATE VOR HAY-ON-WYE

Die schicksalhafte Einladung war Anfang Januar ins Haus geflattert, zu einer Zeit, als ich mich mit billiger Schokolade und duftenden Mandarinen vollstopfte. Dazu gab es billigen Prosecco und die letzten Reste eines Stilton mit Cranberrys. Es war ein freudloses, von Verzweiflung gezeichnetes Dasein. Bis der Postbote eines Tages besagte Einladung durch den Briefschlitz unserer Souterrainwohnung in der Rosehip Lane 12B schob.

Ich hatte gerade meine Weihnachtslektüre – ein Geschenk von Kitty – beendet, einen Roman mit dem Titel *Unter Hühnern – Ein unvergesslicher Junggesellinnenabschied*, der damals in aller Munde war. Er handelt von einer jungen Frau, die mit ihrer Trauzeugin und ihren Brautjungfern ein Wochenende auf einer Biofarm im hintersten Oxfordshire verbringen will, eine Idee, die bei ihren coolen Freundinnen zunächst auf wenig Begeisterung stößt. Doch es ist Hochsommer, die ganze Truppe geht im nahen Fluß baden, sonnt sich im Heu und macht einen Kochkurs, und abends geht es dann bei Erdbeerwein und Line Dance in der Scheune hoch her. Die ganze Szenerie ist derart plastisch beschrieben, dass mir die Rückkehr in die Realität unheimlich schwerfiel, als ich mit dem Buch fertig war.

Warum wohne ich überhaupt in London? Das Leben hier ist teuer und anstrengend. Der Dreck, der Lärm, der ständige Konkurrenzkampf … Warum ziehe ich nicht einfach aufs Land? Ich könnte Kühe melken, Line Dance unterrichten oder mit wilden Ponys arbeiten. Ha, ich hab's: Ich schließe mich einer Amish-Gemeinde an!

Das Leben musste sich doch auch anders gestalten lassen. Erfreulicher. Die Feiertage hatten so viel Freude verbreitet wie eine defekte Lichterkette. Meiner Meinung nach sollte Weihnachten ja auf Ende Januar verschoben werden. Die Zeit davor ist immer so vollgepackt mit festlichen Anlässen (Kostümpartys, Sonnwendfeuer, Diwali, Chanukka und nicht zu vergessen *Strictly Come Dancing*), und danach: gähnende Leere. Da gibt es nichts, aber auch *gar nichts* zu tun, einmal abgesehen vom Verzehr etwaiger übrig gebliebener Leckerbissen in bizarren Kombinationen (hat jemand Lust auf Früchtebrot mit Entenleberpastete?) und dem Durchforsten alter Handtaschen auf der Suche nach Kleingeld. Monate, die sich über sechs Wochen erstrecken, gehören ohnehin verboten. Dieses Jahr habe ich in meiner Verzweiflung sogar den einen oder anderen Blick auf zwielichtige Dating-Seiten geworfen, von einer seltsamen Faszination des Grauens ergriffen in Anbetracht so verführerisch klingender Usernamen wie *KeinStalker*, *Expornstar* und *Philip-Philop*.

Am Samstagmorgen, kurz vor dem Ende der Feiertage, lag ich also in einer Art Semi-Winterschlafmodus auf dem Sofa, von schierer Hoffnungslosigkeit niedergestreckt. Nichts, aber auch gar nichts in meinem Leben lief nach Plan. Und ich war stinksauer, aus mehreren Gründen: Erstens hatte ich im Februar in Eigeninitiative etliche hübsche Designvorschläge für Retro-Unterwäsche an Eve's Secret Garden geschickt, ohne je eine Reaktion darauf erhalten zu haben, aber die bei Debenhams erhältlichen Weihnachtsdessous von Eve's Secret Garden waren eindeutig von meinen Entwürfen abgekupfert. *Schweine!*

Höchst ärgerlich, zumal mein Ex Tom Percy, diese Ratte, gerade eine ganze Reihe von Kleidungsstücken sowie Haushalts- und Einrichtungsgegenständen für John Lewis entwickelte und anscheinend plante, eine eigene Marke zu gründen. *Das verdankt dieser Arsch mit Ohren doch bloß den Kontakten, die er während der Affäre mit Prinzessin Elisha von Habsburg geknüpft hat.*

Zweitens war ich pleite, was an sich nicht weiter ungewöhnlich war, aber ich befand mich bereits in dem Stadium, in dem man aus purer Not jeden Penny aufhebt, der auf dem Bürgersteig herumliegt.

Und drittens hatte ich bislang keine einzige Literaturagentur in ganz London für meine *Reizende Geschichte der Reizwäsche* begeistern können. Meine ganze Hoffnung ruhte nun auf Branwell Thornton, jenem Agenten, der mir als einziger noch nicht geantwortet hatte. Er galt als einer der Besten in der Branche, wenn nicht gar *der* Beste.

Wollen wir hoffen, dass sein Schweigen ein gutes Omen ist.

Die Freude war daher groß, als Kitty und ich in dem Stapel der ersten Post, der Anfang Januar durch den Briefschlitz aus angelaufenem Messing auf den Fußboden geplumpst war, jene interessante Einladung entdeckten. Wir saßen in Primrose Hill fest, seit am Neujahrstag gegen Abend die ersten dicken weißen Flocken vom Himmel gefallen waren und den Flugverkehr lahmgelegt hatten.

Ganz London lag unter einer majestätischen Schneeschicht begraben. Wir machten das Beste daraus und vertrieben uns die Zeit mit Brettspielen, während unser dürres Weihnachtsbäumchen am Fenster vor sich hin nadelte. Charlie Baxter, Kittys Freund, hatte alle Filialen seiner Kaffeehauskette Prim & Proper über die Feiertage geschlossen und war »geschäftlich unterwegs«, was meinen Verdacht schürte, dass er ein Bigamist war. Selbst Polygamie schloss ich nicht aus.

Irgendwann waren wir so frustriert, dass wir einen zugeklebten Karton mit der Aufschrift *Verbotene Bücher* öffneten, den wir in den Tiefen eines verstaubten Wandschranks hinter der Kirschholzkommode unseres Vermieters aufgestöbert hatten. Wir hatten uns bereits durch *Schöne neue Welt*, *Schlachthof 5 oder der Kinderkreuzzug*, *Die Verwandlung*, *Lady Chatterleys Liebhaber* und *Die Satanischen Verse* gearbeitet, als wir einen kurzen Augenblick der Hoffnung (gefolgt von bitterer Enttäuschung) erlebten. Kitty dachte, sie hätte eine Dose Sirup im Karton entdeckt. Mist. Holzlack.

Da saß ich also an jenem Samstagmorgen, wohl wissend, dass ich mich vom Sofa erheben und duschen gehen sollte. Obwohl ich eine umfangreiche Kollektion an sensationellen Kleidungsstücken aus Vintage-Seide mein Eigen nannte, darunter auch eine Reihe Kimonos, trug ich Grandpa Delaneys karierten Morgenmantel und dazu Schaffellstiefel und eine Mütze aus Kunstpelz. Wenn uns irgendjemand spontan einen Besuch abgestattet hätte …

Im Ofen befand sich ein großes Blech Biskuit, das ich zu French Fancies verarbeiten wollte. Eigentlich war Kitty die Backexpertin von uns beiden, aber seit sie ihr gesammeltes Wissen an mich weitergegeben hatte, belieferte ich das Prim & Proper um die Ecke, in dem sie angestellt war, mit Kuchen und Torten, um mir etwas dazuzuverdienen und ihr ein bisschen Arbeit abzunehmen. Charlie, dieser Rohling, ließ die Ärmste nämlich schuften wie ein Pferd. Sie musste nicht nur den Laden im Alleingang schmeißen, sondern sollte nebenbei auch noch allerlei Backwaren produzieren. Sie schob in einer Tour Überstunden.

Das Prim & Proper sollte tags darauf wieder öffnen, ich dagegen musste erst kommenden Dienstag wieder arbeiten und verdrängte den Gedanken daran, so gut es ging. Ich hatte nicht erwartet, dass ich fünf Jahre nach meinem Uniabschluss noch immer in einer winzigen Boutique Dessous verkaufen würde. Man mochte meinen, Voluptas wäre der ideale Ort, um begehrenswerte Junggesellen kennenzulernen, doch weit gefehlt. Die Männer, die bei uns ein und aus gingen, waren a) glücklich verheiratet, b) glücklich in eine Affäre verstrickt oder c) ekelhafte Sexprotze.

Genau genommen war Voluptas auch nur eine halbe Boutique. Die zweite Hälfte unseres hübschen Geschäftslokals, das sich in einer gepflasterten Nebenstraße in Primrose Hill befindet, beherbergte die Werkstatt der bereits erwähnten Möbelrestauratorin Francesca Blunt. Während der Regentschaft von Edward VII. – lange vor der Teilung der Räumlichkeiten – wurden hier Abendroben und schicke Hüte verkauft. Ich sah mir gern die alten Fotos des Ladens in seiner Blütezeit an, die auch Lavinia und Araminta Davenport, die damaligen Besitzerinnen, zeigten.

Es kam nicht von ungefähr, dass ich ausgerechnet dort gelandet war. Ich hatte am Edinburgh College of Art Mode- und Textildesign studiert und in meiner Abschlussarbeit über die Evolution des Büstenhalters geschrieben. Ich wusste alles über Miederwaren, vom Fischbeinkorsett bis zum Burlesque-Outfit. Und ich wollte schon immer ein Leben führen, in dem ich solche Kleidungsstücke selbst trage; ein glamouröses Leben in Paris, Rom, New York, Shanghai. Im Laufe der Jahre hatte ich mir auch bereits das eine oder andere entzückende Stück zugelegt, angefangen in der Ära Tom Percy, doch leider lagen meine Errungenschaften die meiste Zeit ordentlich zusammengefaltet in einer Schublade.

Zurück zu Voluptas. Ich verstand etwas von meiner Arbeit und war stolz darauf, keine Frage. Ich wusste von jedem einzelnen aufregenden Stück, das wir auf Lager hatten, woher es kam. Da gab es sexy Spaghettiträger-Bodys und mit Rosen bedruckte Bustiers, Sets aus pastellfarbenen French Knickers und den dazugehörigen spitzenbesetzten Hemdchen, mit Hunderten von tückischen Häkchen bestückte Satinkorsetts, hauchdünne Seidenstrümpfe und filigrane Hüfthalter mit widerspenstigen Strapsen. Trotzdem langweilte ich mich fürchterlich und wäre wohl längst ein Fall für die Psychiatrie gewesen, wenn ich nicht zwei Jahre lang hinter dem Tresen an meiner *Reizenden Geschichte der Reizwäsche* geschrieben hätte.

Abgesehen davon wurde in unserer Boutique oft getanzt. Wir hatten einen altmodischen Plattenspieler, auf dem immer Musik lief, und wenn nichts los war, tanzte ich – Jive und Salsa, Standard oder Disco – und probierte allerlei Moves aus. Auch Clara schwang hin und wieder das Tanzbein, und bisweilen sogar Francesca. Sooft es ging, lockten wir den Herrenausstatter James Jolly, der in seinem Geschäft auf der gegenüberliegenden Straßenseite Luxusleder- und Kaschmirwaren, Flachmänner und Spielkarten verkaufte, zu uns rüber, und dann fegten wir übers Parkett. James war ein ausgewiesener Experte für Cha-Cha-Cha und machte dabei seinen fünfundsechzig Lenzen zum Trotz eine ausgezeichnete Figur.

Ich kann nicht leugnen, dass ich seit der Fertigstellung meiner *Reizenden Geschichte der Reizwäsche* davon träumte, von einem Verlag unter Vertrag genommen zu werden. Bis dato vergeblich – nicht einmal ein winzig kleiner Hoffnungsschimmer in Sicht. Das einzig Gute an den Feiertagen war, dass dank ihnen die unerfreuliche Flut an E-Mail-Absagen von Literaturagenturen unterbrochen worden war. Noch konnte ich mir also ausmalen, dass Branwell Thornton von meinem Text begeistert war und mich bald kontaktieren würde.

Nun aber – endlich – zur anfangs erwähnten Einladung.

Während ich noch überlegte, mich zu duschen und anzuziehen, wurde ein dicker Packen altmodischer, sprich analoger Post durch unseren Briefschlitz geschoben und landete mit einem lauten Plumps auf dem Fußboden im Flur.

»Ich geh schon, Kitty«, sagte ich, von Natur aus neugierig, wie ich nun einmal bin.

»Danke«, antwortete sie vom Frühstückstisch aus, in ihr Buch vertieft.

Auf den ersten Blick enthielt der Stapel nichts, das besonders interessant gewesen wäre. Werbung, ein paar Gutscheine des hiesigen Supermarktes, ein, zwei verspätete Weihnachtskarten aus exotischen Ländern, Kontoauszüge, Rechnungen. Ein Brief für mich war auch dabei. Die Handschrift des Absenders war mir bestens vertraut.

Tom Percy.

Er war wie üblich an die Adresse meiner Eltern gegangen, und meine Mutter hatte ihn an mich weitergeleitet. Ich schob den Umschlag in die Tasche meines Morgenmantels.

Blieb noch ein vielversprechendes, elegantes Kuvert aus hellgelbem Pergament, das statt des Freimachungsstempels mit einer richtigen Briefmarke versehen war.

Es war an unsere Hauptmieterin Pippa adressiert, deren Großvater – der Mann mit dem Faible für verbotene Bücher – der Eigentümer unserer Wohnung war:

Pippa Cavendish
Rosehip Lane 12B
Primrose Hill, London, NW3 4TX

Ich betrachtete den Brief nachdenklich.

Was mag da wohl drinstehen?

KAPITEL 6

Shanghai lässt grüßen

»Eine Einladung zu einem Ball vielleicht?«, mutmaßte ich, während Kitty auf ihrer Müslimischung von Savannah's Wholefoods herumkaute, in die Lektüre des Buches vertieft, das sie von ihrem Bruder zu Weihnachten geschenkt bekommen hatte. Es hieß *Kiss Chase – so angelt Mann sich seine Traumfrau* und war ein Ratgeber für Männer zum Thema »was Frauen wirklich wollen«. Der Autor war ein Mann. *Woher will er das wissen?*

Meine Mitbewohnerin hob den Kopf. Kitty war ungemein hübsch, selbst wenn sie, wie jetzt, weiche rosa Lockenwickler im rabenschwarzen Haar hatte.

»Post vom Märchenprinzen, meinst du?«

»Möglicherweise.«

»Finger weg von Harry, er gehört mir!«, rief sie.

»Nicht, solange er noch Haare hat.«

»Mal sehen, wem der gläserne Schuh passt.«

Ich sehnte mich danach, endlich wieder einmal über eine richtige Tanzfläche zu wirbeln. Viel zu lange schon hatte ich mich mit der briefmarkengroßen Fläche in der Boutique und dem schmalen Streifen neben meinem Bett begnügen müssen. Ein Ball käme mir deswegen sehr gelegen. Ich drehte den Umschlag um und betrachtete ihn. Was, wenn er eine persönliche Hochzeitseinladung für Pippa enthielt? Wohl kaum, er trug den Stempel des V&A, des berühmten Victoria & Albert Museums.

Ha! Es kann also nichts allzu Persönliches sein.

»Ist der für Pippa?«, fragte die wohlerzogene Kitty.

»Er ist an sie adressiert, aber ich wette, der Inhalt betrifft uns ebenfalls.«

»Machst du ihn auf? Trick 17?«

»Warum nicht?«

Sie schaltete den Wasserkocher ein.

Pippa war bis auf Weiteres in der Schweiz, in einem »Ferienhäuschen« in Verbier, das man wohl mit Fug und Recht als luxuriöse Villa bezeichnen konnte, jedenfalls nach den Bildern zu urteilen, die sie bei Instagram gepostet hatte. Ihre letzte Nachricht an uns hatte gelautet: *Haufenweise Schnee und Rendezvous mit Jamie »Sexgott« Patterson … Ihr fehlt mir … Okay, nicht besonders. Seid so nett und leitet Rechnungen und sonstige offiziell aussehende Post (außer Strafzetteln!) an meinen Großvater weiter: Brigadegeneral Charlie Cavendish, 3 Charles Square, London W1J 7ET. Aber wie gesagt, nicht die Strafzettel, sonst flippt er wieder aus. Hat neulich übrigens was von Mieterhöhung gesagt. Zu Hülfe! Lasst es euch gut gehen, meine Süßen! X Pippa*

Es war ein Leichtes, den Umschlag über dem dampfenden Teekocher zu öffnen.

Sieh an, eine Karte mit Prägedruck!

Es war tatsächlich eine Einladung, allerdings nicht zu einem Ball, sondern zu einer Vernissage.

Egal, vielleicht wird da ja auch getanzt! Und da uns Pippa zu derartigen Veranstaltungen ohnehin immer mitnahm, hielt sich mein schlechtes Gewissen in Grenzen. Einen Liebesbrief oder eine Vorladung (Pippa hatte wirklich ausgesprochenes Pech, was Autofahren und Parkangelegenheiten anging) hätte ich natürlich nie und nimmer geöffnet. Es störte sie bestimmt nicht, wenn Kitty und ich zu der Party gingen, quasi als ihre Botschafterinnen in Sachen Mode. Wir waren mit ihr zum Beispiel schon auf der Vernissage zur Ausstellung berühmter Hochzeitskleider und auf Alexander McQueens Savage-Beauty-Party gewesen und hatten uns wahnsinnig amüsiert.

Kitty trat zu mir und spähte mir über die Schulter. »Wow! *Miss Wong … Paris – Shanghai … Dreißigerjahre!* Wie cool ist das denn? Was sollen wir bloß anziehen, Daisy?«

»Na, Cocktailkleider im traditionellen chinesischen Stil. Versuch's mal bei eBay, Stichwort ›Cheongsam‹.Und wir brauchen Satinschühchen, schicke Clutches mit silbernen Schnallen, Haarspangen mit Orchideen …«

»Können wir uns das denn leisten?«, zweifelte Kitty.

»Gute Frage. Wenn nötig, verkaufe ich eben etwas.«

»Ich hab für das Prim & Proper gut 45 Pfund an Kleingeld und Portospesen ausgelegt, die hol ich mir gleich morgen wieder«, sagte sie.

»Perfekt!«

»Was meinst du, hat Pippa was dagegen, wenn wir einen Blick in ihren Kleiderschrank werfen?«

»Aber nein, ganz im Gegenteil.«

»Du meinst, sie geht ohnehin davon aus, dass wir uns bedienen?«

»Vermutlich.«

Es war schön, etwas zu haben, auf das ich mich freuen konnte, aber allmählich war ich die kurzfristigen seelischen Höhenflüge leid. Es waren ein paar radikale Veränderungen fällig. Während ich die Buttercreme für die French Fancies cremig rührte, gestand ich mir ein, dass ich, sollte das Jahr keine drastische Verbesserung meiner Umstände bringen, wohl gezwungen sein würde, das aufregende Großstadtleben gegen ein geruhsames Dasein auf dem

Land einzutauschen, wie es in *Unter Hühnern – Ein unvergesslicher Junggesellinnenabschied* beschrieben wurde.

Das hast du jetzt davon, dass du wegen eines Mannes hergezogen bist, Daisy. Lies den Brief.

Doch das tat ich nicht. Ich legte ihn zu all den anderen in die Schachtel. Es dauerte immer ein paar Tage, bis ich es fertigbrachte, sie zu öffnen.

Ganz schön beknackt, jemanden mit Briefen zu bombardieren, der nie zurückschreibt.

KAPITEL 7

Party time

Uff, noch so lange bis zur nächsten Gehaltsauszahlung! In letzter Zeit kreisten meine Gedanken nur noch um meine Geldsorgen und das Schuldgefängnis, in dem ich zweifellos bald vor mich hin vegetieren würde, bei wässriger Brühe und bröckligem Haferschleim, umgeben von brutalen, zahnlosen Mithäftlingen, die eine besondere Abneigung gegen gefallene Prinzessinnen hegten.

Da boten die Überlegungen im Hinblick auf die bevorstehende Vernissage im V&A eine willkommene Ablenkung: Frisur? Fingernägel? Schuhe? Tasche? Lippenstift? *Kleid?*

Den Freitagnachmittag vor der Party nahm ich mir frei. Clara war zum Glück eine wirklich unkomplizierte Chefin. Ich tat ihr ja auch gelegentlich einen Gefallen, indem ich ihren Ehemann Phil, einen Investmentbanker, am Telefon anflunkerte. »Hi, Phil! Clara ist vor ungefähr einer Stunde losgefahren, aber der Verkehr ist mal wieder die Hölle«, sagte ich dann beispielsweise, obwohl Clara noch immer vor mir stand und sich nach einer ausgiebigen Tanz- und Plauder-Session mit Francesca und James die Lippen mit Yves Saint Laurents Black Tulip nachzog. Und Clara revanchierte sich dafür. »Klar, geh ruhig nach Hause«, sagte sie am Freitagmittag vor der Vernissage. »Ich wünschte, ich wäre auch eingeladen.« *Ähem.*

Das Aufhübschen dauerte ewig. Ich zwängte mich in das Cheongsam-Kleid aus schwarzem Satin, das ich für sagenhafte vier Pfund bei eBay ersteigert hatte, steckte mir das lange blonde Haar zu einem »lässigen« Knoten hoch, wofür ich sieben Anläufe benötigte, und verteilte weiße Schminke auf meinen Wangen. Gegen sechs schlüpfte ich in einen Mantel aus schwingendem rotem Samt und meine gemütlichen Turnschuhe und verließ die Wohnung so eilig, dass meine sorgfältig geschminkten Wangen im Nu glühten. *Verflixt! Das war's dann mit dem porzellanweißen Puppengesicht! Und überhaupt – eine kurvige Blondine in einem Kleid in Größe 34? In meiner Fantasie sehe ich immer viel besser aus. Die Diät hätte ich mir echt sparen können.*

Ich fuhr mit der U-Bahn einmal quer durch London bis South Kensington. Peinlicherweise war ich spät dran; Kitty hatte mir vorhin per SMS mitgeteilt, sie sei schon fast da. Sie kam von einem Treffen mit Charlie in Bloomsbury, wo er eventuell eine weitere Filiale eröffnen wollte, und hatte sich danach in der spiegelkabinettartigen Toilette des Luxushotels St Pancras Renaissance umgezogen.

Gleich geschafft!

Ich hastete – oder vielmehr hoppelte – in meinem hautengen Kleid die Cromwell Road entlang und versuchte, möglichst kleine Schritte zu machen, um die bereits zum Zerreißen gespannten Nähte meines Cheongsam zu schonen. Da und dort glitzerten zarte kleine Frostkristalle an den Sandsteinfassaden in der festlichen Abenddämmerung, dazwischen fiel immer wieder signalfeuergleich elektrisches Licht aus kahlen Fenstern auf den Bürgersteig.

Schon kam der prächtige Bogen über dem Eingang des Museums in Sicht. Ich trippelte behutsam die vier, fünf Stufen hinauf.

»Sie haben's wohl eilig«, bemerkte ein Angestellter, der mir die Tür aufhielt. Von drinnen strömte mir angenehm warme Luft entgegen.

Ich lächelte und nickte bloß – eine Erwiderung hätte Zeit und Energie gekostet, die ich für den Austausch meines Schuhwerks benötigte. Hastig kramte ich meine bestickte Clutch und die Satinschuhe mit Miniabsatz aus meiner Umhängetasche und zog die Sneakers aus. Da ich mich währenddessen mehrfach nach Kitty umsah, schwankte ich gefährlich hin und her. Ich drehte mich zu dem freundlichen Angestellten um.

»Ähm, sagen Sie, sieht dieses Kleid okay aus?«, fragte ich.

»Nach welchen Kriterien soll ich denn bewerten?«

Ich überlegte. »Generelle ästhetische Maßstäbe?«

»Sie wollen sich einer Schönheits-OP unterziehen?«

»Pfff!«

»Also, wäre ich zwanzig Jahre jünger …« Er wackelte mit den Augenbrauen.

»Wie, nur zwanzig?«

»Na, na, nicht frech werden, junge Dame!«

»Okay, vielen Dank.«

Noch schnell ein Spritzer *Miss Dior*, dann hörte ich auch schon Kittys Stimme. »Daisy! Da bist du ja!«

»Hallo, Kitty! Wow, das Kleid ist ja ein Traum! Du siehst toll aus!« Sie trug eine elegante Abendrobe aus Pippas Schrank, bei deren Anblick ich am liebsten gleich wieder nach Hause gegangen wäre. Ihr Outfit wirkte geschmackvoll und zurückhaltend klassisch, meines eng und nuttig.

»Du auch. Du wirst die Blicke sämtlicher Männer auf dich ziehen«, sagte sie. »Du kannst deine Sachen an der Garderobe abgeben. Komm mit, ich zeig's dir.«

»Schönen Abend, die Damen!«, rief uns der Angestellte nach.

»Danke!«, erwiderten wir unisono und tänzelten klackernd über den Steinboden davon. Von oben drang leises Stimmengewirr an meine Ohren, dezent untermalt von traditioneller chinesischer Musik. Ich spähte zu den Balkonen hinauf, die mit Blütenzweigen und Lichterketten aus kirschroten Laternen dekoriert waren. Von den Balustraden hingen aufwendig bemalte Fächer.

Nachdem ich meinen Mantel abgegeben hatte, stöckelten wir über die Treppe ins Obergeschoss. Dort empfing uns ein Schild mit der Aufschrift *Miss Wongs Garderobe: Paris – Shanghai. Mode der Dreißigerjahre.* Die in diversen Glaskästen ausgestellten Objekte – exotische Seiden-Cheongsams, Handtäschchen mit auffälligen Schließen, zierliche Satinschuhe und Blumenhaarschmuck – zeugten von der glorreichen Epoche, in der ein glamouröses Äußeres bei der Frau von Welt noch gang und gäbe war, bis hin zur eleganten Unterwäsche.

»Tja, das waren noch Zeiten, was, Kitty?«

»Du sagst es! Es ist so romantisch, sich so schön anzuziehen.«

In Satin gehüllte junge Models mit porzellanweißen Wangen und herzförmig bemalten Lippen in Rubinrot servierten den Gästen rosaroten Gin Fizz und mit aus Mangos geschnitzten Blumen dekorierte Dim Sum. Wir nahmen uns je ein Glas von einem Silbertablett und hielten Ausschau nach Stars.

»Poppy Cavanaugh auf fünf Uhr!«, murmelte Kitty mit einer entsprechenden Augenbewegung.

Das blutjunge Model trug eine gewagte Kreation aus grauen Chiffonschals. Daneben stand Florence Maddox in klassischem schwarzem Crêpe, die Lippen signalrot geschminkt, das Gesicht von goldblonden Korkenzieherlocken umrahmt.

Ich sah Ella Woods, abgemagert, aber stilvoll in einem von ihr selbst entworfenen marineblauen Etuikleid. Sie posierte mit zartrosa schimmerndem Schmollmund neben Sir Eddie Macdonald, dem molligen Modezar.

»Die da drüben in dem freizügigen fliederfarbenen Kleid kennt man doch aus *Bake it*«, flüsterte ich Kitty zu, doch sie hatte ein ganz anderes Kaliber im Visier.

KAPITEL 8

Französische Charme-Offensive

Ich folgte ihrem Blick.

War das etwa …? Tatsächlich! BEAU BONAS!

Die Nummer drei auf unserer Liste der zehn heißesten Typen auf Twitter. Wir hatten jeden einzelnen Film gesehen, in dem er je mitgespielt hatte. Er unterhielt sich nur zwei, drei Meter von uns entfernt mit einigen Anzugträgern, die wir unter normalen Umständen zweifellos auch nicht von der Bettkante gestoßen hätten.

»Komm, wir bewegen uns mal unauffällig in seine Richtung«, flüsterte ich.

Es waren nur ungefähr acht Schritte, die uns von ihm trennten. Wir schoben uns Zentimeter für Zentimeter näher ran, bis wir seine Stimme hören konnten. Wir verstanden zwar noch nicht, was er sagte, aber immerhin. In Filmen wirkte ein breiter amerikanischer Akzent ja meistens ganz normal, aber hier, mitten in London, fiel man damit auf.

Die Nähe zu Beau zauberte mir regelrecht Schmetterlinge in den Bauch. Ich nippte an meinem Drink. *Huch!* Offenbar hatte ich bereits einen kleinen Schwips, denn ich verlor dabei das Gleichgewicht und taumelte etwas nach links, sodass ich mit dem breiten Rücken des Mannes schräg hinter mir kollidierte. Er fuhr herum und funkelte mich finster an.

Gott, der sieht ja zum Fürchten aus. Moment mal … kenne ich diese Visage nicht aus dem Fernsehen?

»Tut mir schrecklich leid«, sagte ich.

Er betrachtete mich schweigend, mit gerunzelter Stirn.

»Ups, er wirkt verärgert«, raunte mir Kitty zu.

»Das tut er immer«, raunte ich zurück. »Das ist Michel Amiel, dieser miesepetrige Fernsehkoch.«

»Ach, richtig! Der war doch auch schon in *Saturday Kitchen* zu Gast.«

Besagter Starkoch blickte noch immer bedrohlich auf mich hinunter, während mich seine attraktive Begleiterin in einem grafitgrauen Kleid von oben bis unten musterte. *Hey, das ist doch Eve Berger!* Ich hatte sie im Vorjahr im Kino gesehen, in *Les Aventuriers*.

Na toll. Ich werde von zwei französischen Celebrities angegiftet. Und was jetzt?

Ich rief mir in Erinnerung, was mir meine Mutter für den Umgang mit verzwickten Situationen beigebracht hatte, und stellte mich erst einmal vor. »Schön, Sie kennenzulernen. Ich bin Daisy Delaney, und das ist meine Freundin Kitty Chang«, sagte ich und streckte mit einem freundlichen Lächeln die Hand aus.

Die beiden lächelten verbissen.

»Michel Amiel«, erwiderte der Starkoch mit unverkennbar französischem Akzent.

»Eve … Berger«, sagte seine Freundin kühl. Es klang, als wäre sie der Ansicht, dass der Vorname eigentlich vollauf genügen müsste.

Allgemeines Händeschütteln, gefolgt von betretenem Schweigen. Ich hatte keine große Lust darauf, diese zwei griesgrämigen Schnarchnasen zu bauchpinseln, vor allem, weil Kitty und ich ja hinter Beau her waren. Doch der hatte sich inzwischen in Luft aufgelöst. *Na, das ist ja mal wieder typisch, Daisy. Er ist dir entwischt, nur weil du unbedingt mit diesem gallischen Ghul und seiner Eisprinzessin anbandeln musstest.*

»Diese Canapés sehen ja köstlich aus«, sagte ich und schnappte mir eine Krabbenteigtasche von einem Tablett, das soeben vorbeigetragen wurde.

Monsieur Amiel betrachtete missmutig die entschwindenden Häppchen. »Scheißmangos. Das Zeug muss heutzutage ja echt überall drin sein.«

»Aber nicht doch!«, rügte ich ihn. »Diese Mangos sind etwas ganz Besonderes. Spezialimport aus der Mangolei.«

Kitty nickte mit ernster Miene. »Die Sorte ist hierzulande absolute Mangoware.«

Wir prusteten los, wobei ich schon wieder auf meinen Pfennigabsätzen schwankte. Michel Amiel warf uns einen verächtlichen Blick zu.

Ich sah mich suchend nach BB um. Vergeblich. »Und, wie finden Sie die Ausstellung?«, erkundigte ich mich widerstrebend, da unser Pläuschchen mit Beau wohl noch etwas warten musste.

»Ziemlich oberflächlich«, stellte er fest. Eve Berger nickte bestätigend. »Schade. Das wäre eine gute Gelegenheit gewesen, die sozioökonomischen Beziehungen zwischen Paris und Shanghai in den Dreißigerjahren zu beleuchten.«

Hä?

»Ihnen ist aber schon bewusst, dass das V&A auf *Kunstgewerbe und Design* spezialisiert ist?«, fragte ich und schielte mit einem vielsagenden Blick zu Kitty hinüber.

Nicht zu fassen, dass wir wegen dieses lästigen Duos Beau Bonas aus den Augen verloren hatten.

Eve Berger hob eine Augenbraue, was dann wohl bedeutete, dass sie im Begriff war, zum Gegenschlag auszuholen. »Ich fühle mich an einen Ausspruch von Henry Moore erinnert«, bemerkte sie affektiert, dafür aber praktisch ohne Akzent. »Es besteht ein funktioneller Unterschied zwischen der Schönheit des Ausdrucks und der Macht des Ausdrucks. Die erste will gefallen. Die zweite will eine geistige Vitalität widerspiegeln.«

Mein lieber Schwan, du hast ja richtig was auf dem Kasten.

»Na ja, wie sagte Sir Roy Strong so schön? Im Grunde ist das V&A nur eine überdimensionale Handtasche.« Dieses Zitat war mir von einem Plausch mit einem Kurator bei der Hochzeitskleiderausstellung in Erinnerung geblieben.

Ich nippte an meinem Cocktail – der zweite, soweit ich mich entsinnen konnte –, und da unsere Gesprächspartner noch über den Spruch mit der Handtasche nachzudenken schienen, beschloss ich, die Gelegenheit beim Schopf zu packen und ein weiteres Zitat anzubringen. Eines von John Ruskin, das wir im Kunstunterricht gelernt hatten. *Wie lautete es noch gleich genau? Denk nach, Daisy!*

»Ich persönlich halte es ja lieber mit Ruskin als mit Moore …«, verkündete ich kühn, noch ehe ich es ganz aus den düsteren Tiefen meiner hintersten Gehirnwindungen hervorgekramt hatte. Okay, mal überlegen … *Wie war das noch gleich mit der »Dreiheit« gewesen?* »Die schöne Kunst nimmt gleichzeitig Menschenhand, Menschengeist und Menschenherz in Anspruch«, sagte ich nachdrücklich. *Ha!* Ich war zwar schon leicht benebelt, aber durchaus noch in der Lage, geradeaus zu denken.

Kitty lächelte mit einer Mischung aus Stolz und Erleichterung. Ihr war deutlich anzusehen, was sie dachte: *Na, da hast du ja gerade noch mal die Kurve gekratzt!*

Monsieur Amiel schnappte sich mit unfreundlicher Miene ein Glas von einem vorbeischwebenden Tablett.

Erneut herrschte peinlich berührtes Schweigen, bis ich – oh, Freude! – zwischen den Schaukästen plötzlich das Objekt unserer Begierde erspähte.

»Bitte entschuldigen Sie uns. Kitty, kommst du?«, sagte ich und deutete mit dem Kopf in die entsprechende Richtung.

Der Franzose folgte meinem Blick.

Kapitel 9

Flotte Sohlen

Kitty und ich begannen uns zu den Glaskästen durchzuarbeiten, nicht ohne unterwegs immer wieder ein paar Worte mit anderen Gästen zu wechseln. Allmählich tat der Gin Fizz seine Wirkung, ein warmes, betäubendes Gefühl machte sich in mir breit. Immer wieder reckten die Anwesenden die Hälse, um einen Blick auf BB zu erhaschen, der in seinem Anzug einfach umwerfend aussah – *oder liegt es daran, dass er einen so umwerfenden Körper hat?*

Doch der Bursche hielt uns ganz schön auf Trab. Genauso blitzschnell, wie er den Vertrag für *The Gangster 2* unterschrieben hatte, hangelte er sich von einem Gesprächspartner zum nächsten.

Wo zum Geier ist er jetzt schon wieder hin?

Der Alkohol floss in Strömen, irgendwann wurde das Licht gedimmt, und statt chinesischem Gedudel ertönte plötzlich Popmusik. Kitty hatte die Jagd nach Beau aufgegeben und unterhielt sich angeregt mit einem Museumsangestellten, der auf orientalische Teppiche spezialisiert war. Er sah ganz gut aus, aber ein Mann, der sich seinen Lebensunterhalt mit Teppichen verdient?

Na ja, immer noch besser als Charlie. Schnapp ihn dir, Kitty!

Ich kam zu dem Schluss, dass es an der Zeit war für einen prüfenden Blick in den Spiegel und eine neue Schicht Lippenstift in Rosebud von Dior.

Und wie ich mich so durch die plaudernden Massen schlängelte und überlegte, welchen Weg ich einschlagen sollte, um die Chancen zu erhöhen, dass mir BB doch noch in die Arme lief, bemerkte ich schräg hinter mir eine Bewegung.

Ich drehte mich um und fasste mir vor Schreck unwillkürlich an die Kehle, denn es war Michel Amiel, der unsympathische Franzose.

Er gluckste. »Bin ich so Furcht einflößend?«

»Jep.«

»Und, haben Sie schon mit Beau Bonas geplaudert?«

»Noch nicht, leider.«

»Könnte daran liegen, dass meine Freundin ihn beschlägt.«

»Ihn was? Ach so, Sie meinen, sie nimmt ihn in Beschlag?«

»Genau. Die beiden haben zusammen einen Film gedreht. Ich bin irgendwann gegangen. Insiderwitze nerven, wenn man nicht mitreden kann.«

»Stimmt, dann sind sie nur halb so lustig.«

Er nickte.

Wir schwiegen einen Moment.

»Möchten Sie tanzen?«, fragte er.

Es lief YMCA.

»Warum nicht?«

Mir war klar, dass er mich nur benutzte, um Eve eins auszuwischen, und es wurmte mich ein bisschen, dass ich es nicht geschafft hatte, mir die Lippen nachzuziehen, aber ein kleines Workout auf dem Parkett konnte nicht schaden.

Die quadratische Tanzfläche war von Partygästen umringt.

»Sie wissen, was Sie machen müssen?«, fragte ich, sobald wir uns erfolgreich durch das Gedränge geschoben hatten.

»Nein, was denn?«

Ich zeigte es ihm. »YMCA ...«

»Vergessen Sie's. Wir sind doch nicht im Kindergarten.«

»Nun stellen Sie sich nicht so an! Ich bringe es Ihnen bei.«

Er verdrehte die Augen. »Also gut, meinetwegen.«

Leider war er alles andere als ein Naturtalent.

»Das ist doch kein Y!«, rügte ich ihn.

»Ach, das sollen Buchstaben sein? *C'est ridicule!*«

Von da an hatte der Abend fast etwas Magisches. Ich war wie hypnotisiert von den Lichtern, und meine Wangen glühten, obwohl ich doch eigentlich blass und interessant hatte aussehen wollen. Ich wusste, in diesem Zustand waren meine Augen größer denn je, und sie glänzten und funkelten. Ich fand alles zehn Mal lustiger als sonst und musste schrecklich viel kichern, sodass ich erneut beinahe den Boden unter den Füßen verlor. Der Franzose fing mich heldenhaft auf.

»Jive ist meine absolute Spezialdisziplin«, prahlte er, als die Coverband »Crazy Little Thing Called Love« anstimmte.

Ich warf den Kopf in den Nacken und lachte schallend. Monsieur war not amused und verschränkte beleidigt die Arme vor der Brust.

»Okay, Sie behaupten also, Sie können Jive tanzen?«, hakte ich nach.

Aber noch ehe er den Beweis antreten konnte, gesellte sich die schöne Eve Berger wieder zu uns, aufgekratzt und mit geröteten Wangen, und ehe ich mich's versah, waren die beiden ohne ein Wort des Abschieds in der Menge verschwunden.

KAPITEL 10

E-Mail für mich!

Nach der Party schwärmte ich das ganze Wochenende von Beau Bonas. Ich stellte mir vor, dass er ein Haus in Primrose Hill gemietet hatte und dass sich unsere Wege beim Einkaufen kreuzen würden, obwohl sich in meinem Geldbeutel nur noch Pennys, Knöpfe und ein paar Euros vom letzten Urlaub befanden. Mrs Taylors kleines Lebensmittelgeschäft an der Ecke glich in meinen Tagträumen dem Laden von Nellie Oleson aus *Unsere kleine Farm*. Ich malte mir aus, was er sagen würde: »Ich hab dich auf der Party gesehen, aber ich hab's einfach nicht zu dir rüber geschafft.« Darauf ich: »Ach, echt? Ich hab dich ehrlich gesagt gar nicht bemerkt.« Er würde enttäuscht reagieren, worauf ich sagen würde: »Ich hab vorhin einen Kuchen gebacken …«

Ansonsten hoffte ich nach wie vor auf eine positive Nachricht von Branwell Thornton wegen meines Manuskripts. Inzwischen hatte ich ihn so oft gegoogelt, dass ich das Gefühl hatte, ihn persönlich zu kennen.

Bestimmt muss er nach den Feiertagen erst einmal Hunderte von E-Mails abarbeiten, ehe er sich bei potenziellen Schriftstellern für ihre Einsendungen bedanken kann.

Der Montag begann unschön. In der Ausgabe der *Metro*, die ich mir bei Prim & Proper geholt hatte, war ein kurzer Artikel über Beau Bonas abgedruckt, samt Foto vom Flughafen Heathrow. Offenbar hatte sich mein Schwarm, ehe er in die Maschine nach New

York JFK gestiegen war, noch mit einem Fotografen angelegt. Ich hatte mich so in meine Fantasien hineingesteigert, dass ich direkt enttäuscht war, weil er abgereist war, ohne sich von mir zu verabschieden. Als Entschädigung gönnte ich mir einen Kaffee und ein Schokocroissant.

Ich frühstückte allein im Laden; Clara würde erst später eintreffen. Während ich im Hinterzimmer mein Croissant verspeiste und bei eBay ein Gebot für einen Chantilly-Spitzenbody aus den Dreißigerjahren abgab (ich durfte Einkäufe bis zu 200 Pfund tätigen), vibrierte plötzlich mein Telefon.

Oh, eine neue Nachricht. Vermutlich von Groupon. Ich muss mich dringend von diesen ganzen dämlichen Mailinglisten abmelden. Andauernd mache ich mir falsche Hoffnungen, das nervt.

Doch die E-Mail war nicht von Groupon, sondern – Trommelwirbel – von Branwell Thornton!

Halluziniere ich?

Ich schnappte nach Luft, schluckte, hustete. *Das könnte mein Durchbruch sein!*

Von: Branwell Thornton
An: Daisy Delaney
cc: Bea Gibson
Betreff: Manuskripteinsendung
Sehr geehrte Miss Delaney,
vielen Dank für die Zusendung Ihrer *Reizenden Geschichte der Reizwäsche,* die ich über die Feiertage mit großem Interesse gelesen habe. Ihr Fachwissen im Bereich der Damenunterwäsche ist eindrucksvoll und Ihr Schreibstil charmant. Allerdings ist der historische Ansatz leider keineswegs revolutionär (Man denke nur an Nérets *1000 Dessous* etc.). Ich wüsste nicht, wie ich dieses Buch an den Mann oder an die Frau bringen sollte, so leid es mir tut. Zugegebenermaßen sind die meisten Veröffentlichungen im

Sachbuchbereich auf Nischen spezialisiert, aber ich bezweifle stark, dass dieses Konzept so, wie es ist, kommerziell erfolgreich sein wird. Ich bedauere es sehr, Ihnen eine Absage erteilen zu müssen – mir ist bewusst, dass Sie viel Arbeit in dieses Manuskript gesteckt haben, und ich wünsche Ihnen damit viel Erfolg. Vielleicht sollten Sie in Erwägung ziehen, es zu einem Roman umzuarbeiten.
Mit freundlichen Grüßen
Branwell Thornton

Da ging sie hin, meine letzte Hoffnung. Zerstört. Mir brannten Tränen in den Augen. Ich kniff sie fest zusammen.

Was sollte ich tun? Wo sollte ich hin, wenn ich London verlassen musste? Unzählige Gedanken gingen mir durch den Kopf, mein Herz raste. Panik auf der Titanic! Natürlich war das Gefühl, dass diese letzte Absage der Todesstoß war, irrational, aber ich hatte wirklich all meine Hoffnungen auf diesen Agenten gesetzt, zumal er sich für die Antwort so lange Zeit gelassen hatte.

So viel zum Thema »keine Neuigkeiten sind gute Neuigkeiten«.

Die Verbindungstür zu Francescas Werkstatt im hinteren Teil der Boutique stand offen, und als mich Francesca schniefen hörte, kam sie sogleich rüber, um sich zu erkundigen, was los war.

Ich zeigte ihr Branwells Nachricht.

»Ach herrje«, sagte sie mitfühlend. »Die Absage auf Raten. Wie ich das hasse! Es ist echt gemein, wenn man so lange hingehalten und am Ende doch enttäuscht wird.«

»Ich bin mit meinem Latein am Ende, Francesca. Ich habe diesem Buch zwei Jahre meines Lebens geopfert.«

»Von geopfert kann keine Rede sein«, widersprach sie und deutete auf Thorntons E-Mail. »Du solltest das vorhandene Material verwenden, um etwas Neues zu schaffen. Mach einen Roman daraus, wie er es vorschlägt. Vielleicht ist dein Manuskript ja die Basis für einen künftigen Bestseller. Ich weiß, es ist Januar und du bist pleite, aber lass dich nicht entmutigen. Du solltest – du *musst* für dein Buch kämpfen, Daisy!«

Dann musste sie sich auch schon wieder ihrem aktuellen Auftrag widmen, einer Chaiselongue mit Liberty-Print-Bezug. »Da gibt's noch einiges zu tun, ehe um zwei so eine russische Schreckschraube kommt, um sie sich anzusehen. Aber komm ruhig rüber, wenn du mich brauchst.«

»Danke, Francesca! Ich weiß es zu schätzen.«

»Du hast mir auch schon oft geholfen. Ich bin gespannt, wie es mit deinem Projekt weitergeht.«

Damit verzog sie sich nach nebenan. Sie hatte recht, ich sollte für mein Buch kämpfen, aber mir war noch nicht ganz klar, wie.

Ich legte »All the Things You Are« von Ella Fitzgerald auf, einen romantischen Foxtrott, der zu meinen absoluten Favoriten zählte. Dann las ich noch einmal Branwell Thorntons E-Mail und überlegte, wie ich darauf reagieren sollte.

Was würden andere Leute machen? Sie ignorieren? Eine patzige Antwort verfassen?

Nein, ich sollte unbedingt höflich bleiben. Im Grunde genommen musste ich mich geehrt fühlen, dass er mir selbst geschrieben hatte. Die meisten anderen Agenten hatten mir durch ihre Sekretärin einen unpersönlichen Dreizeiler zukommen lassen. Ich würde ihm zurückschreiben.

Sei mutig, ohne aufdringlich zu werden, selbstbewusst, aber nicht eingebildet.

Von: Daisy Delaney
An: Branwell Thornton
Betreff: Re: Manuskripteinsendung
Sehr geehrter Herr Thornton,
vielen Dank für Ihre Nachricht.
Meiner Enttäuschung zum Trotz möchte ich mich bei Ihnen

sowohl für Ihre professionelle Einschätzung als auch für Ihre persönliche Antwort bedanken. Zum einen ist es tröstlich zu wissen, dass der Grund für die Absage viel eher die Marktbedingungen sind als mein Manuskript selbst, zum anderen sind unpersönliche Absagen ungemein deprimierend. Vielen Dank also!
Ich bin in der Tat überzeugt, dass ich über ein besonderes Wissen auf diesem speziellen Gebiet verfüge, und ich könnte mir durchaus vorstellen, mein Manuskript Ihrem Vorschlag entsprechend zu einem Roman umzuschreiben.
Dürfte ich mich, wenn mir eine entsprechende Idee kommt, wieder bei Ihnen melden, um noch einmal Ihre Meinung dazu einzuholen? Ich hoffe, das ist nicht zu viel verlangt – ich werde Sie auch nicht mit halb fertigen Entwürfen bombardieren, versprochen!
Mit freundlichen Grüßen
Daisy Delaney

Ich drückte auf »Senden«, ohne lange zu überlegen, weil ich wusste, dass ich sonst bloß Gefahr lief, die Mail wieder zu verwerfen. Ein Kunde kam in die Boutique, und ich warf einen prüfenden Blick in den Spiegel, dessen Rand Claras süße kleine Tochter Tashi mit zartrosa Muscheln beklebt hatte. Okay, keine verschmierte Mascara, kein Waschbären-Look. Ich ging nach vorn.

Es wurde ein ertragreicher Tag. Ich verkaufte zwei Sets Hochzeitsunterwäsche und einen Morgenmantel aus weißem Duchesse-Satin, der im Schulterbereich mit roten Mohnblüten und kobaltblauen Kornblumen bestickt war und 480 Pfund kostete.

Was sind das für Leute, die sich so etwas leisten können, noch dazu im Januar?

Sobald ich wieder allein im Laden war, warf ich noch einmal einen Blick in meine Mailbox und entdeckte dort eine weitere Nachricht von Branwell Thornton.

Ich gestattete mir einen kurzen Moment der Glückseligkeit.

Ganz egal, was drinsteht, ich liebe ihn – ganz einfach deshalb, weil er mir geschrieben hat, und das gleich zwei Mal an einem Tag.

Von: Branwell Thornton
An: Daisy Delaney
cc: Bea Gibson
Betreff: Re: Re: Manuskripteinsendung
Liebe Daisy,
vielen Dank für Ihre freundliche Antwort. Sie würden gar nicht glauben, wie häufig es vorkommt, dass die Leute auf eine Absage hin recht ungehalten reagieren, ganz nach dem Motto: »Wenn Sie so clever sind, dann schreiben Sie doch selbst ein Buch.« Vielleicht ja nicht ganz zu Unrecht.
Wie dem auch sei, mein Bauchgefühl sagt mir, dass Ihr ungewöhnliches Fachwissen es verdient, in Buchform veröffentlicht zu werden. Und ich finde, wir sollten dieses Projekt gemeinsam angehen. Mir gefällt Ihre Einstellung, und ich glaube, dass ich produktiv mit Ihnen zusammenarbeiten kann, was nicht ganz unwichtig ist.
Hätten Sie zufällig Lust, am 15. Februar zur Verleihung des Laphroaig-Literaturpreises zu gehen? Vielleicht inspiriert Sie das ja, und es wäre eine gute Gelegenheit für Sie, sich einen Eindruck davon zu verschaffen, welche Bücher zurzeit populär sind. Bei Interesse wenden Sie sich bitte an meine Sekretärin Bea Gibson, die ich in cc gesetzt habe.
Im Anhang finden Sie eine Liste der nominierten Bücher.
Mit freundlichen Grüßen
Branwell Thornton

KAPITEL 11

Eine interessante Entdeckung

Ich traute meinen Augen nicht. War das ein Scherz? Hatte mir eine meiner Freundinnen einen Streich gespielt? Nein, die Nachricht kam eindeutig von Branwell Thornton.

Träumte ich, oder hatte mich tatsächlich einer der renommiertesten Literaturagenten der Stadt zu einer Literaturpreisverleihung eingeladen?

Ich las die Nachricht wieder und wieder. Er hatte. Und er fand, dass mein ungewöhnliches Fachwissen es verdiente, in Buchform veröffentlicht zu werden!

Das könnte der Durchbruch sein. Okay, noch nicht ganz, aber definitiv ein erster Schritt in die richtige Richtung.

Ich war total von den Socken – mehr noch, fast schon hysterisch.

Bei dem Versuch zu recherchieren, was für ein Preis das überhaupt war, benötigte ich mehrere Anläufe, weil ich mich vor lauter Aufregung immer wieder vertippte. Dann gelang es mir endlich, die Webseite aufzurufen. Wow. Dinner im Claridge's, Champagner …

Was soll ich bloß anziehen? Ich werde mich so richtig in Schale werfen müssen.

Als Nächstes überflog ich die Liste der nominierten Bücher.

Laphroaig Literaturpreis, Claridge's, 15. Februar, 19 Uhr

Belletristik

Das Band von Leonie Roberts
Mord und andere Hobbies von Ian Bassett
Symphonie von Jean-Luc Morreaux

Biografien

Cicero, Orator: Leben und Zeit von David Welsh
Nicolaus Copernicus: Sonne, Mond und Sterne von Sally Finch
Otto von Bismarck von Rebecca Snow

Kulinarik

Backen, Rösten, Grillen von Rory Bridges
Die klassische französische Küche, Band 6 von Michel Amiel
Von Aperitif bis Ziegenkäse von Edie Greene

Kriminalromane

Forensica von Alana Dunn
Der siebenarmige Leuchter von Herb Gutteridge
Tief im kalten Grabe von Brian Jackson

Püh, dieser arrogante französische Koch ist auch nominiert. Auf eine Begegnung mit dem war ich nun wirklich nicht scharf.

Um nicht übereifrig zu erscheinen, wartete ich noch ein Weilchen ab, stellte sicher, dass die Seidenbodys alle ordentlich auf ihren Bügeln hingen, googelte Branwell Thornton noch gut ein Dutzend Mal und machte hinter dem Tresen fünfzig Sit-ups. Dann verfasste ich eine Mail an Bea Gibson, in der ich ihr mitteilte, dass ich Branwells freundliche Einladung gerne annahm. Clara tauchte den ganzen Tag nicht auf, also ging ich zu Francesca rüber, um ihr die große Neuigkeit mitzuteilen.

»Gut gemacht, Daisy!«, sagte sie und umarmte mich.

»Das verdanke ich dir. Du hast mich inspiriert.«

»Quatsch, das ist ganz einfach der verdiente Lohn für deine Mühen. Wenn man sich anstrengt, ist das nie umsonst. Denk daran, was ein bekannter Golfprofi mal gesagt hat: ›Je härter ich arbeite, desto mehr Glück habe ich‹.«

Beschwingt trat ich den Heimweg an, legte im Supermarkt einen Zwischenstopp ein, um einen Berg preisreduzierter Tapas zu besorgen und einen Bund Rosen, der ebenfalls runtergesetzt war.

So, und jetzt ist Großreinemachen angesagt.

Kitty war noch nicht zu Hause. Ich stellte die Blumen in eine Vase, startete meine Feelgood-Playlist und wirbelte zu »Dancing in the Moonlight« von Toploader durch die Wohnung, im wahrsten Sinne des Wortes ein tanzender Derwisch. Ich putzte den Backofen, schrubbte die Holzböden mit heißem Wasser und versprühte umweltfreundliches Raumspray. Dann bereitete ich das Abendessen vor: gefüllte Oliven, in Rotwein gedünstete Chorizo, Schinken-Käse-Kroketten und Calamari mit Kapern. Ich hatte mal einen Vortrag aus der Reihe TED Talks gesehen, in dem Mihály Csíkszentmihályi behauptete, der Schlüssel zum Glück liege im kreativen »Flow«. Man benötige dafür lediglich einen Auslöser, so seine These. Wie es aussah, hatte die E-Mail von Branwell Thornton bei mir einen massiven »Flow« hervorgerufen. Ich schwebte durch die Wohnung wie eine Eiskunstläuferin bei der Kür.

Bis Kitty endlich nach Hause kam, war meine Energie allerdings verpufft, ich hatte mich mit einem Glas Rioja auf dem Sofa niedergelassen.

»Wow, das ist ja eine erfreuliche Überraschung, Daisy!«

»Ich hatte einen mächtigen Energieschub. Ist aber zum Glück schon wieder vorbei. Wie war dein Tag?«

»Ganz okay eigentlich. Wie lief es bei dir?«

»Ich habe tolle Neuigkeiten …«

»Erzähl!«

Ich wartete ab, bis sie sich ein Glas Wein geholt und zu mir aufs Sofa gesetzt hatte, dann hielt ich ihr mein Handy hin.

Gespannt überflog sie die beiden E-Mails von Branwell. Bei der zweiten quiekte sie vor Begeisterung auf.

»Das ist ja der *Hammer*, Daisy! Er will mit dir ein Buch herausbringen!« Sie drückte mich an sich. »Ich bin unheimlich stolz auf dich!«

»Und ich platze gleich vor Aufregung, auch wenn ich noch keine Ahnung habe, worüber ich schreiben soll. Ich brauche dringend Inspiration. Das ist meine erste echte Chance auf eine Veröffentlichung.«

Kitty überlegte kurz, dann griff sie nach der Ausgabe von *Kiss Chase*, die auf dem Couchtisch lag. »Wie wär's, wenn du etwas in dieser Richtung schreibst, nur aus der Sicht einer Frau?«

»Hm … Keine schlechte Idee. Aber was weiß ich schon über die Kunst der Verführung?«

»Na ja, vielleicht musst du einfach selbst jemanden verführen.«

»Wen denn? Beau Bonas und Prinz Harry spielen leider nicht ganz in meiner Liga.«

»Gibt es nicht noch andere potenzielle Kandidaten?«

»Schön wär's.«

Zurzeit jedenfalls nicht. Und diese ganzen Online-Dating-Plattformen waren die reinsten Katastrophengebiete. Dabei hatte ich oft das Gefühl, dass außer mir nur Pärchen auf den Straßen von London unterwegs waren. Tom Percy hatte echt einiges angerichtet, als er mich damals wegen dieser Prinzessin verlassen hatte. *Schluss damit, Daisy. Denk positiv – über das Thema Männer, dein Buch, einfach alles.*

Am darauffolgenden Morgen kam es mir zum ersten Mal seit langer Zeit wieder so vor, als hätte ich mein Leben fest im Griff. Gleich nach dem Aufstehen ging ich joggen, und nachdem ich geduscht und mir eine Schüssel Müsli einverleibt hatte, dessen Konsistenz an Sägemehl erinnerte, machte ich mich auf den Weg zur Arbeit. Ich war deutlich früher dran als sonst und fühlte mich unbesiegbar, wie ich so in petrolfarbenem Minikleid, kirschroter Pelzjacke und kniehohen Stiefeln die Haupteinkaufsstraße von Primrose Hill entlangmarschierte, die Haare zu einem Knoten hochgesteckt, ein Hauch Maybelline First Blossom auf den Lippen. Das Blatt hatte sich gewendet. Schon bald würde ich zu den erfolgreichen Leuten gehören.

Beau ist zwar nicht mehr in der Stadt, aber hey, vielleicht ist ja Charlie Grosvenor nach Primrose Hill gezogen …

Ich wollte gerade links in die Hedgerow Lane einbiegen, als ich neben dem Schönheitssalon, in dem ich mir mal die Augenbrauen hatte machen lassen, eine kleine Menschenansammlung bemerkte.

Nanu, was ist denn da los, an einem ganz normalen Dienstagmorgen?

Von Neugier getrieben überquerte ich die Straße.

Ein Maler auf einer Leiter war gerade dabei, das Schild über den beiden Schaufenstern des ehemaligen Brautmodenladens Anastasia neu zu beschrifen. Er hatte mit Kreide die Worte *Französische Kochschule* auf den pflaumenblauen Hintergrund skizziert und füllte die Buchstaben jetzt mit schimmernder Goldfarbe aus.

Vor dem Eingang standen mehrere Frauen in einer Schlange und unterhielten sich. Auf dem Bürgersteig verkündete ein Klappschild: *Beschränkte Teilnehmerzahl! Melden Sie sich noch heute an für: Französische Soßen, Klassische Patisserie 1 & 2, Familienküche oder Fusion Fun. Rabatte für Frühbucher!*

Und die pflichtbewussten Hausfrauen von Primrose Hill strömten in Scharen herbei. Man stelle sich vor, wie blamabel es wäre, wenn eine von ihnen bei der nächsten Dinnerparty gestand, sie habe sich zu keinem einzigen Kurs angemeldet!

Ich spähte durch die Scheibe. Der Empfangsbereich wirkte schon mal recht einladend. Pflaumenblaue Wände, Vintage-Kronleuchter und hinter dem Tresen eine leicht gestresst wirkende Angestellte, die gerade versuchte, den Rechner hochzufahren – mit wenig Erfolg, wie es schien, denn sie drückte mehrfach unsanft auf den entsprechenden Knopf. Sehr spannend, das alles, aber ich musste leider weiter.

KAPITEL 12

Der neueste Schrei

Clara war bereits in der Boutique – ihr Wagen war in der Reparatur, ihr Mann Phil hatte sie hergebracht.

»Jetzt hänge ich den ganzen Tag hier fest, Daisy!«, klagte sie.

»So ein Pech aber auch. Und, was liegt an?«

»Nicht viel. Könntest du das Schaufenster neu dekorieren, während ich Kaffee hole?«, sagte sie.

»Mach ich. Ist irgendetwas Neues reingekommen?«

»Ja, ein zauberhaftes Seidennachthemd aus den Zwanzigern, frisch aus der Reinigung. Hier, ist das nicht entzückend?« Sie hielt mir eine Schachtel aus geprägtem Karton hin, die mit zartlila Seidenpapier ausgelegt war.

»Sehr hübsch, ja. Herkunft?«

»Hever Castle, zeitweiliger Wohnort von Anne Boleyn. Es gehörte Madeleine Astor, der zweiten Ehefrau des Hoteliers John Jacob Astor IV. Amerikanerin, hat den Untergang der *Titanic* überlebt. Ein echter Glücksgriff.«

Sie legte sich ein Samtcape über die Schultern und eilte so flink hinaus, dass ihr stylischer Bob im Gegenwind zerzaust wurde. Ich machte mich daran, die BHs im Schaufenster gegen das Nachthemd auszutauschen.

Als Clara gleich darauf zurückkehrte, hatte sie neben zwei Bechern Latte macchiato noch eine große, schwer aussehende Tüte dabei. »Du errätst nie, wo ich gerade war!«

Ich sparte mir das Raten. »Wo denn?«

»Gleich um die Ecke hat eine Kochschule eröffnet!«, berichtete sie.

Clara liebte es, Neuigkeiten zu verkünden, also tat ich ahnungslos. »Echt? Wo denn?«

»Gleich neben dem Schönheitssalon. Sag bloß, das ist dir auf dem Weg hierher gar nicht aufgefallen! Ich bin natürlich gleich reingegangen. Sie bieten einen Kochkurs zum Thema Fusion Fun an, aber der ist leider bereits bis März ausgebucht. Ist das zu fassen?« Sie stellte die Kaffeebecher auf dem Glastresen ab.

»Ich frage mich, wer der Betreiber ist.«

»Auch das kann ich dir verraten, ich bin nämlich bestens informiert! Es ist dieser sexy Fernsehkoch Michel Amiel – kein Wunder also, dass alle einen Kurs belegen wollen. Angeblich hat er sich eine Villa in der Elsworthy Road gemietet, mit seiner kleinen Freundin, du weißt schon … dieser Schauspielerin …«

Was? Michel Amiel, der YMCA-Verweigerer? Ausgerechnet der wohnt neuerdings in Primrose Hill und hat nur ein paar Straßen weiter eine Kochschule eröffnet?

Das war nun wirklich nicht die Entwicklung, die ich mir erträumt hatte.

Clara hatte mittlerweile den Inhalt der Einkaufstüte auf den Tresen gestapelt – es handelte sich um *Die klassische französische Küche, Band 1–5* von Michel Amiel.

»Wow! Wie viel hast du denn dafür hingeblättert?«, fragte ich.

»Nur 150 Pfund für alle zusammen, sie waren im Angebot.«

»Praktisch geschenkt also …«

»Du guckst ja so überrascht.« Cara führte den dampfenden Kaffee an die perfekt geschminkten Lippen und nippte vorsichtig daran.

»Ähm, ein bisschen, ja. Ich habe ihn vorige Woche kennengelernt, auf dieser Vernissage im V&A Museum. Mir war gar nicht klar, dass er in London lebt. Noch dazu quasi in der Nachbarschaft.«

»Ah, du hast ihn also schon kennengelernt, du Glückliche. Das hast du mir ja noch gar nicht erzählt! Und, ist er heiß?«

Heiß?

»Na ja, er hat mein Blut zum Kochen gebracht, aber nicht im positiven Sinn.«

»Was hast du erwartet? Er ist Franzose.«

Sie blätterte in einem seiner Bücher. »Die wollte ich mir schon die ganze Zeit zulegen. Er ist ein wahrer Meister seines Fachs.«

Zugegeben, sie machten etwas her. Gebunden und sehr solide, im traditionellen Stil, kein Glamour, keine Fotos von aufwendig dekorierten Cupcakes mit fingerdicker Glasur oder Leuten, die Löffel abschleckten. Auf dem Einband die herkömmlichen Motive, dazu in eleganten Lettern sein Name und der Titel, *Klassische französische Küche, Band 1, 2, 3* und so weiter.

»Vielleicht werfe ich nachher mal einen Blick rein«, sagte ich.

»Jederzeit. Ich lasse sie dir ein paar Tage hier. Du weißt ja, ich koche eigentlich gar nicht.«

Das erledigte, wie alle anderen Haushaltspflichten, die Clara langweilten, ihre »Perle« Georgie, die auch die Kinder zur Schule brachte und von dort wieder abholte.

»Übrigens wird Michel Amiel demnächst sogar ein Restaurant ganz in der Nähe eröffnen«, fuhr Clara aufgeregt fort. »Es soll Brasserie Rose heißen, nach seiner Mutter. Ist das nicht süß? Gerüchten zufolge wohnt sie bei ihm und weicht ihm kaum je von der Seite.«

»Ich frage mich, wie Eve Berger das findet. Aber ja, das mit der Brasserie ist süß. Seltsam, auf mich machte er keinen sonderlich sentimentalen Eindruck.«

Seltsam war auch, dass er sich in London niedergelassen hatte. Was mochte wohl der Grund dafür sein?

Clara erzählte noch alles Mögliche über die diversen angebotenen Kochkurse, während sie das Nachthemd im Schaufenster mit einem Schildchen versah, auf dem ein saftiger Preis stand. Dann zog sie sich ins Hinterzimmer zurück, um mit ihrer Schwester Annabel zu telefonieren. Wie üblich wurde es laut, sodass ich praktisch jedes Wort mithören konnte.

»Aber du bist im August doch gar nicht an der Reihe, Annabel!«, rief Clara gerade. »Der August ist schon immer für mich reserviert! Außerdem müsste ich dann unseren Freunden Sara und Tom Armitage absagen, denen ich bereits versprochen habe, dass sie mit mir hinfahren können! Dabei hat Sarah gerade eine schwere Viruserkrankung hinter sich.«

Schweigen. Dann seufzte sie.

»Also gut, meinetwegen, dann wechseln wir uns eben in Zukunft jährlich ab, wenn du unbedingt willst, aber glaub ja nicht, dass du mit mir so umspringen kannst wie mit den Leuten in deiner Redaktion!«

Erneutes Schweigen, dann teilte sich der Samtvorhang, und Clara kam wieder nach vorn.

»Dieses Biest«, schimpfte sie. »Sie kann so verdammt herablassend sein!«

Ich wusste nicht, was ich darauf sagen sollte.

»Und wie sie uns immer rumkommandiert! Als wären wir ihre Angestellten und nicht ihre Familie. Ich lasse mir das nicht länger bieten!«

»Recht hast du.«

»Ja, sie ist meine große Schwester, und ja, sie hat in Oxford studiert und arbeitet in der Chefetage der *Elle*, aber das gibt ihr noch lange nicht das Recht, mir gegenüber so gönnerhaft aufzutreten, nur weil ich mir meine Brötchen mit dem Verkauf von Unterwäsche verdiene! Und es war bislang nie die Rede davon, dass wir uns im August mit der Villa in Frankreich abwechseln. Früher hätte Mummy ihr ordentlich den Marsch geblasen, aber die Ärmste hat inzwischen schrecklich abgebaut.«

»Klingt, als wäre Annabel ein bisschen wie die fiese Chefredakteurin aus *Der Teufel trägt Prada.*«

»Ja, so ungefähr. Manchmal hasse ich sie. Sie kann auch richtig nett sein, und ich bin stolz auf sie, aber darum geht es nicht. Ich hatte mich so darauf gefreut, den Urlaub mit Sarah und Tom in unserer Villa in Frankreich zu verbringen. Und es ist ja auch deutlich billiger als ein Hotel. Bei Phil läuft es beruflich zurzeit gar nicht gut.«

Clara erweckte nicht gerade den Eindruck, als wären Phil und sie in Geldnöten, jedenfalls nicht auf Normalsterbliche wie mich. Die beiden besaßen neben allerlei ansehnlichen Ländereien ein Herrenhaus im Queen-Anne-Stil unweit von Schloss Windsor und beschäftigten neben Georgie noch mehrere weitere Angestellte. Ihre Tochter Tashi hatte mehrere Ponys, die Jungs Quad Bikes, und Clara legte sich ständig neue Handtaschen zu und blätterte, ohne mit der Wimper zu zucken, mal eben 1000 Pfund für einen Tag in einem Wellnesstempel hin. Sie lebte in ihrer eigenen Welt, aber das störte mich nicht, denn sie hatte ganz ohne Zweifel ein sehr, sehr großes Herz.

Was mögen das wohl für Schwierigkeiten sein, in denen ihr Mann steckt?

Ich wusste, dass er Investmentbanker war, aber das war auch schon alles. Wie auch immer, gegen Mittag fühlte sich Clara etwas erschöpft nach der ganzen Aufregung rund um Michels Kochschule, also nahm sie ein Taxi zum Bahnhof und fuhr nach Hause, statt darauf zu warten, dass Phil sie wieder abholte.

»Viel Spaß mit den Kochbüchern, Süße«, sagte sie und klappte einen hübschen Art-déco-Taschenspiegel auf, um sich die Lippen nachzuziehen.

»Danke. Dann bis morgen, Clara.«

»Ja, bis dann!«

Damit war sie auch schon wieder weg, und die Boutique kam mir seltsam leer vor ohne sie.

KAPITEL 13

Recherchen

Ich schlug eines der Kochbücher auf. Soßen und Suppen, Zubereitung von Brühen, Fleisch, Gemüse und Kartoffeln. Pasteten, Quiches und Tartes, Obst, Kuchen und Torten, Cremes und Madeleines und anderes Gebäck. Alles war einfach und verständlich erklärt, der Text mit Fotos von Michel Amiel in Aktion aufgepeppt. Der Gesamteindruck war ansprechend und appetitanregend.

Ich beschloss, demnächst das eine oder andere Rezept auszuprobieren. Aber erst … ohne es zu wollen, hatte ich auch schon den Laptop aufgeklappt und begonnen, Michel Amiel zu googeln.

Oh, là là! Das sind ja ganz schön viele Einträge!

Ein Link zu seinem offiziellen Internetauftritt, ein Wikipedia-Eintrag, eine Fan-Seite, auf der er kräftig beweihräuchert wurde. »Frankreichs einflussreichster lebender Gastronom und Kulinarik-Autor. Eine Inspiration für Legionen von Köchen. Ein Koch, der schreibt, oder ein Schriftsteller, der kocht? Michel Amiel ist in beiden Bereichen so versiert, dass sein Hauptmetier nur schwer zu definieren ist.«

Ich fand aber auch deutlich weniger schmeichelhafte Informationen: Schlagzeilen wie »Michel Amiel erneut vor Gericht«, »Ex-Angestellter: Die Arbeit mit ihm war der reinste Horror«. Zeitungsartikel über Schiedsverfahren und Strafen wegen Trunkenheit am Steuer, in einem Fall war sogar von Hausfriedensbruch die Rede, außerdem Steuerhinterziehung, Beschäftigung illegaler Einwanderer, Auseinandersetzungen mit Models in teuren Restaurants … und jede Menge Berichte über sein schrecklich unhöfliches Verhalten gegenüber Journalisten bei Veranstaltungen, die eigentlich der Werbung für seine Bücher dienen sollten.

Außerdem stieß ich auf eine ganze Reihe von Bildern, auf denen er missmutig bis wütend aussah, teils wirkte er wie ein richtiger Psychopath. Ein Publicity-Foto zeigte ihn, wie er ein Fleischerbeil schwang, über ein Stück totes Rind gebeugt. Ich schauderte beim Anblick seiner blutbefleckten Schürze.

Aus der Flut an Artikeln stach mir vor allem einer ins Auge, der im Tonfall vergleichsweise gemäßigt klang. Er stammte aus der Feder des bekannten französischen Schriftstellers Albert Noir.

Was ist bloß mit Michel Amiel los?

Ich kenne Michel, seit die Öffentlichkeit vor über fünfzehn Jahren das erste Mal auf ihn aufmerksam wurde. Wir waren viele Jahre lang Freunde und Saufkumpane, und ich habe so manches Wochenende in seiner Pariser Wohnung verbracht, oft in einem mehr oder weniger komatösen Zustand – leider, denn es ist wirklich eine sehr schöne Wohnung.

Michel war noch recht jung, als er berühmt wurde, und wie wir alle wissen, kann das bisweilen ein Fluch sein. Aber ich hatte nicht erwartet, dass er so schlecht damit zurechtkommen würde. Dass die Sache derart aus dem Ruder laufen würde.

Zwei Jahre ist es jetzt her, dass wir zuletzt miteinander gesprochen haben. Es war ein sinnloser Streit. Ein Versuch meinerseits, ihn zur Vernunft zu bringen. Ich habe ihm quasi die Hand hingestreckt, um ihn vom Dach zu locken. Ja, er fehlt mir, aber andererseits möchte ich den Mann, der er mittlerweile ist, nicht in meinem Leben haben. Er ist ein armseliger, boshafter, verbitterter Alkoholiker, und ein missgünstiger obendrein – er kann anderen Menschen keine Erfolge gönnen. Wie viel Erfolg benötigt ein einzelner Mann?

Das konnte einem zu denken geben. Wie schade für Monsieur Amiel, dass er es sich mit diesem guten Freund so gründlich verscherzt hatte.

Aber im Grunde konnte mir das alles egal sein. Ich klickte den Artikel weg und öffnete stattdessen ein neues Word-Dokument, um mir ein paar Stichworte zu meinem Buchprojekt zu notieren. Da Branwell Thornton bereit war, an mich zu glauben und mich zu einer Buchpreisverleihung mitzunehmen, musste ich ihm im Gegenzug schon ein paar interessante Ideen präsentieren.

Also, mal überlegen. Ein Roman braucht inspirierende Protagonisten. Eine Dessous-Magnatin vielleicht? Eine Frau à la Lady Lily Carter? Nein. Der Aschenputtel-Ansatz ist zu abgedroschen. Dann doch lieber eine Ärztin, die geschmackvolle und gleichzeitig gesundheitsfördernde BHs kreiert, damit ein Vermögen verdient und sich irgendwann zwischen ihrem Unternehmen und ihren ethischen Verpflichtungen als Ärztin entscheiden muss.

Dessous und Feminismus? Objektifizierung, BH-Verbrennung … Tragen Frauen dieses Kleidungsstück nur für Männer? Versuchen Feministinnen der dritten Generation, das sogenannte starke Geschlecht mithilfe ihrer Sexualität zu übertölpeln? Warum lehnen Feministinnen der zweiten Generation den BH so vehement ab?

Sex sells. Von Nell Gwynn bis Madonna – Ehrgeiz und modische Freizügigkeit. Ist es vertretbar, zu Werbezwecken nackte Haut zu zeigen oder wegen einer Brustvergrößerung eine Vollnarkose in Kauf zu nehmen? Wenn Brüste nur zum Stillen da sind, wie ist dann ihre sexuelle Signalwirkung zu erklären?

Ich dachte gerade darüber nach, ob sich aus dem Ansatz »nettes Mädchen von nebenan versus Femme fatale« etwas machen ließe, als die Klingel über der Eingangstür zum Laden bimmelte. Rasch schob ich den Samtvorhang beiseite und betrat den Verkaufsraum wie eine Darstellerin die Theaterbühne. Clara sagte immer, ein Verkauf erfordere ein gewisses Maß an schauspielerischem Talent.

»Guten Tag!«, sagte ich. »Wie kann ich Ihnen helfen?«

Die Kundin war eine Braut in spe, die sich in das Nachthemd aus der Zeit Edwards VII. im Schaufenster verliebt hatte, dem stolzen Preis von 325 Pfund zum Trotz.

»Ich habe heute schon so viel Geld ausgegeben …«, stöhnte sie und fuhr sich mit den Fingern durch das blonde Haar, das Strähnchen in drei verschiedenen Farbschattierungen aufwies und aussah wie von einem Profi geföhnt. »Die reinste Shopping-Orgie.«

»Ah ja?«

»Ja. Ich habe die Einladungen bei Smythson bestellt, mir ein paar Bikinis von Heidi Klein für die Flitterwochen zugelegt und mich für schlappe 1250 Pfund für einen Kochkurs angemeldet. «

Ts. Schon wieder diese Kochschule!

»Puh, ganz schön kostspielig.«

»Ich weiß, aber Monsieur Amiel meinte, nach diesem Kurs wäre ich in der Lage, eine Dinnerparty vom Feinsten zu organisieren.«

»Sie haben mit ihm gesprochen?«

»Ja, er stand höchstpersönlich hinter dem Tresen und wird den einen oder anderen Kurs selbst leiten. Hach, er ist einfach so sagenhaft sexy!«

Sexy?

»Lassen Sie das mal lieber nicht Ihren Verlobten hören.«

»Ach, den finde ich nur noch halb so interessant, seit ich seine Kreditkarte habe.«

Armer Bursche.

»Monsieur Amiel dagegen hat es faustdick hinter den Ohren, keine Frage«, fuhr sie fort.

Hm. Das Image des Bad Boy lässt Frauenherzen offenbar tatsächlich höher schlagen.

KAPITEL 14

Unliebsame Kundschaft

Nachdem die Braut gegangen war, kehrte ich zurück zu meinen Überlegungen im Hinterzimmer. Ich machte mir eine Kanne Earl Grey und goss etwas davon in eine mit Rosen bedruckte Porzellantasse. Dabei fing ich an, ein wenig zu träumen: Der neue James Bond war auf der Suche nach einem Geheimagenten hereingeschneit. Und plötzlich war alles möglich, und das Leben machte tierisch Spaß.

So viel Optimismus hatte ich seit Jahren nicht verspürt. Ich joggte weiterhin jeden Morgen durch die Straßen von Primrose Hill und frühstückte Dinkel-Porridge von Savannah's Wholefoods, begleitet von positiven Gedanken. Und ich brütete oft stundenlang über einem Konzept für mein Buch. Dabei machte ich immer wieder frustrierende Erfahrungen, etwa, wenn ich überzeugt war, dass mir endlich eine Idee für einen Bestseller eingefallen war, nur um kurz darauf im Rahmen einer Google-Suche festzustellen, dass es bereits ein Buch zu dem Thema gab.

Oder ich verfasste mehrere Kapitel über die Abenteuer der Ärztin und Dessousdesignerin Dr. Sophia Fox und löschte am Ende alles wieder, weil ich meine Ergüsse total verrückt fand. (Das Hauptproblem war mein fehlendes medizinisches Fachwissen.

Originelle Ideen waren unerlässlich, aber natürlich mussten auch die Fakten stimmen, selbst wenn ich mir alles bloß ausgedacht hatte.)

Das Romanschreiben gestaltet sich deutlich schwieriger als erwartet. Ich kann nur hoffen, dass ich wirklich das Zeug zur Schriftstellerin habe.

Der Gedanke an die Preisverleihung versetzte mich abwechselnd in Euphorie und Panik. Meine größte Angst, das weiß ich noch, war, dass diese anfängliche Phase der Hoffnung und Aufregung womöglich ergebnislos zu Ende gehen könnte. Ich stand wahnsinnig unter Druck. Es musste sich etwas tun in meinem Leben. Meinem beruflichen Leben. Natürlich konnte ich mir mein Spezialwissen zunutze machen und als Dessousverkäuferin die Karriereleiter erklimmen. Aber wenn ich erst einmal eine Vollzeitstelle bei John Lewis oder Victoria's Secret hatte oder meinetwegen auch bei Rigby and Peller, dann würde der anstrengende Alltag meine gesamte Zeit und Energie verschlingen. Dann wäre mein Traum von der Schriftstellerkarriere im Nu verpufft.

An einem Nachmittag Ende Januar legte ich »Cachito« von Nat King Cole auf und bewegte mich im Cha-Cha-Schritt ins Hinterzimmer der Boutique, um mir eine Beschäftigung zu suchen.

Zu tun gab es weiß Gott genug. Wir hatten massenhaft Dessous auf Lager, an denen kleinere Reparaturarbeiten vorgenommen werden mussten. Viele unserer interessantesten Stücke befanden sich hier hinten, allesamt ordentlich der Farbe nach sortiert. Die Palette erstreckte sich von Reinweiß über Creme- und Elfenbeinweiß, Nude, Beige, Rosé, Altrosa und Pfirsich bis hin zu Taupe, Mokkabraun und Violett, Nacht- und Taubenblau. Selbst Türkis hatten wir im Angebot. Die schwarzen und roten Dessous bildeten eine eigene Kategorie und wurden nur selten vorne ausgestellt, aber wir hatten etliche Stammkunden, die explizit nach solchen Stücken fragten.

Na los, Daisy! Frisch ans Werk!

Ich schnappte mir einen hübschen Spitzen-BH aus den Sechzigern, an dem eine winzige Schleife abzufallen drohte, tänzelte damit durch den Raum und setzte mich auf einen abgewetzten lila Ohrensessel, den uns Francesca überlassen hatte. Mit geschickten Fingern bugsierte ich den Faden durchs Nadelöhr und fing an zu nähen. Ich war so darauf konzentriert, möglichst ordentliche kleine Stiche zu machen, dass es einen Moment dauerte, bis ich das Bimmeln der Glocke über der Eingangstür zur Kenntnis genommen hatte.

Widerstrebend erhob ich mich und setzte mich mit dem BH in der Hand in Bewegung. Noch ehe ich den Vorhang beiseitegeschoben hatte, um den Kunden mit einem freundlichen Lächeln zu begrüßen, stieg mir bereits ein vage vertrauter Duft in die Nase – ein Aftershave oder eine teure Männerseife.

Mit einem schwungvollen Cha-Cha-Schritt betrat ich den vorderen Raum der Boutique – und blieb wie angewurzelt stehen, als ich Michel Amiel gegenüberstand.

Was will der denn hier?

Ich lief rot an, und er musterte mich verblüfft.

Kann er sich an mich erinnern?

»Guten Tag. Wie kann ich Ihnen helfen?«, frage ich zögernd.

»Ich sehe mich nur etwas um, danke.« Er lief ein paar Minuten durch den Laden.

Ich rührte mich nicht von der Stelle.

»Wir kennen uns doch«, stellte er schließlich fest, ohne mir in die Augen zu sehen.

»Ja, von der Vernissage im V&A.« Ich formte mit den Armen die Buchstaben YMCA.

Er nickte und starrte mich eine gefühlte Ewigkeit wortlos an.

Mir war unwohl unter seinem Blick.

»Tja, dann … sehen Sie sich ruhig weiter um.«

»Danke. Jemand im Pub hat mir von diesem Geschäft erzählt.«

»Im Pub?« Ich schnaubte. »Sie sind ja schon ein richtiger Brite.«

»Ja, die Pubs, die haben etwas für sich.«

»Ah ja? Und was nicht?«, fragte ich.

»Das Essen.«

»Soso.«

Er betrachtete eines der Wäschesets aus Mieder und Strapsenhalter. »Deswegen bin ich nach London gekommen. Um den Briten das Kochen beizubringen.«

Pfff. »Zu gütig.«

»Könnten Sie mir etwas empfehlen?«, fragte er.

»Das kommt darauf an, was Sie so mögen. Oder was *sie* mag.«

Schweigen.

Ich kam mir überflüssig vor. »Sie finden mich hinten, wenn Sie mich brauchen.«

Nachdem ich den lila BH repariert hatte, schrieb ich ein Preisschild dafür. *Spitzen-BH, 1960er-Jahre, Größe 80C, getragen von Lady Lydia Spencer bei ihrer Vermählung in der Westminster Abbey.*

Draußen war es mucksmäuschenstill. Ich fragte mich, ob er gegangen war. Die Klingel über der Tür hatte ich jedenfalls nicht gehört. Als ich den Kopf hob, stellte ich fest, dass Michel Amiel den Vorhang beiseitegeschoben hatte und mich betrachtete.

»Oh, hi«, sagte ich verdattert. »Sind Sie fündig geworden?«

»Ja, bin ich.«

»Hervorragend.«

»Woher weiß ich, ob es der Dame, für die es bestimmt ist, gefallen wird?«

»Wenn Sie sie gut genug kennen, können Sie das bestimmt beurteilen.«

»Darf ich Sie um Ihre Meinung fragen?«

»Natürlich. Ich komme mit.«

Ich folgte ihm in den vorderen Teil der Boutique. Dort hielt er mir ein mit Rosenknospen bedrucktes Seidenbustier unter die Nase, das mir schon immer sehr gut gefallen hatte. »Das ist eines meiner Lieblingsstücke.«

Er nickte, sah vom Bustier zu mir und wieder zurück.

Ich fürchtete kurz, er könnte mich bitten, es anzuziehen.

Er zögerte, dann fragte er: »Was meinen Sie, wie kommt das bei einer kultivierten Frau an?«

»Die Frage ist doch wohl eher, wie Sie bei einer kultivierten Frau ankommen«, sagte ich wie aus der Pistole geschossen.

Er schluckte, schwieg jedoch.

»Ich glaube, ich lasse es bleiben«, sagte er schließlich und hängte den Bügel wieder zurück an den Ständer.

Am Ende entschied er sich für einen weißen Body.

»Wenn Sie erlauben, packe ich ihn für Sie ein.« *Und klebe Ihnen auch gleich das freche Mundwerk mit Tesafilm zu.*

Wortlos, aber fachmännisch wickelte ich den Body in etwas Seidenpapier.

»Sehr hübsch«, stellte er fest, bezahlte und ging – wieder, ohne sich von mir zu verabschieden.

KAPITEL 15

Die Preisverleihung

In den Tagen vor der Buchpreisverleihung fühlte ich mich wie eine Sechsjährige während der Vorweihnachtszeit. Zumindest war mittlerweile mein Gehalt auf dem Konto eingegangen, sodass ich mir neues Make-up und ein Paar Seidenstrümpfe leisten und mir die Augenbrauen zupfen lassen konnte.

Dann war – *endlich!* – der fünfzehnte Februar da. Ich war um Viertel vor sieben mit Branwell in der Hotellobby verabredet. Nachdem ich Clara versprochen hatte, am nächsten Tag früher zur Arbeit zu kommen, durfte ich um vier Feierabend machen.

Die Veranstaltung erforderte zwar keine Abendgarderobe, und ich wollte auf keinen Fall overdressed wirken, aber auch nicht zu lässig oder exzentrisch gekleidet sein. Ich steckte mir das Haar zu einem Knoten hoch und schminkte mich dezent – Bobbi Brown Apricot Blush, Clinique Long Last Lipstick in Watermelon und natürlich jede Menge Retro-Eyeliner von Lancôme in Braun. Da ich in Pippas Schrank nicht fündig geworden war, hatte mir Clara eines ihrer Kleider geliehen, das sie mir extra von ihrem Herrenhaus auf dem Land mitgebracht hatte. Es war aus hauchdünnem dunkelgrünem Jersey, stark tailliert, langärmelig und mit simplem U-Bootausschnitt. »Du musst aussehen wie eine weltberühmte Schriftstellerin«, hatte sie gesagt und mir das heiße Teil präsentiert, das so eng war, dass ich zum Anziehen praktisch einen Schuhlöffel benötigte. Dazu würde ich ein Paar Raulederpumps in knalligem Pink tragen, die ich bei Oxfam erstanden hatte.

Als ich mich hineinzwängte, musste ich an einen Spruch denken: »Die Kleider einer Frau sollten eng genug sein, um zu erkennen, dass sie eine Frau ist, und weit genug, um zu zeigen, dass sie eine Dame ist.« Ich warf einen prüfenden Blick in den Spiegel. *Haarscharf an der Grenze.*

Um mir ein Taxi leisten zu können, hatte ich für das Prim & Proper eine Ladung Pancakes, ein Blech Kalter Hund, zwei Bananenbrote und einen Schokokuchen gebacken. Ich platzte beinahe vor Aufregung, als der Wagen in der Rosehip Lane 12B vorfuhr, und auf dem Weg zum Claridge's malte ich mir aus, wie es wohl wäre, eine international erfolgreiche Bestsellerautorin zu sein.

Ich konnte die Fotografen schon förmlich hören: »Wann erscheint Ihr nächstes Buch, Miss Delaney?«, »Sie sehen umwerfend aus, Daisy!«, »Hierher, Daisy!«, »Miss Delaney, es heißt, kein anderes Buch hat sich je so schnell verkauft wie Ihr neuester Roman!«, »Daisy, wussten Sie, dass Sie auf Platz eins der Bestsellerliste liegen, noch vor Michel Amiel?«

»Das macht dann 15 Pfund«, sagte der Fahrer und setzte meinen Fantasien damit ein jähes Ende.

Ich kicherte. »Oh, das ging aber schnell.«

»Das hör ich von meiner Frau auch immer«, alberte der Mann.

Ich lachte.

»Sie waren in Gedanken ganz schön weit weg«, stellte er fest. »Ist wohl 'ne ziemlich große Sache, wenn ich Sie mir so anseh.«

»Ja, eine Buchpreisverleihung.«

»Sind Sie denn Schriftstellerin?«

»Noch nicht, aber das kommt hoffentlich noch.«

»Na, Sie wissen ja: Man muss es nur wollen.«

Ich nickte. »Sie sagen es.«

Der Baldachin vor dem Hoteleingang war hübsch beleuchtet, darunter posierten bereits etliche berühmte Autoren für die Paparazzi. Ein wahres Blitzlichtgewitter ging auf sie nieder, während ich ausstieg. Ich stöckelte auf die Stufen vor dem Hoteleingang zu und reckte den Hals auf der Suche nach bekannten Gesichtern.

Als Erstes sah ich den nominierten Krimischriftsteller Brian Jackson samt Göttergattin, gefolgt von der Kochbuchautorin Edie Greene. Ich wartete etwas ab und beobachtete, wie Michel Amiel ankam und in seinem Designeranzug posierte. Wieder war er in Begleitung von Eve Berger, die in einer hautengen schwarzen Robe eine tolle Figur machte. Ihre Anwesenheit traf mich seltsam unerwartet.

Irgendwie kann ich mir diese Frau nicht in dem weißen Body vorstellen …

Ich huschte ins Hotel und hielt nach Branwell Ausschau. Damit er mich erkannte, hatte ich ihm ein Foto von mir gemailt. Wie er aussah, wusste ich ja von seiner Webseite. Ich kam mir in diesem glamourösen Umfeld sehr unbedeutend vor, erst recht nach den Träumereien, denen ich mich auf der Taxifahrt hingegeben hatte. Es war, als wäre ich unsichtbar. Keiner Menschenseele wäre es aufgefallen, wenn ich mich einfach in Luft aufgelöst hätte. Vielleicht lag da ja ein Missverständnis vor? Was, wenn ich eigentlich gar nicht hier sein sollte?

Just in diesem Augenblick sagte jemand hinter mir: »Daisy?«

Ich wirbelte herum. Es war Branwell Thornton höchstpersönlich.

»Mr. Thornton! Schön, Sie kennenzulernen.«

Ich streckte ihm die Hand hin, und er schüttelte sie kräftig. »Die Freude ist ganz meinerseits. Bitte nennen Sie mich Branwell.« Seine Stimme klang volltönend und samtig. Ungefähr so musste sich Gott anhören. »Sie sehen toll aus, meine Liebe. Tja, dann … auf in die Bar.«

Wir durchquerten die Lobby und wurden alle paar Schritte von jemandem begrüßt. Branwell Thornton war eben in der Buchbranche bekannt wie ein bunter Hund.

Er machte mich auf etliche bekannte Leute aufmerksam. »Die meisten erfolgreichen Autoren hier schreiben Krimis«, erklärte er. »Das mit Abstand einträglichste Genre, und es erfreut sich ungebrochener Beliebtheit. Die Leser kriegen einfach nie genug davon. Vielleicht haben sie irgendwann die Nase voll von einem bestimmten Detektiv, aber spannende Geschichten an sich ziehen immer.«

Ich nickte, ohne zu erwähnen, dass ich Krimis nicht leiden konnte, es sei denn, es kamen Vintage-Klamotten und roter Lippenstift drin vor, wie das bei Agatha Christie der Fall war. Mord mit Stil, damit konnte ich mich gerade noch arrangieren.

Hm. Vielleicht sollte ich einen Krimi schreiben, in dem es irgendwie um Dessous geht. Revolver und Reizwäsche. Könnte funktionieren.

Mir blieb keine Zeit, ausführlicher darüber nachzudenken, denn sobald wir die Bar betreten hatten, drückte mir Branwell einen Kir royal in die Hand und machte mich mit einigen der Autoren bekannt, die nachher an unserem Tisch sitzen würden. Darunter befanden sich ein sympathisch aussehender Sportreporter, der auf Enthüllungsstories spezialisiert war, insbesondere auf Skandale rund um Sportwetten und Spielmanipulation (So was gibt es tatsächlich?), sowie eine Dame mit Hochsteckfrisur, die von Branwell als »eine Art Georgette Heyer der Neuzeit« bezeichnet wurde.

»Sie ist beileibe nicht die Einzige, die mit historischen Liebesromanen ordentlich Kohle schaufelt«, flüsterte er mir zu. »Viele dieser Frauen bringen quasi seit ihrem achtzehnten Lebensjahr jedes Jahr ein Buch heraus. Verkaufen sich auch im fremdsprachigen Ausland hervorragend, dazu die eine oder andere Verfilmung fürs Fernsehen. Das hat lange einwandfrei funktioniert, bis plötzlich alle unbedingt in die Top Ten wollten.«

Als Nächstes stellte er mir Gary Hopper vor, einen ehemaligen Soldaten der British Army, der mich allerdings schnell aufklärte, das sei nicht sein richtiger Name. »Aber wenn ich Ihnen den verrate, muss ich Sie die nächsten fünfundzwanzig Jährchen bei mir im Kellerverlies einsperren und jeden Tag zu fünfzig Liegestützen zwingen.«

Er berichtete mir von seinem selbstlosen humanitären Einsatz für die Bildung von Mädchen in Afghanistan, den er als Geheimagent der Extraklasse natürlich im Alleingang bewältigt hatte, und ich fand ihn – seiner Großspurigkeit und seiner ungenierten Flirterei zum Trotz – ganz sexy.

Branwell wurde derweil von allen Seiten mit Drinks versorgt, die er sich mit einer raschen Handbewegung auf Ex hinter die Binde kippte.

Ich plauderte noch immer mit Gary Hopper, als Michel Amiel und Eve Berger hereinkamen, mit einem nervös wirkenden Franzosen im Schlepptau, bei dem es sich laut Branwell um Auguste Flaubert, Amiels Manager aus Paris, handelte. Ich fühlte mich an die Teilung des Roten Meers durch Moses erinnert, als die Anwesenden wie auf einen unhörbaren Fanfarenstoß hin zur Seite wichen, damit die beiden Stars freie Bahn hatten und mit ungnädiger Miene an uns vorbei zur Bar marschieren konnten. Kaum hielt Michel sein Getränk in der Hand, fand er auch schon einen Grund, sich bei dem armen jungen Barkeeper zu beschweren.

»Was für ein Hornochse«, schnaubte Gary deutlich hörbar.

Wohl wahr. Es ist echt das Letzte, wenn jemand seine Machtposition ausnutzt, um die Leute, die ihn bedienen müssen, seine Überlegenheit spüren zu lassen.

Branwell beugte sich zu mir rüber. »Der wohl unausstehlichste Zeitgenosse der gesamten Buchbranche. Allerdings zugegebenermaßen ein Kochbuchautor von Weltklasse, auch wenn ich es nur ungern sage. Hat seinen Erfolg durchaus verdient, aber er ist ihm leider zu Kopf gestiegen.«

Damit wandte er sich seiner nächsten Klientin zu, die soeben eingetroffen war. Es handelte sich um eine Dame mit aufgemalten Augenbrauen, die über die Vorgänge in sogenannten »Massagesalons« geschrieben hatte.

Ich frage mich, wie sie das mit den Recherchen anstellt.

Gary spähte zu dem französischen Trio hinüber und schüttelte den Kopf. »Wie ich solche Typen hasse.«

Ich nickte. »Er ist wirklich unausstehlich.«

Gary hob überrascht eine Augenbraue. »Sie kennen ihn?«

»Flüchtig. Ich hab ihn auf einer Party kennengelernt, und neulich war er bei uns in der Boutique. Dummerweise hat er kürzlich bei uns um die Ecke eine Kochschule eröffnet.«

»Ach, Sie führen eine eigene Boutique?«

»Nein, ich arbeite nur dort«, beeilte ich mich zu erklären.

»Und was kann man da so käuflich erwerben?«

»Raten Sie mal.«

Er musterte mich von oben bis unten.

»Bestimmt irgendetwas Hochwertiges. Getupfte Töpferwaren oder so was in der Art.«

»Falsch.«

»Cupcakes! Bunt verzierte kleine Törtchen mit mehr Glasur als Teig. Ich hatte mal eine superdünne Freundin, die konnte sich von so ’nem Teil einen Monat lang ernähren.«

»Wieder falsch.« Ich kicherte. *Warum zum Geier flirte ich mit diesem Kerl?*

»Schuhe? Handtaschen?«

Ich schüttelte den Kopf.

»Okay, jetzt bin ich neugierig geworden. Verraten Sie es mir.«

»Eine Chance kriegen Sie noch«, sagte ich und klimperte mit den Wimpern.

»Reizwäsche.«

Ich schnappte nach Luft. »Volltreffer! Wir verkaufen Dessous.«

Er riss die Augen auf. »Ich wusste es! Hatte von Anfang an so einen Verdacht.«

»Ach, ja?«

»Ja. Sie haben so was unterschwellig Verwegenes an sich.«

Ich lachte. »Ich habe Mode und Textildesign studiert, das ist alles.«

»Was Sie nicht sagen.« Gary trat einen Schritt näher. »Erzählen Sie mir mehr von dieser Boutique …«

KAPITEL 16

Die Missgunst des Franzosen

Noch ehe ich »Strapsenhalter« sagen konnte, wurde ich von hinten so heftig angerempelt, dass mein Kir royal über den Glasrand schwappte – zum Glück nicht auf Claras grünes Kleid.

Ich wirbelte herum.

Quelle surprise!

Michel Amiel und neben ihm Eve Berger. »Ha, diesmal haben *Sie mich* angerempelt!«, sagte ich.

Schweigen. Er musterte mich mit drohender Miene, worauf Gary mir den Arm um die Schultern legte und »Passen Sie gefälligst auf, ey!« knurrte. »Verfluchtes französisches Trampeltier«, fügte er verhalten hinzu.

»Verzeihung … Kenne ich Sie?«, fragte Michel Amiel, dabei wusste er garantiert haargenau, wer ich war, und Eve ebenfalls.

Du arroganter Arsch! Wie du schon aussiehst, mit deiner asymmetrischen Picasso-Visage, der überdimensionalen Nase und dem irren Blick!

Ich hatte gute Lust, ihm eins überzubraten, aber ich beherrschte mich.

»Entschuldigen Sie, ich hab Sie wohl verwechselt«, flötete ich stattdessen, dann wandte ich mich wieder zu Gary Hopper um und sagte unüberhörbar: »Also, in unserer Boutique finden Sie unter anderem Bustiers und Bodys …«

»So, Leute, wir sollten dann mal unsere Plätze einnehmen«, fiel mir Branwell ins Wort und forderte uns auf, ihm in den Festsaal zu folgen.

Im Hinausgehen spähte ich zu Michel Amiel und Eve Berger hinüber, die sich nun zu streiten schienen. Auguste Flaubert stand hilflos daneben und wirkte mehr denn je wie das fünfte Rad am Wagen.

Gary folgte meinem Blick. »Sieh an, der Anstandswauwau ist zum Kampfrichter mutiert. Kann einem direkt leidtun, der Knabe.« Nicht zu fassen, was für altmodische Ausdrücke und abgedroschene Phrasen er auf Lager hatte. *Der gehört bestimmt zu den Leuten, die »Been there, done that, got the T-Shirt« sagen.* Trotzdem fand ich ihn nett.

Wir gingen zu unserem festlich gedeckten runden Tisch, der mit Teelichtern in kleinen Gläsern und hübschen Schleierblumensträußchen dekoriert war. Ich saß zwischen Branwell und Gary, der vom Essen alles andere als angetan war: »Ein Fisch sollte doch verdammt noch mal ein Fisch sein und kein Mousse, hab ich recht?« »Medaillons vom Rind mit einem Kollier aus grünen Bohnen? So was gehört um den Hals und nicht auf den Teller. Welcher Idiot hat sich das nur ausgedacht?« Je mehr Wein ich intus hatte, desto witziger fand ich ihn.

Als der Kaffee serviert wurde, betrat Belinda Seton, die Moderatorin einer Kindersendung namens *Fully Booked* auf BBC2, die Bühne. Sie fungierte als Gastgeberin der Preisverleihung und sah zum Niederknien aus in ihrem fließenden silbernen Spaghettiträgerkleid. *Ich wette, das ist von Caroline Castigliano!* Sie wirkte elegant und einen Hauch sexy, intellektuell, aber zugleich menschlich und bodenständig. *Wie macht sie das nur?*

Leider wurden wir alle durch eine unschöne Szene abgelenkt, die sich just in diesem Augenblick im Mittelgang abspielte: lautstarkes Gezeter und Rempeleien, gefolgt von Totenstille.

Ich wusste, noch ehe ich mich umdrehte, wer der Verusacher war.

Jep. Es war Michel Amiel, der da wie ein wilder Stier auf seinen Tisch zusteuerte. Offenbar war er bis jetzt in der Bar gewesen. Sein Manager trottete mit einer Mischung aus tiefster Beschämung und Todesangst im Blick hinter ihm her. Von Eve Berger keine Spur.

Michel setzte sich, und ich kehrte mit meiner Aufmerksamkeit zurück zu Belinda Seton, die soeben zum literarischen Teil des Abends überleitete. Während sie den Ablauf der Preisverleihung erläuterte, warf ich gelegentlich einen Blick zu Amiel hinüber, der auf seinem Stuhl herumlümmelte und ein Glas Champagner nach dem anderen leerte, wenn er nicht gerade einem Vorbeigehenden wild gestikulierend etwas zuzischte.

Jeden anderen hätte man garantiert längst vor die Tür gesetzt.

»Es wird jeweils ein kurzes Gespräch zwischen den betreffenden Autoren und diversen akademischen Experten des jeweiligen Fachgebietes geben, das für uns bestimmt sehr spannend wird. Als Erstes möchte ich Dr. Sayed Farouk bei mir auf der Bühne willkommen heißen. Er ist Fachmann auf dem Gebiet der neuen Schauerromane und wird das Interview mit Jean-Luc Morreaux führen.«

Dr. Farouk erwies sich als ungemein eloquenter Zeitgenosse. Er sagte Dinge wie: »In ihrem krassen Kontrast zwischen formaler Sprache und Umgangssprache spiegelt sich die den Helden der Schauerromane eigene zweigeteilte Wahrnehmung der Realität wider. War das von vornherein so geplant oder schlicht ein Geniestreich?« Und so weiter und so fort.

Gary zog einen Kugelschreiber aus der Innentasche seines Sakkos und kritzelte *Gähn!* auf seine Serviette. Ich nahm ihm den Stift aus der Hand und malte einen Smiley darunter. Er machte daraus ein weibliches Strichmännchen mit großen Brüsten. Seit er wusste, was ich beruflich machte, war er vollends entflammt.

Branwell verfolgte das Ganze mit zuckenden Mundwinkeln, also riss ich mich zusammen. Schließlich war ich hier, um etwas über die Buchbranche zu lernen, und nicht, um mit einem Ex-Soldaten zu flirten.

Spotlight auf Jean-Luc Morreaux, einen Mittdreißiger, dessen überdimensionaler, wie ein menschliches Gehirn geformter Schädel aussah, als wäre er viel zu schwer für seinen Körper.

Ah, endlich kommt der Autor zu Wort. Hoffentlich sind seine Wortmeldungen etwas weniger abstrakt und abgehoben!

»Das Schreiben dieses Buches war für mich eine beinahe existenzialistische Erfahrung«, sagte er. »Das Milieu hat seine ganz eigene Energie, seine eigenen Dämonen …«

Dr. Farouk nickte so eifrig, dass man fürchten musste, sein Kopf könne jeden Moment abfallen.

Gary versuchte derweil, mit mir zu füßeln, und aus dem Augenwinkel nahm ich wahr, wie Michel Amiel mit den Armen fuchtelte.

KAPITEL 17

Saure Trauben

Jetzt kommt doch endlich mal zur Gastronomie!«, lallte Michel deutlich hörbar.

So halb musste ich ihm recht geben.

»Ich glaube, Ihr ehemaliger ›Freund‹ wird gleich hinauskomplimentiert«, flüsterte Gary.

»Er ist nicht mein Freund.« Ich nahm den Kugelschreiber und schrieb *GRRR!* auf die Serviette.

Im Laufe der nächsten halben Stunde machte sich Michel noch mehrfach durch störende Zwischenrufe bemerkbar. Irgendwann sank er dann auf seinem Stuhl in sich zusammen, und einmal meinte ich sogar, ihn schnarchen zu hören.

»Ich würde ihm am liebsten eigenhändig die Lichter ausblasen«, knurrte Gary.

»Bloß nicht«, sagte Branwell. »Er führt sich jedes Jahr so auf. Das gehört zur Show.«

Dann war endlich die Sparte Kulinarik an der Reihe. Annie Jones, eine ehemalige Popsängerin, die sich auch als Schauspielerin versucht hatte und nun unter die Köche gegangen war, betrat die Bühne in einem traumhaften schwarzen Glitzerkleid mit züchtigem Wasserfallkragen und raffiniertem Schnitt, der ihre Hüften betonte.

»Guten Abend«, säuselte sie mit ihrer sinnlichen Karamellstimme. »Ich komme ohne Umschweife zur Sache. Der Gewinner in der Kategorie Kochbuch ist …« Es dauerte eine gefühlte Ewigkeit, bis sie den

Umschlag geöffnet hatte, und dann ließ sie die Karte fallen, auf der das Ergebnis stand. Leider konnte sie sich in ihrem Kleid nicht bücken, weshalb ihr Belinda unter viel Gekicher zu Hilfe eilte.

»Verzeihung«, sagte Annie Jones. »Also, der Gewinner ist: Rory Bridges mit *Backen, Rösten, Grillen*! Gut gemacht, Rory!«

Tosender Applaus, in dem Michel Amiels überwiegend französisches Gefluche und Gekeife beinahe unterging. Rory küsste seine Frau, dann strich er sich das stahlblaue Anzugsakko glatt, unter dem er ein weißes Hemd mit offenem Kragen trug, und machte sich mit federnden Schritten auf den Weg zur Bühne. Dort küsste er Annie Jones nach Sabbernder-Labrador-Manier auf die Wangen.

»Vielen Dank, Leute! Ich habe unheimlich viele Helfer, die mir beim Schreiben zur Hand gehen, und ich bin sehr stolz auf das gesamte Team …«

Amiel hatte sich erhoben und bewegte sich schwankend auf die Bühne zu. Das Security-Personal schlief und bemerkte ihn erst, als er schon auf der Treppe am rechten Rand der Bühne war, nur ein paar Schritte von Rory Bridges entfernt.

»Du schreibst deine Bücher doch gar nicht selbst!«, rief er.

»Ich muss doch sehr bitten!« Rory blickte ins Publikum. »Wo kommt der denn plötzlich her?«

Mittlerweile waren die Security-Leute in Bewegung gekommen und näherten sich Amiel, während Rory über die linke Treppe von der Bühne geführt und zu seinem Platz geleitet wurde.

»Okay, jetzt fliegt er definitiv raus«, stellte ich fest.

»Geschieht ihm ganz recht.« Gary schnaubte. »Was für ein Loser.«

Die beiden Uniformierten hatten Michel an den Armen gepackt und zerrten ihn in Richtung Ausgang. Als das Trio unseren Tisch passierte und er mich erblickte, rief er: »Daisy! Das ist Daisy. Sie verkauft Spitzendessous, und sie kennt mich. Lasst mich los, ich setze mich zu ihr. Sie wird sich um mich kümmern.«

Alle starrten mich an.

KAPITEL 18

Die edle Retterin

Die Security-Leute musterten mich fragend.

Also, das schlägt dem Fass ja wohl den Boden aus! Vorhin hat er mich noch ignoriert und gedemütigt. Ich schulde ihm nicht das Geringste, diesem unmöglichen, ungehobelten Franzosen.

»Vergessen Sie's«, sagte Gary.

Doch irgendwie tat mir Michel Amiel plötzlich leid.

Ich stand auf und sagte: »Es stimmt, wir kennen uns. Er kann sich zu uns setzen. Könnten Sie uns vielleicht einen Kaffee bringen?«

Sie ließen ihn los, und er machte schwankend einen Schritt auf mich zu.

»Danke«, murmelte er, ließ sich auf den Stuhl plumpsen, den ihm jemand hingestellt hatte, und schlief ein.

Monsieur Flaubert, der zu diesem Zeitpunkt sichtlich einem Nervenzusammenbruch nahe war, bedankte sich überschwänglich und verkündete, er könne ja nun nach Hause gehen. Dann kehrte wieder Frieden ein. Wann immer Michel Amiel aufwachte, bekam er von mir etwas Kaffee eingeflößt.

»Sie müssen verrückt sein«, zischte Gary. »Vorhin in der Bar hat er Sie behandelt wie den letzten Dreck.«

Ich zuckte die Achseln. »Im Grunde ist er harmlos.«

Den Rest des Abends verbrachte ich damit, in einer surrealen Mischung aus Mockney und Frenglisch zwischen Gary und Michel zu vermitteln. Als die Veranstaltung etwa zwei Stunden (und vier Tassen Kaffee) später auf das Ende zuging, war Michel wieder einigermaßen nüchtern.

»Vielen Dank für alles, Daisy«, sagte er. »Das vergesse ich Ihnen nie.«

»Sie schulden mir was, Monsieur Amiel«, erwiderte ich.

»Stimmt. Bringen Sie mich nach Hause, Daisy.«

Ich seufzte. »Mir ist vollkommen schleierhaft, warum ich so nett zu Ihnen bin.«

Trotzdem wünschte ich Branwell, Gary und den übrigen Gästen an unserem Tisch eine gute Nacht.

»Nehmen Sie sich vor ihm in Acht, Daisy«, sagte Branwell.

»Mach ich. Danke für den unvergesslichen Abend.«

»Gern geschehen. Ich hoffe, er hat Sie inspiriert.«

»Sehr sogar. Sie hören von mir«, versprach ich und hauchte ihm einen Kuss auf die Wange.

»Das hoffe ich doch. In ein paar Jahren werden wir Ihren Namen auf der Liste der Nominierten lesen.«

»Pfff, das bezweifle ich, zumal es keine Sparte für Dessous gibt«, scherzte ich.

Gary hatte sich erhoben und wartete darauf, sich von mir zu verabschieden.

»Es war wirklich schön, Sie kennenzulernen«, sagte ich und gab ihm zwei Wangenküsschen.

»Gleichfalls. Wo ist denn diese Boutique, in der Sie arbeiten?«

»In Primrose Hill. Voluptas heißt sie.«

Er zwinkerte mir zu.

Ob das so klug von mir war …

Michel taumelte im Zickzack zum Ausgang. Zum Glück bekamen wir sofort ein Taxi, vor dem Hotel warteten bereits mehrere auf Kundschaft. Der Fahrer sah uns erwartungsvoll an.

»Wo wohnen Sie?«, fragte ich Michel.

»Elsworthy Road«, sagte er. »Aber sagen Sie dem Fahrer, er soll Sie zuerst absetzen.«

Auf der Fahrt thronten wir jeder in einer Ecke auf der Rückbank des Taxis und schwiegen. Ich nahm an, dass er döste. Als wir in der Rosehip Lane angelangt waren, konnte er seinen Geldbeutel nicht finden, also entlohnte ich den Fahrer großzügig und stieg aus, nachdem ich ihm erklärt hatte, wohin er seinen zweiten Fahrgast bringen sollte.

Als der Wagen anfuhr, beugte sich Michel Amiel aus dem Fenster und rief: »Danke!«

Ich winkte ihm zu. »Gute Nacht.«

Dann stieg ich hinunter zur Eingangstür unserer Souterrainwohnung. Ich machte mir etwas Milch warm und goss sie in meine Lieblingstasse. Sie war gepunktet, was mich an Gary Hopper denken ließ.

Daisy, wenn du ehemalige Angehörige des Special Air Service süß findest, die an krankhaftem Größenwahn leiden, wird es Zeit für einen neuen Freund.

Ich ließ mich auf mein Bett fallen und schlüpfte aus meinen knallrosa Schuhen, erstaunt darüber, wie lange ich sie getragen hatte. Nachdem ich mich abgeschminkt und mein viktorianisches Nachthemd übergestreift hatte, kroch ich unter die Bettdecke und wälzte mich ein wenig hin und her, bis ich bequem dalag.

Der Laphroaig-Literaturpreis! Was für ein Abend! Ich will auch zur Welt der Bücher gehören. Dort tummeln sich zwar massenhaft Snobs und Angeber, aber auch allerlei beeindruckende, schillernde Gestalten. Ich brauche dringend eine fabelhafte Buchidee. Vielleicht sollte ich doch einen Krimi schreiben. Muss ich dafür jemanden sterben lassen? Ich will über das Leben schreiben, nicht über den Tod.

Ich schlief mit dem Gefühl ein, mein Ziel ganz genau vor Augen zu haben. Jetzt musste ich nur noch herausfinden, wie ich es erreichen konnte.

KAPITEL 19

Ein heißer Auftritt

Nach der Preisverleihung kam erst einmal eine Phase tiefster Frustration. Obwohl mir der Abend interessante Einblicke in die Literaturbranche gewährt hatte, ließ die zündende Idee weiter auf sich warten. Ich war so ratlos wie eh und je, tippte Absatz um Absatz, nur um gleich wieder alles zu verwerfen. Verbrechen waren einfach nicht mein Ding.

Wie soll ich über etwas schreiben, von dem ich nichts verstehe?

Zweifellos war es besser, wenn ich das Verfassen von Krimis ehemaligen Polizisten überließ und mich auf das konzentrierte, wovon ich Ahnung hatte: Dessous.

Ein paar Tage nach der Preisverleihung erhielt ich eine E-Mail von Branwell.

Von: Branwell Thornton
An: Daisy Delaney
Betreff: Preisverleihung
Liebe Daisy,
tja, das war ein ziemlich ereignisreicher Abend neulich, was? Ich hoffe, Sie sind gut nach Hause gekommen. Es war sehr liebenswürdig von Ihnen, dass Sie sich um Michel Amiel gekümmert haben. Ich hoffe nur, er weiß es auch zu schätzen!
Hat Sie der Abend denn irgendwie weitergebracht, was den kreativen Prozess angeht? Oder hat er vielmehr dafür gesorgt,

dass Sie für den Rest Ihres Lebens nichts mehr mit der Branche zu tun haben wollen?
Lassen Sie es mich wissen, wenn Sie irgendwelche genialen Eingebungen jedweder Art haben!
Einstweilen beste Grüße
Branwell

Ich wollte nicht zugeben, dass ich nach wie vor völlig planlos war, also schickte ich ihm (verrückterweise) folgende Antwort:

Von: Daisy Delaney
An: Branwell Thornton
Betreff: Preisverleihung
Lieber Branwell,
vielen Dank noch einmal, dass Sie mich mit auf die Preisverleihung genommen haben. Ich hatte einen wundervollen Abend! Ich bin heil zu Hause angekommen und habe in der Tat schon eine Idee.
Geben Sie mir zwei Wochen.
Viele Grüße zurück!
Daisy

Sobald ich auf »Senden« gedrückt hatte, bereute ich es.

Was ist, wenn dir nichts einfällt, du Dumpfbacke?

Am Freitagnachmittag in der darauffolgenden Woche nahm ich mir in der Hoffnung auf Inspiration frei. Allmählich lief mir die Zeit davon. Nachdem ich eine Weile in der Wohnung herumgewerkelt hatte, beschloss ich, eine Ladung French Fancies für das Prim & Proper zu machen, zumal ich wie immer pleite war und schon wieder den nächsten Lohn herbeisehnte. Ich legte »We Have All the Time in the World« von Louis Armstrong auf, brühte mir eine Kanne Kaffee und rührte den Biskuitteig an.

In den zwei Jahren, die ich nun schon hier wohnte, hatte ich unheimlich viel von Kitty gelernt. Sie hatte sich ihre außergewöhnlichen Fähigkeiten als Bäckerin und Konditorin in der West London Cookery School angeeignet. Das war, bevor wir uns kannten. Um die Schulgebühren zu bezahlen, hatte sie davor drei Jahre lang in diversen Londoner Hotelküchen geschuftet. Ich sagte ihr immer wieder, dass sie eigentlich Model werden sollte, weil sie so toll aussah, aber sie hatte den schwierigeren Weg gewählt.

Pippas Großvater, unser Vermieter, hatte früher am Tag angerufen. Er wollte uns, wie von Pippa bereits angekündigt, einen Besuch abstatten, um »mal über die Miete zu reden«.

Hoffentlich bekommen wir keine Mieterhöhung aufs Auge gedrückt. Noch bin ich nicht bereit, aufs Land zu ziehen und Kühe zu melken.

Ich warf einen Blick auf den Timer am Herd. Okay, noch acht Minuten. In meinem Kopf überschlugen sich die Gedanken. In einer Woche sollte ich Branwell eine brillante Idee unterbreiten. Aber wo sollte ich die hernehmen?

O Gott, Daisy, du bist so eine Vollidiotin!

In meiner Verzweiflung ging ich ins Schlafzimmer und kramte aufs Geratewohl ein paar der Dessous, die ich im Laufe der Jahre bei Voluptas gekauft hatte, aus meiner Kommode.

Ob das so eine tolle Idee war …

Zum einen war es ziemlich kühl in der Wohnung, zum anderen hatte ich keine Ahnung, inwiefern mich sexy Unterwäsche inspirieren sollte.

Egal. Kurz entschlossen schlüpfte ich in ein mit Spitze besetztes Korsett aus schwarzer Seide, schloss die winzigen Haken, befestigte die Strümpfe.

Meine Güte, was für ein Gefummel!

So, und jetzt noch die Peeptoes, die mir Clara zum Dank dafür geschenkt hat, dass ich ihr bei einer Vintage-Messe in Earls Court unter die Arme gegriffen habe.

Dann posierte ich ein wenig vor meinem großen Spiegel.

Gar nicht übel eigentlich. Beeindruckende Kurven, schwarze Seide auf weißer Haut …

Draußen in der Küche ertönte ein *Pling!*

Mist. Das Biskuit war fertig.

Ich stöckelte hinüber, schnappte mir die Topfhandschuhe und klappte die Ofentür auf, als ich hinter mir plötzlich ein *Klopf, klopf!* hörte. *Ach du heilige Scheiße! Wer klopft denn jetzt ans Fenster?*

Ich fuhr herum und erstarrte, als ich sah, wer da durch die Scheibe glotzte.

Es war Michel Amiel.

Warum musterte er mich denn so entgeistert?

Na, warum wohl? Du trägst ein Korsett zu den Topfhandschuhen, Daisy.

»Ähm, einen Moment!«, rief ich.

»Sind Sie allein?«, rief er.

»Ja.«

Na toll. Jetzt hält er mich für vollkommen durchgedreht.

KAPITEL 20

Hoher Besuch

Er stand einfach nur da und stierte mich an. Ich band mir hastig eine Schürze um, holte das Blech aus dem Ofen und stellte es zum Abkühlen auf ein Gitter, dann trippelte ich rückwärts ins Schlafzimmer, weil ich nicht sicher war, wie viel in diesem Aufzug von meinem Hintern zu sehen war. Hastig zog ich einen Kimono über und zurrte den Gürtel fest, dann bürstete ich mir die Haare und holte ein, zwei Mal tief Luft, ehe ich zur Tür eilte, um ihn hereinzulassen.

»Hi«, japste ich.

»Hi.«

Wir sahen uns einen Augenblick verlegen an, umwabert von Biskuitduft.

»Es tut mir leid, dass ich neulich so ein Hirnochse war.«

Michel trat ein und hielt mir einen kleinen Blumenstrauß hin, den er bis jetzt hinter dem Rücken versteckt hatte.

»Hornochse, meinen Sie wohl.«

»Ist das so was wie ein Arsch?«

»Nicht ganz. Möchten Sie eine Tasse Tee?«

»Gern.«

Ich machte mich in der Küche zu schaffen, während er sich auf dem antiken Fauteuil niederließ, das aus dem Landsitz von Pippas Großmutter mütterlicherseits stammte. Laut Pippa war Harebell Hall ja eine alte Bruchbude, aber Kitty und ich haben es mal gegoogelt und fanden es ziemlich feudal.

Während ich mit etwas Himbeermarmelade und Glasur eine Blitzversion meiner French Fancies zusammenschusterte, rutschte mir immer wieder der Kimono von den Schultern. Ich zurrte den Gürtel enger und verknotete ihn mehrfach.

»Erinnern Sie mich daran, dass ich Ihnen noch das Geld für das Taxi gebe, ehe ich gehe«, sagte Michel.

»Ach, ich hätte ohnehin ein Taxi genommen …«

»Mein Geldbeutel ist übrigens nicht wieder aufgetaucht.«

»Oh nein, wie ärgerlich. Mussten Sie jetzt all Ihre Karten neu beantragen?«

»*Oui*. Nicht zum ersten Mal.«

Er ließ sich eine Weile darüber aus, wie schlampig er im Umgang mit Geld, Terminen und persönlichen Gegenständen war, und sparte nicht mit Selbstkritik.

Ich stellte Tee und Gebäck auf den Tisch und setzte mich gegenüber von ihm auf den kleinen Korbstuhl von Lloyd.

»Schöne Musik.«

Er betrachtete mich eingehend.

»Ja. Hin und wieder tanze ich auch.«

»Das würde ich zu gerne sehen.«

»Dafür bräuchte ich aber einen Tanzpartner.«

Er erhob sich.

Ich lachte, aber es schien ihm ernst zu sein. »Okay. Schwingen Sie die Hüften im Takt.«

»Gut so?«, fragte er.

»Ähm, nein, ehrlich gesagt nicht, aber egal.« Ich stand ebenfalls auf und trat zu ihm. »Ich werde mich jetzt seitlich rausdrehen, und dann drehe ich mich wieder rein, und Sie fangen mich mit dem linken Arm auf, ja?«

Nach einer Weile gelang es ihm, sich einigermaßen im Takt zu bewegen. Er wurde mutiger, versuchte sich selbst an einer Drehung – und fegte dabei die (leere) Teekanne vom Tisch.

Klirr!

»Oh, Scheiße!«, fluchte er. »Die schöne Teekanne! Tut mir echt leid. Aus mir wird nie ein Tänzer. Ich habe zwei linke Füße.«

»Alles halb so schlimm. Eigentlich haben Sie sich recht wacker geschlagen.«

»Finden Sie?«

»Absolut. Aber für den Anfang reicht es wohl erst mal.«

»Das glaube ich auch. Tja, jetzt muss ich Ihnen die Teekanne ersetzen und habe einen guten Grund, Sie wieder zu besuchen.«

»Wenn Sie mal eine hübsche finden, gern. Aber das war nicht unsere einzige Teekanne, es hat also keine Eile.«

Er wirkte trotzdem, als wäre ihm unbehaglich zumute. Wir setzten uns wieder.

»Wie läuft es denn mit Ihrer Kochschule?«, erkundigte ich mich.

»Gut. Sehr gut sogar. Das ist aber auch das Einzige.«

»Ach, ja?«

Er biss von einem meiner French Fancies ab. »Mmh, das schmeckt ja köstlich.«

»Danke. Was wollten Sie gerade sagen?«

»Dass sich kein Schwein mehr für meine Bücher interessiert, wie Sie neulich selbst gesehen haben.«

»Unsinn. Sie verkaufen sich nach wie vor sehr gut. Sie können eben nicht jeden Preis gewinnen. Seien Sie ein bisschen realistisch.«

»Die Verkaufszahlen sinken, Daisy. Ich muss mir etwas überlegen, aber in meinem Kopf herrscht Chaos. Ich trinke zu viel. Dazu die ganzen Gerichtsverfahren … Wenn ich so weitermache, bin ich bald bankrott«, gestand er.

»Aber … Sie verkaufen tonnenweise Bücher!«

»Schon, doch das wirft nicht so viel ab, wie Sie vielleicht denken. Ich brauche dringend Sponsorenverträge, öffentliche Auftritte … Ich habe für eine französische Supermarktkette eine Reihe von Fertigsoßen und Salatdressings kreiert und bin darauf sitzen geblieben. Es war ein finanzielles Desaster. Die Leute interessieren sich nur für meine Bücher. Okay, und die Küchenutensilien. Deshalb bin ich in London. Die Kochschule, das Restaurant … Das war Augustes Idee. ›Rebranding im Ausland‹ nennt sich das. Ein Neuanfang, wenn man wie ich sein Nest beschmutzt hat.«

Der ist ja ganz schön gesprächig heute.

Ich dachte einen Augenblick über das Gehörte nach. »Und alle Welt denkt, Sie sind stinkreich. Ist bestimmt nicht einfach.«

»Sie sagen es. Stellen Sie sich vor, für jede Ausgabe über 300 Pfund benötige ich das Einverständnis meines Buchhalters! Ich wurde quasi entmündigt.« Er schüttelte den Kopf, als könnte er es selbst nicht glauben.

Sieh einer an. Im Grunde ging es ihm finanziell also nicht viel besser als mir, so seltsam das auch klingen mochte. Ich war verblüfft.

»Der Schein trügt wohl öfter, als man denkt«, sagte ich.

»Oh ja. Wer hätte schließlich gedacht, dass Sie sich am Freitagnachmittag in Reizwäsche in die Küche stellen und backen?«

Ich lief feuerrot an. »Äh, das war … eine absolute Ausnahme.«

»Tut mir leid, ich wollte Sie nicht in Verlegenheit bringen. Ich wollte mich nur bedanken. In aller Form. Nüchtern.«

»Ist angekommen. Ein hübscher Blumenstrauß genügt mir voll und ganz als Dankeschön.«

Er wirkte so friedlich und vernünftig, wie er dort saß und mich schüchtern anlächelte. *Wer hätte das gedacht …*

Ich überlegte, was für Überraschungen er wohl noch so in petto haben mochte, als es erneut klopfte, und zwar so laut, dass ich vor Schreck fast vom Stuhl fiel.

Ein großes, freudestrahlendes Gesicht sah durchs Küchenfenster herein. Pfeife im Mund, Haare wie der Weihnachtsmann. *Ach richtig, Pippas Großvater, der Brigadegeneral. Wegen der Miete.*

Er trug sein übliches Outfit, Tweedjacke und eine grüne Cordhose, und war wie immer energiegeladen und gut gelaunt.

»Tag, Daisy! Na, wie geht's, wie steht's?«, rief er, wobei er mich etwas verwundert betrachtete und dann meinen Besucher musterte.

Michel erhob sich. »Ich sollte gehen. Wir sehen uns bestimmt bald wieder.«

Ich nickte. »Noch mal danke für die Blumen.«

»Ach, das hätte ich ja beinahe vergessen …« Er zückte einen Umschlag. »Hier, das Geld.«

Ich bedankte mich und brachte ihn zur Tür.

»Daisy?«

»Ja?«

»Darf ich Ihnen noch eine Frage stellen?«

»Natürlich dürfen Sie, Michel. Aber ich kann nicht garantieren, dass ich antworten werde«, sagte ich.

»Warum waren Sie eigentlich auf der Preisverleihung?«

Ich schluckte schwer. Im Nachhinein habe ich mich oft gefragt, was für einen Verlauf die Geschichte genommen hätte, wenn ich ihm schon damals die Wahrheit gesagt hätte. Aber irgendwie wollte ich meine literarischen Pläne nicht vor ihm enthüllen. Was, wenn sie gar nicht in Erfüllung gingen? Wie peinlich wäre das denn?

Er winkte ab. »Schon okay. Sie wollen es mir nicht sagen.« Damit wandte er sich zum Gehen.

»Nein, nein«, widersprach ich und dachte mir rasch eine Erklärung aus. »Ich war auf Einladung eines anderen Autors dort. Gary Hopper heißt er. Ein ehemaliger Soldat.«

»Ah ja, Ihr Tischnachbar. Ist er Ihr Freund?«

»Äh, nein, ist er nicht.«

»Haben Sie denn einen Freund?«

Der Vermieter räusperte sich hinter meinem Rücken.

»Michel, Sie müssen jetzt wirklich …«

Er nickte. »Ja, ja, bin schon weg. Bis bald.«

Der Vermieter sah ihm nach, und sobald Michel Amiel außer Hörweite war, rief er: »Also wirklich, Daisy!« Er warf einen vielsagenden Blick auf den Umschlag in meiner Hand und einen weiteren auf meinen Kimono. »Es kann doch nicht sein, dass ein nettes Mädchen wie Sie zu solchen Maßnahmen greift, um die Miete zu bezahlen!«

Oh, Gott! Glaubt er etwa, dass ich …?

»Ich … ähm … also …«, stammelte ich. »Es ist nicht so, wie es aussieht.«

Er setzte sich, und ich brachte ihm Tee und ein paar French Fancies.

»Hören Sie, ich muss die Miete nicht unbedingt erhöhen …«

»Ich hatte mich doch bloß verkleidet, und dann bekam ich zufällig Besuch. Ich ziehe mich jetzt wohl besser wieder um. Geben Sie mir nur fünf Minuten, ja?«

»Soso, verkleidet«, schnaubte er und fügte ein verhaltenes »Diese jungen Dinger heutzutage …« hinzu.

Ich ging in mein Zimmer und tauschte den Kimono gegen Jeans und ein weites Poloshirt.

Dann aßen wir gemeinsam noch ein wenig Kuchen (mein zweiter). Das Thema Miete kam nicht mehr zur Sprache.

»Die Wohnung macht ja einen sehr sauberen und aufgeräumten Eindruck«, stellte er fest. »Aber auf einen schlechten Ruf kann ich verzichten. Also sehen Sie zu, dass Sie Ihre Probleme in den Griff kriegen, ja?«

Er hatte das, was er gesehen hatte, zweifellos falsch interpretiert, und ich hatte nicht das Gefühl, dass ein weiterer Erklärungsversuch von meiner Seite etwas daran ändern würde.

Also nickte ich nur und schämte mich. Er hielt mich für eine Prostituierte, und ich hatte es nicht geschafft, das Missverständnis aufzuklären.

Ich weiß noch genau, was ich dachte, als ich ihm dort am Küchentisch gegenübersaß: *Gott, wie peinlich. So kann es nicht weitergehen. Es muss sich etwas ändern, ein für alle Mal! Ich brauche mehr Geld. Viel mehr. Ich brauche finanzielle Sicherheit. Und beruflichen Erfolg.*

KAPITEL 21

Die Erleuchtung

Ich war erleichtert, als der Vermieter endlich ging, mit den restlichen French Fancies in einer leeren Quality-Street-Dose und einem dicken Stapel Post für Pippa. Zum Abschied küsste er mich auf die Wange und sagte: »Und schön artig sein, ja? Sie sind ein hübsches Mädchen und haben so etwas nicht nötig, Daisy. Vor allem nicht mit ekligen alten Säcken wie diesem französischen Koch.«

Er hatte Michel Amiel also erkannt.

»Es ist nicht, wie Sie denken …«

»Nein, sagen Sie nichts! Ich brauche keine Erklärungen«, rief er und knallte die Tür hinter sich zu.

Nach all dieser Aufregung musste ich mich ein bisschen hinlegen. Ich ließ die Jalousie vor dem Küchenfenster herunter und machte es mir auf dem Sofa bequem.

Dort dachte ich eine Weile über meine verfahrene Situation nach. Immer, wenn mir das Gespräch mit dem Vermieter wieder in den Sinn kam, fingen meine Wangen an zu glühen. So ging das eine gute Viertelstunde. *Bloß nicht aufgeben, Daisy. Es gibt einen Weg aus diesem Schlamassel. Branwell gibt dir eine Chance. Nutz sie, um dein Leben zu ändern. Die Lösung ist in dir. In deinem Kopf.*

Dann fiel mir wieder ein, wie mich Michel vorhin beobachtet hatte, während ich in Unterwäsche die French Fancies glasiert hatte.

Was war das nur für ein Gesichtsausdruck gewesen? Belustigung? Nein, Faszination. Er war förmlich dahingeschmolzen. Richtig hilflos hatte er gewirkt. Betört.

Dieser Blick! Jetzt weiß ich, was es war!

Die Erkenntnis traf mich wie ein Blitz.

Begehren.

Scham und Verlegenheit fielen schlagartig von mir ab. Grinsend ließ ich noch einmal die ganze verrückte Szene Revue passieren.

Und dann: der Geistesblitz. Das war sie! Das war die Idee für mein Buch! Sie erschien mir so naheliegend, dass ich mich fragte, warum ich nicht schon viel eher darauf gekommen war.

Essen und Reizwäsche. Zwei Instrumente der Verführung.

Die ideale Kombination, um Männer zu ködern.

Schokolade schmelzen, Eischnee schlagen, mixen, backen, glasieren … und das Ergebnis in sexy Spitzendessous von Voluptas servieren. Und als i-Tüpfelchen ein paar Tipps zu den Themen Dating, Liebe und Beziehung. Das wäre ein mehr als würdiger Gegner für *Kiss Chase*. Ich konnte mir ja Rezepte für allerlei romantische Augenblicke einfallen lassen oder gleich ganze Mahlzeiten. Gelegenheiten gab es mehr als genug: erstes Date, erster Kuss, sex-stes Date, ein romantisches Wochenende auf dem Land, die erste gemeinsame Lunchparty, Weihnachten, die erste Begegnung mit den Schwiegereltern, Wohnungseinweihung, Verlobungsparty,

Hach, das wird ein Spaß!

Ich war drauf und dran, Branwell eine Mail zu schicken, doch ich bremste mich. Das wäre doch ein bisschen voreilig, schließlich hatte ich noch eine Woche. Ich beschloss, erst einmal mit dem Schreiben anzufangen.

Ich setzte mich mit meinem Laptop an den Küchentisch und tippte drauflos. Die Ideen sprudelten nur so aus mir heraus: Torten, Obst- und Teekuchen, Pasteten, Hefeteig- und Honig-Nusstörtchen, Eclairs (auch Liebesknochen genannt!), Bärentatzen, Cupcakes, Petit Fours und French Fancies … *Hey, das wäre doch eigentlich ein cooler Buchtitel: French Fancy.*

KAPITEL 22

Der erste Entwurf

Die Zutaten für mein Buch fügten sich rasch zu einem Ganzen. Insgesamt kam ich auf – vorerst – 16 Kapitel:

Erstes Date
Erster Lunch
Erstes Picknick
Erster Kuss
Sex-tes Date
Verliebt!
Ein Wochenende auf dem Land
Weihnachten
Party!
Wohnungseinweihung
Kaffee und Kuchen mit den Schwiegereltern
Der erste Durchhänger – überrasch ihn!
Versöhnungstrickkiste
Jahrestag
Verlobung
Hochzeit

Ich sah nicht einmal von meinem Laptop auf, als Kitty von der Arbeit nach Hause kam.

»Hi, Kitty! Alles klar?«

»Ja. Und bei dir? Bist du gerade im ›Flow‹?«, fragte sie.

»Mhm. Sorry. Ich hatte endlich eine Idee. Was heißt eine – Dutzende!«

Sie stellte Wasser auf, um Tee für uns zu machen, holte Milch aus dem Kühlschrank und legte ein paar sehr appetitlich aussehende Sandwiches auf einen antiken Porzellanteller. Dann setzte sie sich zu mir und zückte ihr Handy.

»Hübscher Blumenstrauß«, bemerkte sie, nachdem sie einen kurzen Blick auf das Display geworfen hatte.

»Von Michel Amiel.«

»Ach, echt? War er hier oder hat er ihn von einem Boten überbringen lassen?«

»Er war hier.«

»Wahnsinn! Ehrlich?«

»Mhm.«

»Klingt ja nach einem spannenden Nachmittag.«

»Wenn du wüsstest …«

»Was soll das nun wieder heißen?«

»Na ja, ich war ziemlich spärlich bekleidet, als er kam. Ich hatte gerade ein Blech Biskuitteig in den Ofen geschoben, und um die Zeit zu überbrücken, hab ich eine Korsage und Seidenstrümpfe anprobiert … in der Hoffnung auf Inspiration für einen Krimi, in dem es um Reizwäsche und ums Backen geht.«

»Die tödliche Biskuitrolle, oder wie? Was für eine Furcht einflößende Vorstellung! Wird das Opfer damit vergiftet, oder erstickt es daran?«

»Weiß der Geier, was ich mir dabei gedacht habe, Kitty. Jedenfalls hab ich bloß schnell einen Kimono übergestreift und Michel reingelassen, und überraschenderweise war es richtig nett mit ihm. Wir haben ein bisschen getanzt, ein bisschen Kuchen verdrückt und über das Leben philosophiert. Und dann kam auch noch Pippas Großvater vorbei, um über die Miete zu reden. Während Michel hier war.«

»Ach, Mist, die Miete wird erhöht?«

»Jetzt nicht mehr. Und ich verrate dir auch, warum. Also: Michel hat mir das Geld für die Taxifahrt nach der Preisverleihung zurückgegeben. Die hatte ich bezahlt, weil er damals seinen Geldbeutel nicht finden konnte …«

»Ja, ich erinnere mich dunkel.«

»Na, jedenfalls scheint der Vermieter jetzt anzunehmen, dass ich gegen Geld mit Michel geschlafen habe, weil ich knapp bei Kasse bin.« Ich gab ein Geräusch von mir, das halb Kichern, halb Schluchzer war.

Kitty begann schallend zu lachen. »Das ist ja zum Piepen! Ich bin gespannt, ob er es Pippa erzählt.«

»Inzwischen finde ich es auch witzig, vor allem, weil es ihn dazu gebracht hat, die Miete doch nicht zu erhöhen. Aber ich musste ihm versprechen, dass es in seiner Wohnung künftig keine käufliche Liebe mehr gibt.«

»Du meine Güte. Da bin ich bloß mal ein paar Stunden außer Haus …«

»Ich würde dir auch furchtbar gern mehr erzählen, Kitty, aber meine literarische Stimme hat mich gerade fest im Griff.«

»Deine literarische Stimme, soso. Ihr Schreiberlinge! Na ja, ich kann warten. Arbeite du ruhig weiter an deinem erotischen Kochbuchkrimi. Wird das Opfer beim Verzehr eines Erdbeertörtchens mit Strapsen erdrosselt?«

»Nein. Ich schreibe jetzt doch keinen Krimi. Dank Michel kam mir eine andere Idee.«

»Was? Sag bloß, du hast ihn verführt?«, rief Kitty.

Ich legte eine kurze Kunstpause ein.

»Nein. Aber ich möchte wetten, dass ich ihn hätte verführen *können.*«

»Wow! Daisy, Daisy, was ist nur plötzlich los? Wir haben erst Februar, und das Jahr ist jetzt schon völlig anders als das letzte.«

»Irgendetwas ist anders, stimmt, aber ich glaube, es liegt nicht am Jahr. *Ich* habe mich geändert. Und das ist erst der Anfang.«

Kitty ließ mich ungestört werkeln. Sie brachte mir nur dann und wann einen Happen zu essen – einen Teller Rührei, ein Schüsselchen Obstsalat, ein Auflaufförmchen mit Cashewnüssen – und tat gelegentlich halblaut kund, was die Jungs von unserer Twitter-Favoriten-Liste so trieben.

Das ist Arbeit? Das Schreiben machte mir unheimlich viel Spaß.

Der erste Durchhänger – die Rettung naht in Form einer Himbeer-Schoko-Torte

Überrasch ihn! Vor dem ersten Durchhänger, der sich für gewöhnlich nach etwa einem halben Jahr bemerkbar macht, ist keine Beziehung gefeit.

Wir kennen das – auf die anfängliche Romantik folgt eine Welle des Desinteresses, gespickt mit allerlei Kabbeleien und konkurrierenden Junggesellen- und -gesellinnenabschieden, bei denen der Alkohol in Strömen fließt. Er freut sich mehr über seine Fußballdauerkarte und die neue Spielekonsole als über die Aussicht auf ein Wochenende in trauter Zweisamkeit. Inzwischen hat er dich mehrfach herb enttäuscht – du hattest angenommen, er steht tatsächlich auf Opern und Ballett, aber zu deinem Entsetzen hat sich rausgestellt, dass er dich angelogen hat, um dich ins Bett zu kriegen. Du magst ihn trotzdem noch, sehr sogar, und wünschst dir, dass er dich wieder einmal so begehrlich betrachtet wie in eurer allerersten Nacht. Was tun?

Die Situation erfordert einen heilsamen Schock: Er hält dich für das nette Mädel von nebenan, das nur schmucklose weiße BHs und Slips trägt, doch er ist auf dem Holzweg! Zieh etwas Aufregendes an, das er noch nicht kennt – einen Push-up-BH aus roter Seide und Spitze beispielsweise, dazu Seidenstrümpfe und hochhackige Schuhe. Und darin präsentierst du ihm dann diese leckere Tortenkreation mit Himbeeren und Crème Chantilly. Er wird dich in einem völlig neuen Licht sehen.

Die Flut an Einfällen wollte gar nicht mehr versiegen, als hätte die literarische Stimme tief in mir nur auf diesen Moment gewartet.

KAPITEL 23

Ein Alter Ego wird geboren

An diesem ersten Wochenende schrieb ich um die zwanzigtausend Wörter. *Wie kann es sein, dass ich diesmal so schnell bin? Bedeutet das, dass das, was ich schreibe, Schrott ist?* Für meine Abhandlung über die Geschichte der Reizwäsche, die in Claras Boutique entstanden und bei keinem einzigen Agenten auf Gegenliebe gestoßen war, hatte ich über zwei Jahre gebraucht.

Ich rief mir etwas in Erinnerung, das ich kürzlich in einer Zeitschrift gelesen hatte: »Louisa M. Allcott verfasste *Little Women* innerhalb weniger Wochen, weil sie das Geld benötigte.« Bis dahin hatte ich immer gedacht, das Schreiben eines wirklich guten Buches müsse sehr, sehr lange dauern, aber dieses Zitat gab mir Hoffnung. Ich recherchierte ein wenig, welche weiteren Bestseller innerhalb kürzester Zeit entstanden waren. *Casino Royale* von Ian Fleming. *Die Blütezeit der Miss Jean Brodie* von Muriel Spark. *Uhrwerk Orange* von Anthony Burgess.

Na also, Daisy. Schnelligkeit kann offenbar auch ein gutes Omen sein.

Natürlich gehörte *French Fancy* nicht in die gleiche Kategorie wie *Little Women*, trotzdem fand ich diese Erkenntnis hilfreich.

Alles andere ist unwichtig. Es kommt nur auf dieses Buch an. Diese Worte. Dieses Werk. Branwell wird es lieben. Ein Verlagslektor wird es lieben. Die Leser werden es lieben. Es wird mein Leben verändern.

In der Nacht von Samstag auf Sonntag schlief ich nur ein paar Stunden. Immer wieder wachte ich auf und notierte mir Ideen auf dem Notizblock, der auf meinem Nachttisch bereitlag. Ich träumte sogar von Buchideen, und morgens klemmte ich mich, mit einer Schüssel Müsli bewaffnet, sofort wieder hinter meinen Laptop.

Der Sonntag verging wie im Flug. Gegen Abend war ich bereit, das Geschriebene zum ersten Mal zu evaluieren.

Hoffentlich stelle ich jetzt nicht fest, dass es nur sinnloses Gefasel ist.

Ich zündete eine Kerze mit Lavendel- und Vanilleduft an, wusch mir das Gesicht mit kaltem Wasser und bürstete mir die Haare. Erst jetzt registrierte ich, dass meine Schultern und mein Nacken total verspannt waren und mir der Kopf dröhnte. Kein Wunder, ich hatte mir die Haare zu einem straffen Pferdeschwanz zusammengebunden.

Lies es, Daisy. Achte darauf, wie es klingt.

Ich war richtig nervös. Was, wenn mir das, was ich geschrieben hatte, nicht gefiel? Ich klappte den Laptop auf und setzte mich damit aufs Bett, an drei Kissen gelehnt.

French Fancy von Daisy Delaney

Ich hielt inne.

Daisy Delaney? Klingt das gut? Und will ich, dass die Leute wissen, wer hinter diesem Buch steckt? Vielleicht sollte ich mir einen Künstlernamen zulegen. Ein Pseudonym.

Ich notierte mir allerlei Stichwörter, die in meinem Buch vorkamen. Kuchen, Liebe … *Hm, nein.* Vielleicht klang es ja auf Englisch besser. Cake, love … love, cake. *Wie wär's denn mit Miss Lovecake? Lydia Lovecake? Nein, Lucy! Lucy Lovecake. Das klingt jung und spritzig. Fröhlich, feminin und eine Spur frech.*

French Fancy von Lucy Lovecake.

Voilà!

Während ich las, fiel mir auf, dass das Geschriebene gar nicht nach mir klang, aber ich war sofort gefesselt und fand den Text super.

Hm. Vielleicht ist das ja nur meine Eitelkeit, die mir vorgaukelt, dass es gut ist. Ich muss unbedingt eine zweite Meinung einholen, bevor ich es Branwell schicke.

Seltsamerweise wusste ich zum Teil gar nicht, was mich als Nächstes erwartete, gerade so, als hätte jemand anderes den Text geschrieben. Dabei hatte ich mir das doch alles selbst ausgedacht! Wie konnte das sein?

Wo hatte ich das überhaupt alles her? Zugegeben, dank diverser Freundinnen hatte ich indirekt so einiges an Beziehungserfahrung gesammelt. Dazu all die Fernsehshows, Filme und Romane, die es zu dem Thema gibt … *Jetzt zahlt es sich endlich aus, dass ich mir so oft heimlich* Sex and the City *und* Gossip Girl *reingezogen habe!*

Natürlich verfügte ich auch über Erfahrungen aus erster Hand. Tom Percy und ich hatten ein ziemlich glamouröses Paar abgegeben, damals, in unserem letzten Jahr an der Kunstakademie. Bevor alles den Bach runtergegangen war.

KAPITEL 24

Der Brief

Nachdem ich alles gelesen hatte, war ich recht guter Dinge. Also holte ich den Brief, den mir Tom neulich geschickt hatte, aus der Schublade und öffnete bedächtig den Umschlag.

16 Banbury Avenue
Islington
T: 07842666541
Liebe Daisy,
ich weiß nicht, ob dich meine Briefe erreichen, aber ich werde dir trotzdem weiter schreiben, an die Adresse deiner Eltern, in der Hoffnung, dass du eines Tages antworten wirst. Ich hoffe auch, dass du mir eines Tages verzeihen und erkennen wirst, was meine Briefe sind: ein Zeugnis meiner unsterblichen Liebe zu dir. Bis dahin muss ich mit meinen Selbstvorwürfen leben. Auf Facebook hat jemand behauptet, dass du in einer Boutique für Damenunterwäsche arbeitest. Leider konnte ich nicht in Erfahrung bringen, in welcher. Nun kann ich mir zwar durchaus vorstellen, dass du hervorragend in einen solchen Laden passt, aber ich hoffe doch, es ist dir auch gelungen, deine wunderschönen Entwürfe an einen bekannten Dessoushersteller zu verkaufen. Ich warte ja nur darauf, dass ein Brautmodenausstatter demnächst Hochzeitsdessous von Daisy Delaney ins Sortiment aufnimmt. Ich werde nie

vergessen, wie toll du in diesem Seidenteil ausgesehen hast, das wir in Paris gekauft haben. In Gedanken bin ich immer bei dir.
Ich wüsste zu gern, was du so treibst, auch wenn du mir nicht sagen willst, wo du lebst. Was ist denn schon dabei, wenn du mir deine neue Adresse gibst? Bitte überleg es dir.
Kommenden Sommer wird es bei John Lewis Schuhe, Bettwäsche und Bademoden von mir geben. Ist das zu fassen? Weißt du noch, wie verächtlich sich Anna MacDonald über meine Bikini-Entwürfe geäußert hat? Ich werde ihr eine kleine Auswahl davon zukommen lassen! Falls sie überhaupt noch an der Kunstakademie in Edinburgh arbeitet. Fünf Jahre ist es jetzt her, dass wir nach London gegangen sind. Unglaublich. Zweifellos hat sich bei dir einiges getan seither. Und bei mir … na ja, ich bin ruhiger geworden, nachdenklicher. Ich schätze mal, die unbeschwerten Zeiten gehören der Vergangenheit an. Und das alles wegen meines Verhaltens, für das ich mich sehr schäme.
Ich hoffe, deinen Eltern geht es gut. Stell dir vor, meine Großmutter ist gestorben. Weißt du noch, wie ihr euch kennengelernt habt, damals beim Essen im Prestonfield House Hotel nach unserem Abschluss? Sie hat mir immer Vorwürfe gemacht, weil ich dich verletzt habe. Sie hatte vollkommen recht. Ich war ein Idiot. Ich bereue alles, und ich wünschte, ich könnte es wiedergutmachen.
Am 5. August steigt bei Liberty meine große Launch Party, zu der ich dich hiermit einladen möchte. Ich schreibe dich auf meine persönliche Gästeliste und würde mich riesig freuen, wenn du kommst. Alles Weitere demnächst.
In Liebe,
Tom

Pfff. Hohle Worte, mehr nicht. Der Zug ist abgefahren, Tom. Du bist doch bloß so hartnäckig, weil du mich unbedingt wiederhaben willst und ich untergetaucht bin! Nur deshalb entwickelst du jetzt einen derartigen Ehrgeiz und willst mich zurückerobern. Wozu? Damit du mich noch einmal verletzen kannst? Ohne mich. Genieß dein Leben und deine Party, aber ich schreibe ein Buch, und eines Tages werde ich selbst eine Launch Party veranstalten.

Die Vorstellung, Tom Percy mit meinem erotisch angehauchten Werk zu überraschen, motivierte mich. Er war so fies zu mir gewesen, hatte mir das Gefühl vermittelt, ein naives Landei zu sein, das überhaupt keinen Stil hat. Gut, vielleicht war ich das damals ja auch, verglichen mit Prinzessin Elisha von Habsburg! Schließlich gehörte sie dem französischen Adel an. Angeblich wäre ihr Vater theoretisch der rechtmäßige Anwärter auf den französischen Thron. Tom fing an, sich nur noch mit Grafen, Herzögen, Komtessen und sonstigen Royals zu umgeben. Wie hätte ich da mithalten sollen? Ich wurde immer ruhiger, reservierter, bis er eines Tages sagte, ich hätte mich verändert. »Das liegt daran, dass du dich verändert hast«, erklärte ich ihm. Wir stritten uns häufig, ich heulte ständig und war nur noch ein erbärmliches Häufchen Elend. Es war vorbei.

Das war meiner Meinung nach die schlimmste Art von Verrat – wenn man wegen seines Status verlassen wurde und nicht wegen einer neuen Liebe. Natürlich hat das mit Elisha und Tom nicht lange gehalten. Durch ganz Europa zu tingeln, von einem Ball zum nächsten, die zahllosen Partys, das war überhaupt nicht sein Ding. Aber Tom war von einem an Macbeth erinnernden, krankhaften Ehrgeiz getrieben. Er lernte dank Elisha jede Menge Designer und Celebrities kennen, und diese Verbindungen waren ihm zweifellos von Nutzen. Gerüchten zufolge hat er Elisha nach einem Ball im Hotel Crillon in Paris abserviert. Wer weiß, ob es stimmt. Jedenfalls hat sie kurz darauf mit einem Spieler vom FC Chelsea angebandelt.

Wann immer ich mich in Selbstmitleid suhlte, fragte ich mich, ob das die Lösung war: so zu leben wie Tom Percy – sich nur so lange mit seinen Mitmenschen abzugeben, wie sie einem von Nutzen waren, und sie fallen zu lassen wie eine heiße Kartoffel, wenn man genügend Profit aus der Bekanntschaft mit ihnen geschlagen hatte.

Nein. Ich bin anders, und ich lebe mein Leben auf meine Art und Weise.

Am Sonntagabend ließ ich Kitty das bisher Geschriebene lesen. Während sie sich mit meinem Laptop aufs Sofa kuschelte, legte ich mich in die Badewanne, um meinen schmerzenden Schultern etwas Gutes zu tun. Seltsamerweise bereitete mir die Frage, was sie davon halten würde, nicht das geringste Kopfzerbrechen. Ich wusste, ich hatte ganze Arbeit geleistet.

KAPITEL 25

Abwarten und Tee trinken

»Und?« Ich stand in meinem Fleecebademantel an der Schwelle zur Wohnküche und kämmte mir das nasse Haar.

Kitty rappelte sich wortlos auf, trat zu mir und umarmte mich. »Es wird sich millionenfach verkaufen. Garantiert. Es ist unterhaltsam, es enthält nützliche Tipps, und es ist etwas ganz Besonderes. Ich bin total begeistert.«

»Du bist total parteiisch, Kitty, aber danke trotzdem. Es bedeutet mir viel, dass es dir gefällt, ehrlich. Könntest du die Rezepte überprüfen?«

»Natürlich. Wir können uns auch gemeinsam ein paar brandneue ausdenken.«

»Super, danke schon mal! Ich werde es dir nicht vergessen.«

Falls dieses Buch je veröffentlicht wird, widme ich es Kitty. Und dann sorge ich dafür, dass sie von Charlie loskommt.

Obwohl ich schon ziemlich müde war, nahm ich mir viel Zeit für das Anschreiben.

Von: Daisy Delaney
An: Branwell Thornton
Betreff: Manuskripteinsendung No. 2
Hallo Branwell,
wie geht es Ihnen?
Ich hänge Ihnen einen Text an, den ich soeben nach einer

(potenziell) erotischen Begegnung verfasst habe. Ich habe das Buch *French Fancy* genannt und beschlossen, unter dem Pseudonym »Lucy Lovecake« zu schreiben. Es geht um Beziehung, Backwaren und Dessous, um Verführung und die Spielchen, die wir alle in der Liebe spielen.

Backen deshalb, weil das hierzulande ja jetzt wieder groß im Trend liegt. Zurzeit erleben wir eine dritte Welle des Feminismus, in der traditionelle Werte bei Frauen wieder hoch im Kurs stehen. Doch im Gegensatz zu unseren Großmüttern, für die Backen zu den zahlreichen Pflichten gehörte, die sie regelmäßig auszuüben hatten, backen Frauen (und übrigens auch Männer) neuerdings in ihrer Freizeit, einfach zum Spaß.

Sie fragen sich vielleicht, wie das Dessous-Thema mit hineinspielt. Sex sells, das ist bekannt, aber für mich sind Dessous ehrlich gesagt eher Ausdruck des persönlichen Stils, mal ganz abgesehen von ihrer verführerischen Wirkung. Ich meine, was gibt es Sinnlicheres als das Gefühl von Seide auf unserer Haut?

Und Beziehungsprobleme sind ein zeitloses Thema, mit dem wir alle ständig konfrontiert sind. Auf diese Weise steckt ein bisschen was von allem drin.

Es soll in erster Linie ein unterhaltsames Buch werden. Ich hoffe, es gefällt Ihnen, und bin schon sehr gespannt auf Ihr Feedback.

Viele liebe Grüße

Daisy (alias Lucy Lovecake)

Danach war ich endgültig erledigt.

In dieser Nacht schlief ich tief und fest, aber viel zu kurz. Als ich am Montagmorgen auf dem Weg zur Arbeit war, versuchte ich, das Gefühl zu unterdrücken, dass die von langweiliger Routine geprägten Tage meines Lebens bald zu Ende sein würden.

Noch habe ich keinen Vertrag für mein Buch. Und selbst wenn mir ein Verlag einen Vertrag anbietet, wird es Monate, wenn nicht gar

Jahre dauern, bis das Buch in den Handel kommt. Und dann wird es noch ewig dauern, bis der Verkauf auch Geld abwirft …

Bis dahin ging mein derzeitiges Leben weiter. Womöglich bis in alle Ewigkeit.

Ich wagte kaum, einen Blick in meine Mailbox zu werfen. Meine Enttäuschung wäre riesengroß, wenn Branwells Antwort auf sich warten ließe. Damit ich mir nicht bei jedem *Ping!*, das mein Smartphone von sich gab, falsche Hoffnungen machte, meldete ich mich von mehreren Mailinglisten ab.

Ich schloss die Boutique auf und erledigte die allmorgendlich anfallenden Aufgaben – einmal kurz Besen und Staubwedel schwingen und etwaige Social-Media-Anfragen beantworten –, dann sah ich nach, ob ich irgendwelche Mails erhalten hatte.

Ja!

Branwell hatte mir bereits geantwortet!

Mein Herz raste.

Wappne dich, Daisy.

Ich nahm all meinen Mut zusammen und klickte auf die Mail. Mist! Eine automatisch generierte Abwesenheitsnotiz – er war die kommenden zwei Wochen im Urlaub.

Oh, Mann. Urlaubmachen ist so was von egoistisch und überflüssig! Erst recht jetzt, wo ich so inspiriert bin.

Ich versuchte, mich abzulenken, indem ich mir in der folgenden Woche Beschäftigung in der Boutique suchte. Ich räumte um, putzte und schrubbte alles gründlich und tapezierte eine Wand mit einer Vintage-Tapete, die ich drüben bei Francesca aufgestöbert hatte. Dazwischen stöberte ich im Internet nach potenziellen Outfits für meine Buchpräsentationsparty im Ritz – oder sollte ich lieber in der Orangerie im Kensington Palace feiern?

Clara kam Anfang der Woche ein, zwei Mal kurz vorbei und verkündete, Phil müsse am Mittwoch geschäftlich nach New York und sie wolle ihn begleiten. »Phils Familie besitzt eine Privatbank namens Standings, die von der Bank of New York übernommen werden soll«, berichtete sie.

»Klingt spannend.«

»Ja und nein.«

»Warum ›nein‹?«

»Phil hat große Bedenken deswegen. Er sagt, es fühlt sich an, als würde er damit seinen Urgroßvater hintergehen, der die Bank anno dazumal gegründet hat.«

»Kann ich mir vorstellen. Geld ist eben nicht alles im Leben.«

»So was in der Art habe ich ihm auch gesagt. Wenn er lieber weiterhin einem kleinen Familienunternehmen vorstehen will, dann soll er das tun.«

»Und, was hat er dazu gesagt?«

»Dass ich das nicht beurteilen kann, weil ich zu wenig Einblick habe. Was ja auch den Tatsachen entspricht.«

»Und, was wirst du in New York machen?«

»Ich werde ein paar Vintage-Kleider-Auktionen besuchen. Du weißt ja, wie viel alter Geldadel sich in New York tummelt. Die Forbes, die Astors, die Roosevelts, die Lowells … Vielleicht kann ich ja das eine oder andere interessante Stück erbeuten. Ein bisschen Publicity würde uns ganz guttun.«

»Ja, das schadet nie.« Ich nickte. »Und, sind auch irgendwelche spektakulären Abendveranstaltungen geplant, für die du dich so richtig fein machen kannst?«

»Na ja, wenn der Deal unter Dach und Fach ist, soll das gebührend gefeiert werden. Ich nehme an, das wird eine recht exquisite Veranstaltung im Eleven Madison Park.«

»Na, bei der Adresse muss es eine noble Angelegenheit werden. Du wirst sie alle blenden mit deiner Schönheit.«

Es stimmte. Clara hatte ausdrucksstarke dunkelblaue Augen, einen strahlenden Teint, schlanke Gliedmaßen, zarte Hände und eine elegante Haltung.

»Danke, lieb von dir, aber ich wette, früher oder später werde ich wegen meiner typisch ›britischen‹ Schneidezähne aufgezogen. Schließlich ist der eine etwas größer als der andere, oh Schreck, oh Graus!«

Clara verabschiedete sich, was wie immer eine ziemlich langwierige Aktion war, in die auch Francesca und James Jolly eingebunden waren. Als sie weg war, fühlte ich mich direkt etwas einsam.

Ich warf einen Blick auf die Facebookseite von Voluptas.

Ein paar neue Likes – und eine Nachricht.

Geheimagent Gary Hopper, mein Tischnachbar von der Preisverleihung, hatte uns aufgespürt!

Er schrieb: »Dies ist eine Nachricht für eine Ihrer Angestellten, die ich kürzlich kennengelernt habe. Sie heißt Daisy Delaney. Würden Sie ihr bitte meine Telefonnummer weiterleiten? 07654 222 133.«

Ja, ja, die Macht der Reizwäsche.

Ich sah mir Garys Facebookauftritt an.

Gary, der mit einem Fallschirm aus einem Flugzeug springt. Gary im Taucheroutfit. Gary beim Skifahren. Gary im Anzug – mal mit Nadelstreifen, mal aus sommerlichem Leinen in Beige. Kein Zweifel, Gary war 007. Er war mit Abstand der prahlerischste Geheimagent, den es je gab.

KAPITEL 26

Es läuft

In dieser Woche schlief ich hervorragend und träumte immer wieder von sorgenfreien Zeiten, von sonnigen Nachmittagen, die ich, zwischen Gänseblümchen im Gras liegend, unter einem Baum im Park verbrachte.

Am Donnerstagvormittag gab es eine bemerkenswerte Entwicklung zu verzeichnen. Ich legte hinten im Lager die Schubladen einer schon etwas lädierten antiken Kommode mit nach Orangenblüten duftendem Papier aus, als ich hörte, dass eine E-Mail hereingekommen war. Ich sauste zum Laptop hinüber. Ha! Sie war von Branwell! Der Großmeister höchstpersönlich hatte mir geschrieben!

Es dauerte eine Ewigkeit, bis die Nachricht endlich auf dem Bildschirm erschien, weil ich sie so oft anklickte. *Herrgott noch mal, Daisy, reiß dich zusammen! Tief durchatmen!*

Von: Branwell Thornton
An: Daisy Delaney
cc: Bea Gibson
Betreff: Manuskripteinsendung No. 2
Liebe Daisy,
das ist eine absolute Premiere – ich kann mich nicht entsinnen, dass ich je eine berufliche E-Mail aus meinem Jahresurlaub verschickt hätte, erst recht nicht an eine unveröffentlichte Autorin.

Aber ich musste mich einfach kurz melden, um Ihnen zu sagen, dass ich Ihr Manuskript GROSSARTIG finde. Ich bin hellauf begeistert und überzeugt, dass es ein großer Erfolg wird. Könnten Sie bis zu meiner Rückkehr bitte folgende Änderungen vornehmen: Bringen Sie auch noch andere romantische Orte ins Spiel – Strandhäuser, Berghütten, eventuell auch romantische Städte oder Sehenswürdigkeiten in aller Welt.
Überlegen Sie sich ein paar Anekdoten im Stil einer Scripted-Reality-Serie. »Als sich Kate und Jamie kennenlernten, fühlten sie sich zwar gleich zueinander hingezogen, aber so richtig gefunkt hat es erst, als …« und so weiter.
Ich möchte Ihr Manuskript schnellstmöglich an alle großen Verlagshäuser schicken und sicherheitshalber auch an ein paar kleinere. Ich dachte da unter anderem an Glass & Co. und Bluebells (dort ist *Unter Hühnern – Ein unvergesslicher Junggesellinnenabschied* erschienen). Informieren Sie sich und überlegen Sie, welches Ihnen am sympathischsten ist. Wir sollten uns auch schon mal über Film- und Fernsehrechte unterhalten. Wenn Sie einverstanden sind, lasse ich Bea einen Termin vereinbaren, damit wir das alles möglichst bald nach meiner Rückkehr angehen können.
Gut gemacht, Daisy. Ich habe das Gefühl, das wird eine richtig große Sache.
So, und jetzt ist es Zeit für die nächste Piña Colada.
Viele Grüße
Branwell

Ich stand auf, die Hände an die Wangen gepresst, und tigerte ein paar Mal im Hinterzimmer auf und ab. Hielt den Atem an, während ich die Nachricht noch einmal las, schnappte nach Luft. Es war der schönste Augenblick meines Lebens. *Branwell Thornton liebt mein Buch!*

»Francesca!«

Sie kam angelaufen. »Gute oder schlechte Neuigkeiten?«, fragte sie. »Ich halte das nicht mehr lange aus, Daisy!«

»Lies!« Ich deutete auf meinen Laptop.

Sie überflog Branwells Nachricht. Als sie sich wieder zu mir umdrehte, spiegelte sich eine Mischung aus Stolz und Bekümmerung in der Miene. »Ach, Daisy, du wirst mir fehlen, wenn du nicht mehr da bist.«

Von da an lebte ich in einem Zustand permanenter Überdrehtheit, durchsetzt von Flow-Erlebnissen, was laut Francesca für meine Mitmenschen nervtötend war. Ich nahm die von Branwell angeregten Änderungen am Text vor, und ich räumte mehrere Male den gesamten Laden um, schrubbte die Sockelleisten, versah unsere gesamten Lagerbestände mit neuen Etiketten und erstellte eine Webseite für den Online-Verkauf. Auf diese Weise konnten wir unsere Waren künftig einem viel breiteren Publikum präsentieren.

Am Wochenende rief Clara an.

»Hey, Clara, bist du noch in New York?«

»Ja …« Ihre Stimme klang ganz untypisch leise und bedrückt.

»Ist alles okay?«

»Ehrlich gesagt nicht, Daisy.«

»Was ist denn los? Kann ich irgendwie helfen?«

»Der Deal, den Philip unterzeichnen sollte …«

»Was ist damit?«

»Er kam nicht zustande. Die Bank of New York hat in letzter Minute eine Unternehmensbewertung erstellen lassen, laut der Standings gar nicht solvent ist. Kein Deal, kein Cash.«

»Dann bleibt also alles wie bisher? Das wollte Philip doch eigentlich, nicht? Die Bank weiterführen?«, sagte ich.

»So einfach ist das nicht.«

»Vermutlich nicht.«

»Diese Bewertung hat Details zutage gefördert, von denen Philip noch gar nichts wusste. Ein Mitglied seines Teams hat illegal mit Wertpapieren gehandelt …« Ihr versagte die Stimme.

»Ach du liebe Zeit! Aber mach dir keine Sorgen, Clara, das wird schon wieder. Es ist nur Geld.«

»Das wird so bald nicht wieder, Daisy. Wir sind pleite.«

KAPITEL 27

Kaffeepause

Bei ihrer Rückkehr in der darauffolgenden Woche war Clara wie ausgewechselt.

»Ich habe Philip gesagt, dass ich Sparmaßnahmen ergreifen werde«, erklärte sie.

»Was denn für welche?«

»Ich hab mir einen NutriBullet zugelegt, damit ich meine Säfte künftig selber machen kann.«

»Sehr gut. Damit schlägst du zwei Fliegen mit einer Klappe – sparen und gesünder leben.«

»Richtig. Und ich werde auf meine wöchentliche Laserbehandlung verzichten.« Ihre Stimme zitterte. Ihre Gesichtsbehandlungen waren ihr sehr wichtig.

»Ah ja. Nun, es gibt viele Leute, die auf Niveacreme schwören.«

Sie verdrehte die Augen. »Und außerdem muss ich zusehen, dass Voluptas endlich Profite abwirft. Ich hoffe, du kannst mir dabei helfen. Wir werden ein paar moderne Wäschemarken ins Sortiment aufnehmen. Ultimo, Eve's Secret Garden …«

Eve's Secret Garden? Das hat mir gerade noch gefehlt, dass ich hier in der Boutique tagtäglich mit dem Abklatsch meiner eigenen Designs konfrontiert werde!

»Alles, bloß nicht Eve's Secret Garden. Ich traue dieser Firma nicht über den Weg.«

»Okay, aber auf jeden Fall müssen wir mit unseren Waren künftig High-End-Preise erzielen und den Umsatz um ein Vielfaches steigern. Wir müssen verkaufen, verkaufen, verkaufen. Auch übers Internet.«

»Ich habe bereits vorgegriffen und während deiner Abwesenheit eine Webseite für uns eingerichtet.«

»Im Ernst? Danke, Daisy. Der Laden sieht übrigens toll aus. Ich werde deine Unterstützung mehr denn je brauchen. Wir werden ganz groß rauskommen. Annabel ist mir noch den einen oder anderen Gefallen schuldig, daran werde ich sie jetzt erinnern. Sie ist zwar in der Branche schrecklich unbeliebt, aber sie soll bei sämtlichen Zeitschriftenherausgebern, die sie kennt, für uns die Werbetrommel rühren. Und mit Francesca muss ich auch reden. Wir übernehmen demnächst wieder die gesamte Ladenfläche und bieten künftig eventuell auch Brautmoden an.«

Es war toll, sie so motiviert zu erleben. Wie es schien, hatte die Katastrophe die Geschäftsfrau in ihr zum Leben erweckt. Es würde sich zeigen, ob diese Veränderung von Dauer war. Jedenfalls hatte ich ihre Augen noch nie so unternehmungslustig funkeln sehen. Ich wagte es nicht, ihr von Branwells E-Mail zu erzählen, und bat auch Francesca, es vorerst für sich zu behalten. Clara hatte auch so schon genügend Sorgen.

In der darauffolgenden Woche rief mich Clara eines schönen Vormittags gegen elf zu sich.

»Daisy, könntest du zu HSBC gehen und dieses Schreiben am Empfang abgeben? Und lass dir ruhig Zeit, ja? Ich muss ein paar Telefonate führen.«

»Sie sind ja mal wieder schwer beschäftigt, Mrs Standing.«

»Man tut, was man kann. Leider hat der Tag nur 24 Stunden.«

Unglaublicherweise verbrachte Clara mittlerweile täglich volle acht Stunden und mehr in der Boutique. Auf ihrem Schreibtisch lag die Visitenkarte eines gewissen Leo Packard, Unternehmensberater für kleine und mittelständische Betriebe, und ich wusste, dass sie mit einem Angestellten der HSBC-Filiale um die Ecke einen Termin vereinbart hatte, weil sie einen Kredit aufnehmen wollte.

Ich hoffe, sie weiß, was sie tut.

»Gut, dann schaue ich danach noch bei Kitty im Café vorbei, wenn das okay ist.«

Die prekäre Lage meiner Mitbewohnerin bereitete mir dieser Tage mindestens ebenso viel Kopfzerbrechen wie Claras finanzielle Nöte. Kitty war schrecklich unglücklich im Prim & Proper, weil Charlie ihr das Leben dort zur Hölle machte.

»Nur zu. Nimm dir alle Zeit der Welt.«

Ich schlüpfte in meine weiße Kunstpelzjacke und machte mich auf den Weg. Noch immer blies ein frostiger Winterwind, aber zumindest waren nun auch die letzten hartnäckigen Schneereste geschmolzen, und die ersten dezenten Vorboten des Frühlings begannen zu sprießen: da ein Büschel Schneeglöckchen, dort eine Handvoll goldgelber Krokusse.

Ich gab Claras Brief bei der Bank ab und wollte gerade das Prim & Proper betreten, als auf der gegenüberliegenden Straßenseite jemand meinen Namen rief. Ich wirbelte herum, und mein Herz machte einen kleinen Hüpfer. Michel Amiel. Ich winkte und deutete auf die Tür. Er kam zu mir rüber und folgte mir in das Café.

»Lange nicht gesehen«, stellte er fest.

»In der Tat. Und, wie läuft der Hase?«

»Wie bitte?«

»Wie geht es Ihnen?«

»Gut. Na ja, mehr oder weniger«, sagte er und deutete auf einen freien Tisch am Fenster. »Wollen wir einen Kaffee trinken?«

»Gern. Ich muss allerdings bald zurück in die Boutique.« Kitty kam angelaufen, um uns zu begrüßen.

»Hallo, Daisy!«, sagte sie und umarmte mich.

»Hey, Kitty! Ich dachte, ich komme mal auf einen Sprung vorbei. Wir sehen uns in letzter Zeit kaum …«

»Stimmt, das Frühstück ist ja schon Stunden her. Schön, dass du da bist.«

Sie sah zu Michel.

»Oh, entschuldige, Kitty, das ist Michel Amiel, du weißt schon, von der Shanghai-Party im V&A Museum. Wir haben uns mal wieder zufällig getroffen.«

Sie nickte. »Hi!«

»Ich erinnere mich«, sagte Michel. »Sie waren beide hinter Beau Bonas her.«

Kitty lachte. »Der ist bei mir unten durch, seit er sich am Flughafen Heathrow so unmöglich aufgeführt hat.«

»Verstehe. So etwas würde ich natürlich niemals tun«, sagte Michel mit Unschuldsmiene.

Wir lachten und unterhielten uns noch ein paar Minuten, bis aus der Küche Charlies Stimme tönte: »Ey, Kitty, hier stehen vier Gerichte zum Servieren bereit, also beweg dich, ja?«

»O Gott, ich muss weitermachen, die Gäste warten. Entschuldigt mich, bin gleich wieder da.«

Michel verdrehte die Augen in Richtung Küche.

Ich nickte. »Er ist ein richtiger Widerling.«

»Das bin ich auch. Aber nur bei Leuten, die genauso mächtig und gemein sind wie ich. Er nutzt seine Machtposition aus. So etwas sehe ich nicht gern. Sie sollte kündigen«, stellte Michel fest.

Da konnte ich ihm nur recht geben.

Wir setzten uns, und ich zog meine Pelzjacke aus. Darunter trug ich einen gerippten schwarzen Rollkragenpullover und schwarze Jeans – ein eher einfallsloses Outfit, verglichen mit dem vom vorigen Mal. War ich überhaupt geschminkt? Ich betrachtete mich unauffällig im großen Goldrahmenspiegel an der Wand. Eyeliner, mehr nicht, und meine Haare gehörten dringend gewaschen. Trotzdem sah meine Frisur – lässig hochgesteckt à la Brigitte Bardot – gar nicht übel aus, zumindest redete ich mir das ein.

Kitty kehrte zurück, um unsere Bestellung aufzunehmen. Zwei Tassen Kaffee und zwei *Pastéis de nata*.

»Mit Zimt«, sagten Michel und ich wie aus einem Munde.

Wir sahen uns flüchtig in die Augen.

»Na, was macht Ihre Kochschule?«, erkundigte ich mich.

»Es läuft ganz gut, einmal abgesehen von ein paar ›Kinderkrankheiten‹. Jede Menge Interessenten. Wir haben uns offenbar das richtige Viertel ausgesucht. Aufstrebend ist gar kein Ausdruck.«

»Stimmt. Eigentlich bin ich hier vollkommen falsch«, scherzte ich. »Und Ihre Bücher?«

»Eine Katastrophe. Auguste meinte, mein letzter Entwurf sei absolut unbrauchbar. Ich muss es überarbeiten. Das ist mir noch nie passiert. Aber genug von mir. Ich will Sie schließlich nicht langweilen.«

Ich lächelte. *Ja, reden wir lieber von etwas anderem, sonst erzähle ich am Ende noch von Branwells E-Mail.*

»Wie geht es Ihnen, Daisy?« Ein bohrender Blick aus dunklen Augen. »Haben Sie viel Reizwäsche verkauft?«

»So einiges, ja. Im Frühling, wenn die Hochzeitssaison beginnt, steigt das Kundeninteresse merklich. Ich kann also nicht klagen. Clara, meine Chefin, hat tonnenweise neue Waren bestellt. Sie sollten mal wieder vorbeikommen.«

»Vielleicht mache ich das tatsächlich. Haben Sie Spaß an Ihrer Arbeit?«

»Ja, schon. Das Umfeld ist ausgesprochen angenehm. Ich habe eine sehr nette Chefin und kann im Grunde tun und lassen, was ich will. Früher oder später würde ich gern noch etwas anderes machen, aber im Moment …«

Dass ich gedachte, aufs Land zu ziehen und Kühe zu melken, falls ich mit meinem Buchprojekt scheitern sollte, behielt ich für mich. Wozu den Teufel an die Wand malen?

»Sie klingen nicht so, als wären Sie ursprünglich aus London.«

»Bin ich auch nicht. Ich komme aus Irland.«

»Und wie hat es Sie hierher verschlagen?«

Ich zögerte.

»Entschuldigen Sie«, sagte er sofort. »Ich bin mal wieder zu neugierig. Ich hoffe, Sie sind mir nicht böse.«

»Kein Problem. Ich bin wegen eines Mannes hergezogen, aber es hat nicht funktioniert.«

»Tut es das jemals?«

»Das hoffe ich sehr, eines Tages …«

Er nickte, und ich überlegte, ob ich ihn auf Eve Berger ansprechen sollte, doch er kam mir zuvor.

»Ich habe zurzeit selbst einige Beziehungsprobleme«, gestand er.

»Ach ja? Das tut mir leid.«

»Tja, das Leben ist kompliziert. Manchmal, wenn es richtig schlimm wird, ist es besser, einen Schlussstrich zu ziehen.«

»Allerdings.«

»Ich habe den Fehler begangen, Privates mit Geschäftlichem zu vermischen«, sagte er. »Eve war in eins meiner Buchprojekte involviert. Schwerer Fehler.«

»Aha?«

Ich hätte ihm schrecklich gern ein paar Fragen zum Thema Buchveröffentlichung gestellt, aber ich hielt mich zurück.

Stattdessen nippte ich an meinem Kaffee und verdrückte mein mit Vanillepudding gefülltes Blätterteigtörtchen. Es war sehr cremig und unheimlich lecker, aber leider viel zu klein.

Ich beschloss, das Thema anzusprechen, das zwischen uns in der Luft hing.

»Ähm, was Ihren Besuch neulich angeht …«, begann ich verlegen. »Es tut mir wirklich leid. Was für eine haarsträubende Situation … So was hätte ja sogar im Film völlig übertrieben gewirkt.«

»Sie brauchen sich doch nicht zu entschuldigen. Sie haben toll ausgesehen. Unvergesslich, wenn ich ganz ehrlich sein soll.«

»Wie peinlich. Ich hatte ein paar der Sachen anprobiert, die ich im Laufe der Zeit bei Voluptas gekauft habe, um zu sehen, wie sie sitzen. Ich hatte keinen Besuch erwartet.«

»Ich weiß, und ich war irgendwie erleichtert, dass Sie allein waren.«

»Erleichtert?«

»Ich meine, ich wäre eifersüchtig geworden, wenn ein Mann bei Ihnen gewesen wäre.«

»Okay, das fasse ich jetzt mal als Kompliment auf.«

»So war es auch gemeint.«

Ich lief rot an. »Ähm, ich glaube, ich sollte allmählich zurück in den Laden.«

»Gehen Sie ruhig. Die Rechnung übernehme ich.«

»Danke.« Ich stand auf. »Tja, dann bis demnächst.«

»Ja, bis demnächst. Es war schön, Sie wiederzusehen, Daisy.«

Wir musterten einander etwas verlegen, und ich lief erneut rot an, während ich seine ernsten dunklen Augen betrachtete, die hohen Wangenknochen, das ausgeprägte Kinn. Er wirkte nicht mehr ganz so abstoßend auf mich. Sein Haar war nach wie vor zerzaust, sah aber gewaschen aus, und ich registrierte den Sandelholzduft, der mir schon nach seinem Besuch in der Boutique aufgefallen war.

»So, jetzt muss ich aber wirklich los.« Ich wandte mich zum Gehen.

»Okay. Vielleicht komme ich mal wieder vorbei. Im Laden, meine ich.«

»Nur zu. Jederzeit. Ich würde mich freuen.«

»Gut zu wissen.«

»Tja, dann … Tschüss«, sagte ich und küsste ihn zum Abschied auf die Wangen.

Auf dem Weg zur Tür warf ich einen Blick in die Küche, wo Kitty noch immer am Rotieren war. Ich schickte ihr ein Luftküsschen und machte mich vom Acker.

»Tschüss, Süße«, rief mir Charlie von seinem Schreibtisch aus zu.

Ach, halt die Klappe.

Ich eilte hinaus, und als ich am Fenster vorbeikam, ertappte ich Michel dabei, wie er mir nachsah.

Nicht unbedingt ein Top-Ten-Schnuckel, aber auch nicht so übel, wie ich anfangs dachte.

KAPITEL 28

Ein Gespräch mit Gott

Mir blieb nicht allzu viel Zeit, um über in die Jahre gekommene französische Köche mit komplizierten Ex-Freundinnen nachzudenken, denn Branwell nahm nach seiner Rückkehr unverzüglich Kontakt zu mir auf. Er rief mich an. Das war neu.

»Daisy Delaney!«, rief er mit seiner dröhnend lauten, gottgleichen Stimme.

Ich hielt das Handy etwas von meinem Ohr weg.

»Hallo, Branwell! Schön, von Ihnen zu hören.«

»Was? Sie klingen so weit weg«, beschwerte er sich, also drückte ich mir das Gerät notgedrungenermaßen wieder ans Ohr.

»So besser?«

»Viel besser.«

»Also, wie finden Sie's?«, fragte ich.

»Ich muss schon sagen …«

»Was denn?«

»Ihr Manuskript ist fabelhaft, Daisy. Ich werde es Ihnen nachher mal rüberschicken. Ich hatte die eine oder andere kleine Anregung. Haben Sie schon mal mit der Änderungen-nachverfolgen-Funktion gearbeitet? Lassen Sie sich nicht von den ganzen Sprechblasen und Kommentaren verunsichern, nehmen Sie die Änderungen einfach direkt in Ihrem Dokument vor.«

Sprechblasen? Kommentare? Wovon redet er?

»Okidoki. Ich klemme mich gleich dahinter«, versprach ich.

»Das wird ein Bestseller, Daisy. Ich habe bereits mit etlichen Lektoren meines Vertrauens gesprochen. Sie waren von der Idee ausnahmslos begeistert und können es gar nicht erwarten, das Buch zu kaufen. Tuut-tuut, hier kommt der Bestseller-Express! Springen Sie auf, wir fahren geradewegs in den Himmel.«

»In den Himmel?« *Er ist tatsächlich Gott.*

»Na ja, oder zumindest nach King's Cross. Die Leute von Hodder & Stoughton in der Euston Road wollen es sich ansehen. Sie gehören zu Hachette. Richtig große Sache also. Clementine Clancy ist überzeugt, dass Ihr Buch genau das ist, worauf sie schon die ganze Zeit wartet. Genau das brauchen wir – Lektoren, die Ihr Buch so richtig pushen wollen, weil sie hoffen, auf diese Weise selbst den Durchbruch zu schaffen und sich einen Ruf als Talent-Scout zu erwerben. So aufgeregt war ich seit einer Ewigkeit nicht mehr.«

»Na ja, wir sollten uns vielleicht nicht zu früh freuen«, versuchte ich ihn zu bremsen. Zugegeben, er war ein erfahrener und äußerst erfolgreicher Agent, und ich war selbst total aus dem Häuschen, aber bislang war das alles reine Spekulation. Wäre da nicht etwas Zurückhaltung angebracht, vor allem gegenüber einem Newbie wie mir? Doch für Branwell Thornton war Understatement ganz offensichtlich ein Fremdwort. Wahrscheinlich war sein Enthusiasmus genau deshalb so ansteckend.

»Sehr vorbildlich, Ihre Vorsicht«, sagte er. »Es stimmt schon, niemand kann wissen, was passiert, nicht einmal ein Genie wie ich. Aber wenn man erst einmal vierzig Jahre in dieser Branche tätig ist, entwickelt man ein gewisses Bauchgefühl. Also, wir werden demnächst bei ein paar Verlagen vorsprechen. Früher nannte man das die ›Fleischbeschau‹, aber heutzutage riskiert man mit solchen Ausdrücken ja eine Gefängnisstrafe … Na, jedenfalls läuft es für gewöhnlich so, dass Sie sich für einen Verlag entscheiden und nicht umgekehrt. Der Verlag wiederum nutzt die Gelegenheit, um sich davon zu überzeugen, dass Sie ›vermarktbar‹ sind.«

»Ah ja. Und, bin ich das?«

»Ich gehe davon aus, dass die Verlage mit Ihrer ›Vermarktbarkeit‹ sehr zufrieden sein werden«, versicherte er mir.

»Meinen Sie? Ich habe dummerweise wie jedes Jahr etwas Winterspeck angesetzt. Im Sommer bin ich viel präsentabler. Im Schein von Kerzen und Lichterketten habe ich immer das Gefühl, dass meine Zellulitedellen ein vernachlässigbares Problem sind. Ich werde wieder öfter joggen gehen. Und ins Fitnessstudio. Und ich muss mir dringend die Ansätze nachfärben und die Augenbrauen zup…«

»Das ist ganz Ihnen überlassen«, unterbrach mich Branwell. So genau hatte er es wohl nicht wissen wollen. »Ich ziehe es vor, anzunehmen, dass Frauen bereits makellos aussehen, wenn sie morgens aufstehen.«

»So ist es auch, vorausgesetzt, wir haben am Vortag zwölf Beauty-Behandlungen über uns ergehen lassen.«

Wie bereits befürchtet war ich anfangs etwas überfordert mit der von ihm erwähnten Software. Ich überflog seine Kommentare in den zahlreichen Sprechblasen am rechten Rand jeder Seite.

»Das Wort ›Beziehung‹ kommt zu oft vor, bitte Synonym!«

»Hier bitte mehr Adjektive, damit es verführerischer klingt. Gerne auch bildliche Ausdrücke.«

»An dieser Stelle fallen Sie aus der Rolle – Dekadenz ist für Lucy Lovecake ja nicht negativ behaftet.«

»Bauen Sie hier noch einige weitere Anekdoten ein. ›Als sich Toby und Hannah kennenlernten …‹«

»Überlegen Sie, wie Sie Kuchen und Torten mit doppeldeutigen bis anzüglichen Namen oder entsprechendem Aussehen nutzen können. Ich denke da an Liebesknochen und dergleichen mehr.«

Ich machte mich unverzüglich daran, die von Branwell vorgeschlagenen Änderungen umzusetzen, nur beim letzten Punkt sträubte sich etwas in mir.

Will ich, dass in meinem Buch etwas steht, für das ich mich schäme? Darf ich Gott widersprechen? Fass dir ein Herz, Daisy!

Ich schickte ihm eine E-Mail.

Von: Daisy Delaney
An: Branwell Thornton
Betreff: Manuskripteinsendung No. 2
Hi, Branwell,
vielen Dank für Ihre Anregungen. Die meisten habe ich übernommen, nur beim letzten Punkt (zweideutige Namen etc.) bin ich nicht ganz Ihrer Meinung. Vielleicht, weil ich eine Frau bin … Jedenfalls würde ich gerne vermeiden, dass mein Buch an eine anzügliche Postkarte erinnert. Romantisch und ein bisschen verspielt ja, schlüpfrig oder dreckig nein. Ich werde versuchen, da und dort noch einen Scherz einzubauen, und hoffe, das geht für Sie in Ordnung. Ich melde mich dann in ein, zwei Tagen wieder bei Ihnen.
Einstweilen liebe Grüße
Daisy

Ich zögerte, ehe ich auf »Senden« klickte.

Was bildest du dir ein, Daisy? Du hast gerade mal den allerersten Schritt auf dem Weg zur potenziellen Veröffentlichung getan, und schon meinst du, du wüsstest es besser als Branwell Thornton, der schon über vierzig Jahre im Geschäft ist.

Ich atmete ein paar Mal tief durch.

Aber wenn ich nicht zum Ausdruck bringe, was in mir vorgeht, und das Buch bei keinem einzigen Verlag in London unterbringen kann, werde ich es darauf zurückführen, dass ich es nicht geschafft habe, mich durchzusetzen.

Ich klickte auf »Senden«, ohne noch einmal darüber nachzudenken.

Ich hoffe nur, er behält recht, was das Potenzial meines Buches angeht. Wenn ich nämlich von keinem einzigen Verlag eingeladen werde, bin ich bestimmt am Boden zerstört.

Ich hatte bereits bei der Buchpreisverleihung den Eindruck gewonnen, dass schamlos übertriebene Schmeicheleien in dieser Branche an der Tagesordnung waren. Wahrscheinlich, um die Autoren zum Weiterschreiben zu motivieren. Und wenn ihre Bücher keinen Absatz mehr fanden, war auf einmal Schluss mit den Komplimenten.

Mir war flau im Magen bei der Vorstellung, ich könnte Branwell verärgert haben. Was, wenn er mich jetzt für eine arrogante, respektlose Zicke hielt?

Er ließ den ganzen Tag nichts von sich hören.

Ich bin so eine Idiotin! Bestimmt denkt er, ich bin eine Diva, und überlegt es sich anders.

Ich besprach die Angelegenheit mit Kitty. »Soll ich ihm schreiben und mich dafür entschuldigen, dass ich seine Idee infrage gestellt habe?«

»Auf gar keinen Fall«, sagte sie. »Wenn man sich etwas von ganzem Herzen wünscht, dann sollte man meiner Erfahrung nach am besten einfach man selbst sein, ganz natürlich. Übertriebener Eifer wirkt in so einem Fall eher hinderlich und kann alles ruinieren.«

Sehr wahr.

Auch am darauffolgenden Tag wartete ich vergeblich auf Nachricht von Branwell.

Er ist eben ein vielbeschäftigter Mann. Wetten, er meldet sich bald? Er ist ein vielbeschäftigter Mann und hat es nicht gern, wenn eine blutige Anfängerin glaubt, sie weiß es besser als er.

Meine Laune sank in den Keller. Abends recherchierte ich bei Google Verlagshäuser, berühmte Schriftsteller und die Entstehungsgeschichte ihrer Bücher.

Berühmte Bücher, die anfangs keinen Verleger fanden:

Vom Winde verweht von Margaret Mitchell
Der Spion, der aus der Kälte kam von John Le Carré
Die Geschichte von Peter Hase von Beatrix Potter
Little Women von Luisa May Alcott (Erhielt den Tipp: »Bleiben Sie lieber beim Unterrichten!«)
Das Dschungelbuch von Rudyard Kipling
Farm der Tiere von George Orwell
und *Das Tagebuch der Anne Frank*

Das tröstete mich immerhin ein bisschen.

Trotzdem: Warum schweigt sich Branwell so hartnäckig aus?

KAPITEL 29

Daumen hoch

Nachdem ich das komplette Manuskript überarbeitet hatte, wobei ich mich weitgehend an Branwells Anregungen hielt, schickte ich es ihm und wartete weiter ab. Eine Woche verstrich. Kein Wort von Branwell.

Er hatte einen Herzinfarkt. Er ist schließlich nicht mehr der Jüngste. Vielleicht sollte ich mal in der Agentur anrufen.

Doch dann, am achten Tag, schrieb er mir endlich.

Von: Branwell Thornton
An: Daisy Delaney
Betreff: Re: Re: Manuskripteinsendung No. 2
Liebe Daisy,
tut mir sehr leid, dass ich mich erst jetzt melde. Wir hatten mit einigen Schwierigkeiten rund um die Londoner Buchmesse zu kämpfen – Meinungsverschiedenheiten wegen der Schutzumschläge, Auseinandersetzungen wegen der Honorarforderungen einiger Autoren für Auftritte ... Sehr nervenaufreibend, aber inzwischen sind sämtliche Probleme gelöst.
Nun aber zu Ihrem Manuskript: Ausgezeichnete Arbeit! Und natürlich hatten Sie vollkommen recht, was die von mir vorgeschlagenen Zweideutigkeiten angeht. Was weiß ich schon? Ich bin schließlich keine coole junge Frau von Welt wie Sie. Sollten Sie je in eine ähnliche Situation mit einem Lektor geraten, dann

gehen Sie am besten genau so vor. Respektvoll, wohlüberlegt und nicht zu nachdrücklich im Tonfall.
Großes Kompliment also. Den fertigen Text habe ich mittlerweile an insgesamt neun Verlagshäuser geschickt. Wir dürfen gespannt sein. Ich habe die Verlage unten aufgelistet und auch angemerkt, warum ich mich für das jeweilige Haus entschieden habe. Es gibt natürlich noch andere Verlage, aber ich glaube, das ist ein guter Anfang. Meine Entscheidung basierte unter anderem auf den vorab mit den Lektoren geführten Gesprächen. Jetzt heißt es Daumen drücken und Geduld haben – es kann ohne Weiteres ein, zwei Wochen oder länger dauern, bis ich mich zurückmelde.
Liebe Grüße
Branwell

Liste der angemailten Verlage – French Fancy von Lucy Lovecake

Lennox-Cooper – großer Verlag, bei dem man als Autor im Großen und Ganzen gut betreut wird, aber es besteht die Gefahr, dass man in der Masse untergeht.
Transworld – sehr kommerziell.
Hodder & Stoughton – begnadete Lektoren.
Ebury – ein Imprint, bei dem v. a. Sachbücher erscheinen, neuerdings aber auch Belletristik. Haben einige sehr schöne Bücher im Programm. Sehen Sie sich's einfach mal an.
Avon Books – gehört zu HarperCollins, Programm besteht zum größten Teil aus Liebesromanen.
Penguin Random House – viele Literatur-Imprints, aber auch einiges an sehr kommerzieller Belletristik.
Macmillan – kommerzieller geht es kaum!
Glass & Co – klein, aber fein. Zwei der aktuellen Bücher (*Cowboys und Dampfloks* und *Die Tänzerin*) wurden von den Kritikern bejubelt.

Bluebells – winziger Verlag, bei dem man nicht weiß, ob es ihn nächstes Jahr überhaupt noch gibt, hat aber einen tollen Bestseller mit dem Titel *Unter Hühnern – Ein unvergesslicher Junggesellinnenabschied* herausgebracht, den Sie mal unter die Lupe nehmen sollten.

Nicht zu fassen, dass Branwell mein Manuskript tatsächlich an so viele namhafte Verlage geschickt hatte! Ich klapperte sämtliche Secondhandläden in Primrose Hill ab auf der Suche nach Romanen, die bei den erwähnten Häusern erschienen waren, und kehrte mit einem großen Stapel Bücher wieder. *Jedes dieser Bücher war einmal ein unveröffentlichtes Manuskript. Glaub weiter daran, dass dein Traum wahr werden kann.*

Es waren einige großartige Romane darunter. *Unter Hühnern – Ein unvergesslicher Junggesellinnenabschied* kannte ich ja bereits und wusste, was für eine kurzweilige, witzige und inspirierende Lektüre es war. Ich beschloss, mich ein wenig über den Verlag zu informieren, bei dem das Buch erschienen war.

Bluebells. Das klingt schon so hübsch. Mal sehen, wo die sitzen.

KAPITEL 30

Ein kleines Paradies

Bluebells
Ein exklusiver Kleinverlag, dessen Gründer Dominic McGann sich mit der Band The Rockits einen Namen gemacht hat. Sie fragen sich, was einen ehemaligen Rockstar befähigt, Bücher zu produzieren? Nun, McGann war vor der Rückkehr in seine Heimat fünf Jahre für Knopf Doubleday in New York tätig. Bluebells ist im ländlichen Oxfordshire angesiedelt, genauer gesagt in der Scheune von McGanns Biobauernhof Higgledy Piggledy Hens.
»Ich werde nur zwei Bücher pro Jahr herausbringen, damit mir viel Zeit für die Betreuung meiner Autoren und für die Suche nach neuen Talenten bleibt, die ja auch gefördert werden müssen«, so McGann. »Mein Ziel ist es, auf möglichst nachhaltige Art und Weise handverlesene, liebevoll gestaltete Werke für ein anspruchsvolles Publikum zu erschaffen und sie durch den gezielten Einsatz sämtlicher Social-Media-Plattformen einer breiteren Leserschaft nahezubringen.«
Unser umwerfend komischer Erstlingsroman *Unter Hühnern – Ein unvergesslicher Junggesellinnenabschied* hat sich bislang eine halbe Million Mal verkauft und wird derzeit in fünf Sprachen übersetzt.
Als Nächstes erscheint bei Bluebells *Die Nachtigall*, eine Erzählung über »die tröstliche Wirkung von Vogelgezwitscher angesichts von Kummer und Schmerz«.

»Manuskripteinsendungen sind jederzeit willkommen«, so McGann, der versichert, er werde jeden eingereichten Text persönlich lesen und auf Verwertbarkeit prüfen.

In der Bildergalerie waren unter anderem eine beeindruckende Sandsteinvilla, ein Hinterhof mit glücklichen Hühnern, eine zum Großraumbüro umfunktionierte Scheune und eine mit blauen Glockenblumen übersäte Wiese zu sehen, außerdem der Schutzumschlag von *Unter Hühnern – Ein unvergesslicher Junggesellinnenabschied* und ein Gruppenfoto von diversen Mitarbeitern bei einer Party, bei dem allerdings nicht klar war, ob Dominic McGann darauf abgebildet war.

Das wäre ja der Oberhammer, wenn mein Buch im Verlag eines ehemaligen Rockstars erscheint! Oder meinetwegen auch bei Penguin Random House … Okay, es wäre der Oberhammer, wenn es überhaupt erscheint.

Ich versuchte, nicht alle fünf Minuten meine Mails zu checken, scheiterte mit diesem Vorsatz jedoch kläglich. Ich war so besessen von der ganzen Sache, dass sich Kitty irgendwann sogar genötigt sah, mein Handy zu konfiszieren.

»Ich möchte mich mit dir unterhalten«, verkündete sie, nachdem sie es sicher in ihrer Tasche verstaut hatte. Es war Sonntagmittag, und wir saßen in zwei großen Ledersesseln vor einem knisternden Kaminfeuer in unserem Stammpub, dem Duke & Duck.

»Worüber denn?«

»Über alles Mögliche.«

»Über Gott und die Welt oder eher über einen speziellen Menschen, den er erschaffen hat?«

»Letzteres. Es geht um Charlie.«

»Okay … Ist alles in Ordnung?«

»Nein. Ganz und gar nicht.«

»Was hat er jetzt wieder ausgefressen?«

»Ich hab ihn mit einer anderen erwischt. Einer Angestellten aus der Filiale in Hammersmith, die zu Weiterbildungszwecken bei uns war. Sie waren hinten im Lager zugange. Haben geknutscht und … noch mehr.«

Sie hatte Tränen in den Augen.

»Oh, Kitty, das tut mir so leid! Dieses Schwein!«

»Ich bin selbst schuld. In letzter Zeit haben wir uns nur noch gestritten. Ich will ja auch Schluss machen, aber erst brauche ich einen neuen Job.«

»Hast du schon etwas Neues in Aussicht?«

»Ich hab gestern die ersten sechs Bewerbungen rausgeschickt.«

»Sehr gut. Du findest bestimmt bald eine neue Stelle. Meinst du nicht, ihr könnt Schluss machen und trotzdem weiterhin zusammenarbeiten?«

Sie schüttelte den Kopf. »So läuft das nicht bei Charlie. Der erweitert höchstens seinen Harem um ein neues Mädel, und jedes Mal ist er danach noch gestresster und noch unausstehlicher.«

»Als ich neulich mit Michel im Prim & Proper war, hat er sich dir gegenüber echt im Ton vergriffen. Redet er immer so mit dir?«

»Meistens, ja. Wobei er auch sehr süß und charmant sein kann, wenn er will. Das wirft mich dann immer total aus der Bahn.«

»Du musst da raus. Wahrscheinlich ist er nur dann nett zu dir, wenn er etwas von dir will.«

»Genau.« Sie nickte und kramte mein Smartphone aus der Tasche.

»Behalt es«, sagte ich. »Wollen wir dann bestellen?«

KAPITEL 31

Das Foto

Wir unterhielten uns noch immer, als unser Mittagessen kam. Das Fleisch war zart, die Soße herrlich leicht, dazu gab es Cranberrymarmelade, knusprige Röstkartoffeln, glasierte Karotten, Honig-Pastinaken, grüne Bohnen und cremiges Kartoffelpüree. Auf das Dessert – Apple Crumble mit Vanillesoße – verzichtete ich vorsichtshalber. *Was, wenn ich am Dienstag bei Lennox-Cooper antanzen muss, um darüber zu verhandeln, ob ein Vorschuss von 50 000 Pfund für mich akzeptabel ist?*

Ich wollte nicht den Eindruck erwecken, dass ich ein Vielfraß war. Oder suggerieren, dass Backen dick und schwabbelig macht. Tut es natürlich, wenn man alles allein aufisst.

Nach zwei Gläsern Weißwein wurde ich allmählich etwas lockerer.

»Danke, dass du mir das Handy weggenommen hast«, sagte ich. »Ich bin schon deutlich entspannter.«

Auf einem Regal standen ein paar Brettspiele. Wir beschlossen, eine Runde Monopoly zu spielen, und ich kaufte die Euston Road. »Hodder & Stoughton ist in der Euston Road. Branwell meinte, da gehen wir demnächst hin.«

»Das wäre echt fabelhaft. Ich freue mich riesig für dich, Daisy.«

Plötzlich fiel mir wieder der Model-»Scout« ein, der mich vor Jahren am Flughafen in Dublin angesprochen hatte. Ich war siebzehn und rief sofort meine Mutter an: »Er hat gesagt, ich werde berühmt! Ich muss bloß 500 Pfund für ein Portfolio lockermachen, dann werde ich bald für Fotoshootings in ganz London, Europa und Amerika gebucht!«

Machte ich mir Illusionen? Ich hatte nicht den Eindruck. Branwell war schließlich kein skrupelloser Bauernfänger. Er hatte eine ganze Reihe brillanter Schriftsteller entdeckt. Trotzdem kam ich mir leichtgläubig vor. Naiv.

Die Welt ist nun einmal sehr oft schlecht und ungerecht, und hin und wieder machen uns unsere Mitmenschen Versprechungen, die sie nicht halten können.

»Sollen wir noch einen Blick in die Zeitung werfen?«, schlug Kitty vor, nachdem wir die Partie beendet hatten.

»Gute Idee. Ich hab seit mindestens hundert Jahren keine richtige Zeitung mehr in der Hand gehalten.«

Wir griffen uns als Erstes die Sonntagsausgaben der Boulevardblätter. Gähn. Es war acht Jahre her, seit ich so etwas zuletzt gelesen hatte, und sie berichteten nach wie vor hauptsächlich über das Liebesleben von Eddie Goldsmith, der seine Frau noch immer mit dem Kindermädchen betrog. Mit einem neuen Kindermädchen. Ich griff mir die Lifestyle-Beilage der *Sunday Times*, die Beiträge über allerlei erschreckende Beauty-Behandlungsmethoden enthielt, wie Clara sie liebte. *Laser-Facelifting? Antifalten-Injektionen? Nein, danke.* Dann gab es noch haufenweise Modetipps. Diesen Sommer angesagt: Limettengrün und Lila. Außerdem: Die Rückkehr der Hot Pants und der Society-Party. *Und Hüte sind auf Hochzeiten derzeit ein absolutes No-Go, Mädels!* Als Nächstes überflog ich die Besprechungen der neuesten Kinofilme und Premieren. Ich blätterte um und erstarrte.

Ein doppelseitiger Bericht über die Premiere von *Love on the Rocks*, die in der Vorwoche in London über die Bühne gegangen war. Ich hatte von dem Film gehört und wusste, dass Eve Berger mitspielte, das war aber auch schon alles.

Eines der Bilder zeigte sie mit Michel Amiel vor dem Curzon Kino am Leicester Square. Vergangenen Mittwoch. Sie gaben ein strahlend schönes und sehr glücklich wirkendes Paar ab, lächelnd, eng umschlungen, seine Pranke an ihrer Wespentaille. Die zarte Elfe und ihr starker Beschützer.

Die Bildunterschrift lautete: »Frankreichs heißester Export: Sternekoch Michel Amiel mit seiner Lebensgefährtin, der bezaubernden Schauspielerin Eve Berger, nach der Premiere vergangenen Mittwoch.«

Vergangenen Mittwoch? Und das, nachdem er mir neulich im Prim & Proper von seinen Beziehungsproblemen vorgejammert hat! Ich hatte ihm geglaubt.

Ich schluckte. Keine Ahnung, warum ich derart geschockt war, aber ich hatte auf einmal einen Kloß im Hals.

»Alles okay, Daisy?«, fragte Kitty.

Ich zeigte ihr das Bild.

»Vielleicht ist es ja ein altes Foto.«

»Ist es nicht, nein.«

»Na ja, du findest ihn ohnehin unsympathisch, oder?«

Ich nickte. »Aber so was von unsympathisch.«

Mit meiner Lockerheit war es danach allerdings vorbei.

KAPITEL 32

Ausflug ins Grüne

Branwell saß am Steuer seines tannengrünen Range Rovers und ließ sich vom Navi in nordwestlicher Richtung nach Honeycomb, Oxfordshire zum Sitz von Dominic McGanns Verlag Bluebells dirigieren. Das leichte Nieseln, bei dem wir in London losgefahren waren, hatte sich in einen geradezu sturzbachartigen Regen verwandelt.

»Endlich wird dieser Wagen mal seiner wahren Bestimmung zugeführt«, bemerkte ich. »Im Großstadtverkehr ist ein solches Monster doch völlig fehl am Platz.«

»Schon möglich.«

Mein Agent sah aus wie aus dem Ei gepellt: eleganter Maßanzug von Savile Row, Designerhemd, Seidenkrawatte, handgefertigte Schuhe. Ich dagegen trug ein knielanges geblümtes Kleid, ein Vintage-Strickjäckchen, das seinen Gebrauchsspuren zum Trotz gerade noch smart wirkte, und dazu hübsche blaue Pumps. Dem sonst so gesprächigen Branwell schien heute eine Laus über die Leber gelaufen zu sein. In einer Tour schnaufte und seufzte er und schnalzte mit der Zunge. Echauffierte sich über ein verwirrtes Schaf, das die Straße überquerte. Ärgerte sich grün und blau, weil er eine Weile hinter einem Traktor hertuckern musste. Brummelte: »Muss das denn sein, dass diese Straße so viele Kurven hat? Ich komme mir vor wie in der Römerzeit.«

»Haben Sie eigentlich Gummistiefel dabei?«, fragte ich ihn.

»Nein. Wozu sollte ich zu einem Geschäftstermin Gummistiefel mitnehmen?«

»Weil sich die Rahmenbedingungen und Gepflogenheiten hier draußen von denen in der Großstadt unterscheiden.«

»Haben *Sie* denn Gummistiefel dabei, Prinzessin Naseweis?«

»Allerdings. Ich habe meine knöchelhohen Joules Wellibobs eingepackt.«

»Sie meinen also, es besteht die Gefahr, dass wir uns schmutzig machen?«

»Na ja, der Verlag befindet sich auf dem Gelände einer Hühnerfarm, da ist es doch gesunder Menschenverstand, sich entsprechend zu kleiden. Aber gut, ich bin auch auf einer Farm aufgewachsen.«

»Ich wette, es ist ein großes, schickes Anwesen mit gepflasterten Wegen und exklusiven Verlagsräumlichkeiten«, sagte er, mehr zu sich selbst als zu mir.

»Ehrlich gesagt bezweifle ich das. Auf der Webseite steht, dass sich das Büro in einer umgebauten Scheune befindet.«

»Mir scheint, Sie wollen mich unbedingt zum Umkehren bewegen. Auf ein Übermaß an Natur reagiere ich allergisch, Daisy. Zu viel Himmel und Gras bin ich nicht gewohnt.«

Er stellte die Scheibenwischer auf die höchste Stufe.

»Ist doch eine interessante Erfahrung, zu einem Geschäftstermin aufs Land zu fahren«, widersprach ich. »Normalerweise ist es umgekehrt.«

»Ja, es ist schon sehr charmant, durch strömenden Regen zu einem Termin zu fahren, bei dem man mit Overall und Gummistiefeln besser beraten ist als mit einem herkömmlichen Anzug. Und das alles, um mit einem Verleger zu reden, der ein mehr oder weniger unbeschriebenes Blatt ist.«

»Na, Sie waren es doch, der mir diesen Floh ins Ohr gesetzt hat.«

»Ja, als Alternative. Als Plan B. Oder vielmehr Plan Z«, erwiderte er. »Die Sache ist die, Daisy: Die Zusammenarbeit mit einem Kleinstverlag am A… der Welt mag ihren Reiz haben, aber das große Geld werden Sie auf diese Weise garantiert nicht machen. Dabei haben durchaus auch einige der Big Players Interesse angemeldet. Wir hatten in London bereits zwei sehr vielversprechende Gespräche. Da würden sich meine anderen Klienten mehr als glücklich schätzen.«

Ich starrte eine Weile schweigend aus dem Fenster. Es stimmte, die beiden Meetings in London waren gut gelaufen, und laut Branwell würde mir zumindest einer der betreffenden Verlage ein Angebot unterbreiten. Dank seiner Connections wusste er wohl bereits, was Sache war.

Ich betrachtete versonnen die Landschaft draußen vor dem Fenster. Schade, dass es so kühl und regnerisch war. Vielleicht würde Branwell unsere kleine Spritztour ja etwas mehr genießen, wenn die Frühlingssonne vom Himmel lachen würde und die Hecken mit hübschen kleinen Blüten übersät wären.

Eben fuhren wir durch Marsh Riding, ein pittoreskes Örtchen, das durchaus eine Pralinenschachtel hätte zieren können.

»Ehrlich gesagt finde ich ja, wir sollten unsere Zeit nicht an Bluebells verschwenden. McGann kann so gut wie gar keine Erfahrung vorweisen. Wer weiß, womöglich entpuppt sich *Unter Hühnern – Ein unvergesslicher Junggesellinnenabschied* ja als One-Hit-Wonder.«

Ich verspürte sogleich den Drang, McGann zu verteidigen. »Die Leute bei Doubleday in New York waren sehr angetan von ihm. Und Sie haben doch selbst gesagt, dass die Lektoren der großen Verlagshäuser heutzutage lauter Geizhälse sind und kein bisschen risikofreudig, wenn es darum geht, neue Wege zu beschreiten.«

»Schon möglich, aber sie haben Einfluss. Und internationale Kontakte. Sie kennen die Händler, die ausländischen Verlage, die

Zweigstellen in anderen Städten, die jeweiligen Sitten und Gebräuche. Sie müssen Ihr Buch auch in Übersee verkaufen. In China. In Europa. Auf der ganzen Welt. Sonst kommt kein Geld rein, und das war's dann. Wollen Sie ordentlich Geld scheffeln?«

»Natürlich.«

»Na gut. Einigen wir uns darauf: Ich fahre Sie zu Bluebells, weil Sie so darauf gedrängt haben, aber ich möchte nicht, dass Sie ernsthaft in Erwägung ziehen, Ihr Buch bei diesem Verlag herauszubringen.«

»Ich werde realistisch bleiben, versprochen.«

»Pfff.«

Danach brausten wir eine Weile schweigend durch die ländliche Umgebung.

»Sind wir spät dran?«, fragte ich schließlich.

»Nein, wir liegen sehr gut in der Zeit.«

»Warum rasen Sie dann so?«

»Das liegt am Auto. Es will einfach schnell fahren.«

»Entspannen Sie sich. Sind Sie immer so nervös in ländlicher Umgebung?«

»Nein, nicht immer. Ich habe eben schlechte Erfahrungen mit Tieren gemacht.«

KAPITEL 33

Bluebells

Von einem Pfosten neben der Landstraße baumelte ein handgemaltes Schild mit der Aufschrift *Bluebells*, am Tor empfing uns eine mannshohe, aus Reisig geformte Hühnerskulptur. Wir bogen in die Einfahrt, neben der ein großes Plakat verkündete: *Higgledy Piggledy Hens Biogeflügelfarm – Freilandhühner & frische Eier!*

»Mit Hühnern kommen Sie klar?«, fragte ich Branwell.

»Hmpf. Eine Geflügelfarm, auf der Bücher ge… ähm … verlegt werden«, grummelte er. »Da lachen ja die Hühner.«

»Na ja, immerhin ist hier *Unter Hühnern – Ein unvergesslicher Junggesellinnenabschied* entstanden.«

»Auch wieder wahr.«

»Ich hoffe nur, das war kein Fall von ›Ein blindes Huhn findet auch mal ein Korn‹ …«

»Na, jetzt übertr-EI-ben Sie aber.«

Ich kicherte. »Spiel, Satz und Sieg!«

Die sich windende Zufahrtsstraße war von Bäumen gesäumt, deren kahle Zweige fast das Auto streiften, und machte an diesem düsteren, feuchten Vormittag nicht eben einen einladenden Eindruck. Doch gegen Ende wurde es eine Spur heller, und dann kam jäh das kleine Herrenhaus im neoklassischen Stil in Sicht, das ich schon von der Webseite kannte.

»Sieht doch ganz hübsch aus«, stellte ich fest.

»Ja, nicht übel.«

Auf den Stufen vor der Eingangstür stand, auf einen großen Regenschirm gestützt, ein attraktiver Mann mit zerzaustem dunklem Haar. Er trug Jeans, Gummistiefel und einen flauschigen bunt gemusterten Pulli und winkte, sobald er uns erspäht hatte.

»Das ist er dann wohl«, murmelte Branwell. »Und das soll ein passender Aufzug für eine geschäftliche Besprechung sein?« Was er damit meinte, war: »Verflixt und zugenäht, ich bin total overdressed.«

»Ja, das dürfte Dominic McGann sein.« Dank Google war ich mir da sogar ganz sicher.

Während wir uns dem Haus näherten, kam er uns mit großen, lässig federnden Schritten entgegen.

Ich stieß die Autotür auf und versuchte, aus dem Range Rover zu springen, ehe er zum Stehen gekommen war.

»Na, na, nicht so übereifrig, junge Dame«, sagte Branwell.

Nach meinem zweiten – von Erfolg gekrönten – Versuch, auszusteigen, stand ich Dominic McGann gegenüber. Er war jünger, als er auf den Fotos ausgesehen hatte. Um die fünfunddreißig vielleicht.

»Hi, ich bin Dominic.« Er streckte mir die Hand hin. »Sie müssen Daisy sein. Freut mich sehr, Sie kennenzulernen.«

»Die Freude ist ganz meinerseits.«

»Ich muss sagen, ich liebe Ihr Buch«, fuhr er fort, während er über mir den Schirm aufspannte.

Branwell gesellte sich Schutz suchend zu mir unter den Schirm und stellte sich ebenfalls vor.

»Sehr freundlich von Ihnen, dass Sie den Weg hierher auf sich genommen haben, um uns *in situ* zu besuchen«, sagte Dominic. »Ich weiß es zu schätzen.«

»Ein Jammer, dass das Wetter so scheußlich ist.« Branwell betrachtete bekümmert seinen rundum mit Schlamm bespritzten Wagen.

»Ja, heute ist es etwas ungemütlich. Kommen Sie doch rein, ich mache uns gleich mal Kaffee«, sagte Dominic und ging voraus. »Bei mir finden alle wichtigen Ereignisse in der Küche statt, müssen Sie wissen.«

Branwell verdrehte die Augen, ehe er wie auf rohen Eiern den mit Pfützen übersäten Weg zum Haus zurücklegte.

Wir betraten die schön gestaltete Empfangshalle, einen quadratischen Raum mit edlen Perserteppichen auf dem Steinfliesenboden und interessanten Gemälden an den rostroten Wänden … von denen ein ohrenbetäubendes Gebell widerhallte, sobald hinter uns die Tür ins Schloss gefallen war.

Es blieb keine Zeit mehr, Dominic auf Branwells Tierphobie hinzuweisen. Vier kläffende Hunde – ein zottiger Wolfshund, ein Labradorwelpe mit glänzendem Fell und zwei kleine Terrier – rasten auf uns zu und hatten uns im Nu umzingelt wie ein Rudel Wölfe.

Teils sprangen sie an uns hoch, teils schnappten sie nach unseren Knöcheln, sodass wir gar nicht wussten, ob wir lieber den Oberkörper oder unsere Beine schützen sollten.

»Schaffen Sie mir die Viecher vom Hals!«, kreischte Branwell.

»Er mag keine Tiere«, fügte ich erklärend hinzu.

»Oje, tut mir leid«, sagte Dominic. »Ich werde Tilly gleich bitten, sie wegzusperren. Tilly!«

Branwell jaulte auf und deutete auf seinen Fuß. Er stand in einer Pfütze, sein Schuh war triefend nass.

»Ach herrje«, murmelte ich.

Im selben Moment versenkte der schwarze Labradorwelpe auch noch die Zähne in Branwells linkem Hosenbein. Mein armer Agent sah aus, als müssten ihm gleich die Augen aus dem Kopf springen, während er mit einer Mischung aus Entsetzen und Wut versuchte, den Angreifer abzuschütteln.

»Ich fürchte, er glaubt, Sie wollen mit ihm Tauziehen spielen«, erklärte Dominic und ging in die Knie. »Mal sehen, ob ich ihn zum Loslassen bewegen kann. Banger, aus!«

»Da wäre ich Ihnen sehr verbunden«, knurrte Branwell.

Es dauerte ein klein wenig, aber es gelang Dominic tatsächlich, Hund und Hose zu trennen, was Letztere allerdings nicht ganz unbeschadet überstand.

KAPITEL 34

Warme Küche, kühler Empfang

Inzwischen war eine hübsche junge Frau, Tilly, herbeigeeilt. Wir versuchten, Branwells teilexponierte linke Wade nicht anzustarren, während sie die Meute abführte.

»Es tut mir wirklich *furchtbar* leid«, versicherte uns Dominic. »Ich werde Ihnen die Hose natürlich ersetzen. Wollen Sie sich inzwischen eine von mir borgen?«

Branwell ließ sich seinen Vorschlag durch den Kopf gehen, was eine Weile dauerte, und in Anbetracht seiner Miene hätte es mich nicht gewundert, wenn kleine Rauchschwaden aus seinen Ohren gekommen wären. Schließlich nickte er.

Tilly war inzwischen zurückgekehrt und führte mich in die gemütlichste Küche, die ich je gesehen hatte. In der Mitte des Raums stand ein großer Altholztisch, und vor dem Kamin, in dem ein Feuer brannte, saßen zwei Hennen und wärmten sich den gefiederten Allerwertesten. Auf einer Kommode stapelte sich ein beeindruckendes Sammelsurium an Porzellangeschirr, Töpferwaren und Gläsern. Landhausstil par excellence.

Tilly machte einen sehr fahrigen Eindruck. Sie holte ein Babyfläschchen aus dem Kühlschrank und wärmte es in der Mikrowelle, dann stellte sie Kaffeewasser auf und schnitt einen Walnusskuchen an, der etwas schief geraten war.

»Armer Dominic«, murmelte sie.

»Nachwuchs?«, fragte ich. Ich habe früher auf der Farm meiner

Eltern die Lämmer mit der Flasche gefüttert, wenn mein Vater sehr beschäftigt war.

»Jep.«

Da ich mir lieber nicht ausmalen wollte, was Branwell von den Hühnern halten würde, sah ich mich stattdessen noch ein wenig um. Der Raum war ziemlich hell, denn eine Seite war komplett verglast, sodass man eine bezaubernde Aussicht auf den von einer Mauer umgebenen Garten hatte. An den Sträuchern und Bäumen draußen prangten schon dicke Knospen.

»Arbeiten Sie hier in Vollzeit?«, erkundigte ich mich.

»Nein.«

Hm. Sehr gesprächig war diese Tilly ja nicht gerade.

»Ah, Sie haben also auch noch einen anderen Job?«

»Nein.«

Na gut, dann eben nicht.

Ein paar Minuten später erschien Branwell in Jeans, Kaschmirpulli und originellen Plüschpuschen in Igelform. »Wenn schon, denn schon.« Er zuckte etwas verlegen die Schultern und ließ sich auf einem Ohrensessel am Kamin nieder. »So passe ich hier jedenfalls perfekt rein.«

Ich unterdrückte ein Kichern und nahm auf dem Sessel daneben Platz, während Dominic Kaffee machte.

»Das sind Hattie und Marigold«, meldete sich Dominic zu Wort, als er den Blick bemerkte, mit dem mein Agent die beiden Hennen betrachtete. »Sie sind nicht mehr die Jüngsten und haben es gern warm.«

»Willkommen im Club, meine Damen«, murmelte Branwell.

Dominic reichte uns zwei dampfende Becher starken schwarzen Kaffee und dazu je ein Stück Walnusskuchen mit reichlich Zuckerglasur.

Branwell probierte beides, dann räusperte er sich. »Also, laut Ihrer Webseite ist das hier ein Verlagshaus …«

»Ja, ganz genau.« Dominic grinste.

»Okay …«

Dominic verspürte ganz offensichtlich nicht den Drang, sich zu rechtfertigen, trotzdem setzte er der Höflichkeit halber zu einer Erklärung an. »Ich habe einen Angestellten, der für die Hühner und die Vermarktung der Geflügelprodukte zuständig ist. Ich selbst bin seit acht Jahren in der Verlagsbranche. Davor war ich in einer Rockband. The Rockits. Vielleicht haben Sie ja schon mal von uns gehört.«

Wir nickten. Selbstverständlich hatten wir von der Band gehört.

»War eine ganz einträgliche Sache für uns – nicht so einträglich wie für unseren Manager, aber es sprang doch für jeden von uns ein beträchtliches Sümmchen dabei raus, mit dem sich die eine oder andere Investition tätigen ließ. Danach war ich eine Weile bei Knopf Doubleday in New York. Dann habe ich meine Frau kennengelernt und das Anwesen hier gekauft. Vor ein paar Jahren haben sich meine Lebensumstände dann plötzlich radikal geändert, und da habe ich dann beschlossen, einen eigenen Verlag zu gründen. Nachdem *Unter Hühnern – Ein unvergesslicher Junggesellinnenabschied* so eingeschlagen hat, dachte ich, vielleicht kann ich ja an diesen Erfolg anknüpfen. *Unter Hühnern* hat sich sechshunderttausend Mal verkauft, müssen Sie wissen. Zurzeit müssen wir jede Woche nachdrucken.«

Branwell nickte. »Ja, ich kann wohl mit Fug und Recht sagen, wenn es dieses Buch nicht gäbe, dann säße ich nicht hier in Ihrer Küche, mit Igelpantoffeln an den Füßen.« Allmählich taute er etwas auf. »Sie wissen ganz offensichtlich Bescheid, was die Zielgruppe angeht, und das ist enorm wichtig, aber was, wenn der Erfolg von *Unter Hühnern* reiner Zufall war? So etwas kommt vor – man denke nur an all die zahllosen Pop-Bands, die einen einmaligen Hit landen, ohne zu wissen, wie sie es angestellt haben oder wie sich dieses Phänomen wiederholen lässt.«

Dominic blieb cool, legte nun aber in puncto Selbstsicherheit eine Schippe drauf. »Also, zu meiner Verteidigung kann ich sagen, dass wir uns die Marketingstrategien für dieses Buch sehr genau überlegt haben. So haben wir beispielsweise angenommen, dass die Zielgruppe eine Spur älter sein wird als die Protagonistinnen, die vom Erdbeerwein beschwipst im Mondlicht tanzen, Anekdoten austauschen und ›Wahrheit oder Pflicht‹ spielen. Und wir haben damit den Nagel auf den Kopf getroffen. Außerdem war davon auszugehen, dass die Story der Braut, die ihren Junggesellinnenabschied auf einer Farm feiern möchte, bei der ökobewussten Klientel gut ankommen würde. Zugleich musste die Geschichte so kommerziell sein, dass sie auch Großstadtmädels mit Aussteigerfantasien anspricht. Der Erfolg von *Unter Hühnern – Ein unvergesslicher Junggesellinnenabschied* war alles andere als ein Zufall, das kann ich Ihnen versichern.«

Branwell hörte konzentriert zu, während Dominic fortfuhr.

»Das Verlagswesen ist eine Industrie im Wandel. Eine, bei der kein Stein auf dem anderen bleiben wird. Neuerdings dreht sich alles um soziale Medien, strategische Besprechungen, Empfehlungen von Celebrities und Below-the-line-Marketingmaßnahmen wie Blogs, Vlogs und dergleichen mehr. Und damit kenne ich mich aus. Das war bei Knopf Doubleday mein Spezialgebiet.«

Ich nickte eifrig.

»Hören Sie, Dominic«, sagte Branwell, »das klingt ja alles recht vielversprechend, aber es kommt mir so vor, als ginge es bei Ihnen ziemlich chaotisch zu. Meine Aufgabe ist es, die Interessen meiner Klientin zu vertreten und sie gut zu beraten. Sie hat ein großartiges Buch geschrieben, an dem bereits mehrere andere Verlage Interesse bekundet haben. Haben Sie überhaupt genügend Mitarbeiter, um dieses Buch auf den Markt zu bringen?«

»Ich habe die meisten Bereiche ausgelagert. Die Kommunikation erfolgt via E-Mail. Mehrere Selbstständige sind mit Design und

Layout beauftragt, um die anfallenden redaktionellen Arbeiten kümmert sich dienstags und donnerstags meine Lektorin Barbara. Sie wird von Tilly unterstützt, die in Oxford Anglistik studiert und ansonsten sozusagen mein Mädchen für alles ist. Und ich kümmere mich um den ganzen Social-Media-Kram. Im Übrigen habe ich vor, zu expandieren.«

Es war zweifellos ein leidenschaftliches Plädoyer, doch allmählich kamen selbst mir Zweifel. Und Tilly war mir nicht ganz geheuer. Sie hatte uns allein gelassen, und das war auch besser so, denn ihre abweisende Art gefiel mir gar nicht.

Andererseits konnte ich wohl davon ausgehen, dass Branwell den Termin nicht mehr als reine Zeitverschwendung betrachtete, schließlich saßen wir nun doch schon eine ganze Weile hier. *Oder genießt er bloß sein zweites Stück Walnusskuchen?*

Technologisch hatte Dominic den vollen Durchblick. Gerade sprach er über irgendwelche Algorithmen, und Branwell lauschte aufmerksam, während ich auf meinem iPad fleißig Notizen machte.

Irgendwann hob ich den Kopf und sah Tilly in der Küchentür stehen. Sie wirkte schon wieder leicht panisch.

»Ähm, Dominic, ich glaube, Tilly möchte Ihnen etwas sagen.«

Er erhob sich und ging zu ihr.

Die beiden tuschelten eine Weile zwischen Tür und Angel. Schließlich sagte Dominic: »Gut, dann hole ich sie eben kurz rüber.«

»Doch nicht etwa noch so ein Hund?«, rief Branwell sogleich alarmiert.

»Nein, nein, keine Sorge«, beruhigte ihn Dominic. »Bitte entschuldigen Sie mich, ich bin gleich wieder da.«

Einen Augenblick später kehrte er mit einem goldigen Kleinkind auf dem Arm zurück. Es war ein etwa zwei Jahre altes Mädchen mit blonden Löckchen.

»Oh. Sie haben heute wohl Babysitterdienst«, bemerkte Branwell.

»Nicht nur heute.«

»Puh. Ist bestimmt nicht einfach.«

»Na ja, meine Frau ist leider bei der Geburt gestorben. Schwangerschaftsintoxikation.«

»Das tut mir sehr leid«, murmelte Branwell betroffen. Ich stammelte etwas ähnlich Bedauerndes.

O Gott, wie grauenhaft.

Das Kind gab ein niedliches Gebrabbel von sich.

»Darf ich vorstellen: Das ist Minty«, sagte Dominic. »Sie wollte Sie unbedingt kennenlernen.«

Minty wandte uns ihr kleines Puppengesicht zu und schenkte uns ein Lächeln, das eine Reihe perlweißer Milchzähne zum Vorschein brachte. Sie hatte unglaublich große blaue Augen und lange, dunkle Wimpern.

»Oooch …« Ich stand auf, um ihr über den Kopf zu streicheln. Selbst Branwell war total hingerissen.

Wir hätten diesen kleinen Engel den ganzen Tag betrachten können, und natürlich lagen uns tausend Fragen und Beileidsbekundungen auf der Zunge, aber es gab noch so einiges zu klären, also brachte Tilly die Kleine wieder ins Spielzimmer.

KAPITEL 35

Das Sondierungsgespräch

Bislang hatte ich nicht allzu viel geredet, doch nun lenkte Dominic die Aufmerksamkeit auf mich. »Also, ich kann mich nur wiederholen, Daisy: Ich liebe Ihr Buch«, sagte er. »Was hat Sie denn dazu inspiriert?«

Ich lief rot an. »Schwer zu sagen … Es fühlt sich so an, als wäre mir die Idee dazu schon eine halbe Ewigkeit im Kopf herumgeschwirrt. Eigentlich muss ich mich bei Branwell dafür bedanken, dass sie geboren wurde.«

Mein Agent hob abwehrend die Arme. »Es war von Anfang an ein ausgesprochen … äh … reizvolles Projekt. Ich hoffe, Sie verzeihen mir den etwas bemühten Scherz.«

Genau die Sorte Buch war *French Fancy* – es sorgte für Gekicher und gerötete Wangen.

Dominic ergriff erneut das Wort und legte uns seine Vision vom »Serienstart« dar.

Wow, er sieht es bereits als Serie!

»Was schwebt Ihnen denn marketingmäßig so vor?«, fragte Branwell in einem Tonfall, der signalisierte, dass seine Erwartungen in dieser Hinsicht gleich null waren.

Dominic trat zum Küchentisch und holte drei DIN-A3-Ausdrucke mit allerlei Flussdiagrammen zu den diversen Marketingideen, die er sich überlegt hatte.

»Wir werden das Geheimnis, wer hinter dem Namen Lucy

Lovecake steckt, so richtig hypen. Meiner Meinung nach sollten wir nach Erscheinen des Buches noch mindestens ein halbes Jahr warten, ehe wir ihre wahre Identität enthüllen. Auf diese Weise steigern wir die Neugier der Leute und sorgen dafür, dass alle darüber reden. Natürlich machen wir schon im Vorfeld eine Menge PR-Fotoshootings mit Daisy, damit wir bereit sind, wenn es so weit ist. Und die Hintergrundstory – all das, was Sie mir in der E-Mail mit Daisys Manuskript geschrieben haben, Branwell – eignet sich ebenfalls hervorragend zu Vermarktungszwecken. Daisys Job im Dessousladen, der Umstand, dass sie ihrer Freundin hilft, Kuchen und Torten für ein Café zu backen, das hat Charme, das lieben die Leute. Es gibt ihnen das Gefühl, dass auch sie ihre Probleme lösen können, wenn sie nur den Hintern hochkriegen.«

»Klingt super«, sagte ich.

Branwell nickte.

»Um eine breite Fan-Basis zu schaffen, schlage ich vor, wir starten mehrere Blogs rund um die drei Themen Beauty, Backen und Mode«, fuhr Dominic fort. »Und in der Woche, in der das Buch erscheint, organisieren wir landauf, landab Back-Vorführungen in Buchhandlungen …«

»Wenn ich Sie kurz unterbrechen darf …« Branwell hob die Hand. »Was, wenn ich Ihnen sage, dass einer der größeren Verlage uns angeboten hat, Plakate in sämtlichen U-Bahn-Stationen in London aufhängen zu lassen? Können Sie mit einer vergleichbaren Kampagne aufwarten?«

»Nun, das ist direkte Werbung, wie sie normalerweise mit etablierten Marken assoziiert wird«, sagte Dominic. »Wir haben weit originellere Ideen auf Lager. So könnten wir zu Promotion-Zwecken beispielsweise Kooperationen mit Victoria's Secret oder anderen bekannten Dessousherstellern eingehen oder auch mit Kaufhäusern wie Harrods. Und wir würden den Fokus auf Fernsehinterviews und Gewinnspiele legen …«

Keine Frage, er hatte seine Hausaufgaben gemacht, das konnte selbst Branwell nicht leugnen.

»Außerdem sollten wir eine hübsche Cartoon-Zeichnung von ›Lucy Lovecake‹ anfertigen lassen, die – entfernt – an Sie erinnert, Daisy. Die Ähnlichkeit darf natürlich nicht allzu offensichtlich sein«, fuhr Dominic fort. »Diese Zeichnung verwenden wir dann als Profilbild in sämtlichen sozialen Medien, um schon frühzeitig mit der Einführung zu beginnen. Vielleicht kann ich Sie ja, wenn ich Ihnen einen ordentlichen Vorschuss anbiete, davon überzeugen, sich diesem Projekt quasi in Vollzeit zu widmen, noch bevor überhaupt jemand von seiner Existenz weiß.«

Okay, aber ich muss auch daran denken, was das Beste für Clara ist, zumal sie gerade so zu kämpfen hat.

»Darüber muss ich erst nachdenken«, sagte ich. »Ich will meine Chefin nicht einfach hängen lassen. Sie ist ein toller Arbeitgeber. Und falls das mit dem Buch floppt, kann ich ja schlecht meine alte Stelle wieder einfordern.«

»Äh, ja, natürlich, überlegen Sie es sich. Vielleicht können Sie ja in Zukunft nur drei Tage die Woche dort arbeiten statt fünf«, schlug Dominic vor.

Ich nickte. »Gute Idee.«

»Tja, da haben wir jetzt reichlich Stoff zum Nachdenken«, bemerkte Branwell.

Wir hörten Minty drüben im Spielzimmer quengeln.

»Wir sollten uns wohl allmählich auf den Heimweg machen«, stellte ich fest.

Dominic erhob sich. »Ich hoffe sehr, ich konnte glaubhaft rüberbringen, wie groß unser Interesse an dieser Zusammenarbeit ist.«

»Das Gespräch war sehr erhellend«, musste Branwell zugeben. Ich nickte.

»Sie werden vermutlich schon sehr bald von uns hören«, sagte ich.

Dominic holte Branwells Anzug, und als er ihm den Kleiderbügel mit der zerrissenen Hose in die Hand drückte, betonte er, die Sache sei ihm höchst peinlich. Er zückte sein Scheckbuch. »Das sieht mir nach einem ziemlich teuren Stück aus. Was meinen Sie, reichen 500 Pfund als Entschädigung?«

»Danke, aber das kommt überhaupt nicht infrage«, wehrte Branwell ab. »Ein paar Abnutzungserscheinungen gibt es immer. Berufsrisiko.«

Die beiden verabschiedeten sich mit einem kräftigen Händedruck.

Auf der Rückfahrt machte Branwell hin und wieder eine Bemerkung à la »Sehr niedlich, die Kleine. Tragische Sache« oder »Rhetorisch hat er was auf dem Kasten, das muss man ihm lassen«. Abgesehen davon herrschte die meiste Zeit Schweigen.

Ich war in Gedanken versunken. Dominic McGann sah umwerfend gut aus, und extrem cool war er obendrein.

Es gibt Tage, an denen wir Menschen kennenlernen, ohne zu ahnen, was für eine große Rolle sie in unserem Leben noch spielen werden. Ich glaube, heute ist so ein Tag.

KAPITEL 36

Die Qual der Wahl

In den darauffolgenden zwei Wochen erhielt ich zwei umfassende Angebote für die Veröffentlichung von *French Fancy* – eines von Bluebells und eines von Lennox-Cooper. Branwell leitete sie mir kommentarlos weiter. Dominic hatte sich deutlich früher gemeldet, das wurde aus dem Datum ersichtlich. Offenbar hatte Branwell bewusst noch ein weiteres Angebot abgewartet, ehe er mich informierte, und er schickte mir die Nachricht von Lennox-Cooper zuerst.

Von: Branwell Thornton
An: Daisy Delaney
Betreff: Fwd: French Fancy
Lieber Branwell Thornton,
bei unserer letzten Lektoratssitzung war sich das gesamte Team einig, dass wir *French Fancy* gern in unser nächstes Frühjahrsprogramm aufnehmen würden. Wir bieten der Autorin einen Vorschuss auf die Erfolgsvergütung in Höhe von £ 10 500 für die weltweiten Buchrechte sowie für sämtliche damit verknüpfte Nebenrechte. Die Autorin erhält als Erfolgsvergütung eine Beteiligung an den Verkaufserlösen in Höhe von 8 %. Die Zahlung des Vorschusses erfolgt in drei Raten zu gleichen Teilen. Die erste Rate ist bei Unterzeichnung des Vertrags zur Zahlung fällig, die zweite bei Annahme des fertigen Texts, die dritte bei Erscheinen des Werks. Die Abrechnung und Auszahlung der

Erfolgsvergütung erfolgt jeweils im März und im September. Wir behalten uns das Vorkaufsrecht für sämtliche mit dem Werk in Verbindung stehenden Werke vor.
Wir freuen uns, von Ihnen zu hören, und verbleiben bis dahin mit freundlichen Grüßen
Mary McCarthy,
Verlagsleitung Lennox-Cooper

Ich hatte zwar keinerlei Erfahrung, aber was Lennox-Cooper da von mir haben wollte, erschien mir doch viel für einen Vorschuss von 10 500 Pfund und eine Beteiligung von acht Prozent.

Dominic McGanns Angebot trudelte in Form eines eingescannten altmodischen Briefs ein.

Bluebells Ltd.
Higgledy Piggledy Farm Honeycomb
Oxfordshire
OX1 5PG
23. März
Liebe Daisy, lieber Branwell,
ich habe mich sehr über Ihren Besuch neulich gefreut und möchte mich nochmals für die Unannehmlichkeiten entschuldigen.
Wir würden dieses Buch unglaublich gerne herausbringen und hoffen, dass Sie uns eine Chance geben. Wir sind bereit, dafür tief in die Tasche zu greifen. Die Vertragsbedingungen würden wie folgt aussehen:
Wir wollen das Buch innerhalb von vier Monaten nach Vertragsabschluss herausbringen und würden dafür einen Vorschuss in Höhe von £ 18 000 bezahlen. Die gesamte Summe wird bei Vertragsunterzeichnung fällig. Zudem zahlen wir eine Erfolgsbeteiligung in Höhe von 9 %, die Abrechnung erfolgt vierteljährlich.

Wir stellen unlimitierte Ressourcen für PR- und Marketingkampagnen (Etablierung der Online-Persona Lucy Lovecake etc.) zur Verfügung, die – wie bei unserem Treffen bereits angesprochen – schnellstmöglichst anlaufen sollten.
Für weitere Fragen sowie Anregungen aller Art stehen wir Ihnen jederzeit gern zur Verfügung.
In unseren Augen sollte Daisy bei der Öffentlichkeitsarbeit für dieses Buch eine Schlüsselrolle spielen, weshalb wir eine enge Zusammenarbeit mit ihr anstreben. Mit ihrer Hilfe wird es uns bestimmt gelingen, eine große Fangemeinde für French Fancy *zu begeistern.*
Viele Grüße
Dominic McGann

Branwell hatte Dominic mindestens ebenso ins Herz geschlossen wie ich, das wusste ich. Trotzdem hatte er große Zweifel daran, dass Bluebells der richtige Verlag für mich war.

»Sie würden damit ein sehr großes Risiko eingehen«, sagte er, als ich ihn anrief.

»Das gehe ich ohnehin ein, Branwell. Fakt ist, *Unter Hühnern* hat sich deutlich besser verkauft als die meisten Titel, die in letzter Zeit bei Lennox-Cooper erschienen sind.« Ich hatte ein bisschen recherchiert. »*Ganz in Weiß* wurde laut der Bestsellerliste der *Times* nur 130 000-mal verkauft und blieb damit hinter den Erwartungen zurück.«

»Stimmt, aber …«

»Was aber? Dominic bietet mehr Geld, in einer Rate, und eine höhere Beteiligung obendrein. Was gibt es da noch zu diskutieren?«, beharrte ich.

»Das habe ich Ihnen doch bereits gesagt. Als angehende Autorin müssen Sie auch das große Ganze in Betracht ziehen. Weltweite Absatzmärkte. Mittel- und langfristige Perspektiven. Was, wenn

Bluebells nächstes Jahr pleite ist? Haben Sie daran schon mal gedacht? Womöglich schafft es Ihr Buch gar nicht erst in die Läden.«

Gutes Argument. Diesbezüglich konnte mir ein so junger Verlag wie Bluebells wenig Sicherheit bieten.

»Ja, daran habe ich in der Tat schon gedacht. Aber falls das passieren sollte, bin ich zumindest schon mal 18000 Pfund reicher und kann mich nach anderen Möglichkeiten umsehen.«

»Theoretisch ja, praktisch wird das Interesse der anderen Verlage nicht ewig anhalten. Erst recht, wenn Sie ihnen erst eine Abfuhr erteilen und ein halbes Jahr später wieder angekrochen kommen. Bis dahin kann bei denen längst ein vergleichbares Projekt in der Mache sein. So läuft das im Verlagswesen nun einmal. Wenn ein Lektor einen Titel, den er unbedingt haben wollte, nicht bekommt, dann gibt er einfach ein Werk nach einem ähnlichen Strickmuster in Auftrag, sorgt dafür, dass es vorher erscheint, und behauptet, sein Verlag hätte das Thema zuerst entdeckt. Hinter den zivilisiertesten Oxford-Absolventen-Fassaden verbergen sich oft die skrupellosesten Typen, das können Sie mir glauben.«

Ein Plagiat von French Fancy! *Was für eine grauenhafte Vorstellung. Wobei es doch nicht so schwer sein dürfte zu beweisen, dass den Leuten bei Lennox-Cooper mein Manuskript zu einem bestimmten Zeitpunkt bereits vorlag.*

Kein Wunder, dass Michel Amiel, der ja seit Jahren in den Bestsellerlisten vertreten war, so viele Sorgen hatte.

»Okay, aber Dominics Angebot hat noch einen weiteren entscheidenden Vorteil«, fuhr ich fort. »Er will das Buch früher herausbringen als Lennox-Cooper. Und ganz allgemein glaube ich, er kann mehr Zeit und Energie in dieses Projekt investieren als jemand, der bei einem großen Verlag arbeitet, weil er nicht so viele andere Bücher und Autoren betreuen muss. Das steht zumindest zur Autorenbetreuung auf seiner Webseite. Und jetzt, wo ich ihn kennengelernt habe, nehme ich ihm das auch ab. Außerdem hatte ich nicht das Gefühl, dass er finanziell auf wackeligen Beinen steht, Sie etwa?«

»Das nicht, nein, aber dafür erweckte er auf mich den Eindruck, als wäre er mehr als ausgelastet, Daisy. Nicht beruflich, sondern privat, meine ich.«

»Schon klar, Branwell. Aber wissen Sie, meine Mutter sagt oft, es gibt im Leben Zeiten, da sollte man mehr auf seine innere Stimme vertrauen als auf die Fakten.«

»Nun, meine professionelle Meinung kennen Sie. Es ist Ihre Entscheidung, meine Liebe. Ich möchte Sie nur bitten, zumindest eine Nacht darüber zu schlafen.«

»Danke, das werde ich, versprochen. Ich gebe Ihnen in ein paar Tagen Bescheid, ja?«

»Gut. Keine Eile.«

»Wunderbar. Dann bis demnächst.«

»Bis demnächst, Daisy. Ich lasse mir jetzt einen neuen Maßanzug verpassen.«

Es kam mir zwar respektlos vor, Branwells Warnung in den Wind zu schlagen, aber ich wollte unbedingt mit Dominic McGann zusammenarbeiten. Zwei Nächte lang wälzte ich mich deswegen schlaflos im Bett herum. Nur Kitty wusste von meinem Dilemma, und ich war ihr unendlich dankbar, dass sie mir Kommentare à la »Deine Probleme möchte ich haben« ersparte (denn genau das hätte wohl der Großteil meiner Bekannten gesagt).

Kapitel 37

Die Würfel sind gefallen

Bluebells und alles, was damit zusammenhing, hatte bei mir einen nachhaltigen Eindruck hinterlassen. Ich wurde das Gefühl nicht los, dass mein Buch bei diesem Verlag deutlich besser aufgehoben wäre, zumal mir immer wieder ein Satz in den Sinn kam, der im Rahmen der Besprechung mit Lennox-Cooper gefallen war: »Mit Ideen für die Umschlaggestaltung beschäftigen wir uns, sobald wir das Manuskript zurechtgestutzt haben.« Mir war natürlich klar, dass mein Text noch redigiert werden musste, aber »zurechtstutzen« klang für mich doch etwas brutal.

Mein Entschluss stand fest, und genau das teilte ich Branwell ein paar Tage später telefonisch mit.

»Na gut.« Er seufzte. »Ich informiere Dominic.«

»Ich weiß, es ist die richtige Entscheidung.«

Schweigen.

Wehe, wenn sie sich im Nachhinein doch als falsch entpuppt …

Keine zwei Tage später rief mich Dominic an.

»Danke für diese Chance, Daisy. Ich werde sicherstellen, dass das Buch ganz groß rauskommt, versprochen. Wir sollten wie gesagt schnellstmöglich einen Lucy-Lovecake-Blog starten. Außerdem braucht sie Accounts bei Twitter, Instagram und Pinterest. Das ganze Paket. Wir werden quasi von meinem Küchentisch aus dafür sorgen, dass alle Welt von Lucy spricht.«

»Ich kann's kaum erwarten. Sagen Sie mir einfach, wann ich mit den Beiträgen für den Blog anfangen soll. Und welche Richtung soll ich vom Ton und Stil her einschlagen? Modern oder eher auf Fünfzigerjahre getrimmt?«

»Modern und zeitgemäß, würde ich sagen. Ladylike, aber natürlich auch eine Spur frech und sexy.«

»Richtig. Verspielt.«

»Genau, sehr verspielt. Geben Sie mir etwas Zeit, damit ich mir ein paar Strategien überlegen kann. Übrigens habe ich gleich nach Branwells Anruf bereits eine allererste Maßnahme getroffen.«

»Nämlich?«

»Nun, Sie sind ja bislang quasi Back-Autodidaktin, und wenn wir in etwa einem halben Jahr Ihre wahre Identität enthüllen, könnten sich die Leute fragen, ob Sie denn eine entsprechende Ausbildung vorweisen können, wenn Sie sich schon als Autorität in Sachen Backen betrachten. Deshalb habe ich mir erlaubt, Sie für einen Backkurs anzumelden. Einfach, damit Sie sich etwas sicherer fühlen und auch die korrekte Terminologie verwenden.«

»Gute Idee, vielen Dank. Das hat mir in der Tat schon Kopfzerbrechen bereitet«, gestand ich.

»Kann ich mir vorstellen. Ich habe eine französische Kochschule in Ihrem Viertel ausfindig gemacht, die recht gut bewertet wurde. Kein Wunder, sie wird von Michel Amiel geleitet, der übrigens seit Neuestem zu unseren Kunden zählt – er bezieht Hühnerfleisch und Eier von unserer Farm.«

»Wow!« Mein Herz schlug etwas schneller. »Was man so hört, sollen die Kurse in der Kochschule ausgezeichnet sein. Und sie ist wirklich ganz in der Nähe, ich komme täglich daran vorbei. Wann soll es losgehen?«

»Kommenden Samstag. Ich hoffe, das ist okay für Sie. Ich dachte, mit einem Samstagskurs können Sie weiterhin Ihrer bisherigen Arbeit nachgehen, wenn Sie wollen auch in Vollzeit. Sie hatten ja erwähnt, dass Sie Ihre Arbeitgeberin nicht im Stich lassen wollen.«

»Stimmt. Vielen Dank. Ich weiß, dass diese Kurse nicht gerade billig sind.«

»Das ist das Mindeste, was ich für Sie tun kann. Es ist mir wichtig, dass Sie das Gefühl haben, die richtige Entscheidung getroffen zu haben.«

Als ich auflegte, wurde mir bewusst, was das alles bedeutete: Ich, Daisy Delaney, die im Universum bislang eine absolut vernachlässigbare Rolle gespielt hatte – außer vielleicht im Leben meiner Eltern (wobei mein Vater, wenn ich in letzter Zeit anrief, immer fragte: »Welche Daisy?«) –, würde, wie es aussah, noch vor Weihnachten veröffentlichte Autorin sein! Ich hatte meinen in den Nachwehen der Neujahrshölle gefassten Vorsatz in die Tat umgesetzt! Kaum zu glauben, dass das erst ein paar Monate her war. Vor allem, weil ich dieses Ziel schon mindestens fünf Jahre verfolgte. Warum hatte es ausgerechnet jetzt geklappt?

Hinterfrag das Wunder nicht, Daisy, akzeptier es einfach.

KAPITEL 38

Backe, backe Kuchen

Die darauffolgenden Tage vergingen wie im Flug. Ich wusste vor Aufregung gar nicht, wohin mit mir. Als ich Branwell von dem Backkurs berichtete, sagte er: »Ehre, wem Ehre gebührt – das ist eine verdammt gute Idee.«

»Finde ich auch. Die Kochschule gehört übrigens Michel Amiel.«

Er lachte. »Scheint fast, als wäre es Schicksal, dass sich Ihre Wege immer wieder kreuzen. Oder haben Sie regelmäßig Kontakt?«

»Äh, nein, das nicht.« Natürlich konnte ich Branwell weder anvertrauen, dass Michel mich zu meinem Buch inspiriert hatte, noch wollte ich ihm erzählen, wie sehr mich das Foto von Eve und Michel bei der Kinopremiere irritiert hatte.

»Ist vielleicht auch besser so, denn wenn sich Ihr Backbuch gut verkauft, wird er höchstwahrscheinlich ungehalten reagieren. Sie haben ja selbst erlebt, wie er Rory Bridges bei der Preisverleihung beschimpft hat. Er hasst Konkurrenz und ist unwahrscheinlich neidisch. In dieser Hinsicht ist er wie ein kleines Kind.«

»Es ist wirklich nett von Ihnen, dass Sie denken, ich könnte eine Rivalin für Michel Amiel werden. Aber ich glaube kaum, dass ich mir diesbezüglich Sorgen machen muss.«

»Stecken Sie sich hohe Ziele, Daisy«, riet mir Branwell.

Als Nächstes musste ich Clara beibringen, dass ich meine Arbeitszeit von fünf auf drei Tage reduzieren wollte.

»Ich wusste, dass du berühmt wirst! Du wirst mich doch hoffentlich nicht vergessen, oder?«

»Red keinen Quatsch«, sagte ich. »Und wenn du mich mal mehr als drei Tage die Woche brauchst, dann sag einfach Bescheid, ja?«

»Ehrlich gesagt bin ich gar nicht sicher, ob ich mir künftig eine Vollzeit-Angestellte leisten kann, Daisy. Ich habe mich vertraglich verpflichtet, meinen Kredit innerhalb von achtzehn Monaten zurückzuzahlen. Insofern ist es eigentlich super, dass du deine Stunden reduzieren willst. Ich muss eben einfach selbst mehr arbeiten.«

Ich war unheimlich erleichtert.

Als ich zu Hause anrief, um zu hören, was meine Eltern dazu sagten, fragte meine Mutter: »Ein Beziehungsratgeber? Wer liest denn so was?«

»Na ja, nicht jeder steht auf arrangierte Ehen, Mum«, feuerte ich zurück.

»Also hör mal, junge Dame! Zwischen deinem Vater und mir hat es ordentlich gefunkt«, beschwerte sie sich. Dabei behauptete sie, wenn ihr eine Laus über die Leber gelaufen war, auch gerne mal, meine Großväter mütter- und väterlicherseits hätten einander ihre Sprösslinge als Wetteinsatz bei einem Pferderennen versprochen.

Am Freitagabend vor dem Kochkurs gingen Kitty und ich bei Benedict's essen, und siehe da, wer speiste ein paar Tische weiter? Der neue James Bond! Unsere Nummer sechs. Seltsamerweise war ich nicht sonderlich beeindruckt. Ich hatte ihn mir deutlich muskulöser vorgestellt. Er sah aus wie ein ganz normaler Mensch, und er wirkte schwer verliebt in seine Ehefrau.

»Du strahlst ja richtig, Daisy«, meinte Kitty. »Ich habe dich noch nie so glücklich erlebt.«

»Ich glaube auch nicht, dass ich je wieder so glücklich sein werde wie jetzt. Was kann schöner sein, als zu wissen, dass man die unbarmherzige Routine endlich hinter sich gelassen hat? Dass es neue Hoffnung gibt? Dieses Gefühl kann wohl nichts toppen – wahrscheinlich nicht einmal der Moment, in dem mein Buch veröffentlicht wird und ich das allererste Belegexemplar in der Hand halte.«

»Kann es sein, dass deine Glückseligkeit unter anderem mit Dominic McGann zusammenhängt?«

»Nö. Wobei … Ach, keine Ahnung. Vielleicht.«

Erst da wurde mir klar, dass ich seit dem Beginn der Vertragsverhandlungen kaum an Michel Amiel gedacht hatte.

Hurra! Er bedeutet mir nichts!

KAPITEL 39

Der Widerling

Ich freute mich auf den ersten Backkurs. Ja, Michel Amiel hatte mich angelogen, was seine Beziehung zu Eve anging, und das war nicht gerade die feine englische Art, aber eigentlich konnte es mir vollkommen egal sein. Jedenfalls ließ ich mir davon nicht die Vorfreude verderben. Er war eine miese Ratte, das war mir von Anfang an klar gewesen. Wir hatten uns noch nicht einmal geküsst. Er war unwichtig.

Wenn ich ihn sehe, werde ich ganz locker sagen: »Oh, hi! Stimmt ja, das ist Ihre Kochschule. Hatte ich schon ganz vergessen. Mein neuer Freund liebt Kuchen, deshalb habe ich beschlossen, einen Backkurs zu machen.«

Ich wollte auf keinen Fall den Eindruck vermitteln, dass ich den Kurs nur machte, um ihn wiederzusehen. Nichts konnte der Wahrheit ferner sein. Natürlich hätte ich auch einfach einen Kurs an einer anderen Kochschule buchen können, aber dann wäre ich gegenüber Dominic in Erklärungsnot geraten.

Mann, Daisy, wie schaffst du es nur immer wieder, dich aus dem Nichts in so verzwickte Situationen zu manövrieren?

Laut Stundenplan ging es in der ersten Kurseinheit um Kreationen aus Brandteig, der auf Französisch Choux genannt wurde. Für den Anfang ziemlich ambitioniert, wie ich fand. Ich hatte schon ein paar Mal Profiteroles gemacht, aber sie hatten mich nicht gerade vom Hocker gehauen. Es konnte also nicht schaden, meine Kenntnisse und Fähigkeiten in diesem Bereich noch auszubauen.

Am Samstagvormittag standen wir zu fünfzehnt am Empfangstresen, füllten Formulare aus und warteten gespannt auf weitere Anweisungen. *Mein lieber Schieber, der gute Michel sahnt echt ganz schön ab!*

Unsere Kursleiterin hieß Catherine und bezeichnete sich ganz unbescheiden als »Choux Queen«. »Und nein, ich rede nicht von Manolo Blahnik und Co.«, scherzte sie und lachte wiehernd über ihren Gag, obwohl er so lahm war wie Christopher Reeve nach seinem Reitunfall. *Jaja, auch ich kann mit Worten jonglieren, meine Liebe.*

Jedenfalls fehlte es ihr nicht an Selbstbewusstsein. In Anbetracht ihres affektierten Auftretens (Typ gescheiterte Schauspielerin) stellte ich mich auf einen langen, anstrengenden Vormittag ein, doch sie entpuppte sich binnen kürzester Zeit als überaus sympathisch. Und in ihrem rot-weiß gepunkteten Fünfzigerjahre-Kleid samt passend gestyltem blondem Bob sah sie einfach fabelhaft aus. Dazu trug sie süße kirschrote Lacklederpumps mit Knöchelriemchen.

Auch das Studio war der Wahnsinn, wie ich zugeben musste. Jede Teilnehmerin bekam eine eigene voll ausgestattete babyblaue Miniküche zugewiesen. Es gab einen Herd mit Ceranfeld, zwei Backöfen mit allen Schikanen, einen Grill, haufenweise Rührschüsseln, Töpfe und Pfannen, ein eckiges Doppelspülbecken sowie einen schnuckeligen kleinen Kühlschrank. Sämtliche Küchenutensilien stammten – *mais bien sûr* – aus dem Hause »Chez Amiel«.

»Cool, nicht?«, sagte Jessica, die in der Miniküche nebenan stand. Sie war zweifache Mutter und hatte den Kurs von ihrem Ehemann geschenkt bekommen, der scheinbar ein ziemlich hohes Tier bei der BBC war.

»Sehr cool, ja, um nicht zu sagen luxuriös. Wahrscheinlich bin ich nach diesem Kurs so verwöhnt, dass ich nie wieder einen Fuß in unsere schäbige Küche zu Hause setzen will.«

»Stimmt!« Von wegen! Jessica sah so aus, als wäre sie diesbezüglich an ganz andere Maßstäbe gewöhnt als ich. Eine typische Primrose-Hill-Hausfrau.

Catherine drückte jeder von uns ein Tablet in die Hand, auf dem wir neben den Backanweisungen auch Bilder von der Zubereitungstechnik und der Konsistenz des Teiges abrufen konnten. Dann ging sie das Rezept Schritt für Schritt mit uns durch. »Das Wichtigste ist, dass ihr das Mehl möglichst rasch dazugebt, nachdem ihr Milch, Butter und Wasser vermengt und aufgekocht habt.«

Sie winkte uns zu sich, damit wir ihre Demonstration aus nächster Nähe verfolgen konnten, aber noch ehe sie angefangen hatte, erhielt sie eine SMS und entschuldigte sich mit dem Argument, die Nachricht könne womöglich eine verspätete Lieferung betreffen, auf die sie schon dringend warte.

Ich tippe ja eher auf einen Freund oder Verehrer.

Um die Zeit zu überbrücken, erzählte mir Jessica von ihren Kindern Lily und Toby, die beide Asthmatiker, Allergiker und möglicherweise autistisch waren, weshalb ich erst merkte, dass Michel hereingekommen war, als mir das künstliche Lächeln auffiel, das sämtliche Frauen im Raum plötzlich aufgesetzt hatten.

Ich wandte mich um, und da stand er – zerzaust, unrasiert, chaotisch. Verlogen.

Richtig abstoßend sieht er aus. So ungepflegt. Eigentlich hat er in einer Küche nichts verloren.

Er sah keiner von uns in die Augen. Ich weiß noch genau, was ich damals dachte: *Gott, ist der Typ widerlich.*

Es war einfach, ihn zu verabscheuen. Er bettelte förmlich darum. Bestimmt sind die anderen Frauen total ernüchtert in Anbetracht seiner schmuddeligen Erscheinung. Ich betrachtete ihn von meinem Platz aus, genoss die Gewissheit, dass er mich noch nicht erspäht hatte. Er war ungefähr eins achtzig groß und hatte einen leichten Bauchansatz und grau meliertes Haar, das da und dort schon etwas schütter wirkte, wenn man genauer hinsah. Dunkle Augen, volle Lippen, markante Nase. Vielleicht hatte er ja früher mal ganz gut ausgesehen. Jedenfalls hatte er etwas unverkennbar Französisches an sich, und ich konnte Franzosen noch nie ausstehen. Nicht, dass ich mir bislang je den Kopf darüber zerbrochen hätte.

Sehr beruhigend, dass ich ihn optisch kein bisschen ansprechend finde. Ich muss mir nicht sagen: »Jetzt hör doch mal auf, über ihn nachzugrübeln«, weil es nichts nachzugrübeln gibt.

Er übernahm den Backunterricht. »Für eine *Saint Honoré*-Torte benötigen wir zunächst einen Choux-Boden und Crème Patissiere sowie mit Karamell überzogene Profiteroles für die Dekoration …«

Ich blendete seine nervtötende Stimme aus und tippte ein bisschen auf meinem Tablet herum, um ihn nicht ansehen zu müssen, fest entschlossen, ihn möglichst lange zu ignorieren. Dann ließ ich den Blick über die anderen Frauen wandern, die sich um die Kochinsel in der Mitte versammelt hatten.

Wie sie ihn alle anschmachten! Dabei ist er so ein Schwachkopf. Alles nur Fassade, der ganze Hype. Aber seine schlitzohrige Art wird ihn noch teuer zu stehen kommen. Bestimmt bringt er bald auch die Engländer gegen sich auf, genau wie er es bei den Franzosen getan hat. Bin gespannt, wohin er dann auswandert. Auf den Mond?

»Wir schmelzen die Butter gaaanz langsam …«, säuselte er gerade. »So … Und als Nächstes fügen wir die Milch hinzu.«

Ich musste mir verärgert eingestehen, dass es faszinierend war, ihm dabei zuzusehen, wie er die Butter zum Schmelzen brachte und die Milch aus großer Höhe in den Topf plätschern ließ. Er jonglierte mit den Eiern, fing sie einhändig auf und schlug sie fachmännisch am Rand einer pflaumenfarbenen Rührschüssel auf. Es war das reinste Theater. Es war Zauberei. Es war eine Show. Ich gab mir Mühe, nicht beeindruckt zu sein.

Immer wieder gab er uns mit seinem albernen französischen Akzent Tipps wie: »Rühren Sie die Butter mit Gefühl. Wir können nicht erwarten, dass sich die Zutaten ganz von allein vermischen. Wir müssen sie dazu animieren, eine harmonische Einheit zu bilden, *oui*?«

Ich drückte mich weiter im Hintergrund herum und musste mir irgendwann eingestehen, dass ich allmählich Gefahr lief, ebenfalls seinem Charisma zu erliegen. Bis jetzt hatte er mich nicht bemerkt, und ich hoffte sehr, dass es dabei blieb. Irgendwann musste doch Catherine zurückkommen und ihn ablösen!

Na los, verzieh dich, Michel!

Schließlich durften wir in unsere Miniküchen zurückkehren und uns selbst ans Werk machen. Mehl und Butter abwiegen, Eier aufschlagen, Backofen vorheizen. Jeder Handgriff war eine kleine Herausforderung, nicht zuletzt deshalb, weil ich Michel im gleichen Raum wusste. Aber es schadete sicher nicht, wenn ich zur Abwechslung mal wieder über das nachdenken musste, was ich tat, nachdem ich seit einer Ewigkeit jede Woche die gleichen drei oder vier Arten von Kuchen und Torten gebacken hatte.

Puh! Es gibt so vieles zu beachten, wenn man nicht einfach auf Autopilot schalten kann! Sieh zu, dass du's nicht verbockst, Daisy!

Nervös schaute ich immer wieder in die Anleitung auf dem Tablet und suchte hektisch die benötigten Gerätschaften zusammen.

Ich wurde noch zappeliger, als Michel zu einer Art Kontrollrunde startete, bei der er unbekümmert mit den Teilnehmerinnen flirtete und mit seinen Kommentaren für Gekicher sorgte.

»Na, meine Damen, wie läuft's denn so?«, dröhnte er, als er schließlich bei uns angelangt war. Jessica und ich hatten gerade darüber gesprochen, wie feucht der Teig sein sollte, und ich spürte, wie mir der Schweiß ausbrach, als ich mich zu ihm umdrehte. Michel erstarrte und musterte mich verdattert. Jessica war die Verwunderung darüber deutlich anzusehen. Für mich war es etwas einfacher; ich hatte mich seelisch auf diesen Moment vorbereiten können. Trotzdem fiel mir nichts Besseres ein, als ein Ei zu nehmen und es ihm in hohem Bogen zuzuwerfen.

Er fing es mit einer Hand auf.

»Mich kann fast nichts überraschen, Daisy Delaney«, sagte er. Und warf das Ei zu mir zurück.

Alle anderen hatten innegehalten und guckten zu uns rüber. Ich spürte, wie meine Wangen anfingen zu glühen.

Fang es auf! Bitte, bitte, fang es auf! Plötzlich hatte ich das Gefühl, alles in Zeitlupe zu erleben, genau wie früher im Sportunterricht, wenn wir Ballspiele gespielt hatten. Damals hatte ich den Ball immer fallen lassen. Meine Hand-Augen-Koordination war seit jeher miserabel. Das Ei kam auf mich zugeflogen. Ich streckte die Arme aus, die Hände zu einer flachen Schale geformt. Aber waren sie auch an der richtigen Stelle?

Ich konzentrierte mich mit jeder Faser meines Körpers. Das Ei landete sicher in meinen Händen. Ich schloss die Finger darum, aber nicht zu fest.

Ha!

»Nicht schlecht … für ein Mädchen«, bemerkte Michel trocken und gluckste.

Da und dort kicherte jemand.

Das hasse ich so an französischen Männern. Sie sind so arrogant, so unbelehrbar chauvinistisch.

Er trat näher und nahm sich betont viel Zeit, um den Blick prüfend über meine Zutaten gleiten zu lassen.

Dann beugte er sich zu mir rüber und raunte: »Sie können von Glück sagen, dass ich Sie angezogen überhaupt wiedererkannt habe.«

Ich tat, als müsste ich etwas aus dem Kühlschrank meiner Miniküche holen.

»Darf ich fragen, warum es Sie ausgerechnet hierher verschlagen hat?«

»Mein Freund liebt Kuchen«, sagte ich, wie ich es mir im Vorfeld überlegt hatte.

»Kommen Sie nach dem Kurs in mein Büro. Es ist hinter dem Empfangstresen.«

Es klang wie ein Befehl. Als wäre ich ohnehin nicht in der Lage, ihm zu widerstehen.

»Mal sehen.«

Er zwinkerte mir zu, dann setzte er seine Tour fort, und irgendwann verschwand er wieder. Ich war zu sehr mit dem Einstellen der Backofentemperatur beschäftigt, um es zu bemerken.

Meine Profiteroles wurden ein voller Erfolg. Catherine nahm sie genau unter die Lupe.

»Gut gemacht, Daisy, großes Kompliment!«

»Danke.«

»Und, wie lautet Ihr Fazit?«, wollte sie wissen.

»Es war etwas knifflig, aber ich habe mich einfach haargenau an die Anweisungen gehalten.«

»Mehr verlangen wir auch gar nicht. Meine Kolleginnen und ich haben vorher natürlich einige Probedurchläufe gemacht, und jede von uns hat selbst den Kurs bei Michel absolviert, zusätzlich zu unserer Ausbildung. Hier gibt es keine Amateure!«

Nach dem Kurs fragte Jessica, ob ich noch etwas trinken gehen wolle. »Vielleicht im Prim & Proper?«

»Dort arbeitet meine Mitbewohnerin«, bemerkte ich überflüssigerweise.

»Ich liebe dieses Café«, sagte Jessica. »Also, wie wär's? Nachbesprechung bei einer Kanne Tee?«

Ich dachte an Michel, der allen Ernstes zu erwarten schien, dass ich mich von ihm herumkommandieren ließ. Ich dachte an die Fotos in der *Sunday Times.*

Er kann warten.

»Und, wie findest du den Kurs?«, fragte ich Jessica, sobald wir an einem Tisch im Prim & Proper Platz genommen hatten.

»Klasse«, sagte sie. »Es tut gut, mal ein bisschen rauszukommen.«

»Und dein Mann kümmert sich solange um die Kinder?«

»Na ja, im Grunde fährt er sie bloß von A nach B. Erst haben sie Schwimmkurs, danach wird getöpfert.«

»Ah ja. Ich kann mir gar nicht vorstellen, wie selbstlos man sein muss, um Kinder zu haben.«

»Es ist anstrengend, ja, und definitiv eine Belastung für die Ehe«, gab sie zu.

»Kann ich mir vorstellen. Ich finde Beziehungen selbst ohne Kinder schon schwierig genug.«

»Was mich am allermeisten stört, ist die Tatsache, dass man irgendwann gar nicht mehr als Frau wahrgenommen wird«, gestand Jessica wehmütig. »Und jede Kleinigkeit wird verhandelt: ›Wenn ich einkaufen gehe, übernimmst du dafür das Wäschewaschen‹. Da sind Diskussionen, Stress und Streitereien vorprogrammiert.«

»Ich schätze mal, das geht vielen Paaren ähnlich.«

»Schon möglich. Aber ich habe einfach das Gefühl, dass mich Ted überhaupt nicht mehr sexy findet. Dabei war er früher total verrückt nach mir. Aber das ist lange her. Ich bin praktisch unsichtbar geworden.« All das erzählte sie mit einer Selbstverständlichkeit, die wir manchmal nur gegenüber mehr oder weniger wildfremden Menschen an den Tag legen können.

Es war offensichtlich, dass sie ihren Mann noch liebte und sehr unter der Situation litt.

»Besorg dir doch was Hübsches drüben bei Voluptas, um ihn zu überraschen«, riet ich ihr. »Und dazu servierst du ihm am besten eine appetitliche Torte, dekoriert mit Hershey's Chocolate Kisses.«

Sie lief rot an. »Ich hab noch nie Reizwäsche getragen. Wirkt das nicht irgendwie … nuttig?«

»Aber nein! Ich arbeite bei Voluptas, und einige unserer treuesten Kundinnen sind richtig feine Damen. Außerdem ist es ein tolles Gefühl. Da sollten wir uns alle eine dicke Scheibe von den Französinnen abschneiden.«

Jessica musterte mich nachdenklich. »Okay, ich lasse es mir mal durch den Kopf gehen. Jetzt aber genug von mir. Warum möchtest du einen Backkurs machen?«

Ich fand sie echt nett und hätte ihr schrecklich gern von *French Fancy* erzählt, aber ich wusste, ich musste mich zurückhalten. Vorerst jedenfalls.

»Ach, ich backe hin und wieder für das Prim & Proper und hatte das Bedürfnis, mein Repertoire ein bisschen zu erweitern.«

»Verstehe.« Jessica nickte abwesend. »Sag mal, an welchen Tagen arbeitest du bei Voluptas?«

KAPITEL 40

Vorhang auf für Lucy Lovecake

Als ich den Vertrag für *French Fancy* erhielt, las ich ihn mindestens zehn Mal durch. Ich konnte es nicht glauben.

Verlagsvertrag

zwischen Bluebells Ltd., Higgledy Piggledy Farm, Honeycomb, Oxfordshire, OX1 5PG, im Folgenden »Verlag« genannt, und Daisy Delaney, Rosehip Lane 12B, Primrose Hill, London, NW3 4TX, im Folgenden »Autorin« genannt, vertreten durch Branwell Thornton, im Folgenden »Agent« genannt.
Im Folgenden »Autorin« genannt.

So stolz war ich in meinem ganzen Leben noch nie gewesen.

Am Wochenende nach der Vertragsunterzeichnung begann ich mit dem Blog.

Wie ist sie so, diese Lucy Lovecake? Woher nimmt sie ihre Rezepte, und warum hat sie so viele gute Ratschläge rund um das Thema Beziehung auf Lager? Hat sie diesbezüglich selbst schon allerlei Erfolge zu verzeichnen? Wie alt ist sie überhaupt? Ich muss zusehen, dass ich den richtigen Ton treffe, sie soll ja nicht rechthaberisch klingen.

Eines stand fest: Die Zielgruppe bestand aus Frauen im Alter von Kitty und mir, plus/minus ein paar Jahre. Somit konnte Lucy keine traditionelle Kummerkastentante sein, und sie durfte auf gar keinen Fall wie eine dieser prüden alten Jungfern rüberkommen, die aus jedem Wildfang eine junge Dame machen wollen. Natürlich sollte sie unverkennbar weibliche Züge aufweisen, aber nicht zu femme-fatale-mäßig, schließlich ging es um die Anbahnung von Beziehungen und nicht um flüchtige sexuelle Abenteuer.

Wie soll ich andeuten, dass Lucy bereits Erfahrungen in dieser Richtung gesammelt hat? Am sinnvollsten war es wohl, wenn sie eine Art Ratgeberkolumne für Gleichaltrige schrieb. Das war ein gutes Format für einen Blog, und auf diese Weise konnte ich mit einem »Problem«-Brief anfangen, auf den diverse Lösungsvorschläge folgten, und anschließend ein paar allgemeine Tipps zum jeweiligen Thema geben. In ihrem Blog konnte Lucy ja auch ruhig etwas forscher sein als im Buch.

Dating-Dilemmas und Lösungsvorschläge von Lucy Lovecake

Liebe Lucy Lovecake,
ich habe die Nase voll von alkoholinduzierten One-Night-Stands und bin auf der Suche nach einem festen Freund, bisher aber leider ohne Erfolg. Stimmt es, dass in großen Städten mehr Frauen als Männer leben? Meine Freundinnen und ich haben jedenfalls in London noch keine anständigen Männer gefunden, die bereit waren, monogam zu leben. Und stimmt es, dass man einen Mann bekochen soll, um sein Herz zu erobern? Für mich klingt das reichlich altmodisch, und außerdem koche ich nicht sonderlich gern. Aber viele der Männer, die ich kennenlerne, wünschen sich tatsächlich, dass ich für sie koche oder backe. Nur wie stellt man das am besten an? Und wie gelingt es mir überhaupt, die Aufmerksamkeit eines Mannes zu erregen?
Angelica, 24, Großraum London

Liebe Angelica,
ich kann mir durchaus vorstellen, dass in London mehr Frauen auf der Suche nach Männern sind als umgekehrt. Das Gleiche scheint für New York zu gelten. Warum das so ist, weiß niemand genau. Du solltest nur für einen Mann kochen, wenn er auch für dich kocht oder wenn kochen dein Hobby ist und du es ohnehin gern tust und es in eurer Beziehung einen Sinn ergibt. Es sollte nie so sein, dass die ganze Arbeit an einem Partner hängen bleibt. Wenn du gezwungen bist, etwas für ihn zu tun, dann wirst du bald keine Lust mehr haben, ihm seine Wünsche zu erfüllen. Sowohl Männer als auch Frauen finden es schön, bekocht zu werden, weil uns das das Gefühl gibt, umsorgt und geliebt zu werden.
Der Aufwand, den du für einen Mann in der Küche betreibst, wird sich nur lohnen, wenn ihr in dieser Beziehung beide glücklich seid. Und bevor du damit anfängst, solltest du sicher sein, dass du mit dem Betreffenden auch auf Dauer zusammen sein willst. Im Allgemeinen geben sich die Mädels oft deutlich zu früh zu viel Mühe, während sich die Jungs erst nach und nach ins Zeug legen, sobald sie Gefühle entwickeln. Wenn er anfangs noch etwas zurückhaltend ist, lohnt es sich also abzuwarten.
Nun zur Auswahl der geeigneten Speisen. Mit Kuchen kann man am Anfang eigentlich nicht viel falsch machen. Unten findest du mein Rezept für einen Schokoladenkuchen, der ideal ist für das erste Date.
Willst du ihn zum Essen einladen, erkundige dich nach Allergien, Vorlieben und Abneigungen. Probier das Gericht im Vorfeld einmal aus, und mach etwas möglichst Einfaches – Nudeln mit einer leckeren Soße beispielsweise. Übrigens rate ich zu Rigatoni oder Penne, da es bei Spaghetti oft eine Sauerei gibt. Aber vielleicht willst du es ja auch genau darauf anlegen.
Kuchen ist wie gesagt immer eine gute Idee, vor allem, wenn er zum richtigen Zeitpunkt serviert wird. Es wirkt nun einmal

verlockend, wenn auf dem Tisch schon eine verführerisch duftende goldgelbe oder schokoladenbraune Köstlichkeit wartet, sei sie nun aufwendig dekoriert oder bloß mit einem Hauch Puderzucker bestäubt und etwas Marmelade gefüllt.
Das alles ist ein sinnliches Vergnügen. Es geht nicht darum, einen Mann im Stil einer verzweifelten Jane-Austen-Protagonistin zu ködern, die über kein eigenes Einkommen verfügt. Essen – egal ob Süßes oder pikante Speisen – zählt ganz klar zu den »Waffen«, die in der Liebe zum Einsatz kommen. Es spricht unsere Sinne an und nimmt in zwischenmenschlichen Beziehungen eine besondere Rolle ein.
Nicht zuletzt dank der zahlreichen Kochsendungen im Fernsehen haben wir in den letzten Jahren ein interessantes Verhältnis zu unserem Essen entwickelt. Statt selbst zu kochen, sehen wir manchmal lieber anderen dabei zu. Spektakuläre Torten kann man schließlich auch kaufen, etwa bei Marks & Spencer. Warum also noch selbst backen?
Nun, weil unsere Anstrengungen in der Küche Ausdruck unserer Liebe sind. Ein selbst gebackener Kuchen steht für Liebe – zu unseren Kindern, zu unseren Verwandten, zu unseren Lebensgefährten. Die Zubereitung von Speisen, ihre liebevolle Präsentation, die Gespräche, die wir während einer Mahlzeit führen, all das kann dazu dienen, unsere Wertschätzung für einen Mitmenschen zum Ausdruck zu bringen.
Viel Glück, Angelica! Halt uns auf dem Laufenden!
Alles Liebe
Lucy Lovecake

Ich schickte den Text per Mail an Dominic und wartete gespannt auf seine Reaktion.

KAPITEL 41

Eine Einladung

Als ich mich am Montagmorgen beschwingt auf den Weg zur Boutique machte, schwirrten mir bereits allerlei weitere Ideen für Lucy Lovecakes Blog durch den Kopf. Noch vor ein paar Monaten hatte ich mich an manchen Tagen förmlich zur Arbeit schleppen müssen. Ich lächelte, als mir bewusst wurde, wie viel Spaß mir mein Leben mittlerweile machte – und das war erst der Anfang!

Ich bog um die Ecke und zuckte zusammen, als sich aus dem Hauseingang direkt neben Voluptas eine Gestalt löste und fragte: »Na, warum lächeln Sie denn so verschmitzt?«

Es war Michel, der hier offenbar schon auf mich gewartet hatte.

Trotzdem schrie ich auf – ich hatte nicht damit gerechnet, angesprochen zu werden, erst recht nicht von ihm.

»Entschuldigen Sie.« Er legte mir eine Hand auf die Schulter. »Ich wollte Sie nicht erschrecken.«

Ich atmete tief durch. »Aber Ihnen muss doch klar gewesen sein, dass Sie genau das tun würden«, sagte ich vorwurfsvoll. »Warum lauern Sie mir hier auf?«

»Tut mir wirklich leid.« Er wirkte zerknirscht, als würde er seine Taktik bereits bereuen. »Ich wollte mit Ihnen reden. Neulich sind Sie ja gleich nach dem Kurs gegangen.«

»Weil ich nicht mit Ihnen reden will.«

»Es gibt da aber etwas, das ich Ihnen sagen muss.«

»Nämlich?«

»Es geht um Eve …«

»Geht das vielleicht etwas genauer?«

»Ich nehme an, Sie haben das Bild von Eve und mir gesehen? In der Zeitung, meine ich?«

»Möglicherweise.«

»Das dachte ich mir. Es tut mir leid. Ich war sozusagen vertraglich dazu verpflichtet. Wenn Eve allein zu dieser Premierenfeier gegangen wäre, hätten die Leute nicht über den Film geredet, sondern nur darüber spekuliert, ob wir uns getrennt haben oder nicht. Es wäre um mich gegangen statt um sie, und das durfte nicht geschehen. Diesbezüglich haben meine Anwälte klare Anweisungen von Eves Anwälten erhalten. Es tut mir leid, aber das ist die Welt, in der ich lebe. Wir haben an dem betreffenden Abend nur zwanzig Minuten miteinander verbracht, und seither habe ich sie nicht mehr gesehen.«

Ich ließ mir seine Worte durch den Kopf gehen. Es klang durchaus plausibel. Die Frage war nur: Warum verspürte er das Bedürfnis, mir das zu erklären? »Sie müssen sich nicht für das Foto rechtfertigen. Ist ja nicht so, als würden wir miteinander ausgehen.«

»Ich weiß, aber ich nehme an, Sie waren … überrascht, als Sie das Bild gesehen haben, und das tut mir leid.«

»Tja, damit wäre dann wohl widerlegt, dass Fotos niemals lügen.«

Er nickte.

»Wie schön, dass wir das geklärt haben. Jetzt muss ich leider arbeiten.«

»Können wir uns in der Kaffeepause treffen?«, bat er. »Um elf Uhr? Ich werde gleich dort drüben warten, im Auto. Bitte, sagen Sie Ja.«

Das sind ja völlig neue Töne! Michel Amiel bettelt mich um eine Audienz an?

Ich zögerte.

»Keine Angst, ich beiße nicht«, fügte er hinzu.

»Da habe ich aber etwas anderes gehört.«

»Bitte …«

»Also gut, meinetwegen. Viel Zeit werde ich aber nicht haben.«

»Das macht nichts. Also dann bis später.« Er lächelte breit.

Na toll, Daisy. Ich dachte, du wolltest ihm die kalte Schulter zeigen? Das Thema solltest du bei Lucy Lovecake unbedingt auch mal anschneiden.

Im Laden flatterte ich schmetterlingsgleich hierhin und dorthin, beflügelt von der Musik, die ich aufgelegt hatte. So werkelte ich eine Weile vor mich hin, bis mein Laptop mit einem *Ping!* das Eintreffen einer neuen E-Mail meldete.

Ich sah sofort nach. Eine Nachricht von Dominic!

Von: Dominic McGann
An: Daisy Delaney
Betreff: Lucy Lovecake
Liebe Daisy,
ich habe soeben den ersten Blog-Beitrag gelesen und muss sagen, ich bin total von den Socken. Genau so hatte ich mir das vorgestellt! Könnten Sie insgesamt zwölf solche Beiträge verfassen? Wir werden bis zum Erscheinen von *French Fancy* jede Woche einen Beitrag veröffentlichen. Ich habe in der Zwischenzeit eine Illustratorin beauftragt, ein paar Zeichnungen anzufertigen, um den Blog optisch etwas aufzupeppen. Ich schicke sie Ihnen, sobald sie mir vorliegen.
Wie läuft es sonst so bei Ihnen?
Dominic

Ich verfasste sofort eine Antwort.

Von: Daisy Delaney
An: Dominic McGann
Betreff: Re: Lucy Lovecake
Lieber Dominic,
freut mich sehr, dass Sie zufrieden sind. Natürlich kann ich noch elf weitere Beiträge von der Sorte schreiben. Am besten in einem Rutsch, dann gibt es keine zu großen Abweichungen.
Wie geht es Minty? Sie ist ein wirklich hübsches Kind.
Ich bin schon sehr gespannt auf die Illustrationen!
Viele Grüße
Daisy

Ein paar Minuten später trudelte schon die nächste Mail von Dominic ein.

Von: Dominic McGann
An: Daisy Delaney
Betreff: Re: Re: Lucy Lovecake
Daisy, ich habe eine Weile mit mir gerungen, und ich hoffe, Sie finden es nicht unpassend, wenn ich Sie zu unserem alljährlichen Higgledy-Piggledy-Frühlingsfest einlade, das kommendes Wochenende bei uns auf der Farm steigt. Über *French Fancy* dürfen wir da natürlich noch nicht reden (Lucy Lovecake, das Mysterium!), aber ich fände es sehr schön, wenn Sie mit von der Partie wären. Minty und ich könnten Sie vom Bahnhof abholen. Tilly wird auf die Kleine aufpassen. Aber auch kein Problem, falls Sie es nicht einrichten können.
Bis dann,
D.

Hach, Dominic … Nicht zum ersten Mal ertappte ich mich dabei, dass ich mich einem kurzen Tagtraum von Dominic hingab, während ich im Laden hin und her schwebte. So ging das schon die ganze Zeit, seit ich ihn dort auf der Treppe vor seinem sagenhaften Herrenhaus hatte stehen sehen, heroisch und zugleich menschlich, maskulin, aber ein Gentleman …

»Nanu, du schwebst ja förmlich auf Wolke sieben«, bemerkte Clara, als sie hereinkam. »Womöglich forderst du mich gleich zum Tanzen auf.«

»Gut möglich! Ich könnte Purzelbäume schlagen vor Glück!«

»Erzähl!«

»Also, Michel will um elf mit mir Kaffee trinken gehen. Wär das okay?«

Sie nickte. »Aber natürlich, geh nur. Das ist also der Grund dafür, dass du so fröhlich bist.«

»Nein, ich bin so fröhlich, weil mich Dominic McGann zu einer Party auf seiner Farm eingeladen hat!«

»Verstehe. Diesen Dominic findest du also besser?«

»Na klar.«

»Okay … Wie du meinst.« Clara grinste.

Wir machten uns daran, einige neu gelieferte Stücke auszupacken, dann putzten wir die Fenster, von innen und von außen.

»Nicht mehr lang bis zur Kaffeepause«, bemerkte Clara um Viertel vor elf.

Ich wusch mir die Hände, trug etwas Lippenstift auf und kämmte mir die Haare. Noch schnell ein Spritzer Parfüm hinter die Ohren, dann griff ich mir Handtasche und Mantel. »Bis später!«

»Viel Spaß, du Glückliche!«, rief sie mir nach.

Michel erwartete mich an der Ecke, in einem schicken Wagen, dessen Marke ich nicht erkennen konnte.

Ich stieg ein.

»Danke, dass Sie gekommen sind. Wie lange haben Sie Zeit?«, fragte er.

»Allerhöchstens eine Stunde.«

»Okay. Wir fahren am besten zu mir, dort sind wir sicher vor neugierigen Blicken, und es gibt keinen Klatsch hinterher.«

»Sind Sie denn wirklich so berühmt?«

Er lachte. »Genau das mag ich an Ihnen. Sie stellen mich nicht auf ein … äh … Podium.«

»Podest.«

»Sehen Sie? Niemand sonst wagt es, mich zu korrigieren.«

»Ehrlich gesagt bin ich nicht sehr angetan von der Vorstellung, zu Ihnen nach Hause zu fahren.«

»Aber ich möchte Ihnen zeigen, dass Eve ausgezogen ist. Außerdem wird meine Mutter da sein. Sie zieht mit mir von einem Ort zum anderen. Kein Wunder, dass ich nie geheiratet habe!«

»Na gut, wenn das so ist … Und Sie wollen mir wirklich Ihre Mutter vorstellen?«

»Ja. Sie heißt Rose Amiel und ist der Inbegriff einer eleganten Pariserin. Von ihr habe ich gelernt zu kochen und meiner Persönlichkeit Ausdruck zu verleihen.«

Mhm. So wie damals bei der Preisverleihung.

Ich war gespannt, wie ich die Frau wohl finden würde, die diesen gefährlichen Mann ganz offensichtlich vergötterte.

Wir fuhren die Elsworthy Road entlang und bogen schließlich in die Elsworthy Mews Lane ein, wo er den Wagen auf einem Privatparkplatz hinter seinem Domizil abstellte, das man mit Fug und Recht als Villa bezeichnen konnte.

Ich war beeindruckt, vor allem, weil ich von den Miet- und Immobilienpreisen in London wusste. Dort, wo ich herkam, konnte man für einen Bruchteil des Geldes ein ganzes Schloss mieten.

Echt krank, das Ganze.

Ich folgte Michel durch die Hintertür in die riesige Küche, wo er sofort nach seiner Mutter rief.

Rose Amiel eilte herbei, um mich zu begrüßen: »*Bonjour!*«

Sie war in der Tat eine Französin wie aus dem Bilderbuch: Kaschmirpulli in Wickeloptik, schwarze Wollhose, schicke Schuhe, ein silbergrauer Bob und sehr wenig Make-up.

»*Cela est Daisy Delaney, Maman*«, sagte Michel.

»*Ah! Tu m'as parlé d'elle!*«

Interessant. Er hat also über mich geredet.

Wir setzten uns an den Küchentisch, der einem überdimensionalen Hackblock nachempfunden war. Der Raum war recht schlicht, aber funktional eingerichtet und dank einer riesigen Glaskuppel in der Decke sehr hell.

Michel brühte frischen Kaffee auf, während Rose mit mir plauderte.

»Wie war das noch gleich, Sie machen einen Backkurs in Michels Kochschule?«, fragte sie in ihrem bruchstückhaften Englisch.

»Richtig.«

»Und dort haben Sie sich kennengelernt?«

Ich sah zu Michel.

»Wir hatten einen kleinen Zusammenstoß bei der Party im Victoria & Albert Museum, das hab ich dir doch erzählt, *Maman*.«

»*Oui, oui*, jetzt erinnere ich mich wieder. Er sagte, er hätte mit dem hübschesten Mädchen der Stadt zu einem Village-People-Song getanzt.«

Ich lief feuerrot an, fühlte mich aber selbstverständlich geschmeichelt.

Michel verdrehte die Augen. »Genau deshalb sperre ich sie normalerweise weg.«

»Frauen lieben Komplimente, das sage ich ihm immer wieder. Ich werde nie verstehen, warum er ständig den Rüpel spielt.«

»Das ist nicht gespielt.«

»Allerdings«, murmelte ich verhalten.

Madame Amiel richtete erneut das Wort an mich. »Und Sie wollen Ihre Backkünste verbessern?«

»Richtig. Ich bin eine leidenschaftliche Amateurkonditorin und möchte meine Kenntnisse erweitern.«

»Warum das?«

Ich krümmte mich innerlich unter ihrem durchdringenden Blick.

Herrje. Ich darf ihnen auf keinen Fall verraten, dass ich an einem Koch- und Backbuch arbeite, zu dem mich Michel inspiriert hat.

»Nun, zum einen scheinen sämtliche Männer in meinem Leben Kuchen zu lieben, zum anderen backe ich hin und wieder für eine Kaffeehauskette namens Prim & Proper. Vielleicht ist Ihnen ja die Filiale vorn an der High Street aufgefallen. Na, jedenfalls möchte ich künftig auch etwas aufwendigere Torten backen können. Bisher lagen da meine Erfolgschancen bei fünfzig-fünfzig.«

»Sie meinen, es war oft eher ein Zufall? Oder Glück?«

»Mehr oder weniger.«

»Ein bisschen Glück könnte mein Junge auch gut gebrauchen«, stellte Madame Rose fest und überkreuzte Zeige- und Mittelfinger. »Ich bin heilfroh, dass wenigstens die Kochschule gut läuft.«

O Gott, Madame, schütten Sie mir bloß nicht Ihr Herz aus, sonst bleibt mir womöglich gar nichts anderes übrig, als Sie anzuflunkern.

KAPITEL 42

Kummer und Verdruss

Doch leider stieg Michel sofort darauf ein. »Die Absatzzahlen meiner Bücher sinken überall – außer in Dänemark, warum auch immer. Und ich habe keine Ahnung, was ich dagegen unternehmen soll. So kann es jedenfalls nicht weitergehen; die finanziellen Einbußen könnten auf Dauer meinen Lebensstil gefährden. Und mein Manager macht mir die Hölle heiß. Er findet mein aktuelles Manuskript grauenhaft. Aber mir fällt partout nichts Neues ein. Ich habe bereits über alles geschrieben.«

»Vielleicht brauchen Sie ja eine Pause oder eine kleine Luftveränderung?«, schlug ich vor. »All der Druck, die neue Kochschule, das Restaurant … Es wäre möglich, dass Sie an Burn-out leiden und Entspannung brauchen. Warum verreisen Sie nicht eine Weile und holen sich im Ausland Inspiration für neue Rezepte? Mieten Sie ein Wohnmobil, und touren Sie damit durch Italien oder so.«

»Ich bin verdammt noch mal nicht Rory Bridges«, knurrte er indigniert.

Ups. Seine Nemesis. Da hab ich wohl einen wunden Punkt getroffen.

»Das ist mir klar. Und es ist bestimmt sehr anstrengend, ständig neue Ideen für weitere Bücher aus dem Ärmel schütteln zu müssen.«

»Er hat schon davon gesprochen, einen Ghostwriter zu engagieren«, berichtete Madame Amiel. »Ich bin dagegen. Damit wird er sich sein eigenes Grab schaufeln. Die Leser werden merken, dass etwas anders ist. Hab ich nicht recht, Daisy?«

Ich nickte. »Ich glaube auch, dass Ihre ganz persönliche Note den Reiz Ihrer Bücher ausmacht, Michel.«

»Und die Tatsache, dass er weiß, wovon er redet. Er ist ein ausgebildeter Gastronom. Einige dieser neuen Kochbücher sind ja einfach grauenhaft. Vollkommen unseriös.« Rose schnalzte mit der Zunge.

Gott, ist das peinlich. Ich kann mir lebhaft vorstellen, was sie von meinem Buch halten würden.

Ich spielte mit dem Gedanken, einfach auf der Stelle die Karten auf den Tisch zu legen und den beiden von *French Fancy* zu erzählen. Dann hatte ich es hinter mir. *Nein, besser nicht.* Bestimmt war es klüger, das Gespräch wieder auf Michels geschäftliche Misere zu lenken. Da sie so offen mit mir gesprochen hatten, fasste ich mir ein Herz und sagte: »Und warum leben Sie nicht etwas bescheidener? Brauchen Ihre Mutter und Sie denn wirklich ein so großes Haus? Eine Wohnung täte es doch sicher auch, oder? Der Wagen und der ganze übrige Firlefanz – ist das denn wirklich nötig, Michel?«

Ich dachte an die einfache kleine Farm meiner Eltern in Cork und an das, was mir meine Mutter so oft eingeschärft hatte: *Leb nie über deine Verhältnisse, dann wirst du nachts ruhig schlafen. Es gibt Dinge, die wir brauchen, und Dinge, die wir wollen. Die Bedürfnisse müssen gestillt werden, die Begierden kontrolliert.*

»Ich weiß schon gar nicht mehr, was ich brauche und was nicht«, räumte Michel ein. »Ich versuche, einfach so weiterzumachen wie bisher, weil Auguste sagt, so muss es sein. Seit fünfzehn Jahren schreibe ich Kochbücher, alle zwei Jahre ein neues. Das wird von mir erwartet.«

Ich rief mir in Erinnerung, wie bereitwillig sein Manager nach dem Eklat bei der Preisverleihung die Verantwortung für Michel auf mich abgewälzt hatte.

»Ist er denn auf dem neuesten Stand? Wie steht es beispielsweise um Ihre Präsenz in sozialen Netzwerken?«, erkundigte ich mich.

»Soziale Netzwerke? Das ist doch alles Quatsch!«

»Nein, ist es nicht. Das sind die Marketingwerkzeuge der Zukunft. Ganz im Ernst, Michel, Sie müssen auf sämtlichen Plattformen vertreten sein. Die Menschen verbringen heutzutage deutlich mehr Zeit online als vor dem Fernseher, geschweige denn mit herkömmlichen Büchern.« Ich klang ja schon wie Dominic!

»Sie scheinen ja ein großer Fan von diesem ganzen Unsinn zu sein.« Michel schüttelte den Kopf. »Ich weiß gar nicht, warum ich Ihnen das überhaupt alles erzähle. Ist ja nicht so, als hätten Sie auch nur einen Funken Ahnung von der Welt der Bücher. Tut mir leid, dass ich Sie mit meinen Sorgen belaste.«

Nun schaltete sich Madame Amiel wieder ein, die das Gespräch aufmerksam verfolgt hatte. »Du solltest auf Daisy hören, Michel. Sie gehört der neuen Generation an.«

»Und ich bin ein Mann der alten Schule, Mutter. Das hat bislang auch gut funktioniert. Und du hast gerade selbst gesagt, dass viele dieser modernen Kochbücher zu nichts zu gebrauchen sind.«

»Aber Daisy weiß Bescheid, was diese ganzen sozialen Netzwerke betrifft. Halt dich an sie, sonst bist du irgendwann *passé*!«

»Pfff. Das ist was für Rory Bridges. Ich halte nichts von diesen selbstgefälligen Schnöseln, die den lieben langen Tag nur twittern und chatten. Ich bin mysteriös. Ein Purist. Und außerdem ein faules Schwein.«

Mein Blick streifte die Uhr an der Wand. »Huch, ich muss schleunigst zurück in den Laden.«

Michel erhob sich. »Ich fahre Sie hin.«

Ich verabschiedete mich von Madame Amiel.

»Es war schön, Sie kennenzulernen«, sagte sie. »Kommen Sie uns bald wieder besuchen?«

»Wenn ich eingeladen werde«, erwiderte ich.

Auf dem Weg zur Tür drückte mir Michel ein Paket in die Hand.

»Darf ich es gleich aufmachen?«

»Nein, später.«

Als wir wieder vor der Boutique angelangt waren, hatte ich das dumpfe Gefühl, dass Michel noch etwas auf dem Herzen hatte, doch ich stieß die Tür auf und sprang aus dem Wagen.

Sieh zu, dass du da nicht noch tiefer reinrutschst, Daisy. Denn über kurz oder lang wirst du dich in ein Netz aus Lügen verstricken. All die Geheimnisse rund um dein Buchprojekt … Es ist einfacher, ihm aus dem Weg zu gehen.

»Wiedersehen, Michel. Es war schön, Ihre Mutter kennenzulernen.«

»Werden wir uns denn wiedersehen?«

»Keine Ahnung. Schon möglich«, sagte ich ausweichend.

Er sah aus, als wäre er es nicht gewohnt, dass sich die Frauen zierten.

Im Laden öffnete ich sofort das Paket. Es enthielt eine sehr hübsche kleine Porzellan-Teekanne und eine Karte. »Vom französischen Tollpatsch, der Sie verehrt.«

O nein, tu mir das nicht an, Michel. Ich will dich nicht mögen.

Das Süßeste an der ganzen Sache war, dass ich aus seiner Sicht absolut nichts vorzuweisen hatte. Für ihn war ich keine Schriftstellerin mit Bestsellerpotenzial, sondern eine ganz gewöhnliche Verkäuferin. Und das war für ihn vollkommen okay.

Clara brannte darauf, zu hören, wie es gelaufen war, aber noch ehe ich den Mund aufgemacht hatte, klingelte mein Handy. Es war Kitty. *Sehr ungewöhnlich, um diese Tageszeit.*

»Entschuldige, Clara, aber das ist Kitty«, sagte ich. »Ist es für dich okay, wenn ich rangehe?«

Clara lächelte bloß und nickte. Sie legte mal wieder eine wahre Engelsgeduld mit mir an den Tag.

»Ich bleibe dafür abends länger, versprochen«, sagte ich und nahm den Anruf an. »Hi, Kitty, ist alles okay?«

Schluchzen am anderen Ende. »Nein, überhaupt nicht.«

»Was ist denn passiert? Charlie mal wieder?«

»Ja.«

»Kannst du reden? Oder soll ich vorbeikommen?«

»Ginge das denn?«

»Moment, ich frage mal eben nach.«

Ich legte das Telefon beiseite.

»Geh nur«, sagte Clara sogleich. »Ich bin gut gelaunt, weil vorhin eine deiner Freundinnen aus dem Backkurs – eine Jessica, glaube ich – hier war und 500 Pfund dagelassen hat. Aber sieh zu, dass du spätestens um zwei wieder zurück bist, ja? Ich habe einen Termin bei der Bank.« Damit schob sie mich zur Tür.

Sieh an, Jessica geht aufs Ganze!

»Okay, dann bis gleich. Ich beeile mich«, versprach ich. »Kitty war echt völlig von der Rolle.«

Kitty servierte gerade, als ich ins Prim & Proper kam. Ihre Wangen waren von Eyeliner verschmiert.

Ich löste sie ab, und sobald alle Gäste bedient waren, ging ich zu ihr in die Küche.

»Hier, sieh dir das an!« Sie hielt mir ein Blatt Papier unter die Nase.

Es war ein Brief.

»Der lag auf Charlies Schreibtisch. Lies!«

Prim & Proper Café
26 High Street
Primrose Hill
London NW1 6VC

Oscar's Teestube
121 Bond Street
London W1S 8HM

Betreff: Referenzen für Kitty Chang

Sehr geehrte Miss Valentine,
bezugnehmend auf Ihre Anfrage muss ich Ihnen leider mitteilen, dass ich die oben erwähnte Angestellte aufgrund ihrer Unpünktlichkeit und ihres insgesamt unprofessionellen Auftretens nicht empfehlen kann.
Wir suchen gerade nach einer Möglichkeit, den Arbeitsvertrag mit besagter Mitarbeiterin aufzulösen.
Ich wünsche Ihnen viel Erfolg bei der Suche nach einer geeigneten Kandidatin für die ausgeschriebene Stelle und verbleibe mit freundlichen Grüßen

Charles Baxter, CEO Prim & Proper

Dieses Schwein!

»Ich hol dich hier raus, Kitty.«

»Wie denn?«

Mir wird schon etwas einfallen.

Kapitel 43

Zurück nach Bluebells

Die Hecken standen in voller Blüte, und ich hatte immer wieder Szenen aus *Unter Hühnern – Ein unvergesslicher Junggesellinnenabschied* vor Augen, während ich in einem Taxi über die Landstraße von Honeycomb, Oxfordshire zur Higgledy Piggledy Farm fuhr, wo am selben Abend das Frühlingsfest steigen sollte. Dominic hatte zwar angeboten, mich vom Bahnhof abzuholen, aber er hatte zweifellos auch so schon genug um die Ohren. Ich saß vorn neben dem Fahrer, der Bill hieß, und ließ die frühlingshafte Umgebung auf mich wirken.

Ich hatte versprochen, schon am frühen Nachmittag zu kommen und bei den Vorbereitungen zu helfen. Dominic hatte mir eine To-do-Liste geschickt, laut der unter anderem Wimpelgirlanden in der Scheune aufgehängt und die Bäume am Flussufer mit Lampions dekoriert werden sollten. Außerdem mussten die Bar und das Buffet mit gestreiftem Markisenstoff überspannt werden. Ich freute mich schon darauf, alles zu sehen und beim Dekorieren zu helfen. Zum Glück war das Wetter diesmal schön, die Sonne lachte vom Himmel, kein Lüftchen wehte.

Ich hatte drei Outfits dabei: zwei luftige Kleider (eines davon trug ich gerade) sowie ein süßes Top samt Hotpants mit Blumendruck, die ich bei Bygone Eros in Primrose Hill ergattert hatte.

»Sie wollen also nach Bluebells«, stellte Bill fest.

»Richtig. Ich bin zum alljährlichen Frühlingsfest eingeladen.«

»Hab schon gehört, dass das dieses Wochenende steigt. Der Gastgeber hatte früher ’ne Rockband, oder? Mich hat er allerdings noch nie eingeladen.«

»Oje, das tut mir leid, Bill. Ich habe keine Ahnung, nach welchen Kriterien die Gästeliste erstellt wird.«

»Keine Sorge, Herzchen. Mir genügt es vollauf, wenn ich mal ein bisschen mehr als sonst zu tun hab, weil die Leute einen über den Durst trinken. Ist gut fürs Geschäft.«

»Na, das ist doch immerhin etwas.«

»Tut viel für die Gemeinde, dieser Dominic, das muss man ihm lassen«, bemerkte Bill.

»Ach ja? Was denn?«

»Allerlei Benefizveranstaltungen, Tag der offenen Tür auf seiner Farm und so. Hat so einiges durchgemacht. Alleinerziehender Vater … Der weiß, was es heißt zu leiden.«

»Das können Sie wohl laut sagen. Und nicht jeder macht wie er das Beste draus. Das sagt so einiges über ihn.«

»Allerdings. Und natürlich ist er bei den Mädels hier in der Gegend sehr beliebt. Angeblich ist der Bursche sogar noch heißer als der Sommer 1995. Nicht, dass ich das beurteilen könnte.«

»Tja, dass er ein Rockstar ist, hat seinem Ansehen sicher auch nicht geschadet.«

»Jedenfalls kommen Rockmusiker beim schwachen Geschlecht deutlich besser an als Taxifahrer.«

Er erzählte, er habe die Farm seines Vaters übernommen, die jedoch nicht so viel abwarf, dass er davon leben konnte. Wir unterhielten uns gerade darüber, dass es kein Zuckerschlecken war, während der Lammzeit in einem Wohnwagen auf der Weide zu übernachten, als das Bluebells-Schild in Sicht kam.

Die von Bäumen gesäumte Zufahrt bot diesmal einen viel helleren, freundlicheren Anblick. Während ich zahlte, kam Dominic mit Minty auf dem Arm aus dem Haus, um mich zu begrüßen.

»Daisy! Was für eine Freude! Sie sehen toll aus.«

»Hi«, sagte ich und fügte, zu seiner Tochter gewandt, hinzu: »Hallo, Minty!«

Die Kleine lächelte scheu und barg das Gesicht an der Schulter ihres Vaters.

»Diese junge Dame hier freut sich schon auf das Fest«, sagte Dominic. »Deshalb geht es bereits um vier los, damit der Nachwuchs auch etwas davon hat. Ein paar Leute aus dem Dorf bauen gerade die Stände mit den Spielen für die Kinder auf. Wenn bei Einbruch der Dämmerung in der Scheune die Band anfängt zu spielen, ist dann meistens nur noch der harte Kern übrig.«

»Sehr schön. Sagen Sie mir einfach, was ich tun soll, dann mache ich mich gleich an die Arbeit.«

»Am besten bringen Sie erst einmal Ihre Sachen ins Haus. Ich zeige Ihnen Ihr Zimmer. Dann gibt es eine Tasse Tee, wenn Sie wollen, und danach könnten Sie die Wimpelgirlanden und Lichterketten aufhängen und vielleicht ein bisschen Grünzeug schnippeln für die Salate.«

»Wird gemacht.«

Minty bat ihren Vater, sie auf die Schultern zu nehmen, und Dominic ging in die Knie und schenkte mir ein strahlendes Lächeln.

Ich lächelte zurück. Ehe ich den beiden zur Tür folgte, warf ich einen Blick aufs Haus. Wie auf ein Stichwort erschien Tilly in einem der Fenster in der oberen Etage und sah zu uns hinunter.

KAPITEL 44

Partyvorbereitungen

Der erste Teil des Fests glich einem Besuch auf einer idyllischen Kirmes der Fünfzigerjahre. Die Sonne schien, Kinder und Hunde tobten umher, es gab kandierte Äpfel und allerlei lustige Wettrennen wie Sackhüpfen. Auf dem Grill brutzelten Burgerbratlinge und Würstchen, die in hausgemachte Brötchen gesteckt und mit diversen Soßen, Essiggurken und anderen Beilagen zu Hotdogs und Burgern verarbeitet wurden. Eine Jazz-Combo spielte auf einer überdachten Bühne, während die Sonne hinter dem Horizont versank.

Dominic bekam ich den ganzen Nachmittag kaum zu Gesicht, und wenn, dann in Begleitung von Tilly, die Minty betüddelte und ihn dabei immer wieder wie zufällig berührte. Aber ich war ohnehin vollauf damit beschäftigt, beim Aufbau und bei der Tombola zu helfen. Danach zog ich mich kurz in mein sehr komfortables Zimmer (mit eigenem Bad!) zurück, um zu duschen und mich umzuziehen.

Als es dunkel wurde, traf die Band ein, die abends in der Scheune spielen sollte, und wir knipsten die Lampions, Laternen und Lichterketten an. Aufzuräumen gab es noch nicht allzu viel, die meisten Gäste waren umweltbewusste Zeitgenossen und hatten ihren Müll selbst entsorgt.

Ich ging in die Küche und meldete mich bei Diane Medcalf, einer Frau aus dem Ort, die die Koordination des Buffets übernommen hatte.

»Hi, ich bin Daisy, eine Freundin von Dominic aus London. Was soll ich machen?«

Sie musterte mich, als läge ihr ein »Geh mir am besten einfach aus dem Weg« auf der Zunge, doch dann schaute sie auf ihre umfangreiche To-do-Liste und sagte: »Fürs Erste könnten Sie die Salate zu den Tischen unter den grünen Markisen raustragen. Und schön aufpassen, dass die Deckel draufbleiben und die Schilder nicht verloren gehen.«

»Geht klar.«

Ich schnappte mir die erste der riesigen Schüsseln und zog von dannen. Beim Anblick der vielen exotischen Salate lief mir das Wasser im Mund zusammen: Ackerbohnen-Gerste-Minze, Wassermelone-Feta-Kichererbsen mit Zitronendressing, Kartoffel-Brokkoli-Ziegenkäse mit Sauerrahm und Pinienkernen, Süßkartoffeln mit knusprigen Nudeln und Chilisoße, Avocado-Spargel-Paprika-Hühnchen und zu guter Letzt ein Zucchini-Radieschen-Salat mit braunem Reis und Balsamicodressing.

Diane war zwar eine knallharte Lady, dafür befehligte sie aber ein regelrechtes Dream-Team. Auf dem Grillrost lagen nun Lammsteaks und Wildschweinwürste, deren Duft man schon von Weitem riechen konnte, und unter dem Partyzelt daneben waren die Barleute damit beschäftigt, große Schüsseln mit kaltem Früchtepunsch anzurühren und Bierflaschen in riesige Eiskübel zu stellen.

Ich hatte gerade wieder den Weg zur Küche eingeschlagen, als plötzlich jemand meinen Namen rief.

»Daisy! Daisy Delaney!«

Es dauerte einen Augenblick, bis ich die Stimme ihrem Besitzer zugeordnet hatte, dabei war sie unverwechselbar.

Was zum Geier treibt Michel Amiel hier auf Bluebells?

Ich wirbelte herum und sah ihn mit seiner Mutter auf mich zukommen.

»Na, das nenn ich eine Überraschung«, sagte ich.

Und was jetzt? Was wollen die beiden hier? Sie dürfen auf keinen Fall von French Fancy *erfahren.*

»Allerdings.« Michel nickte und küsste mich auf beide Wangen.

»Sie kennen Dominic?«

»Seine Farm beliefert unsere Brasserie mit Hühnerfleisch und Eiern. Die Qualität ist *superb.*«

»Ach, richtig, die Brasserie …«

»Und was führt Sie hierher?«, wollte er wissen.

»Ich bin mit Dominic befreundet.«

»Sind Sie ein Fan seiner Rockband?«, hakte er nach.

»Ähm, nein, so lange kennen wir uns noch nicht.«

Michel zwinkerte mir zu. »Dann ist er wohl ein Voluptas-Kunde.«

»Nein!«, protestierte ich.

»Ah, sehr diskret.«

Puh. Ich werde ihn einfach in dem Glauben lassen, dass ich die Angelegenheit vertraulich behandeln muss.

»Tja, ich muss noch ein paar Sachen aus der Küche holen«, sagte ich. »Ich schätze mal, wir sehen uns dann später am Buffet.«

Michel nickte. »Bestimmt. Das lassen wir uns nicht entgehen. Das Essen sieht köstlich aus.«

»Ah, inzwischen mögen Sie also nicht nur die Pubs, sondern auch das Essen?«

»Und noch so einige andere Dinge.«

Ich errötete. »Ähm … dann bis nachher.«

»Ja, bis nachher. Heißes Outfit übrigens, Daisy.« Er zwinkerte mir zu.

Ich wurde noch röter und flüchtete in die Küche.

KAPITEL 45

Ein gefährliches Manöver

Bis endlich alles erledigt war, was mir Diane aufgetragen hatte, tanzten in der Scheune schon die ersten Leute.

Ich plauderte eine Weile mit Rose und Michel, die mit je einem Cocktail in der Hand vor dem offenen Scheunentor auf einem Strohballen saßen und zuhörten.

Dann erschien Dominic auf der Bildfläche und forderte mich zum Tanzen auf.

»Tanzen, das klingt verlockend«, bemerkte Michel.

»Nur zu, ab aufs Parkett mit Ihnen«, sagte Dominic. »Wobei im Salon jetzt Kaffee und Desserts serviert werden, falls Sie gerne etwas hätten.«

Darauf hatte Madame Amiel in der Tat Lust. Michel erklärte sich bereit, mit ihr hineinzugehen. »Und danach hätte ich gern eine kurze Einführung in die Kunst des Line Dance«, sagte er. »Das ist doch sicher einfacher als dieser YMCA-Kram.«

Ich lachte. »Wohl kaum.«

Dominic führte mich zur Scheune. »Schon bemerkenswert, dass wir gleich drei Gäste aus Primrose Hill haben … Ich hatte ganz vergessen, dass Sie quasi Nachbarn sind«, bemerkte er.

»Stimmt, seit ich Michel Amiel im Januar auf einer Vernissage kennengelernt habe, laufen wir uns andauernd über den Weg.«

»Wahrscheinlich legt er es darauf an.«

»Das wage ich zu bezweifeln.«

Dominic hob eine Augenbraue, als wäre er nicht überzeugt.

Am Eingang zur Scheune blieb er stehen und betrachtete mich. Er wirkte nervös, aber entschlossen. »Es ist sehr schön, dass Sie da sind, Daisy. Danke, dass Sie den Weg hierher auf sich genommen haben. Ich weiß es wirklich zu schätzen.« Und ehe ich mich's versah, hatte er mir auch schon den Arm um die Schultern gelegt.

Ich hatte keine Ahnung, wie ich reagieren sollte, und die Wärme, die sein Körper verströmte, irritierte mich zusätzlich.

»Ich … äh … fand es auch schön«, stotterte ich schließlich.

»Der Abend hat eben erst angefangen.«

Dann kam ein stark geschminktes Supermodel in einem silbernen Kleid und hochhackigen Schuhen herein.

»Das Mädel dahinten guckt irgendwie komisch«, raunte ich ihm ins Ohr.

»Dieses Mädel«, erwiderte Dominic, »ist Tilly bei Nacht.«

Soso. Dann spielt sie heute wohl doch nicht Babysitter.

Wir fingen alle mit dem Früchtepunsch an, einem trügerisch harmlos schmeckenden Cocktail mit Wodka und Himbeeren auf Eis, versetzt mit naturtrüber Zitronenlimonade und einem Schuss Brandy, wie mir der Barkeeper mitteilte, der Fred Gillies hieß und nebenberuflich Traktorfahrer war.

»Dieser Punsch ist einfach köstlich, Dominic«, sagte ich.

»Ich halte mich lieber an die alkoholfreien Getränke, für den Fall, dass die Dinge zu vorgerückter Stunde aus dem Ruder laufen. Wäre nicht das erste Mal«, erwiderte er. »Vor allem, wenn wir uns auf meinem Grund und Boden befinden. Außerdem muss ich an Minty denken. Bei dem Krach wird sie wahrscheinlich lange nicht einschlafen.«

»Sehr richtig. Ich sollte mich auch ein bisschen bremsen. Hat Tilly sie schon ins Bett gebracht?«

»Tilly ist heute nicht im Dienst – sie hat sich rundheraus geweigert. Diane Medcalfs Schwester Elaine ist für sie eingesprungen.«

Hm. Kann es sein, dass Tillys Hauptinteresse gar nicht Minty gilt?

Dominic warf einen Blick auf sein Handy. Elaine hatte sich zwar nicht gemeldet, trotzdem beschloss er, mal nach seiner Tochter zu sehen.

»Auf Diane und Elaine ist echt Verlass, wenn man sie um etwas bittet, aber dann bestimmen sie auch, wo's langgeht«, meinte er und machte sich auf den Weg zum Haus.

Ah ja. Die Wichtigtuerei lag bei den beiden also in der Familie.

»Bis gleich!«, rief ich ihm nach und beschloss, erst einmal etwas zu essen, damit mir der Alkohol nicht zu schnell zu Kopf stieg.

Ich probierte einige der Salate und unterhielt mich angeregt mit Ann und Dave, einem Ehepaar, das eine der benachbarten Farmen bewirtschaftete. Ein paar Meter weiter hielt Michel Hof – einige der Frauen aus dem Ort hatten ihn erkannt und sich um ihn versammelt. Doch als der Bandleader nach einer Weile »Und nun wird es Zeit für unseren Jive-Contest!« rief und »Uptown Girl« von Billy Joel anstimmte, kam Michel blitzschnell angeschossen.

»Ich bin ein Jive-Spezialist …«

»Sind Sie da ganz sicher?«

»Also, ich würde mich nicht lange bitten lassen«, stellte Ann fest und verpasste mir einen so kräftigen Schubs in seine Richtung, dass ich unversehens in Michels Armen landete.

Auf dem Weg zur Tanzfläche gestand mir Michel, er habe sich bei YouTube ein paar Anleitungsvideos reingezogen. »Man muss die Damen mit seiner Fußarbeit überzeugen. Das ist der erste Schritt zum tänzerischen Erfolg.«

Er hat Tanzen gelernt? Wie süß.

»Okay. Sie können ja schon mal mit Ihrer Fußarbeit loslegen, und dann versuchen wir eine kleine Drehung. Mal sehen, ob es klappt.«

Wir hopsten eine Weile umher, und er stellte sich in der Tat gar nicht ungeschickt an. Den Wettbewerb würden wir zwar nicht gewinnen, aber zumindest blamierten wir uns auch nicht bis auf die Knochen. Gegen Ende wollte Michel, dass ich auf seine Hüften sprang, wie er es bei einigen anderen Paaren gesehen hatte.

»Meinetwegen, aber da brauche ich mehr Anlauf«, sagte ich.

»Kein Problem.«

Er wich ein paar Schritte zurück und breitete die Arme aus.

»Okay, ich bin so weit!«, rief er.

Ich spurtete los – und verfolgte entsetzt, wie er noch ein, zwei weitere Schritte nach hinten machte, dabei rücklings an einen Strohballen stieß und mit einem eindrucksvollen Rückwärtssalto dahinter verschwand.

Ach, du liebe Zeit!

Ich rannte zu ihm und hechtete über den Strohballen. Michel lag bewegungslos auf dem Boden, die Augen geschlossen.

»Michel? Michel! Ist alles in Ordnung?«

Keine Antwort.

»Mist! Hilfe!«

Ich ging in die Knie und versuchte, mir in Erinnerung zu rufen, welche Erste-Hilfe-Maßnahmen in einem solchen Fall angesagt waren.

Atmet er?

Eine kleine Menschenmenge versammelte sich um uns, während ich mich über ihn beugte und herauszufinden versuchte, ob sich sein Brustkorb hob und senkte.

Wie war das noch gleich mit der Mund-zu-Mund-Beatmung?

Hektisch öffnete ich die obersten Knöpfe an seinem Hemd und beugte den Kopf über sein Gesicht. Und da schlang er plötzlich die Arme um mich und zog mich an sich.

Ich kreischte auf und stemmte mich fluchend dagegen. »Ich hab mir solche Sorgen gemacht! Das ist nicht witzig!«, rief ich.

Er lachte nur schallend und kitzelte mich.

Sobald ich mich aus seiner Umklammerung befreit hatte, rappelte ich mich auf und rannte, mit Michel auf den Fersen, aus der Scheune. Doch auch auf dem Hof standen zahlreiche Schaulustige herum, also hastete ich noch um die Ecke, wo mir dann endgültig die Puste ausging.

Erst jetzt merkte ich, dass ich schon ziemlich angetrunken war.

»Na, können Sie noch geradeaus laufen?«, fragte Michel prompt.

»Natürlich kann ich das«, versicherte ich ihm im Brustton der Überzeugung.

»Das will ich sehen.«

»Okay …« Ich machte ein paar unsichere Schritte nach vorn, wobei ich sehr rasch einen verräterischen Linksdrall entwickelte.

Michel schnaubte. »Von wegen! Wir gehen wohl besser wieder rein und tanzen weiter. Aber diesmal ohne akrobatische Einlagen!«

Ich verpasste ihm einen spielerischen Klaps auf den Arm.

Drinnen spielte die Band inzwischen ein langsames Lied. Dominic tanzte mit Tilly, und zwar zu meiner Überraschung sehr eng umschlungen. Der Anblick versetzte mir einen Stich, dabei marschierte ich doch gerade Hand in Hand mit Michel Amiel auf die Tanzfläche.

Dominic sah flüchtig zu uns rüber. Ich lächelte ihn an, doch da hatte er sich schon wieder abgewandt.

Kapitel 46

Über Bücher und Backwaren

Ein Buch zu schreiben ist unheimlich anstrengend und zugleich unheimlich befriedigend. Mein Englischlehrer hat oft gesagt, ein gutes Buch müsse man genießen wie einen guten Kuchen: »Beides kann man entweder in einem Rutsch verschlingen, ohne einen Gedanken an den Entstehungsprozess zu verschwenden, oder man versucht, die einzelnen Zutaten zu identifizieren, auch wenn das im Nachhinein natürlich schwierig ist. Aber ich bin überzeugt, dass der Genuss umso größer ist, wenn man auf die einzelnen Bestandteile achtet.«

Da saß ich also und starrte auf die jungfräulich weiße erste Seite von Kapitel 14. Insgesamt sollten es 20 werden. Und ich nahm die Herausforderung mit Freuden an, denn dieses Buch war meine Bestimmung. Mein Weg zu kreativer und finanzieller Freiheit. Ich wusste es. Ich spürte es instinktiv. Ich bildete mir das nicht ein. Es stand ja schließlich in meinen E-Mails.

Den ganzen Frühling über war ich damit beschäftigt, einen Kuchen nach dem anderen zu backen, mir Notizen zu machen, mir Ratschläge von Kitty zu holen und Catherine im samstäglichen Backkurs um Tipps zu bitten. Natürlich konnte ich ihr keine allzu detaillierten Fragen stellen, damit sie keinen Verdacht schöpfte.

Jessica und ich lernten uns immer besser kennen. Eines schönen Tages, nicht allzu lange nach ihrem Einkauf bei Voluptas, betrat sie die Kochschule mit geröteten Wangen und einem strahlenden Lächeln im Gesicht.

»Na?«, sagte ich.

»Sagen wir mal, ich habe seine Erinnerung ordentlich aufgefrischt.« Sie grinste verlegen und lief rot an.

Kapitel 47

Ein unrühmlicher Abgang

In den darauffolgenden Wochen tauschte ich mich mit Dominic in zahlreichen E-Mails über Lucy Lovecakes Blogs und ihre Posts in allerlei sozialen Netzwerken aus. Auch die Zusammenarbeit mit der Illustratorin, die die Zeichnungen für das Buch anfertigen sollte, war in vollem Gange, und eine Designerin war damit beschäftigt, einen Look zu kreieren, der irgendwo zwischen retro und gewagt angesiedelt war. Das Profilbild für Lucys Accounts auf Twitter, Facebook, Pinterest und Instagram hatten wir ebenfalls schon designt.

Als ich an einem Samstag im Juni zum Backkurs kam (diesmal stand ein mehrschichtiger Mokka-Gâteau mit Vanillecreme auf dem Programm), hatten sich die Teilnehmerinnen aufgeregt tuschelnd in einer Ecke zusammengerottet.

»Nanu, was ist denn hier los?«, fragte ich.

»Komm her!« Jessica winkte mich zu sich. »Das glaubst du nie!«

»Habt ihr eine interessante Klatschgeschichte auf Lager?«

»Das ist kein Klatsch, sondern ein Augenzeugenbericht«, sagte die stets sehr von sich überzeugte Maura. »Harte Fakten also.«

Meine Neugier war geweckt. »Na, dann schieß mal los.«

»Es ist echt nicht zu fassen«, prophezeite Jessica.

Allmählich hatte ich ein flaues Gefühl im Magen.

Maura beugte sich nach vorn. »Michel Amiel wurde gestern Abend von der Londoner Polizei außer Landes gebracht.«

Ich schnappte nach Luft.

»Im Ernst?«, fragte ich. »Seid ihr sicher? Vielleicht gibt es ja eine simple Erklärung dafür?«

Maura wischte auf ihrem Smartphone herum. »Es besteht kein Zweifel. Der Mensch, der dieses Foto gemacht hat, saß im selben Flieger und hat alles live miterlebt.« Sie hielt mir das Gerät unter die Nase.

Ich betrachtete das Bild auf dem Display. Es zeigte Michel im Flugzeug, flankiert von zwei britischen Polizisten, als wäre er ein gefährlicher Schwerverbrecher.

O Gott, das ist ja furchtbar! Wie verzweifelt er aussieht. Der Ärmste.

Das musste eine Verwechslung sein!

Wie können diese Leute es wagen, so mit ihm umzuspringen?

»Wisst ihr denn, was dahintersteckt?«, fragte ich, um eine möglichst neutrale, unbekümmerte Miene bemüht.

»Ja und nein. Angeblich muss er in Paris vor Gericht erscheinen. Eve Berger hat ihn verklagt. Es geht um Geld, natürlich.«

»Oje, das klingt aber gar nicht gut.«

»Was man so hört, war er nur in London, weil er in Paris nicht mehr willkommen ist«, sagte Jessica.

Es hatte mich immer genervt, wie die anderen Teilnehmerinnen Michel angeschmachtet hatten, aber dass sie sich jetzt das Maul über ihn zerrissen, fand ich noch schrecklicher. Ich bekam keine Gelegenheit, diese Neuigkeit zu verdauen, denn Catherine eilte herein und begann sofort mit dem Unterricht. Offenbar hatte sie die Anweisung erhalten, so zu tun, als wäre alles in bester Ordnung.

Wie üblich gab es zunächst eine kleine Demonstration, ehe wir uns in unseren Miniküchen ans Werk machen durften.

Ich konnte an nichts anderes denken als an Michel.

Wenn ich nur etwas tun könnte, um ihm zu helfen!

Wie in Trance griff ich zum Eierkarton.

Ich registrierte es kaum, als Jessica »Warum schlägst du denn alle sechs Eier auf, Daisy?« rief, sondern lächelte nur geistesabwesend zu ihr rüber.

Ob Michel wohl in einer richtigen Gefängniszelle saß? Was für ein unerträglicher Gedanke! Ich kippte den Zucker zu den Eiern und warf den Mixer an. *Du bist so ein Dummkopf, Michel!*, dachte ich, plötzlich aufgebracht. *Mit deiner selbstzerstörerischen Ader wirst du dich noch zugrunde richten.*

Immer wieder fragte ich mich, was für eine Rolle Eve wohl in dieser ganzen Sache spielen mochte, und sobald ich mit meiner windschiefen Mokkatorte zu Hause angelangt war, googelte ich die Story. Maura hatte nicht gelogen:

FRANZÖSISCHER SKANDALKOCH ERNEUT UNTER ARREST
Michel Amiel steckt wieder einmal in der Bredouille. Der umstrittene französische Sternekoch wurde gestern Abend auf richterliche Anordnung nach Paris gebracht, wo er von der französischen Polizei in Gewahrsam genommen wurde. Grund für den Haftbefehl ist eine Auseinandersetzung mit seiner ehemaligen Geliebten Eve Berger, mit der er sechs Jahre liiert war. Die Schauspielerin fordert von Amiel mehrere Millionen Euro an Tantiemen für sein letztes Buch, das sie eigenen Angaben zufolge als Ghostwriter an seiner Stelle geschrieben habe, da Amiel zum damaligen Zeitpunkt an einer Depression gelitten habe. Bergers Rechtsanwälte geben an, ihre Mandantin könne Beweise für den von ihr geleisteten Beitrag zu dem betreffenden Werk sowie eine handschriftliche Vereinbarung zwischen ihr und Amiel vorlegen, laut der ihr 70 % sämtlicher Tantiemen zustehen, die Amiel für das Buch erhält. Amiels Anwälte halten dagegen, das Buch verkaufe sich deutlich schlechter als die vorangegangenen Bände, weshalb die Schätzung übertrieben sei.
Das Paar hat sich Anfang des Jahres getrennt; dies dürfte der Grund dafür sein, dass Berger nun die Polizei eingeschaltet hat, um die Sache zu beschleunigen.

Sollte der Gastronom seine Schulden nicht begleichen können, droht ihm eine längere Gefängnisstrafe.
»Eve Bergers Behauptungen entbehren jeglicher Grundlage«, so Michel Amiels Manager Auguste Flaubert. »Das Buch stammt aus der Feder von Michel Amiel. Eve hat lediglich einige wenige Rezeptideen beigesteuert. Wir gehen fest davon aus, dass Michel Amiel in Kürze wieder auf freiem Fuß ist und die Ermittlungen gegen ihn eingestellt werden.«
Amiels Domizil in Primrose Hill, London, erweckte heute Abend den Eindruck, als wäre es unbewohnt, obwohl anzunehmen ist, dass sich seine Mutter Rose Amiel noch dort aufhält.
Es ist nicht das erste Mal, dass der Starkoch mit dem Gesetz in Konflikt gerät. Er stand schon mehrfach vor Gericht, vorwiegend wegen Hausfriedensbruchs und tätlicher Angriffe gegen Fotografen. Seinen Anwälten zufolge ist Bergers Klage »kein Fall für das Justizsystem, sondern ein reiner Vergeltungsschlag«.
Eve Berger stand nicht für einen Kommentar zur Verfügung.

Ich musste den ganzen restlichen Tag an Michel denken. Meiner Meinung nach war es durchaus denkbar, dass Eve am letzten Buch mitgewirkt hatte, denn es unterschied sich tatsächlich von seinen Vorgängern. Es hatte deutlich weniger Esprit.

Wie auch immer, nicht zum ersten Mal, seit ich Michel bei der Preisverleihung »gerettet« hatte, erwachte in Anbetracht seiner misslichen Lage die Superheldin in mir. Nicht, dass ich sonderlich großen Wert darauf gelegt hätte.

Am Samstagabend rief Dominic an. Wir unterhielten uns über ein paar Kuchenrezepte für das erste Date, die ich ihm für den Blog geschickt hatte, dann berichtete er mir von einigen desaströsen Erfahrungen, die er bei diversen Verabredungen gemacht hatte (darunter ein Hummer-Essen, bei dem ihn der Kellner zum Tragen eines überdimensionalen Plastiklätzchens verdonnert hatte).

»Und, haben Sie schon das Neueste von unserem gemeinsamen Freund gehört?«, fragte er schließlich.

»Ja, heute Vormittag, von den anderen Kursteilnehmerinnen.«

»Ach, richtig, der Backkurs«, sagte Dominic. »Na ja, Michel Amiel ist ein Stehaufmännchen.«

»Klar, erfolgreiche Menschen wie er geben ein dankbares Opfer ab. Trotzdem überlege ich, ob ich nicht mal anrufen soll, nur für den Fall, dass er ein bisschen moralische Unterstützung braucht.«

»Bloß nicht, Daisy. Auf gar keinen Fall. Was, wenn Eve Bergers Behauptungen begründet sind? Er hat einen gewissen Ruf und scheint ein schwieriger Mensch zu sein, was man so hört. Sagt Ihnen der Name Jennifer Lewes etwas?«

»Nein, wer ist das?«

»Eve Bergers Vorgängerin. Sie hat behauptet, sie hätte seinetwegen einen Nervenzusammenbruch erlitten und Schmerzensgeld von ihm gefordert.«

»Im Ernst? Mein Gott, der Mann hat aber auch Pech mit den Frauen, oder?«

»Tja, dankbares Opfer oder Monster, das ist hier die Frage. Man kann es so oder so sehen.«

»Na ja, meistens gibt es nicht bloß schwarz oder weiß, sondern auch Grauzonen«, widersprach ich. »Vielleicht können die Frauen es ja einfach nicht ertragen, von ihm verlassen zu werden?« Schweigen am anderen Ende.

Ich dachte an Michels geradezu entwaffnende Offenheit, sei es bei seinem Überraschungsbesuch bei mir zu Hause, im Café oder in seiner Küche, im Beisein seiner Mutter.

»Also, soweit ich das beurteilen kann, hat er durchaus auch eine zahme Seite.«

Dominic seufzte. »Ach, Daisy, Sie sind zu nett. Halten Sie sich lieber von ihm fern, und erwähnen Sie ihm gegenüber vor allem nicht Ihr Buch. Ihnen ist doch klar, dass Sie zu seiner Erzfeindin avancieren werden, wenn sich *French Fancy* gut verkauft? Er hasst Konkurrenz.«

»Unsinn.« Ich lachte. »Ein Beziehungsratgeber mit einer Handvoll Rezepten ist wohl kaum eine ernsthafte Gefahr für einen weltberühmten französischen Gastronomen.«

Das ist doch verrückt! Michel wird sich nicht einmal ansatzweise bedroht fühlen.

»Warten Sie's ab. Ganz egal, um was für eine Sorte Buch es sich handelt, bei allem, was sich in der Kulinariksparte gut verkauft, geht ihm das Messer in der Tasche auf.«

Zugegeben, das hatte ich bei der Preisverleihung selbst erlebt, und auch Branwell hatte mich bereits gewarnt. Aber ich bezweifelte, dass Michel überhaupt je von meinem Buch erfahren würde.

»Gut möglich, aber trotzdem – verglichen mit Michel Amiel bin ich ein literarisches Fliegengewicht. So, und jetzt haben wir lange genug über ihn geredet.«

»Da haben Sie recht.«

»Um noch einmal auf Lucy Lovecake zurückzukommen: Finden Sie es okay, wenn ich mich im Blog ganz allmählich thematisch von den Desserts etwas entferne und auch Rezepte für Hauptgerichte aufnehme, bis hin zu ganzen Mahlzeiten für besondere Anlässe?«

»Schritt für Schritt, ja, wobei wir uns wohl am besten an der Jahreszeit orientieren. Und in den Folgebänden können Sie sich dann zu anderen Themenbereichen austoben.«

»Folgebände? Cool. Aber erst müssen wir *French Fancy* erfolgreich auf den Markt bringen.«

»Keine Sorge, das ist bereits alles von langer Hand geplant. Was meinen Sie, bis wann können Sie uns das komplette Manuskript schicken?«

»Es wird nicht mehr lange dauern«, versprach ich. »Ich knoble noch ein bisschen an den Picknick-Rezepten, dann bin ich fertig.«

»Großartig. Sobald wir die Redaktion und das Layout mit den Zeichnungen abgeschlossen haben, schicke ich Ihnen alles zur Ansicht. Es wird sehr hübsch.«

»Ich kann's kaum noch erwarten! Wahrscheinlich, weil ich ein bisschen traurig darüber bin, dass am Anfang niemand erfährt, wer hinter dem Pseudonym steckt.«

»Kann ich mir vorstellen, aber wenn wir Sie erst einmal als Lucy Lovecake geoutet haben, erwarten Sie jede Menge Interviews, Buchmessen, Partys … Ich bin nach wie vor der Überzeugung, dass die Geheimhaltung ein genialer Marketing-Schachzug ist und wir unbedingt dabei bleiben sollten. Außerdem garantiert Ihnen das ein wenig Anonymität, bis der erste Hype vorbei ist. Auf diese Weise werden Sie den Sprung ins kalte Wasser des Celebrity-Daseins etwas leichter verdauen.«

Fast hätte ich gerufen: »Ich will aber, dass es alle erfahren, jetzt gleich!«, doch ich beherrschte mich mit Müh und Not. Wie sollte ich es schaffen, noch so lange Stillschweigen zu bewahren, wo ich mich doch jetzt schon kaum noch bremsen konnte? »Sie haben ja recht … Es ist nur … Ich habe so lange darauf gewartet, dass mein Buch erscheint, und jetzt darf ich nicht darüber reden! Das ist echt hart.«

»Schon klar, aber darf ich Sie daran erinnern, dass die Idee mit dem Pseudonym ursprünglich von Ihnen stammt?«, kam es leicht entnervt aus der Leitung.

»Ja, ich weiß. Und mir ist klar, dass ich mich total irrational verhalte. Das kommt ab und zu vor.«

»Ich habe vollstes Verständnis, aber Sie werden noch früh genug die Gelegenheit bekommen, dieses sagenhafte Buch zu promoten, versprochen. Ich könnte bereits jetzt einige Termine auf Buchmessen und Festivals im Frühling und Sommer für Sie klarmachen. Hay-on-Wye zum Beispiel. Diese Veranstaltungen sind immer im Nu ausgebucht, da muss man verdammt schnell sein. Ob Sie dort als Lucy Lovecake oder Daisy Delaney auftreten, müssen Sie entscheiden.«

»Da vertraue ich ganz auf Ihr Urteil, Dominic. Sie werden schon wissen, was Sie tun.«

»Mehr oder weniger, ja, zum einen dank meiner Erfahrungen mit der Band, zum anderen dank *Unter Hühnern*.«

Dominic hatte in allen Punkten recht, das war mir klar. Blieb nur zu hoffen, dass Branwell seine Meinung teilen würde. Mit dem hatte ich demnächst auch einen Telefontermin.

»Ich bin Ihnen unheimlich dankbar für alles, Dominic. Ehrlich.«

KAPITEL 48

Ein Entschluss reift

Kitty war noch nicht wieder von der Arbeit zurück, als wir das Telefonat beendet hatten, also ließ ich mir ein Bad ein, band mir die Haare zu einem Knoten zusammen und legte mich für eine Stunde in die Wanne. Den Großteil der Zeit dachte ich an Michel.

Warum zerbrichst du dir seinetwegen den Kopf? Er bedeutet dir nichts. Er ist bloß ein flüchtiger Bekannter. Ein Rüpel. Eine totale Nervensäge.

Nach dem Bad trocknete ich mich mit einem flauschigen Frotteetuch ab, verwöhnte meine Haut mit Rosenblütenlotion und schminkte mich dezent – ein Hauch Rouge, ein feiner Lidstrich, etwas Lipgloss, fertig. Dann ging ich in mein Zimmer, schlüpfte in schwarze Jeans, ein T-Shirt und meine Lieblingslederstiefel. Ein dicker, salbeigrüner Schal und Kittys champagnerfarbene Jeansjacke vervollständigten meinen Look.

Ich nahm den Schlüsselbund vom Haken im Flur und trat hinaus in die Dunkelheit. Es hatte geregnet, die Straßen glänzten nass und mysteriös im Widerschein des Laternenlichts.

Entlang der Hauptverkehrsachse durch Primrose Hill reihte sich ein hübscher Laden an den nächsten. Genau deshalb hatte ich mich nach dem Desaster mit Tom in die Gegend hier verliebt. Ich war vollkommen überstürzt aus unserer Wohnung in Pimlico ausgezogen, und die Wohnung in der Rosehip Lane war die erste, die ich mir angesehen hatte. Pippa hatte sie mir erfolgreich schmackhaft gemacht, indem sie mehrfach betonte, dass sie selbst kaum je dort anzutreffen war, und Kitty war mir gleich auf den ersten Blick sympathisch gewesen. Und beim Anblick der Läden hatte ich nach wie vor das Gefühl, als wäre ich in eine Folge der Kinderserie *Camberwick Green* gestolpert. Da gab es einen Teeladen namens Unwins, der nur die hochwertigsten Tees verkaufte, Kents unabhängige Buchhandlung, Lilys Blumensalon, den Juwelier J&T Lennox, der mit Vintage-Schmuck handelte, Graham & Greens Wohnaccessoires und die Gorgeous Gallery 196, die ich ganz besonders liebte. Und natürlich Kittys Arbeitsplatz, das Prim & Proper, das noch immer aufhatte.

Meine hübsche Mitbewohnerin näherte sich, wie ich durch das Schaufenster sehen konnte, soeben mit einer dreistöckigen Etagere in der Hand einem Tisch, an dem mehrere weibliche und männliche Gäste saßen.

Arme Kitty.

Ich eilte vorbei, teils weil ich sie nicht von der Arbeit abhalten wollte, teils weil ich mich auf einer Mission befand. Michels Kochschule war mittlerweile geschlossen, alles war dunkel. *Was, wenn die Schule schließen muss?*, fragte ich mich, als ich an ihr vorbeiging. *Was, wenn Michel nicht mehr nach Primrose Hill zurückkehrt? Wenn er jetzt jahrelang in einem Pariser Gefängnis dahinvegetieren muss?*

Bei der Vorstellung schauderte ich unwillkürlich. Ich beschleunigte meine Schritte, als ich in die Gloucester Avenue bog. Ich war fast da.

Ich hoffe nur, sie lässt mich rein … oder ist es womöglich schon zu spät? Bitte sei da!

Als ich linker Hand in die Elsworthy Road einbog, sah ich gleich, dass ein Fenster erhellt war. *Ha!*

Gleich darauf stand ich vor der Tür. Ich war ziemlich sicher, dass es die richtige war, auch wenn ich das Haus bei meinem letzten Besuch durch den Hintereingang betreten hatte. Ich klingelte.

Nichts geschah.

Ich versuchte es noch einmal, dann trat ich einen Schritt unter dem Vordach hervor und blickte angestrengt zu dem hell erleuchteten Fenster empor. Möglicherweise wurde die Lampe ja von einer Zeitschaltuhr gesteuert.

Hat sich da nicht gerade der Vorhang bewegt?

Ich glaubte, einen Fernseher hören zu können. Noch einmal drückte ich auf den Klingelknopf. Nichts. Ich wandte mich zum Gehen. Kaum stand ich unten auf dem feucht glänzenden Bürgersteig, schwang die Tür auf. Ich fuhr herum.

»Daisy!«, rief Rose Amiel und winkte mich ins Haus. Die Ärmste war leichenblass.

Wir gingen in die Küche.

»Sie haben es also gehört?«, fragte sie.

»Ja. Furchtbare Geschichte, das alles. Haben Sie mit ihm gesprochen?«

»Ja, ein Mal. Er ist jetzt in unserer Wohnung in Paris und sehr verzweifelt. Er tut mir schrecklich leid.«

»Was könnten wir tun, um ihm zu helfen?«, fragte ich.

»Ich würde gerne zu ihm, aber ich habe Angst, allein nach Paris zu fliegen. Ich habe die Reise noch nie ohne Michel gemacht«, erklärte sie.

»Und wenn ich Sie begleite?«, fragte ich. »Wissen Sie, wo Ihr Pass ist?«

»Natürlich. In meiner Schmuckschatulle. Würden Sie wirklich mitkommen, Daisy?«, fragte sie mit einem hoffnungsvollen Blick.

Ich nickte. Ich hätte es nicht übers Herz gebracht, sie allein in den Flieger nach Paris zu setzen. »Ich suche gleich mal nach Flügen.«

»Sie sind ein Engel. Warten Sie, ich hole meine Kreditkarte.«

Wir setzten uns an Michels Computer, und im Handumdrehen hatte ich zwei Flüge nach Paris für den darauffolgenden Vormittag gebucht.

KAPITEL 49

Kurztrip in die Stadt der Liebe

Rose zitterte förmlich vor Aufregung, als wir am späten Sonntagvormittag am Flughafen Charles de Gaulle ankamen.

»Meinen Sie, er muss bald für längere Zeit ins Gefängnis? Das könnte ich nicht ertragen!«

Arme Rose!

»Ich bezweifle es. Wir werden ja sehen, wie der Stand der Dinge ist, wenn wir erst dort sind. Versuchen Sie, sich keine Sorgen zu machen.«

»Danke.« Sie lächelte mich an. »Es ist sehr liebenswürdig von Ihnen, dass Sie mich begleiten. Ich weiß es wirklich zu schätzen.«

»Keine Ursache. Ich kann nur hoffen, dass jemand das Gleiche für meine Mutter tun würde …« *Wenn ich mal ausgewiesen werde*, hätte ich beinahe gesagt, doch ich schluckte es wohlweislich hinunter.

Draußen vor dem Flughafen stiegen wir in ein Taxi. Rose nannte dem Fahrer Michels Adresse – achtes Arrondissement, *très chic!* –, dann drehte sie sich zu mir um.

»Diese Eve Berger ist ein richtiges Biest. Ich hatte Michel vor ihr gewarnt.«

Ich sagte nichts.

»Wussten Sie, dass sie vor der Beziehung mit Michel vollkommen unbekannt war?«

»Nein, das wusste ich nicht.«

»Tja, es stimmt. Er hat sie all den Regisseuren vorgestellt, die in seinen Restaurants ein und aus gingen. Er hat sogar ihren ersten Film finanziert. Ein Kurzfilm über eine Marionette, in Anlehnung an *Coppelia*, glaube ich. Kam gut an in Cannes. Das war der Beginn ihrer Karriere! Michel hat sich um sie gekümmert, hat ihr alles Mögliche gekauft und sich in den Medien für sie eingesetzt. Und so dankt sie es ihm!«, schimpfte Rose, während wir durch die Vororte von Paris kurvten.

»Die Menschen sind eben immer für eine Überraschung gut.«

»Sie sind eine Enttäuschung. Gemein und gierig. Und Michel, der fiel aus allen Wolken. Ich hatte es kommen sehen, aber was kann eine Mutter schon sagen? Was kann sie tun, außer danebenstehen und mit Tränen in den Augen zusehen, wie ihr Junge in sein Verderben rennt?«

Madame Amiel hatte definitiv einen Hang zur Melodramatik, trotzdem zweifelte ich nicht am Kern ihrer Aussage. Ich hätte sie zu gern gefragt, ob Michels letztes Kochbuch von Eve stammte oder nicht.

»Sie Ärmste«, sagte ich stattdessen. »Zerbrechen Sie sich nicht den Kopf, das wird schon wieder.«

»Können Sie ein paar Tage bleiben?«, fragte sie.

»Leider nicht, ich muss heute Abend zurück nach London, aber ich kann wiederkommen, wenn Sie mich brauchen.«

»Ach, Daisy, Sie sind ein Schatz. Sobald ich weiß, wie es mit Michel weitergeht, werde ich entscheiden, ob ich mit Ihnen nach London zurückfliege oder nicht.«

Das Taxi hielt vor Michels Domizil unweit der Place de L'Etoile. Das Haus, in dem er wohnte, wirkte sehr feudal. Geradezu palastartig. Es tummelten sich eine Menge Polizisten in der Gegend – nicht wegen Michel, sondern weil auch der französische Präsident in der Gegend residierte, wie mir Rose erzählte. Kein Zweifel, Michel befand sich hier im Herzen der Pariser Gesellschaft.

Während seine Mutter den Fahrer bezahlte, stieg ich aus und holte unsere Taschen aus dem Kofferraum. Der Portier erkannte sie sogleich und begrüßte uns freundlich.

»Madame Amiel! Wie schön, dass Sie wieder da sind!«

»Bonjour, Christophe!«, sagte sie. »Das ist Daisy Delaney, eine Freundin der Familie.«

»Bonjour, Mademoiselle. Comment-allez vous?«

»Ça va bien, merci.«

Christophe nahm mir die Taschen ab und trug sie zum Aufzug, mit dem wir in die vierte Etage fuhren.

Auf dem Treppenabsatz flutete durch eine Glaskuppel in der Decke das Tageslicht herein. An den wasserblau gestrichenen Wänden hingen allerlei beeindruckende Gemälde.

Rose trat zur Wohnungstür, bereit für das Wiedersehen mit ihrem Sohn.

»Haben Sie Michel gesagt, dass ich mitkomme?«, fragte ich.

»Nein, natürlich nicht. Wir überraschen ihn.«

Oh. Na toll. Das kann gut oder schlecht ausgehen.

Da stand ich nun also, in einem Nobelviertel der französischen Hauptstadt, in dem die reichsten Pariser wohnten, vor der Wohnungstür eines Mannes, der zu den berühmtesten Söhnen des Landes zählte und in ernsten rechtlichen Schwierigkeiten steckte. Eines Mannes, der ein richtiges Ekel sein konnte und den ich definitiv kein bisschen attraktiv fand. *Und das alles nur, weil ich an Neujahr einen von Pippas Briefen geöffnet habe.*

Ein Butler öffnete uns die Tür. Er hieß Paul, sah ausnehmend gut aus und wirkte sehr cool und souverän.

Ein Butler! Wie albern ist das denn, bitte?

Paul nahm unser Gepäck und ging voraus. Madame Amiel und ich betraten einen Vorraum von enormen Ausmaßen, der mit allerlei antiken Möbeln und Gemälden ausgestattet war. Das zentrale Stück bildete ein riesiger, leicht angelaufener Versailles-Spiegel. *Wahnsinn.* Dieser Raum allein war größer als unsere Wohnung in der Rosehip Lane.

»Michel! Deine *Maman* ist hier!«, rief Rose.

Keine Antwort.

Paul, der unsere Taschen irgendwo abgestellt und sich wieder zu uns gesellt hatte, erklärte: »Er ist deprimiert und spricht kein Wort.« Jedenfalls reimte ich mir das mit meinem rudimentären Französisch zusammen.

Oh, Gott. Plötzlich kam ich mir völlig fehl am Platz vor. Bestimmt war Michel alles andere als begeistert, wenn er feststellte, dass seine Mutter eine Verkäuferin aus einem winzigen Dessousladen in Primrose Hill im Schlepptau hatte.

Was, wenn er wieder so tut, als würden wir uns nicht kennen? Zuzutrauen wäre es ihm.

Ich folgte Rose durch den Flur bis zur Tür eines riesigen Salons und blieb, halb von einer der Flügeltüren verdeckt, stehen, um das Geschehen zu beobachten.

»*Maman!*«, rief Michel, als sie mit ausgebreiteten Armen zu ihm eilte.

Schluchzen von Mutter und Sohn.

Erde, tu dich auf und verschling mich!

Vielleicht sollte ich einfach gehen. Ich sah zu Paul, der mich schweigend musterte, als wollte er höflich fragen: »Und wer sind Sie?«

»Ich bin eine Bekannte der beiden. Aus London«, erklärte ich. »Ich bin nur mitgeflogen, um sicherzustellen, dass Madame Amiel heil ankommt. Ich sollte jetzt wohl gehen, ehe es womöglich peinlich wird.«

Doch im selben Moment hörte ich Rose auf Französisch sagen: »Ich bin übrigens nicht allein, Michel. Du hast Besuch.«

Sie kam zur Tür und zog mich mit sich in den prunkvoll eingerichteten Salon.

»Hi«, murmelte ich verlegen.

»Daisy Delaney!«, rief Michel lächelnd und sprang sogleich von seinem Samtsofa auf, als er mich erblickte.

»Ich bin nur mit von der Partie, weil Ihre Mutter nicht alleine fliegen wollte«, erklärte ich. »Ich werde Sie nicht lange stören, versprochen.«

»Sie stören kein bisschen! Kommen Sie, setzen Sie sich!«, sagte er. »Wie lieb von Ihnen, meine Mutter nach Paris zu begleiten! Ich nehme an, Sie haben gehört, was passiert ist?«

»Nicht im Detail, nur ein bisschen Klatsch und Tratsch.«

Ich blieb stehen.

Michel sah zu Paul. »Würden Sie uns bitte Kaffee bringen und dazu etwas Kuchen oder ein paar Sandwiches?«

»Sehr wohl. Ich bin gleich wieder da.« Paul nickte ihm zu und verschwand.

Michel wandte sich wieder mir zu. »Bitte, setzen Sie sich zu mir und lassen Sie mich erklären, was genau geschehen ist.«

»Das müssen Sie nicht, Michel. Es geht mich nichts an. Ich habe gestern Ihre Mutter besucht, und sie hat mich gebeten, sie zu begleiten, das war alles.«

Doch er bestand darauf, mir die ganze Geschichte zu erzählen. Eve hatte ihm in der Tat bei seinem letzten Buch geholfen. »Als sich abgezeichnet hat, dass ich den Abgabetermin nicht einhalten kann, hat sie es unter meiner Anleitung fertiggestellt, zum Dank dafür, dass ich sie am Anfang ihrer Karriere unterstützt habe. Doch nach der unschönen Trennung – die übrigens von mir ausging – hat sie unsere Vereinbarung geändert und einen Anwalt konsultiert, um sich den Teil der Tantiemen, der ihr ihrer Meinung nach zusteht, zu sichern.«

»Eine haarige Situation«, bemerkte ich. »Nicht umsonst heißt es immer, man sollte Privates und Geschäftliches strikt trennen … Wobei ich mir da natürlich niemals ein Urteil erlauben würde.«

Paul hatte uns in der Zwischenzeit eine Kanne Tee, ein paar köstliche Clubsandwiches und einen Teller Madeleines gebracht. Während wir uns darüber hermachten, lenkte ich, um Michel etwas aufzumuntern, das Gespräch auf die Kurse an seiner Kochschule, die sich ungebrochener Beliebtheit erfreuten.

»Was immer er anfasst, wird zu Gold«, bemerkte Rose. »Aber dann schießt er über das Ziel hinaus und macht alles kaputt. So war er schon als Schuljunge. Was meinen Sie wohl, wie es sich für eine alte Mutter anfühlt, das ein ums andere Mal mit ansehen zu müssen und sich zu fragen, wie ihr Sohn zurechtkommen wird, wenn sie einmal nicht mehr ist?«

Michel verdrehte die Augen. »Mutter!«

»Vielleicht sollten Sie vorerst hierbleiben, Rose«, schlug ich ihr vor. »Dann können Sie sicherstellen, dass er regelmäßig isst und sich wäscht und nicht zu viel trinkt.«

»Ja, das wird wohl das Beste sein, meinen Sie nicht auch, Daisy?«

»Absolut. Ich werde heute Abend zurückfliegen. Ich sehe gleich mal nach, ob Air France noch Flüge anbietet. Und ich bräuchte vermutlich ein Taxi.«

»Kein Problem«, sagte Michel. »Paul wird eines für Sie bestellen. Wir haben ein Stammkundenkonto.«

Rose gähnte. »Ich habe das ganze Wochenende kaum ein Auge zugemacht. Es stört euch doch hoffentlich nicht, wenn ich mich kurz hinlege?«

»Aber nein, nur zu!«, sagte ich.

Als wir allein waren, trat Michel auf den Balkon vor dem Speisezimmer, der von Bäumen umrahmt war und einen spektakulären Blick auf Paris bot. Doch Michel schien es gar nicht wahrzunehmen. Kein Wunder, in seiner Situation. Von außen betrachtet führte er ein tolles Leben, doch in Wahrheit war es das totale Chaos.

»Wollen wir ein bisschen spazieren gehen?«, schlug er vor.

»Gern.«

»Nehmen Sie eine Jacke mit, damit Ihnen nicht kalt wird.«

Seite an Seite, aber ohne uns zu berühren, flanierten wir bis zum Théâtre des Champs-Élysées und dann am Ufer der Seine entlang. Ich hatte das Gefühl, zu schweben.

»Ich schätze mal, ich werde mich auch von diesem Rückschlag erholen«, sagte Michel irgendwann, als wäre ihm das eben erst bewusst geworden.

»Natürlich werden Sie das«, versicherte ich ihm.

»Wenn ich einen Kater habe, erscheint es mir so sinnlos, mein Leben in Ordnung zu bringen. Deshalb greife ich dann gleich wieder zur Flasche.«

»Tja, das sollten Sie lieber bleiben lassen. Dieses Verhalten ist lächerlich. Eigentlich sogar erbärmlich.«

»Sagt wer? Die Schuldirektorin?« Er lächelte.

»Sie haben recht, es geht mich nichts an. Ich finde es nur sehr schade. Sie haben für Ihren Erfolg doch sicher hart gearbeitet.«

»Was sollte ich denn Ihrer Meinung nach tun? Wie bekomme ich meine Finanzen in den Griff?«

Ich zögerte. »Warum fragen Sie mich das?«

»Ich frage nicht, ich bitte Sie um Rat.«

»Na ja, finden Sie, dass Eve das Geld zusteht, das sie von Ihnen fordert?«, fragte ich direkt.

Er sagte nichts.

Ich ging schweigend neben ihm her.

»Ja«, sagte er schließlich.

»Und, ist es viel Geld?«

»Drei Millionen Euro.«

Innerlich schnappte ich nach Luft, doch ich versuchte, es mir nicht anmerken zu lassen. »Verstehe.«

»Es *ist* viel«, fuhr er fort. »Aber ich habe das Geld. Allerdings wäre ich danach nicht mehr zahlungsfähig, verstehen Sie?«

»Dann verkaufen Sie eben Ihre Wohnung«, platzte ich heraus, ohne es zu wollen, und bereute es sogleich. Andererseits war seine Wohnung viel zu groß für zwei Personen und glich mit ihrer pompösen Einrichtung eher einem Museum als einem Zuhause. Sie erinnerte mich an das Givenchy-Haus. Diese Dekadenz. Es war grotesk.

»Aber … diese Wohnung ist mein Zuhause«, erwiderte er verblüfft.

»Ja, ich weiß. Tut mir leid. Es geht mich nichts an. Verzeihen Sie.«

»Da gibt es nichts zu verzeihen. Es ist mir nur nie in den Sinn gekommen, so verrückt das für Sie vielleicht klingen mag. Vielleicht ist es ja eine Überlegung wert. Ich könnte mich von ein paar Sachen trennen und mir etwas Kleineres suchen.«

»Würde wahrscheinlich nicht schaden. Ach, ich weiß auch nicht. Oh, wow, der Louvre! Was für ein großartiger Anblick!«

Wir liefen über den Pont-Neuf und blickten eine Weile auf die Seine hinaus, deren Oberfläche unter uns im Abendlicht glitzerte.

»Daisy?«

»Ja?«

»Ich finde Ihre Gegenwart entspannend und aufregend zugleich. Wie machen Sie das nur?«

»Ich kann zaubern.«

Sein forschender Blick brachte mich ganz aus dem Konzept. Fast hätte ich mich an ihn gelehnt, doch dann gab ich mir einen Ruck und ging weiter. Er lief schweigend neben mir her.

Als wir wieder in seiner Wohnung waren, fragte ich ihn, wann er zurück nach London kommen würde.

»Erst wenn dieser Rechtsstreit beigelegt ist. Solange das Gerichtsverfahren gegen mich läuft, stehe ich unter einer Art Hausarrest. In Paris darf ich mich frei bewegen, aber ich kann nicht so ohne Weiteres verreisen.«

»Dann werden wir uns also eine Weile nicht sehen.« Ich hörte selbst, wie bedauernd das klang.

»Vermutlich nicht.«

»Und wer kümmert sich solange um Ihre Kochschule und die Brasserie in Primrose Hill?«

»Ich habe ein paar gute Geschäftsführer. Sie halten mich auf dem Laufenden.«

»Sehr gut. Geben Sie Bescheid, wenn ich irgendetwas für Sie tun kann.«

»Danke. Und, was werden Sie machen, wenn Sie wieder in London sind? Auf dem Samtstuhl im Hinterzimmer von Voluptas sitzen und kleine Schleifen an BHs nähen?«

»Mehr oder weniger, ja«, flunkerte ich.

»Haben Sie denn gar nicht das Bedürfnis, mal etwas anderes zu tun?«

»Doch, natürlich.«

Du darfst auf gar keinen Fall das Buch erwähnen, Daisy. Unter keinen Umständen.

»Was denn?« Es war fast, als wüsste er, dass ich ihm etwas verschwieg.

»Vielleicht entwerfe ich ja meine eigene Dessous-Kollektion. Mal sehen.«

»Ah, gute Idee. Viel Glück damit.«

»Danke. Jetzt würde ich mich gern noch etwas frisch machen, ehe das Taxi zum Flughafen kommt.«

»Ich habe mich sehr über Ihren Besuch gefreut. Lassen Sie mich den Flug bezahlen.«

»Das hat Ihre Mutter bereits übernommen.«

»Ah ja? Gut.«

Als das Taxi kam, küsste ich ihn sanft auf die Wange.

»Geben Sie mir noch Ihre E-Mail-Adresse?«, bat er.

Ich nickte und kritzelte sie auf einen Zettel. »Hier.«

Als ich wenig später den Flughafen Charles de Gaulle hinter mir ließ, rief ich mir noch einmal unser Gespräch auf dem Pont-Neuf in Erinnerung.

So verbittert er auch sein mag, dieser Ausdruck unverhohlener Zärtlichkeit wird mir immer in Erinnerung bleiben.

Als ich zu Hause ankam, war die Wohnung leer.

Sag bloß, Kitty muss heute schon wieder so lange arbeiten!

Ich schickte ihr eine SMS, dann loggte ich mich in meine diversen Social-Media-Accounts ein, um zu sehen, was es in Sachen Lucy Lovecake Neues gab. Wir würden demnächst einen weiteren Blog starten und auf sämtlichen Plattformen teilen.

Als Erstes besuchte ich Lucys Twitter-Blog zum Thema Beziehungstipps. Nanu? 3254 Follower?

Wie kann das sein? Gestern waren es noch etwa 350 gewesen. Da muss ein Fehler vorliegen.

Doch, nein, es hatte alles seine Richtigkeit. Und während ich mit großen Augen auf die vier Ziffern stierte, ratterte der Zähler weiter.

3255. 3256. 3257.

Was zum Geier …?

Neugierig begann ich durch die Liste der Follower zu scrollen. Jede Menge junge Mädels, einige ältere Damen, Datingportale, Männer aller Altersschichten, Beauty-Bloggerinnen, Anbieter von Single-Reisen, Celebrities aus diversen Realityshows. Eine erstaunliche Vielfalt also. Mit Schmetterlingen im Bauch nahm ich mein Telefon zur Hand, um Dominic anzurufen.

Ah, Kitty hat geantwortet: »Hoffe, in Paris ist es gut gelaufen? Arbeite noch, kann nicht weg, Millie ist nicht aufgekreuzt. Bin seit 7 hier! X«

Ich warf einen Blick auf die Uhr auf dem Display. Es war schon acht, und das an einem Sonntag!

Okay. Das Maß ist voll.

KAPITEL 50

Daisy greift durch

Ich zog meinen Mantel an und stürmte rüber zum Prim & Proper, wo Kitty gerade den Boden wischte. Sie sah blass und erschöpft aus.

Und da heißt es, Cinderella ist ein antiquiertes Märchen? Alles nur Fiktion?

Ich war weiß Gott nicht reich, aber wenn wir sparsam lebten, konnten wir mit Dominics Vorschuss eine ganze Weile über die Runden kommen. Ich brauchte ohnehin jemanden, der meine diversen Accounts betreute, während ich mein Buch fertigstellte.

Ich marschierte hinein.

Sie strahlte mich an. »Du bist wieder da! Wie schön, dich zu sehen. Wie war's denn?«

Ich legte mir den Zeigefinger an die Lippen. »Ich erzähl dir nachher alles, okay? Wo ist Charlie?«, flüsterte ich.

»Der macht hinten im Büro die Abrechnungen. Wieso?«

»Weil ich ihm etwas zu sagen habe.«

»Tu bloß nichts Verrücktes, Daisy. Du weißt doch, er wird dafür sorgen, dass ich nie wieder einen Job bekomme.«

»Wir leben nicht im England von Königin Victoria, sondern im einundzwanzigsten Jahrhundert, Kitty.«

»Was hast du vor?«, fragte sie besorgt.

»Also, wenn du willst, könntest du für mich arbeiten, gegen Bezahlung natürlich. Mein Vorschuss sollte für ein paar Monate reichen. Du könntest mir mit den Blogs für Lucy Lovecake helfen und dich ansonsten ein bisschen erholen, bis du eine neue Stelle gefunden hast.«

Kitty starrte mich mit offenem Mund an.

»Du willst doch hier raus, oder etwa nicht?«

»Natürlich! Aber ich kann doch von dir kein Geld annehmen. Du wirst es selbst brauchen. Außerdem hast du es dir wirklich verdient. Es wäre nicht richtig, wenn ich …«

Aus dem Büro drang Charlies Stimme an unser Ohr: »Bist du endlich fertig, Kitty, oder trödelst du da draußen immer noch mit dem Mopp rum?«

Sie reagierte nicht.

»Ich habe doch auch noch meine Arbeit in der Boutique«, erinnerte ich sie. »Wir werden uns schon irgendwie durchschlagen. Also los, hol deine Jacke und geh nach Hause. Und lass Charlie meine Sorge sein.«

Kitty seufzte tief, dann zog sie ihre Jacke an und kehrte dem Prim & Proper auf Nimmerwiedersehen den Rücken.

Charlie saß vor seinem Laptop. Von wegen Abrechnungen: Er war auf Facebook unterwegs und chattete gerade mit fünf oder sechs Leuten (allesamt weiblich). Er drehte sich zu mir um und schenkte mir sein schmierigstes Lächeln.

»Ah, die bezaubernde Daisy Delaney. Wie geht's denn so, Süße?«

»Hervorragend, danke. Aber Kitty sieht müde aus, findest du nicht?«

»Na ja, wenn sie jeden Abend um die Häuser zieht …«

»Das tut sie nicht, und das weißt du genau. Dafür hat sie nämlich gar nicht die Energie. Aber das wird sich ändern.«

»Ach ja?«

»Jawohl. Weil sie nämlich ab sofort nicht mehr hier arbeitet.«

Er stand auf. Sein Lächeln war wie weggewischt.

»Was soll das heißen?«, zischte er und baute sich vor mir auf.

»Dass du sie hier nicht wiedersehen wirst.«

»Dafür muss sie erst einmal kündigen.«

»Nein, sie wird nicht den offiziellen Weg gehen, sondern einfach auf all ihre Rechte verzichten, und im Übrigen ist sie ab morgen erst einmal krankgeschrieben. Du kannst also nicht das Geringste dagegen unternehmen.«

Jetzt hatte es ihm die Sprache verschlagen. Er rannte zur Bürotür und spähte hinaus ins Café. »Kitty?«

Ich folgte ihm. »Sie ist weg.«

»Das wird sie teuer zu stehen kommen!«, knurrte er. »Ich werde mich weigern, ihr ein Arbeitszeugnis auszustellen.«

»Auf deine Zeugnisse kann sie ganz gut verzichten. Du hast Kitty schon die ganze Zeit schlechte Referenzen ausgestellt, um zu verhindern, dass sie eine neue Stelle kriegt, stimmt's?«

»Wer sagt das?«

Ich zückte mein Handy und zeigte ihm das Foto von dem »Empfehlungsschreiben«, in dem er allerlei Lügen über sie verbreitet hatte.

»Du elende Schnüfflerin!«

Ich marschierte hoch erhobenen Hauptes hinaus. Zugegeben, eine Spur nervös war ich auch.

Was hast du nur getan, Daisy? Es ist ja nicht so, als wärst du Millionärin.

Den Anruf bei Dominic hatte ich über alldem völlig vergessen.

KAPITEL 51

Veränderungen

Dominic war außer sich vor Freude über die große Resonanz auf Lucy Lovecakes Blogs. Er rief mich ein, zwei Tage darauf an, um mir zu gratulieren.

»Ich bin total aus dem Häuschen, Daisy. Diese Entwicklung übertrifft all meine Erwartungen und gibt mir neuen Auftrieb. Ich hab's neulich schon mal bei Ihnen versucht – am Sonntagabend, glaube ich …«

»Ah, da muss ich schon geschlafen haben. Ich war hundemüde nach der Rückkehr aus Paris.«

»Paris?«

»Äh, ja. Ich bin mit Rose Amiel hingeflogen. Sie war vollkommen aufgelöst nach der Sache mit Michel. Die Ärmste. Sie ist eben auch nicht mehr die Jüngste.«

»Sie haben Michel also besucht?«

»Ja.«

»Verstehe.«

Themenwechsel, Daisy!

»Was meinen Sie, wann sollen wir andeuten, dass sich die Fans von Lucy Lovecake auf ein Buch freuen können, das demnächst erscheint?«

»Gute Frage. Ich glaube, am besten stellen wir es so dar, dass wir erst jetzt auf die Idee gekommen sind, sprich aufgrund des großen Erfolgs ihrer Blogs. Was meinen Sie?«

»Ich vertraue Ihnen da voll und ganz. Sie sind ein Genie, und ich werde Ihnen ewig dankbar sein«, sagte ich. »Ach ja, es gibt da noch etwas, das ich mit Ihnen besprechen wollte …«

»Nämlich?«

»Es geht um Kitty, meine beste Freundin und Mitbewohnerin.«

»Die aus dem Café, die Sie in die Kunst das Kuchenbackens eingeführt hat?«

»Genau. Also, ich will keine Geheimnisse vor Ihnen haben, deshalb wollte ich Ihnen sagen, dass ich Kitty gebeten habe, mir mit den Blogs zur Hand zu gehen. Sie ist gerade auf der Suche nach einer neuen Arbeit und absolut vertrauenswürdig. Ich hoffe, Sie haben nichts dagegen.«

»Aber nein, ganz und gar nicht«, winkte Dominic ab. »Es kann nicht schaden, wenn Sie jemanden haben, der Ihnen den Rücken freihält, auf Tweets reagiert und Posts hinzufügt – erst nach einer entsprechenden Freigabe von Ihnen natürlich. Auf diese Weise können Sie sich auf die Fertigstellung des Manuskripts konzentrieren.«

»Ganz meine Meinung. Danke, Dominic. Ich bin überzeugt, dass Kitty helfen wird, die Zahl der Follower bis zum Erscheinen des Buches noch ordentlich in die Höhe zu treiben.«

»Sehr gut.« Er zögerte. »Und, hatten Sie es schön in Paris?«

»Na ja, ging so.«

»Okay …«

»Wie geht es Tilly?«, fragte ich.

»Tilly hat uns verlassen. Wir haben neuerdings einen männlichen Babysitter. Felix the Manny. Er ist toll.«

Ist ja hochinteressant.

»Super. Ich freue mich schon darauf, ihn kennenzulernen.«

KAPITEL 52

Bloggen

Aus Frühling wurde Sommer, das Wetter wurde wärmer, und Kitty und ich tüftelten in schönster Eintracht an Einträgen für die Lucy-Lovecake-Blogs. Es war längst nicht mehr nötig, Fake-Anfragen ins Netz zu stellen, denn es kamen täglich Follower dazu und damit massenhaft neue Fragen und Ideen. *So viele Menschen haben Beziehungsprobleme! Und ich dachte, ich bin damit allein auf weiter Flur.*

Liebe Lucy Lovecake,
ich bin total verknallt in einen Arbeitskollegen, aber er bemerkt mich gar nicht. Was soll ich tun?

Liebe Lucy Lovecake,
soll ich beim ersten Date ein Top mit tiefem Ausschnitt tragen?

Liebe Lucy Lovecake,
mein Freund und ich wollen am Wochenende das erste Mal zusammen verreisen. Wir werden in einem ziemlich schicken Hotel absteigen. Was für Unterwäsche soll ich mitnehmen?

Liebe Lucy Lovecake,
mein Freund und ich kennen uns erst seit ein paar Wochen. Demnächst hat er Geburtstag, und ich würde ihm gern einen Kuchen backen. Oder wirkt das übereifrig? Und falls nicht, was für einen Kuchen soll ich backen?

Es war ein Heidenspaß, uns zu überlegen, wie Lucy über all diese Schwierigkeiten dachte.

»Ist sie eine Feministin?«, fragte Kitty.

»Na klar.«

»Ist es denn mit den feministischen Prinzipien vereinbar, dass Frauen für Männer backen und Spitzenunterwäsche tragen?«

»Absolut«, sagte ich im Brustton der Überzeugung.

»Bist du sicher?«

»Ganz sicher. Weder das eine noch das andere dient dazu, Frauen zu Sexobjekten zu degradieren oder Männer zu manipulieren, und es haben beide ihre Freude daran. Sowohl Backen als auch das Tragen von Dessous macht Spaß, und man tut es, um einem Menschen, den man mag – oder sogar liebt –, eine Freude zu machen. Richtig?«

»Stimmt. Trotzdem glaube ich, dass wir von den Vertreterinnen der zweiten Feminismus-Welle mit Kritik rechnen müssen«, gab Kitty zu bedenken.

»Und wenn schon. Ich bin bereit.«

»Okay. Wir sollten auf jeden Fall darauf achten, dass unsere Argumentation in dieser Hinsicht schlüssig ist: Das Stichwort heißt Empowerment – starke, feminine Frauen«, schloss Kitty.

»Richtig. Schon seltsam, dass zurzeit alle so auf die Ästhetik der Fünfziger abfahren – die Kurven, die Unterstreichung der Weiblichkeit –, dabei waren das für die Frauen echt schwierige Zeiten.«

»Das ist heute doch nicht viel anders! Dafür bin ich das beste Beispiel. Ohne deinen Vorschuss würde ich immer noch für ein herrisches Scheusal schuften, das mich mit allerlei fiesen Tricks quasi an sich gefesselt hat.« Kitty schüttelte ungläubig den Kopf bei der Erinnerung an das triste Dasein, das sie so lange gefristet hatte.

»Denk nicht mehr daran, Kitty. Das hast du alles hinter dir.«

Michel war noch immer in Paris und meldete sich in unregelmäßigen Abständen per E-Mail. Ich ließ mir meistens Zeit mit der Antwort. Manchmal schrieb er mir sogar zwei Mal, ehe ich zurückmailte. Er tat mir leid, und ich wollte ihm helfen, aber was nützte das, wenn er sich nicht selbst half? Ich erkundigte mich, wie lange er noch in Frankreich bleiben müsse.

Es kann sein, dass ich im Laufe des Monats wieder nach London komme. Warum fragen Sie? Fehle ich Ihnen?

Ich ließ ein paar Tage verstreichen, dann schrieb ich: *Nein, ich wollte nur wissen, ab wann ich wieder auf der Hut sein muss, weil ein gewisser Franzose die Straßen von Primrose Hill unsicher macht.*

Er konterte auf der Stelle.

Cleverer Doppel-Bluff, Daisy. Sie können es ganz offensichtlich kaum erwarten, mich wiederzusehen. Und ich kann Ihnen versichern, das beruht auf Gegenseitigkeit.

Pfff. Jetzt würde ich ihn erst recht schmoren lassen.

Ein paar Tage später fand ich folgende Nachricht von ihm in meinem E-Mail-Postfach:

Liebe Daisy,
ich habe oft an unseren Spaziergang durch Paris gedacht, insbesondere an Ihren Rat, was meine Wohnung angeht. Ich habe beschlossen, mir eine kleinere Wohnung zu suchen und Eve das Geld, das sie von mir fordert, zu zahlen. Wozu deswegen weiter vor Gericht streiten? Es geht hier in erster Linie um moralisches Recht. Und ich werde erst zur Ruhe kommen, wenn es mir gelungen ist, die richtigen Prioritäten in meinem Leben zu setzen. Seit Sie mich damals im V&A angerempelt haben, muss ich jeden Tag an Sie denken. Wie es scheint, haben Sie mich tatsächlich verzaubert. Ich freue mich schon darauf, Sie wiederzusehen.
X, M

KAPITEL 53

Süße Überraschungen

Der fünfte August kam und ging. Ich dachte nicht im Traum daran, zu Tom Percys toller Launch Party bei Liberty zu gehen. Er war Teil meiner Vergangenheit, und ich blickte in die Zukunft.

Ich arbeitete nach wie vor zwei Tage die Woche für Clara, und der Laden brummte. Wir hatten einen neuen Kunden: Geheimagent Gary Hopper von der Literaturpreisverleihung hatte uns ausfindig gemacht, und seine Besuche bei uns gestalteten sich stets sehr unterhaltsam.

Clara machte inzwischen all ihre Beauty-Behandlungen selbst, und am Sonntag kochte sie jetzt immer mehrere Gerichte für die ganze Familie vor und fror sie ein. »Wir ziehen demnächst um«, verkündete sie eines Tages. Sie strahlte vor Glück. »Wir verkaufen unser Haus, und den Erlös wird Phil in eine Segelschule an der Südküste investieren. Davon träumt er schon lange.« Auch er sei jetzt viel zufriedener als vorher, erzählte sie.

Kitty hatte sich kürzlich bei einer Modelagentur vorgestellt. Dort war man hellauf begeistert gewesen und hatte veranlasst, dass sofort ein paar Aufnahmen von ihr gemacht wurden. Jetzt musste sie nur noch auf Anfragen warten.

Ich selbst arbeitete fieberhaft an der Fertigstellung meines Buches, an dem ich immer wieder Änderungen vornahm. Außerdem war ich mit den Blog-Beiträgen beschäftigt und besuchte bereits den nächsten Backkurs, den wiederum Dominic finanziert hatte, damit meine Rezepte auch wirklich fundiert waren.

»Stellen Sie sich vor, Sie werden vom Frühstücksfernsehen eingeladen und sollen darüber reden, was in einer Bakewell Tart drin ist.«

»Was ist denn in einer Bakewell Tart drin?«

»Keine weiteren Fragen, Euer Ehren.«

Eines schönen Samstagvormittags legte ich mich mit Kitty im Park unter einem großen Kirschbaum ins Gras. Ich musste mich kneifen, wenn ich daran dachte, wie sehr sich mein Leben seit Weihnachten geändert hatte.

»In den vergangenen Monaten war einiges los«, bemerkte ich.

»Stimmt.« Kitty nickte. »Ich werde mich wohl nie für all das revanchieren können, was du für mich getan hast.«

»Das war keine reine Einbahnstraße, Kitty«, winkte ich ab. »Du hast mich inspiriert, hast mir das Backen beigebracht und mich von Anfang an unterstützt.«

»Du übertreibst mal wieder maßlos.«

»Ich hätte mich von Doritos ernährt, wenn du mir kein Rührei gemacht hättest.«

»Auch wieder wahr.«

Ich rappelte mich auf. »Ich muss zum Kurs. Bis später. Hol dir keinen Sonnenbrand!«

Sie nickte. »Bis nachher. Wie gut, dass ich mich auch von hier aus in Lucys Accounts einloggen kann. So macht das Arbeiten noch mehr Spaß!«

In meinem zweiten Backkurs waren lauter neue Teilnehmerinnen, und auch die Leiterin hatte gewechselt. Statt von Catherine wurden wir diesmal von einer älteren Dame unterrichtet, die Marguerite hieß und mich ungemein an Frau Tiggy-Wiggel erinnerte, die Igelin aus dem gleichnamigen Kinderbuch von Beatrix Potter.

Diesen Samstag beeindruckte sie uns mit der Zubereitung einer wunderbaren Baiser-Masse, bei deren Anblick ich sofort zu überlegen begann, wie sich eine entsprechende Kreation wohl am ehesten in mein Buch einbauen ließe.

Verführerische, fluffig zarte Baiser-Happen mit süßer Maronencremefüllung – der perfekte Genuss für sinnliche Sonntagnachmittage …

Ich hatte ständig neue Ideen und änderte immer wieder Kleinigkeiten. Leider blieben mir laut Dominc nur noch zwei Wochen, um neues Material hinzuzufügen. Natürlich war mir klar, dass es nicht ewig so weitergehen konnte, schließlich sollte das Buch Anfang Oktober in Druck gehen.

Ich legte mich richtig ins Zeug an diesem Tag, und tatsächlich gelang es mir, eine Ladung perfekter, knusprig-zarter Kringel aus glänzender, herrlich leichter Meringue-Masse zu fabrizieren. Für die Maronencreme vermengte ich mit dem Mixer die gekochten Esskastanien mit Zucker und Vanille und hob dann vorsichtig die Schlagsahne unter. Kaum hatte ich die ausgesprochen appetitlich wirkenden fertigen Schaumgebäck-Kringel auf einer Glasplatte arrangiert, kam auch schon Marguerite, um mein Werk zu inspizieren.

»Rein optisch schon mal sehr ansprechend«, stellte sie mit einem anerkennenden Blick fest. »Mal sehen, ob sie mich auch geschmacklich überzeugen.«

Mein Herz schlug schneller. Meine Ansprüche an mich selbst waren hoch.

Marguerite nahm eine silberne Kuchengabel zur Hand, brach damit einen der Baiser-Kringel entzwei und schob sich ein Stück davon in den Mund, wobei sie darauf achtete, auch etwas von der Maronencreme abzubekommen.

Mit geschlossenen Augen ließ sie sich den Happen auf der Zunge zergehen.

Und?

»Also, die sind einfach … rundum perfekt!«, verkündete sie.

»Im Ernst?« Ich strahlte sie an, als wäre ich ein Schulmädchen. »Danke!«

»Kommt mal alle her, ihr Lieben!«, rief Marguerite. »Daisys Baiser-Happen mit Maronencreme sind einfach himmlisch.«

Die anderen probierten ebenfalls und überschütteten mich regelrecht mit Lob. Ich war unheimlich stolz auf mich und machte sofort ein Foto, das ich Kitty für den Blog schickte.

Minuten später schrieb sie zurück: *Schon 65 Kommentare!*

Dominic hatte echt einen guten Riecher bewiesen, was diese Backkurse anging. Und auch sonst. Dank ihm hatte sich mein Leben komplett verändert.

Nach dem Kurs hopste ich gut gelaunt hinaus. *So, und was fange ich nun mit dem angebrochenen Nachmittag an?* Die Frage erübrigte sich, denn zu meiner großen Verblüffung warteten draußen auf dem sonnigen Bürgersteig Dominic und Minty, beide mit einem breiten Grinsen im Gesicht.

Ich freute mich riesig.

»Hallo, ihr zwei!«, rief ich und umarmte sie.

»So ein Zufall, dass wir uns hier treffen«, scherzte Dominic.

»Ja, nicht? Du scheinst geahnt zu haben, dass ich hier samstags einen Backkurs mache … Oder wolltest du dich davon überzeugen, dass ich auch wirklich hingehe?« Ich lachte.

»Nein, wir hatten einfach Lust, mal ein bisschen Großstadtluft zu schnuppern«, sagte Dominic. »Und da Minty in letzter Zeit so oft nach dir gefragt hat, dachte ich, wir machen mal einen Ausflug in die Großstadt und besuchen dich.«

»Gut, dann zeige ich euch erst einmal, wo ich wohne, und danach könnten wir ja etwas essen gehen.«

»Wir sind dir einen Schritt voraus«, sagte Dominic. »Minty wollte unbedingt mal probieren, ob französische Pommes anders schmecken als englische, also habe ich für uns einen Tisch in der Brasserie Rose reserviert, die ja gleich hier um die Ecke ist.«

Ich war zwar nicht sonderlich erpicht darauf, bei jedem Bissen an Michel erinnert zu werden, wollte aber keinen Aufstand machen, also sagte ich: »Klingt gut. Wo wir gerade darüber reden, merke ich, dass ich tierisch Hunger habe.«

Minty schob sich zwischen uns, und ihr Vater und ich nahmen sie bei den Händen und spielten mit ihr »Engelchen fliiiieg!«, wann immer sie in die Luft sprang. Und so legten wir fröhlich lachend den kurzen Weg zum Restaurant zurück.

KAPITEL 54

Speisen wie Gott in Frankreich

Die Brasserie Rose war sehr traditionell eingerichtet: karierte Tischtücher, das Besteck und die kleinen Weingläser auf Hochglanz poliert. Wir wurden an einen Tisch geführt und bestellten eine große Portion französische Pommes, dazu Steaks, Omelette und Salat. Minty kletterte auf meinen Schoß und klappte ihr Malbuch auf, und wir diskutierten gerade darüber, ob Cinderellas Kleid Türkis oder Knallpink angemalt werden sollte, als Michel an unseren Tisch trat.

»Daisy!«, rief er. »Willkommen in der Brasserie Rose!«

Nanu? Er hatte mich gar nicht darüber informiert, dass er wieder in London war. Aber gut, seine letzte Mail dümpelte auch schon seit einer Woche unbeantwortet in meiner Mailbox herum.

Minty rutschte artig von meinem Schoß und setzte sich auf ihren Platz, und ich erhob mich, um Michel zu umarmen.

»Dominic und seine Tochter haben mich vorhin vom Backkurs abgeholt«, erklärte ich, als ich den erstaunten Blick bemerkte, mit dem er meine Tischgenossen streifte. »Minty wollte mal original französische Pommes probieren.«

»Dann wollen wir hoffen, dass sie dir schmecken«, sagte Michel zu Minty und fügte mit einem Blick in ihr Malbuch hinzu: »Oho, da hat aber jemand Talent.«

Dominic war ebenfalls aufgestanden und schüttelte ihm die

Hand. »Freut mich, Sie wiederzusehen, Michel. Sie haben ja einiges durchgemacht in letzter Zeit.«

Michel nickte. »Stimmt, aber wie heißt es so schön? Unkraut vergeht nicht.«

»Wie schön, dass Sie wieder da sind«, bemerkte ich.

»Danke. Wir sind gestern Abend angekommen. Ich wollte Ihnen nachher einen Besuch abstatten.«

»Ah, Ihre Frau Mama ist also auch wieder im Lande?«

»Natürlich. Vielleicht sollte mein nächstes Buch *Nicht ohne meine Mutter* heißen.«

Ich lachte. »Und, alles klar so weit?«

»Ja, alles bestens. Es ist mir gelungen, meine Wohnung zu verkaufen. Das war in vielerlei Hinsicht eine gute Entscheidung.«

Ich schnappte nach Luft. »Was, Sie haben es tatsächlich getan?« Er hatte zwar erwähnt, dass er darüber nachdachte, aber ich hatte nicht damit gerechnet, dass er so schnell Nägel mit Köpfen machen würde.

»Warum so überrascht? Sie hatten mir doch dazu geraten«, sagte Michel.

»Ja, klar, aber das war doch nur ein Vorschlag … Und, haben Sie schon eine neue Wohnung?«

»Ja, eine deutlich kleinere im selben Viertel. Ehrlich gesagt fühle ich mich dort sogar irgendwie wohler. Und in Zukunft werde ich zur Abwechslung alle Räume tatsächlich benutzen.«

Dann kam das Essen, bei dessen Anblick uns sogleich das Wasser im Mund zusammenlief, und Michel entschuldigte sich, während wir uns unsere saftigen Sirloinsteaks einverleibten. Dazu gab es knusprige Pommes, ein köstliches Käseomelette und einen einfachen Salat mit reichlich Dressing. Danach brauchten wir natürlich noch Kaffee und Mousse au Chocolat.

Als wir aufstanden, um zu gehen, legte mir Dominic den Arm um die Taille. »Schön, dass du uns Gesellschaft geleistet hast.«

»Ich fand es auch schön«, erwiderte ich und sah zu ihm hoch. Und dann gab ich ihm, ohne groß darüber nachzudenken, einen Kuss auf den Mund.

Zu spät wurde mir bewusst, dass Michel hinter der Bar stand und zu uns rübersah.

KAPITEL 55

Ein erster Vorgeschmack

Im Laufe des Sommers tauschte ich unzählige E-Mails mit Dominic aus – kleine Ideen, Scherze und dergleichen mehr –, und dann, eines Tages im Frühherbst, schickte er mir eine Nachricht mit dem Betreff *Überraschung!* Mit heftig pochendem Herzen öffnete ich die angehängte Datei.

Sie enthielt das fertige Layout, und mir verschlug es fast den Atem, als ich das Cover erblickte. Es war fabelhaft geworden: eine Zeichnung von einer attraktiven jungen Frau in einem Bustier, die eine Tortenplatte mit einer Auswahl hübsch dekorierter Leckereien schwenkte. Darüber stand *French Fancy – Beziehungstipps von Lucy Lovecake.*

Zwischen den Textpassagen fanden sich immer wieder bezaubernde Illustrationen, teils koloriert, teils in Schwarz-Weiß gehalten, jede einzelne davon mit viel Liebe zum Detail gestaltet. Die Rezepte waren klar präsentiert und die Abbildungen der Kuchen und Torten eine Wucht, genau wie die Zeichnungen, die Lucy in allerlei Spitzenteddys und Seidenhemdchen zeigten und kein bisschen vulgär oder obszön wirkten, sondern auf eine unschuldige Art sexy. Da und dort waren »Top-Tipps« in herzförmigen Sprechblasen eingefügt. Der Gesamteindruck war ausgesprochen charmant.

Ich griff sofort zum Telefon, um Dominic anzurufen.

»Na?«, fragte er.

»Ich liebe es! Es ist perfekt!«, rief ich.

»Lass dir ruhig Zeit beim Durchlesen«, sagte er. »Du hast noch ein paar Tage, ehe es in den Druck geht. Das ist die letzte Gelegenheit, Änderungen vorzunehmen. Und dann kann's losgehen, Lucy Lovecake.«

»Okay. Sobald ich von meiner Wolke wieder runter bin, sehe ich es mir ganz genau an und melde mich bei dir. Aber vielen Dank schon mal. Ich bin begeistert.«

An einem meiner Voluptas-freien Tage kurz nach Michels Rückkehr aus Paris erhielt ich eine SMS von Clara: »*Michel war gerade hier! Er hat nach dir gefragt. Als ich ihm erklärt habe, dass du nicht mehr jeden Tag hier arbeitest, wollte er wissen, ob du einen anderen Job hast. Ich hab das Thema gewechselt. Kann sein, dass er dir demnächst einen Besuch abstattet, also überleg dir schon mal, was du ihm sagst, Süße! XXC*«

Ich sprang umgehend unter die Dusche.

Was soll ich ihm sagen, wenn er tatsächlich vorbeikommt? Dass ich ein Fernstudium angefangen habe? Aber in welchem Bereich? Mit Burnout kann ich wohl kaum argumentieren, wenn ich nur zwei Tage die Woche in einem Dessousladen jobbe. Es wäre doch reichlich unglaubwürdig, zu behaupten, dass mich der Verkauf von drei BHs pro Woche derart schlaucht.

Ich beschloss, einfach darauf zu hoffen, dass mir zu gegebener Zeit eine plausible Erklärung einfiel. Eine riskante Strategie, zugegebenermaßen.

Noch während ich mir die Haare föhnte, klingelte es.

Mist. Kein Make-up. Aber zumindest bin ich diesmal angezogen.

Es war Michel.

»Kommen Sie rein«, sagte ich. »Ich setze Teewasser auf.«

»Ich hatte schon ganz vergessen, wie gemütlich Sie es hier haben«, bemerkte er. »Vielleicht bringen Sie Teekannen und andere zerbrechliche Gegenstände lieber gleich in Sicherheit.«

»Mach ich. Schöne Überraschung, unser Wiedersehen neulich in der Brasserie.«

Er nickte. »Ja, das war in der Tat eine Überraschung. Haben Sie viel Kontakt zu Dominic?«

Beinahe hätte ich gesagt: »Eigentlich nur im Zusammenhang mit meinem Buch«, aber ich konnte mich gerade noch bremsen. *Argh!* Allmählich wurde mir die Heimlichtuerei echt unangenehm.

Ich sollte ihm einfach alles erzählen. Was soll schon groß passieren? Je länger ich es hinauszögere, desto schlimmer wird es.

»Hin und wieder«, sagte ich. »Wir sind sehr enge Freunde.«

»Das ist mir nicht entgangen«, brummelte Michel. Es klang missbilligend.

»Seine Tochter ist entzückend, nicht? Sehr tragisch, die Sache mit seiner Ehefrau.«

»Allerdings, ja. So etwas stimmt einen schon nachdenklich … Bei Geldsorgen hat man zumindest die Hoffnung, dass irgendwann alles wieder ins Lot kommt.«

»Stimmt.«

»Und Sie haben beschlossen, arbeitsmäßig etwas zurückzutreten?«, fragte er.

»Ähm, richtig.«

»Sie Glückliche.«

Belass es einfach dabei. Spar dir die Lügen. Wechsel das Thema.

Doch nein, ich musste unbedingt noch ein Schäuflein drauflegen. »Ich habe mich an einer Fernuniversität angemeldet«, verkündete ich.

»Ach, tatsächlich? Und, was studieren Sie?«

»Ich mache eine Ausbildung zur … äh …« Mein Blick streifte meinen Laptop, und weil ich vorhin eine Spam-Mail von einer Firma namens »Horse Rugs 4 You« erhalten hatte, die Pferdedecken verkaufte, sagte ich: »Pferdepflegerin.«

»Du meine Güte«, stieß Michel verdattert hervor. »Sie stecken wirklich voller Überraschungen.«

»Sie haben ja keine Ahnung …«

Ich überrasche mich auch selbst immer wieder.

Ich machte Tee und bereitete ihm etwas Früchtebrot zu, bestrichen mit Butter, die mir Mum von der Farm geschickt hatte.

»Mit Ihnen kann ich immer so offen und ehrlich über alles reden, Daisy«, stellte Michel fest, sobald wir uns am Esstisch gegenübersaßen.

Prompt fühlte ich mich mies. *Ich wünschte, ich könnte dasselbe behaupten. Ohne diese ganzen Notlügen wäre mir bedeutend wohler.*

Stattdessen gab ich die Hobbyphilosophin. »Ich glaube, dass niemand je die ganze Wahrheit sagt. Es ist vor allem wichtig, dass wir im Geiste aufrichtig sind, darauf kommt es wirklich an.«

Lass das Geschwafel, Daisy! Damit lenkst du die Aufmerksamkeit doch erst recht auf deine Schwindeleien, du Dumpfbacke.

»Und, was steht bei Ihnen in nächster Zeit so an?«, erkundigte ich mich.

»Nun, ich sollte dringend ein neues Buch schreiben, aber dafür fehlt mir die Disziplin.«

»Vielleicht brauchen Sie ja bloß einen neuen Ansatz. Wie wär's denn, wenn Sie die Form wechseln? Schreiben Sie doch eine Art Tagebuch!«

Er schüttelte den Kopf. »Ich sollte Sie damit nicht langweilen. Ich schätze, man kann sich nur vorstellen, was es bedeutet, ein Buch zu schreiben, wenn man es selbst schon getan hat.«

Ich nickte. »Ein bisschen wie Kinderkriegen.«

»Haben Sie denn Kinder?«

»Äh, nein.« Wenigstens das war nicht gelogen.

Er sah sich in der Küche um. Auf dem Tisch lag eine Ausgabe des Filmmagazins *Empire*.

»Wollen wir ins Kino gehen?«, schlug er vor.

»Gern«, sagte ich. »Jetzt gleich, meinen Sie?«

»Ja, jetzt gleich.« Er zückte sein Smartphone, um nachzusehen, welche Filme wo liefen.

Ich räumte den Tisch ab und trug vor dem Spiegel im Flur etwas Lippenstift auf.

Daisy, Daisy, du wirst deine Geheimniskrämerei noch bitter bereuen.

KAPITEL 56

Eine verräterische SMS und ein ominöses Paket

Als ich abmarschbereit war, sagte Michel: »Ich hatte ja gehofft, Sie hätten angefangen, an Ihrer Dessous-Kollektion zu arbeiten, aber ich schätze mal, davon haben Sie allmählich genug …«

»Irgendwie schon, ja.« *Uff. Themenwechsel, aber dalli!* »Und, was sehen wir uns an?«

»In diesem netten kleinen Filmkunstkino in der Nähe der U-Bahnhaltestelle ist eben ein neuer Film angelaufen. Ein Thriller mit dem Titel *Parabolas*.«

»Klingt gut. Gehen wir.«

Während wir Arm in Arm zum Kino spazierten, ließ Michel einen schlechten Witz nach dem anderen vom Stapel. Und mit schlecht meine ich nicht etwa gemein oder geschmacklos, sondern einfach bloß unfassbar albern. Im Kino kaufte er zwei Eintrittskarten und eine Tüte Erdbeerbonbons.

Als wir gleich darauf auf unseren Plätzen saßen und unsere Handys herauskramten, um sie auszuschalten, sah ich, dass mir Dominic eine SMS geschickt hatte. Ich überflog sie rasch.

»So viel Spaß hatte ich seit Jahren nicht mehr, Daisy. Ich denke heute schon den ganzen Tag an Dessous!«

»Okay, nicht weiter wichtig«, murmelte ich und machte das Telefon aus.

»Nicht weiter wichtig, *oui*«, höhnte Michel leicht angesäuert.

Mist. Hat er mitbekommen, von wem die SMS ist? Oder womöglich sogar mitgelesen?

Das wäre natürlich ungünstig, vor allem, nachdem ich vorhin behauptet hatte, ich hätte vom Thema Dessous die Nase voll.

Noch vor ein paar Monaten hätte ich überhaupt kein Problem damit gehabt, Michel Amiel anzulügen. Da hatte er noch keinerlei Recht darauf, zu erfahren, was ich so trieb. *Aber mittlerweile kennen wir uns besser, und er vertraut mir, und ich missbrauche dieses Vertrauen. Ich muss es ihm sagen.*

Nächstes Mal. Beim nächsten Mal erzähle ich ihm von Lucy Lovecake. Ganz sicher.

Ein paar Wochen später traf per Kurierdienst ein mysteriöses Paket in der Rosehip Lane 12B ein: eine hübsche hellblaue Schachtel, etwas größer als ein Schuhkarton und mit farblich abgestimmtem Satinband umwickelt, adressiert an Daisy Delaney.

Ein Paket für mich! Was mag das wohl sein?

Ich stellte es auf den Esstisch. Es war Ende Oktober, und Kitty und ich gönnten uns eine kleine Auszeit, nachdem wir in der Vorwoche noch fieberhaft einige allerletzte Änderungen an einigen Rezepten in meinem Buch vorgenommen hatten.

Mein zweiter Backkurs war zu Ende, und auch die Blog-Texte für das kommende halbe Jahr hatten wir fertiggestellt.

Kitty hatte schon einige Aufträge als Fotomodell absolviert und arbeitete den Rest der Zeit als Nanny für die Familie, die eine Etage über uns wohnte. Es hatte sich alles ganz wunderbar gefügt.

»Ich bin gespannt wie ein Flitzebogen«, sagte Kitty. »Na los, mach es auf!«

Ich zog an der Schleife und hob den Deckel an. Mein Herz klopfte zum Zerspringen.

»Ha! Meine Belegexemplare!«

Es war ein unheimlich befriedigender Moment.

Vor Aufregung zitternd und mit weichen Knien sank ich auf das Sofa, wagte es jedoch nicht, eines der Bücher aufzuschlagen und mir das Produkt meiner Arbeit anzusehen. Ich hatte monatelang geschrieben, getüftelt, korrigiert. Hatte jahrelang gehofft.

Was, wenn wir einen richtig großen, peinlichen Fehler übersehen haben?

Kitty hatte wesentlich weniger Bedenken. Beherzt nahm sie eines der zehn Bücher zur Hand, die sich samt einer Karte von Dominic in dem Karton befanden, und blätterte es durch.

»Und?«, fragte ich nach einer Weile. Ich wagte kaum zu atmen.

»Es ist perfekt. Mir ist jedenfalls kein Fehler aufgefallen. Alles tipptopp.«

Ich holte mir auch ein Exemplar, setzte mich damit aufs Sofa und vertiefte mich in die Betrachtung. Und als ich auf der letzten Seite angelangt war, brach ich in Tränen der Erleichterung aus.

»Es ist perfekt!«, schniefte ich.

Kitty begann ebenfalls zu weinen. »Ja, das ist es. Du hast es geschafft!«

»Wir haben es geschafft!«

KAPITEL 57

Der große Tag

Anfang November kam *French Fancy* auf den Markt. Zufällig war ich an diesem Tag mit Michel zu einem frühen Abendessen im Nobelrestaurant The Wolseley verabredet. Es machte mir nichts aus, dass ich nicht mit dem Erscheinen meines Buches angeben konnte. Ich freute mich einfach darüber, dass es auf dem Markt war. Und ich freute mich auf das Wiedersehen mit Michel.

Am Vormittag erhielt ich einen Blumenstrauß von Dominic – zartrosa Provence-Röschen mit Minze und Lavendel.

Die Zusammenarbeit mit dir ist die reinste Freude, Daisy. Ich hoffe, es folgen noch viele weitere gemeinsame Projekte.

X, Dominic

Ich rief ihn an.

»Hallo, Dominic! Danke für die Blumen. Danke für *alles.*«

»Das ist erst der Anfang, Daisy. Du musst weiter an Lucys Blog schreiben, und dann haben wir ja auch noch ein Ass im Ärmel – die große Enthüllung. Der Zeitpunkt dafür will wohlüberlegt sein. Wenn die Leute erst wissen, wer hinter Lucy Lovecake steckt, wird sich dein Leben von Grund auf ändern.«

»Ich hoffe nur, irgendjemand kauft das Buch.« Nun, da die hypothetische Phase endgültig vorüber war und *French Fancy* in den Geschäften stand, war der Augenblick der Wahrheit gekommen.

»Keine Sorge, wir hatten neulich achttausend Vormerker bei Amazon. Das ist schon mal ein gutes Zeichen.«

Achttausend? Ich schluckte.

»Im Ernst?«, fragte ich ungläubig. »Wow, das war mir nicht klar. Achttausend Leute interessieren sich für meine Beziehungstipps?«

»Jep. Und es werden bald noch viel, viel mehr. Schon allein, weil die Fans *French Fancy* über Twitter, Facebook und Co. zu einem Spezialpreis erwerben können. Aber man darf sich nie auf seinen Lorbeeren ausruhen, muss sich immer wieder neue Strategien überlegen. So habe ich es bei *Unter Hühnern* auch gemacht.«

»Sag mir einfach, was ich tun soll, und ich tu's«, versprach ich.

Dominic wollte wissen, was ich an diesem besonderen Tag vorhatte, und irgendwie widerstrebte es mir, ihm von meinem Date mit Michel zu erzählen.

Er wird mich bloß wieder daran erinnern, dass French Fancy *unser Geheimnis bleiben muss.*

»Ich werde es mir mit Kitty zu Hause gemütlich machen«, flunkerte ich. »Eventuell gehen wir abends essen.« Lügen, Lügen, Lügen.

»Klingt gut. Schade, dass ich so weit weg wohne.«

»Ja, es wäre schön, dich mal wiederzusehen.«

»Das lässt sich bestimmt einrichten. Jetzt heißt es erst einmal abwarten, wie sich die Verkaufszahlen entwickeln, und in ein, zwei Wochen entscheiden wir dann, ob eine kleine Sonderwerbeaktion für das Weihnachtsgeschäft nötig ist.«

Wieder einmal klang es, als wüsste er genau, was zu tun war. Ein beruhigendes Gefühl.

»Was schwebt dir denn so vor?«, fragte ich.

»Wart's ab. Wir haben da so einige Möglichkeiten.«

Kapitel 58

Der Rückzieher

Im Laufe der darauffolgenden zwei Wochen hatten Michel und ich noch mehrere weitere Verabredungen, eine schöner als die andere. Keine Ahnung, ob es an mir und meinem seelischen Hoch wegen *French Fancy* lag oder an ihm und der Tatsache, dass sich seine Lage etwas entspannt hatte. Wir gingen noch einmal ins Kino und sahen uns einen französischen Spielfilm aus dem Jahr 1970 mit dem Titel *Le Genou de Claire* an. Michel hatte den Arm um mich gelegt.

»Ich mag deine Knie«, flüsterte er.

Wir waren mittlerweile auch beim Du angelangt.

»Wie, nur die Knie?«, flachste ich.

»Die Oberschenkel auch.«

»Die hast du doch noch gar nicht gesehen!«

»Doch, hab ich.«

»Ach, stimmt ja, *damals* …« Ich wurde feuerrot.

»Richtig, damals, an jenem wunderbaren Tag, an dem du mich verzaubert hast.«

Eine ältere Dame hinter uns schnalzte mit der Zunge, und wir kicherten und stellten das Geflüster ein.

Ein paar Tage später wurden wir bei einem Spaziergang im Park von einem Schneesturm überrascht, und Michel bestand darauf, den Mantel auszuziehen und ihn mir umzulegen. Er blies mir eine Schneeflocke von den Haaren. Danach roch mein Pullover nach Michel, sodass ich es nicht übers Herz brachte, ihn zu waschen. Ich bekam ganz weiche Knie, wenn ich das Gesicht darin vergrub.

Mit jeder Begegnung kamen wir uns ein bisschen näher, und jedes Mal vertraute er mir weitere Einzelheiten über sein Leben an.

»So viel wie dir habe ich noch keiner Menschenseele erzählt!«, sagte er eines Abends beim Essen in einem kleinen Bistro in Knightsbridge, nachdem er mir bis ins kleinste Detail von seinem ersten großen Schwarm berichtet hatte. »Du dagegen bist das reinste Mysterium. Erzähl doch mal von dir. Von deiner Familie. Von deinen Hoffnungen und Träumen, deinen bisherigen Beziehungen. Ich will alles wissen.«

»Ich rede nicht gern über mich selbst«, erwiderte ich und krümmte mich innerlich vor Scham, während ich an meinem Handy herumfummelte.

Ich sollte endlich reinen Tisch machen. Er wird schon damit klarkommen. Wie soll es mit unserer Freundschaft weitergehen, wenn er nicht von Lucy Lovecake erfährt? Ich werde alles ruinieren.

»Aber es gibt da tatsächlich etwas, das du wissen solltest.«

Er hob beunruhigt eine Augenbraue. »Das klingt ja sehr ominös. Ist es etwas Unangenehmes?«

»Nein. Ich … ich wollte es dir schon die ganze Zeit sagen, aber ich habe es immer wieder hinausgeschoben.«

»Na, dann raus mit der Sprache.«

Ausgerechnet in diesem Augenblick meldete mein Telefon, das noch immer vor mir auf dem Tisch lag, dass ich eine SMS erhalten hatte. Der Name »Dominic« erschien deutlich sichtbar auf dem Display.

Wir starrten das Gerät an.

»Du musst es mir nicht sagen, wenn du nicht willst«, winkte Michel ab. »Dominic ist dein Geheimnis, stimmt's?«

Im weitesten Sinne entsprach das den Tatsachen. »Ja. Es tut mir leid. Wir stehen uns recht nahe«, sagte ich in dem Versuch, den Erhalt der SMS zu erklären und zugleich mein spontanes Beinahegeständnis rückgängig zu machen.

Dominic. Ich konnte seine Ermahnungen förmlich hören: »Erzähl Michel bloß nicht von Lucy Lovecake! Er wird dich hassen, wenn sich dein Buch gut verkauft, und er ist durchaus zu Sabotageakten fähig.«

Außerdem hatte ich irgendwie das Gefühl, mich Dominic gegenüber loyal verhalten zu müssen. Und zwar nicht bloß aus Dankbarkeit, weil er mich gerettet hatte, schließlich hatten auch noch andere Verlage Interesse an meinem Buch signalisiert. Nein, das war es nicht. Aber was war es dann? *Ich bin nicht in Dominic McGann verliebt, aber irgendetwas ist da zwischen uns. Wir sind ein super Team. Er ist zuverlässig und ehrlich.*

Michel wirkte gekränkt. »Warum gehst du mit mir aus, wenn du eine Beziehung mit Dominic hast? Ich meine, ich weiß, dass er dich liebt, das war offensichtlich, als ihr damals in der Brasserie wart, aber …«

»Dominic und ich sind nicht in einer Beziehung. Wir haben gemeinsame Interessen und verstehen uns gut, das ist alles. Aber ich will dir nicht verheimlichen, dass er eine große Rolle in meinem Leben spielt.« Uff. Ich redete ja ganz schön um den heißen Brei herum.

Wie kann man sich nur so dämlich anstellen!

»Was soll das bedeuten?«, hakte Michel nach. »Dass du mich nicht wiedersehen willst? Ich gehe nicht mit den Freundinnen anderer Männer aus. Das ist nicht mein Stil. Du hast die Wahl. Sei ehrlich zu uns beiden.«

O Gott, sag doch nicht so was! Ich fühlte mich schlechter denn je.

»Ehrlich gesagt genieße ich seine Gesellschaft ebenso sehr wie deine, aber für eine Beziehung bin ich im Moment nicht bereit.« Wenigstens das war nicht gelogen.

»Na ja, wenn du keinen von uns an der Nase herumführst, dann schadest du ja niemandem, oder?«

Oh, bitte, hör auf damit.

»Nein, vermutlich nicht.«

KAPITEL 59

Das Lügengebilde wächst

Danach hätte ich es taktlos gefunden, Dominics SMS zu lesen, obwohl ich darauf brannte, zu erfahren, was er mir geschrieben hatte. Vielleicht ging es ja um die Verkaufszahlen oder um die Werbeaktion für das Weihnachtsgeschäft, die er nun schon mehrfach erwähnt hatte.

Als ich auf die Toilette ging, sah ich nach.

»Es läuft großartig, Daisy! Über 15 000 verkaufte Exemplare in den ersten zwei Wochen! Trotzdem kann ein bisschen Extrawerbung vor Weihnachten nicht schaden. Branwell ist ebenfalls dieser Ansicht, ich hab vorhin mit ihm telefoniert. Ruf mich an, ich hab da eine Idee. Danke und bis bald. X, D«

Ich trug neuen Lippenstift auf und überlegte, ob ich ihn gleich zurückrufen sollte. Nein, ich war jetzt schon eine Weile weg, und wenn ich mich noch länger hier herumtrieb, nahm Michel bestimmt an, dass ich nur aufs Klo gegangen war, um mit Dominic zu chatten.

Ich rufe ihn nachher an oder morgen.

Michel wirkte abwesend, als ich zu unserem Tisch zurückkehrte.

»Alles okay?«, erkundigte ich mich.

»Ja. Ich habe über dich nachgedacht. Du bist und bleibst für mich ein Mysterium. Ich glaube, du hast noch mehr Geheimnisse vor mir.«

»Es gibt in der Tat so einiges, was du noch nicht über mich weißt«, sagte ich. »Mein Vater ist Farmer und ein in ganz Irland bekannter Pferdeflüsterer. Das war dir sicher neu, oder?«

»Allerdings. Was noch?«

»Ich habe einen Bruder namens Conor, der der tollste Mann auf Erden ist – zumindest seiner Ansicht nach.«

»Und deine Mutter? Du weißt so viel über meine Mutter …«

»Meine Mutter heißt Diana Delaney und ist Malerin. Sie malt hauptsächlich Pferde. Ich muss wohl nicht lange erklären, wie meine Eltern zueinandergefunden haben. Mum ist ein Freigeist. Eine wunderbare Mutter, aber oft sehr verträumt und distanziert.«

»Sie muss eine faszinierende Frau sein. Vielleicht hast du von ihr deine mysteriöse Seite geerbt.«

»Möglich wär's. Aber ich lege es nicht bewusst darauf an. Die Vorstellung, Geheimnisse vor dir zu haben, behagt mir nicht.«

»Du bist eben zurückhaltend. Vorsichtig. Das ist gut. Ich weiß nicht, warum ich andauernd den Drang verspüre, dir von meinem Leben zu erzählen. Sonst lüge ich alle an. Aber du kannst so gut zuhören, und du urteilst nicht über mich.«

Nachts lag ich allein in meinem Bett und spürte, wie sich mein Magen nervös zusammenkrampfte.

Du wirst die Freundschaft mit Michel noch ruinieren.

Sollte ich ihm schreiben? Nein. In derart haarigen Angelegenheiten war das keine gute Idee, das war selbst mir klar.

Ich versuchte, den Gedanken an meine Unaufrichtigkeit zu verdrängen.

Wir sind schließlich nicht verheiratet. Wir sind noch nicht einmal ein Paar. Und mein Buch hat oberste Priorität. Ich muss mich an Dominics Anweisungen halten.

KAPITEL 60

Eine glänzende Idee

Gleich am nächsten Morgen rief ich Dominic an.

»Entschuldige, dass ich mich gestern nicht mehr gemeldet habe, ich war mit einem Freund essen.«

»Ah. Kenne ich ihn?« Er lachte.

»Nein, den nicht.« *Die Lügen kommen dir täglich leichter über die Lippen, Daisy.*

»Sobald bekannt wird, wer diesen süßen, sexy Beziehungsratgeber geschrieben hat, wirst du dich vor Essenseinladungen kaum noch retten können.«

»Das könnte ein Problem werden. Ich bin auf Diät.«

»Das ist absolut unnötig! Du siehst toll aus, so wie du bist«, versicherte er mir.

»Und genau deshalb liebe ich dich.«

»Ha, schön wär's. So, nun zum Geschäftlichen. Wie bereits erwähnt bin ich der Ansicht, dass es an der Zeit ist für eine kleine Marketingoffensive …«

»Und wie sieht die aus?«

»Nun, am besten wäre ein Feature in einem Modemagazin, mit Fotos von Dessous und hübsch präsentierten weihnachtlichen Leckereien, dazu eine Überschrift nach dem Motto *Süß und sexy – kleine Gaben zum Fest der Liebe!* Wir bräuchten ein Model, ein paar Christstollenhäppchen, traditionelle Mince Tarts und irgendwas mit ordentlich Sahnecreme. Und natürlich eine Zeitschrift. Na, was sagst du? Hast du irgendwelche brauchbaren Kontakte?«

Ich überlegte. Die Idee war gut, genau das Richtige für unsere Zielgruppe, aber die Zeit war knapp.

»Na ja, Modemagazine planen in der Regel doch sehr lange im Voraus. Meinst du wirklich, wir haben noch eine Chance, in die Weihnachtsausgabe zu kommen? Es ist bereits Mitte November.«

»Zugegeben, wir sind spät dran, aber erfahrungsgemäß lassen die Verkäufe nach Weihnachten spürbar nach, deshalb sollten wir vorher möglichst viel mitnehmen.«

»Die Einzige, die uns da vielleicht helfen *könnte*, ist Claras Schwester Annabel. Sie arbeitet bei der *Elle*. Und was das Model angeht …«

»Dafür wärst du natürlich bestens geeignet, Daisy, aber ich gebe zu bedenken, dass wir deine Identität noch eine Weile unter Verschluss halten wollen.«

»Was, ich? Nie und nimmer, aber danke, Dominic, sehr süß von dir. Ehrlich gesagt dachte ich an Kitty. Sie hat die perfekte Figur dafür – groß und schlank, aber die nötigen Kurven für Dessous.«

»Klingt gut.«

»Als Erstes müssen wir herausfinden, ob die Leute von der *Elle* theoretisch mitspielen würden. Ich kontaktiere gleich mal Clara und melde mich dann wieder bei dir.«

»Okay. Wenn es irgendjemand schafft, dann du, Daisy.«

»Ich tu, was ich kann. Bye, bis später!«

Ich rief Clara umgehend an. Sie hatte die gleichen Bedenken wie ich.

»Puh. Annabel ist echt ein Miststück, aber für dich tu ich alles, Daisy. Und es könnte auch eine gute Promo-Aktion für Voluptas sein. Mal sehen, ob sie mit sich reden lässt. Wobei es für die Dezemberausgabe höchstwahrscheinlich bereits zu spät ist. Aber man kann nie wissen.«

»Stimmt. Einen Versuch ist es wert.«

»Ich werde sie nach allen Regeln der Kunst bezirzen, Süße, versprochen! Ich werde sie an das Kleid erinnern, das sie sich 1992 für den Oxford-Ball von mir geliehen hat, und wenn es sein muss, kann sie meinetwegen künftig jedes Jahr im August in unserer Villa in Frankreich urlauben.« Clara war ganz offensichtlich hochmotiviert.

Überhaupt war sie kaum wiederzuerkennen. Seit sie sich selbst um den Haushalt und alles andere kümmerte, hatte sie viel mehr Energie als früher. Sie sah glatt zehn Jahre jünger aus und benahm sich auch so.

Um die Zeit bis zu ihrem Rückruf sinnvoll zu nutzen, tigerte ich in der Küche hin und her und suchte schon mal die Ingredienzen für die Stollenhäppchen und allerlei andere weihnachtliche Köstlichkeiten zusammen. Außerdem würde ich eine Schokoladenrolle backen.

Etwa eine Stunde später klingelte mein Handy.

»Okay, Daisy«, sagte Clara. »Wir sollen morgen in einem Fotostudio in Shoreditch anrücken, samt Dessous, Backwaren und Model – du fragst doch Kitty, oder? Annabel meinte, sie wird Mandy Hinchcliffe buchen, das ist *die* Spezialistin für Make-up und Frisur. Außerdem wird ›Lucy Lovecake‹ ein Interview geben, ohne Foto natürlich. Ich habe Annabel erklärt, dass deine Identität bis auf Weiteres geheim bleiben muss.«

»Wow! Und wie sollen wir das alles bis morgen schaffen?«

»Na ja, wir müssen eben unsere Superkräfte aktivieren. Übrigens ist die Weihnachtsausgabe schon im Druck, aber Annabel meinte, wir kommen in die zweite Auflage – die *De Luxe*-Dezemberausgabe mit Banderole und Lucy-Lovecake-Special. Na, wie findest du das?«

Ich drehte eine Pirouette.

»Wahnsinn! Ich kann es noch gar nicht fassen. Ich schulde dir was, Clara. Dominic wird vor Begeisterung Purzelbäume schlagen.«

»Wir werden alle davon profitieren. Vorausgesetzt, Kitty ist bereit, in Unterwäsche zu modeln. Sie ist eigentlich eher schüchtern, oder nicht?«

»Das werden wir ja sehen. Wenn nicht, muss ich sie eben überzeugen.«

»Okay. Am besten kommt ihr beide noch heute Nachmittag vorbei, und dann überlegen wir gemeinsam, welche Stücke wir mitnehmen.«

»Gut. So gegen zwei? Ich sollte mich sofort ans Kuchenbacken machen.«

Kitty war noch im Bett. Ich beschloss, nicht lange zu fackeln, das war im Zweifelsfall sicher die beste Taktik.

»Möchtest du morgen in Unterwäsche für die *Elle* modeln?«, fragte ich.

»Ich? In Unterwäsche?« Sie rieb sich die Augen.

»Ja, du! Du hast eine Wahnsinnsfigur! Bitte, sag Ja!«

»Ich weiß nicht recht. Für die *Elle*, sagst du? Meinst du denn, die nehmen mich? Die sind doch sicher total anspruchsvoll.« Typisch Kitty, ihr Licht so unter den Scheffel zu stellen.

»*Bitte*, Kitty, sag Ja! Dank dieser Aktion wird sich *French Fancy* tausend Mal besser verkaufen! Ich weiß, du hast schon so viel für mich getan, aber es ist ja schließlich unser gemeinsames Projekt.«

Sie nickte entschlossen. »Okay, warum nicht? Gut, dass es schon morgen ist, sonst würde ich garantiert noch kalte Füße kriegen. Also, ziehen wir's durch!«

Ich umarmte sie. »Danke!«

Sie betrachtete ihre Oberschenkel. »Gibt es ein Wundermittel, das Zellulite in einem Tag wegzaubert?«

Dominic war wie erwartet hocherfreut, als ich ihm Bericht erstattete.

»Gut gemacht, Daisy! Das wird ein Riesenerfolg, wetten?«

»Ja. Die Fotos werden bestimmt toll, auch wenn wir dafür vermutlich die ganze Nacht durchackern müssen. Aber egal, es ist unheimlich aufregend!«

»Ach, Daisy, ich kann nur immer wieder betonen, wie viel Spaß mir die Zusammenarbeit mit dir macht. Ich kann mir ein Leben ohne dich gar nicht mehr vorstellen.«

Huch! Der geht ja ganz schön in die Vollen.

»Ich meine das Arbeitsleben«, schob er hinterher. »Wir sind ein hervorragendes Team.«

»Ja, das sind wir«, sagte ich. »So, und jetzt muss ich los. Ich melde mich!«

Als wenig später Michel anrief, steckte ich bereits mitten in den Vorbereitungen für das Fotoshooting.

Sorry, keine Zeit! Nicht einmal für einen französischen Starkoch!

KAPITEL 61

Mit vereinten Kräften

Wir verbrachten den ganzen Nachmittag in der Boutique. Clara hatte ihre Schwester überredet, uns Gesellschaft zu leisten. Annabel war bildschön und weit weniger zickig, als Clara immer behauptete.

»Danke, danke, danke!«, sagte ich zu ihr. »Ich weiß das alles wirklich zu schätzen.«

»Tja, das hat den Betrieb in der Redaktion ordentlich durcheinandergewirbelt, so viel steht fest. Wir sind eben alle Gewohnheitstiere. Aber ich dachte, hey, es muss doch möglich sein, dass ich für meine Schwester mal ein paar Fäden ziehe.«

»Und ich kann mich gar nicht oft genug dafür bedanken!«, sagte ich. »Das ist Kitty, das Model.«

»Hallo, Kitty, freut mich sehr. Großartig, ich werde gleich mal Mandy briefen. Hach, das wird klasse. Ich sehe es schon vor mir – edel, opulent, sexy. Perfekt für Weihnachten.«

Wir machten uns an die Auswahl der Dessous.

»Rot ist in diesem Fall natürlich ein Muss«, murmelte Clara nachdenklich.

»Und das Bustier mit den Rosenknospen dort drüben«, meldete sich Annabel zu Wort.

»Elfenbeinweiß fände ich auch passend«, sagte ich. »Welche Farbe wird der Hintergrund haben?«

»Ich habe karmesinroten Samt und goldenen Chiffon bestellt

und dazu jede Menge goldene Kerzenständer und einen sehr traditionell dekorierten Weihnachtsbaum. Das sollte für einen edlen Touch sorgen. Wollen wir hoffen, dass es funktioniert. Sonst stehen wir ohnehin auf verlorenem Posten.«

Danach werkelte ich den ganzen Abend fieberhaft in der Küche vor mich hin.

Mein Handy vibrierte. Der nächste Anruf von Michel. Ich konnte ihn leider nicht zurückrufen. Ich ertrug es einfach nicht mehr, ihn anzulügen.

So. Stollenhäppchen – fertig. Ab in die Tupper-Box.

Mince Tarts mit Puderzucker – fertig. Ab in die Tupper-Box.

Schokoladenrolle mit Sahnecreme – fertig. Ab in die Tupper-Box.

Frische Schokosahnetrüffel – fertig. Ab in eine kleine goldene Dose.

Um Mitternacht fiel ich todmüde ins Bett. Mein Smartphone hatte ich in den vergangenen Stunden keines Blickes gewürdigt. Am nächsten Morgen sah ich, dass nicht nur Michel, sondern auch Dominic nochmals angerufen hatte.

Ihr müsst leider warten, Jungs. Shoreditch, wir kommen!

Clara fuhr uns ins Studio. Ich sah aus wie eine Vogelscheuche – ungeschminkt, die Haare hastig zum Dutt gedreht, dazu Jeans, Rollkragenpulli und Parka. Auf meinem Schoß stapelten sich die Tupper-Boxen mit meinen Backwaren. Kitty thronte vorne auf dem Beifahrersitz, die Kapuze ihres getigerten Overalls tief ins Gesicht gezogen.

»Eine Erwähnung in der *Elle*! Das wird Voluptas garantiert eine Menge neuer Kunden bescheren«, stellte Clara fest.

Ich nickte. »Ja, ist das nicht toll, dass wir mit dieser Aktion einander helfen und zugleich davon profitieren?«

Das Shooting fand passenderweise in einem ehemaligen Fabrikgebäude statt, in dem früher offenbar Cracker und Kekse hergestellt wurden. Annabel hatte bereits voll auf Geschäftsmodus geschaltet und war nicht mehr ganz so locker-flockig drauf wie am Vortag.

»Sie führt sich schon wieder auf wie eine Schuldirektorin«, knurrte Clara.

»Denk einfach nicht an deine Würde, sondern an die Schulgebühren deiner Söhne«, riet ich ihr.

Das Team um Stylistin Mandy Hinchcliffe stürzte sich sogleich auf Kitty, während die Assistentinnen der Fotografin zwecks »Setaufbau« mit zwei Stoffballen anrückten. Die Fotografin selbst, eine resolute Frau namens Babsy, saß mit konzentrierter Miene vor ihrem Laptop, die Brille auf der Nasenspitze.

Ich öffnete die Tupper-Boxen mit den Backwaren und verteilte sie auf den goldenen Präsentiertellern und Tortenständern, die eine der Assistentinnen noch schnell bei Fenwick besorgt hatte. Um mich herrschte hektische Betriebsamkeit, alle rannten geschäftig hierhin und dorthin, befehligt von Annabel, die inzwischen ganz in ihrem Element war und alles bis ins kleinste Detail koordinierte.

Die Vorbereitung machte unheimlich viel Spaß, und die Zeit verging wie im Flug. Jemand brachte Kaffee, süße Teilchen und Sandwiches, die von den anwesenden Frauen so gut wie gar nicht angerührt wurden. Typisch Modebranche.

Dann erschien Kitty in dem mit Rosenknospen bedruckten Bustier, das hübsche Gesicht perfekt geschminkt, das schwarze Haar kunstvoll hochgesteckt. Kein Zweifel, die Aktion würde ein voller Erfolg werden.

KAPITEL 62

Das Shooting

»Etwas weiter links, Kitty!«, schrie Annabel.

»Immer mit der Ruhe«, bremste Babsy sie. »Sie ist eben kein Profi.«

»Kein Theaterstück ohne böse Hexe«, murmelte Clara.

»Tut mir leid«, rief Annabel. »Kitty, du bist ehrlich gesagt besser als viele professionelle Models. Ich nehm's nur so genau, weil du so toll aussiehst. Ich will einfach, dass es rundum perfekt wird. Ich werde den ganzen Tag rumzicken, und ich entschuldige mich schon jetzt dafür.«

Kitty lächelte nur milde. Verglichen mit dem, was sie bei Prim & Proper erlebt hatte, war das hier wohl das reinste Honiglecken.

»Du siehst sagenhaft aus, Kitty!«, rief ich.

»Das Kompliment kann ich leider nicht zurückgeben«, scherzte sie.

Ich zog eine Grimasse. »Ich weiß. Heute bin ich das hässliche Entlein *par excellence*.«

Bald wurde das Mittagessen geliefert – Hühnchen mit Mangosoße, Berge von Reis und eine große Schüssel grüner Salat. Wieder wurde kaum etwas davon angerührt, was Clara und mir ganz recht war. Mehr für uns!

Keine acht Stunden später war alles unter Dach und Fach. Kitty war erschöpft, aber die Fotos waren absolut erste Sahne, und das schon vor der Bearbeitung.

»Du bist zwar ein Biest, Schwesterherz«, sagte Clara, als wir uns das Ergebnis auf Babsys Laptop ansahen, »aber du bist ein geniales Biest. Meine Hochachtung.«

Beim Aufräumen verstaute ich das Bustier mit den Rosenknospen in meiner Tasche.

Ich bezahl's, wenn ich das nächste Mal in der Boutique arbeite. Wer weiß, vielleicht ergibt sich ja irgendwann eine Gelegenheit, es zu tragen.

KAPITEL 63

Geschenke und Geheimnisse

Zwei Tage später bestaunten Kitty und ich ungläubig das doppelseitige Lucy-Lovecake-Feature, das uns Annabel per E-Mail hatte zukommen lassen.

»Bin das wirklich ich?«, fragte Kitty atemlos.

Der Artikel war grandios geworden und führte mir vor Augen, dass mein Buch eine runde Sache war: die Dessous, die Leckereien, die Beziehungstipps. Unter dem ebenfalls sehr gelungenen Interview mit Lucy Lovecake folgte der entscheidende Hinweis: French Fancy *von Lucy Lovecake erhalten Sie für £ 9,99 im Buchhandel, bei Amazon oder unter www.bluebells.com.*

Als ich nachmittags mit Kitty auf der Suche nach Weihnachtsgeschenken durch das Viertel bummelte, lief uns Michel über den Weg.

»Ach, hallo, Fremde! Lange nicht gesehen!«, sagte er.

»Hi! Tut mir leid, dass ich mich noch nicht zurückgemeldet habe. Ich war schrecklich beschäftigt.«

»Das sagst du immer. Die Frage ist nur: Womit bist du beschäftigt? Mit dem Pferdepflegekurs?«

»Was für …? Ach so, ja, richtig. Und mit ein paar geheimen Missionen.«

»Ah, du bist Geheimagentin? Das erklärt so einiges.« Er beugte sich zu mir und flüsterte mir ins Ohr: »Und ich finde die Vorstellung sehr aufregend.«

Ich schenkte ihm ein geheimnisvolles Lächeln.

Es ist so einfach, Männern den Kopf zu verdrehen, wenn man keine Zeit für sie hat!

»Ich muss demnächst ins Stadtzentrum, um meine Weihnachtseinkäufe zu erledigen. Willst du mich nicht begleiten?«, fragte er.

»Gern.«

»Gleich morgen?«

Ich nickte. »Morgen könnte ich es einrichten. Hast du eine lange Liste?«

Er holte einen Zettel aus der Manteltasche. »Ja, hier.«

Maman.

Das war alles.

»Wir finden bestimmt etwas Schönes für sie«, sagte ich.

»Ich hole dich gegen zehn ab, in Ordnung?«

»Alles klar, bis dann!«

Danach verbrachten Kitty und ich den Abend damit, die Wohnung aufzuräumen und sämtliche Hinweise auf *French Fancy* (Belegexemplare, Ausdrucke von Rohversionen und so weiter) sorgfältig zu verstecken.

Ich sah zu, dass ich abmarschbereit war, als Michel kam, damit wir uns gleich auf den Weg machen konnten. Er wollte unbedingt nach Knightsbridge, wo er den perfekten Parkplatz kannte.

»Lass uns zu Harrods gehen.« Er sprach es »Arrods« aus. »Ich möchte dir ein hübsches Weihnachtsgeschenk kaufen.«

»Das ist lieb von dir, aber eigentlich brauche ich gar nichts«, wehrte ich ab.

»Wer redet denn von brauchen? Es muss doch etwas geben, was dein Herz begehrt.«

Ich lachte über die schmalzige Floskel, war aber nicht sicher, ob sie ironisch gemeint war oder nicht.

Wir schlenderten eine Weile durch das Kaufhaus.

»Ich kaufe dir, was du willst«, sagte Michel, ließ mir jedoch kaum je genügend Zeit, um mich in den diversen Abteilungen etwas umzusehen. Kosmetik, Parfüms, Handtaschen.

»Die finde ich hübsch«, sagte ich beim Anblick einer kleinen, mit Perlen bestickten Handtasche. So eine hatte ich mal als Kind gehabt.

»Die kostet bloß zwölf Pfund«, protestierte er.

»Aber sie gefällt mir.«

Er kaufte sie. »Okay. Lunch?«, schlug er vor.

»Gute Idee.«

»Ich esse gern im Restaurant in der Nähe der Buchabteilung«, sagte er.

»Ich vertraue da voll auf dein Urteil. Ich war noch nie bei Harrods essen«, gestand ich.

Wir fuhren in die zweite Etage.

»Lass uns noch einen Abstecher in die Buchabteilung machen«, sagte er. »Vielleicht findest du ja etwas, das dich interessiert. Und bei der Gelegenheit können wir auch mal nachsehen, ob sich meine alten Schwarten noch verkaufen oder ob die dafür abgeholzten Bäume umsonst gestorben sind.«

»Okay.«

In der Mitte der Abteilung standen ein wunderschöner Weihnachtsbaum und ein roter Samtsessel vor einem Pseudokamin, an dem Filzstrümpfe hingen.

»Ah, Geschenkempfehlungen«, sagte ich. »Komm, das sehen wir uns an.«

Ich trat zu dem Tisch neben dem Sessel, auf dem allerlei Neuerscheinungen präsentiert wurden, und dort, genau in der Mitte, erblickte ich – tadaaa! – einen großen Stapel von *French Fancy!* Mein Herz blieb beinahe stehen. Auf dem Schild daneben stand:

Unser Favorit
Das perfekte Geschenk für sie und ihn und zurzeit in aller Munde: *French Fancy*, empfohlen in der aktuellen Weihnachtsedition der *Elle*. Schlagen Sie zu, ehe es vergriffen ist!

»Hm, das reißt mich alles nicht sonderlich vom Hocker.« Ich wandte mich zum Gehen. »Wo sind die Kochbücher?«

»Moment noch.« Michel blieb stehen. »Was ist das da in der Mitte?«

Ich sagte nichts.

Geh weiter, Michel! Sieh nicht so genau hin, und nimm es um Himmels willen nicht in die Hand!

Er griff nach einem Exemplar.

Mist! Wenn er merkt, dass es bei Bluebells erschienen ist, denkt er bestimmt gleich an Dominic, und dann wird er zwei und zwei zusammenzählen – Dominics Nachrichten an mich, meine Anwesenheit beim Frühlingsfest …

Zum Glück sah mir die gezeichnete Lucy nicht zum Verwechseln ähnlich, und auch sonst wies nichts auf mich hin.

Cool bleiben, Daisy. Gefährlich wird es erst, wenn er den Artikel in der Elle *sieht. Er kennt Kitty. Und das Bustier mit den Rosenknospen.*

»Trivialer Ramsch wie das hier ist der Grund dafür, dass sich meine Bücher nicht mehr verkaufen. Alberner Schnickschnack, ›geschrieben‹ von jemandem, der höchstwahrscheinlich nicht die geringste Ahnung von Tuten und Blasen hat.« Er überflog den Rückseitentext und schnaubte verächtlich. »Lucy Lovecake. Dahinter steckt garantiert jemand, der nicht damit in Verbindung gebracht werden will. Womöglich sogar eine Truppe Verlagslektoren. Was für ein Witz.«

Ich zuckte mit gespielter Gleichgültigkeit die Schultern und ging in die Kulinarik-Abteilung.

Mir schwindelte, und in meinem Kopf schwirrten unzählige Gedanken umher: *Dominic hatte recht! Jedes Buch der Konkurrenz bringt Michel auf die Palme, selbst wenn es noch so anders und unbedeutend ist.* Dann dachte ich: *Eigentlich sollte ich jetzt stolz auf mich sein. Meine Bücher bei Harrods – was für ein Tag!* Am liebsten hätte ich auf der Stelle Dominic, Kitty, Mum und Dad angerufen.

Erzähl Michel einfach, dass du es geschrieben hast. Wenn du es nicht tust, wird es immer schlimmer, und irgendwann gibt es kein Zurück mehr, Daisy.

Michel folgte mir zu den Kochbüchern. Es dauerte eine Weile, bis wir zwei Exemplare aus der Reihe *Die klassische französische Küche* ausfindig gemacht hatten.

»Sieh nur, wie verstaubt die sind«, zischte er. »Als hätten sie hier schon im Regal gestanden, als es noch Dinosaurier in Knightsbridge gab.«

»Dein Manager sollte mal ein ernstes Wörtchen mit den zuständigen Leuten hier reden. Deine Bücher gehören auf den Weihnachtstisch da vorn.«

»Stimmt. Eine Schande ist das. Kein Wunder, dass ich Probleme habe«, knurrte er.

Fakt war: Michel Amiel war passé, und das nicht erst seit seiner dramatischen Abreise in Polizeibegleitung vor ein paar Monaten. Doch ich hatte nicht den Mut, ihm das zu sagen.

»Michel, du brauchst dringend einen Twitter-Account. Wenn du willst, gebe dir ein bisschen Starthilfe. Ich möchte wetten, du hast binnen kürzester Zeit ein paar Millionen Follower. Und du kannst mit jedem einzelnen direkt in Kontakt treten. Du wirst sehen, es macht echt Spaß.«

Er schien zu überlegen.

»Gut, ich werde darüber nachdenken«, sagte er schließlich. »Und jetzt lass uns essen gehen.«

KAPITEL 64

Das große Rätselraten beginnt

Das Weihnachts-Feature in der *Elle* blieb nicht ohne Folgen. Andere Medien griffen das Thema auf und fragten: Wer ist diese Lucy Lovecake eigentlich? Schon bald gab es weitere Artikel. *Daily Mail, The Telegraph, The Sun, The Guardian, The Evening Standard, The Times.*

Dominic rief an. »Es klappt alles wie am Schnürchen, Daisy. Wir werden förmlich mit Anfragen bombardiert. Alle wollen wissen, wer wirklich hinter Lucy Lovecake steckt. Meinetwegen kann es jederzeit losgehen. Ich hab quasi schon den Finger am Abzug.«

»Wow. Dass es so schnell geht, hatte ich nicht erwartet. Es ist echt unglaublich. Sogar bei Harrods habe ich *French Fancy* neulich gesehen!«

»Großartig! Was hast du denn bei Harrods getrieben?«

»Weihnachtseinkäufe.«

»Was machst du eigentlich an Weihnachten, Daisy?«, fragte er.

»Weiß ich noch nicht genau. Meine Eltern fliegen zu meinem Bruder nach New York. Wahrscheinlich begleite ich sie. Was steht bei euch auf dem Programm?«

»Nicht viel. Minty und ich werden uns mit den Hunden und den Hühnern unter dem Baum versammeln.«

»Das klingt sehr gemütlich«, sagte ich etwas wehmütig.

»Du bist hier jederzeit willkommen, falls du dich gegen New York entscheiden solltest.«

»Das ist lieb von dir, danke. Ich überleg's mir und gebe dir in ein paar Tagen Bescheid, ja?«

»Gut. Also, was hältst du davon, wenn wir das Geheimnis um Lucy Lovecake schon jetzt lüften, um das Weihnachtsgeschäft so richtig anzukurbeln?«

Sein Vorschlag traf mich unerwartet.

Ich war so stolz auf mich und hätte nichts lieber getan, als sofort herauszuposaunen, dass ich hinter dem Pseudonym Lucy Lovecake steckte. Und es war frustrierend, ja, bisweilen schlicht unerträglich, dass ich mich noch zurückhalten musste.

Aber was ist mit Michel? Den sehe ich dann garantiert nie wieder.

Ich hatte lange gehofft, dass meine anfängliche Abneigung gegen Michel zurückkehren würde. Dass mir egal sein würde, was er von mir und meinem Leben hielt. Doch das Gegenteil war der Fall. Ich mochte ihn immer lieber.

»Ich finde, wir sollten nicht gleich alle Register ziehen«, sagte ich. »Lass uns lieber noch etwas abwarten, ehe wir diese Trumpfkarte ausspielen. Du hast doch gesagt, Anfang des Jahres sei eine Flaute vorprogrammiert.«

»Ist gut. Ich dachte nur, jetzt fällt es dir bestimmt noch schwerer, dein Geheimnis für dich zu behalten, zumal das Fotoshooting bei Kitty ja einen regelrechten Boom ausgelöst hat.«

»Ja, und das freut mich riesig für sie«, sagte ich. Alle wollten wissen, wer das Model war. Ich war sehr stolz auf meine Mitbewohnerin.

»Ich finde es beeindruckend, wie loyal du deinen Freunden gegenüber bist, Daisy. Du bist wirklich ein toller Mensch.«

Nein, das bin ich nicht. Ganz und gar nicht.

KAPITEL 65

Umwerfende Neuigkeiten

Nach all den Verstrickungen in London war Weihnachten in New York eine willkommene Auszeit für mich gewesen. Kitty hatte mir zwar gefehlt, aber dafür hatte ich an Silvester zur Abwechslung endlich einmal nicht das bedrückende Gefühl gehabt, dass mein finanzieller Untergang unmittelbar bevorstand. Ein Jahr war vergangen, seit sich mein Leben radikal geändert hatte. Und hier saß ich nun, an einem trüben, grauen Freitag Mitte Januar, und schrieb an meinem zweiten Lucy-Lovecake-Buch. Es trug den Arbeitstitel *Tortellini für Turteltäubchen* und enthielt statt Backrezepten deutlich mehr Rezepte für Hauptgerichte

Kitty war mit ihrer Agentin bei einem Fotoshooting, und draußen dämmerte es bereits, als mein Smartphone klingelte.

Ich schnappte es mir erfreut, dankbar für die Ablenkung.

Es war Dominic. *Sehr gut. Ich kann guten Gewissens behaupten, dass ich an Band zwei arbeite.*

»Hallo Dominic! Alles klar?«

»Ja, alles bestens, danke, und bei dir?«

»Auch.«

»Wappne dich, Daisy, ich habe Neuigkeiten«, verkündete er mit kaum verhohlener Aufregung.

»Gute oder schlechte?«, fragte ich pro forma.

»Gute. Sehr gute sogar. Vielleicht die besten überhaupt.«

»Erzähl, erzähl!«, rief ich ungeduldig.

»Bist du bereit? Also: *French Fancy* wird dieses Wochenende auf Platz sechs der Bestsellerliste der *Sunday Times* stehen.«

Bisher dachte ich immer, der Ausdruck »vor Schreck umfallen« sei bloß im übertragenen Sinne gemeint, doch in diesem Moment ging ich tatsächlich zu Boden. Meine Knie wurden weich wie Pudding und waren nicht mehr in der Lage, meinen Körper zu stützen, insbesondere meinen Kopf, der auf einen Schlag tonnenschwer geworden war.

Dominic musste den Plumps gehört haben, denn ich hörte wie von weit her seine alarmierte Stimme. »Daisy? Daisy!«

Ich tastete nach meinem Handy, das mir entglitten war, und hielt es mir ans Ohr. »Ja?«, hauchte ich benommen.

»O Gott, hast du dich verletzt? Das wollte ich nicht!«

Ich räusperte mich. »Keine Sorge, es geht mir gut.«

»Du weißt, was das bedeutet, oder?«, fragte er.

»Dass es Zeit ist?«

»Ja.«

»Wie sieht dein Plan aus?«

»Ich habe beschlossen, dich bei einer Signierstunde bei Harrods der Öffentlichkeit zu präsentieren.«

»Oh. Wann denn?«

»In gut drei Wochen, am Valentinstag. Das ist die ideale Gelegenheit«, erklärte er und erwartete offenbar einen Freudenschrei oder Ähnliches.

»Gute Idee«, sagte ich matt.

Dominic lachte. »Das klingt ja nicht sonderlich erfreut.«

»Entschuldige. Ich bin begeistert. Es ist nur … Na ja, das ist das Ende einer Ära. Danach ist es mit meiner Anonymität vorbei. Es hat durchaus Vorteile, unerkannt einkaufen gehen zu können. Ohne dass es jemanden kratzt, dass ich Kartoffelsuppe mit Lauch koche.«

»Okay, aber du wirst auch jede Menge Spaß haben, Daisy. Du wirst beides sein, Lucy Lovecake und Daisy Delaney. Und du wirst endlich dein tolles Buch feiern können, gemeinsam mit deinen Freunden und deiner Familie.«

»Wo wirst du die Signierstunde bewerben?«, fragte ich. »Es sollen ja schließlich möglichst viele Leute kommen.«

»Natürlich. Wir werden eine Pressemitteilung rausgeben und persönliche Einladungen verschicken, dazu eventuell ein Banner mit der Aufschrift *Meet Lucy Lovecake* auf Facebook, Twitter und Co. Die Bude wird bestimmt rappelvoll sein.«

»Also gut. Bekennen wir Farbe. Sag mir, was ich sagen soll, was ich anziehen soll, wie ich auftreten soll. Gott, ich bin jetzt schon total aufgeregt.«

Eine gute Woche später rief Michel an und lud mich zu sich nach Hause ein.

»Ich möchte für dich kochen. Morgen Abend. Meine Mutter ist in Paris, sie besucht ihre Schwester Martine. Auch Geheimagentinnen müssen verwöhnt werden.«

»Gern«, sagte ich. »Soll ich einen Nachtisch mitbringen?«

»Nein, ich werde mein Kirsch-Clafoutis für dich machen. Dann also bis morgen. So gegen sieben?«

»Alles klar. Bis dann.«

Am Tag darauf dachte ich lange über die Konsequenzen nach, die es haben würde, wenn das Geheimnis um *French Fancy* erst gelüftet war. Ja, ich konnte es kaum erwarten, überall damit zu prahlen, aber ich musste dafür meine Freiheit opfern – und die Freundschaft zu Michel.

Sieh es ein, Daisy. Du liebst ihn.

Ich war schrecklich unentschlossen, was mein Outfit anging, und tigerte eine ganze Weile kopflos in meinem Zimmer umher in dem Versuch, mich für einen Look zu entscheiden. Französischer

Chic oder verspielter Country Style? Oder ein Kleid von Pippa Cavanaugh? Am Ende fiel meine Wahl auf Jeans und eine hübsche Bluse. Ehe ich loszog, kehrte ich noch einmal in mein Zimmer zurück und zog unter der Bluse mein neues Bustier an, das mit den Rosenknospen, das auch Michel so gut gefallen hatte, als er damals in der Boutique gewesen war.

Ich hoffe, es bringt mir Glück.

Mit zitternden Fingern drückte ich wenig später auf die Klingel neben seiner Haustür.

Er musste schon im Flur auf mich gewartet haben, denn die Tür schwang sofort auf.

»*Yes, mylady*«, säuselte er, um eine britische Aussprache bemüht, und deutete eine Verbeugung an.

»Wohnt hier ein Gentleman namens Monsieur Amiel? Er hat mich zum Abendessen eingeladen«, sagte ich.

»Ein Gentleman?«, wiederholte er.

Ich lachte. »Stimmt, das ist ziemlich weit hergeholt.«

Er küsste mich auf beide Wangen und dann auf die Lippen, und zwar deutlich länger, als es ein Gentleman getan hätte.

»Tja, da wären wir nun«, sagte ich, nachdem er mir den Mantel abgenommen hatte.

Er nickte. »Kein Aufpasser diesmal. Heute gehörst du ganz allein mir, meine bezaubernde Geheimagentin.«

Er trat näher und schloss mich fest in die Arme.

»Dir ist hoffentlich klar, dass sich Geheimagentinnen dank ihrer Entfesselungstricks aus jeder noch so misslichen Lage befreien können.«

»Außer wenn sie auf einen ebenbürtigen Gegenspieler treffen.«

Ich tauchte unter seinen Armen hindurch. »Jetzt musst du mir erst einmal beweisen, dass du wirklich kochen kannst. Ich bin am Verhungern.«

Fasziniert verfolgte ich, wie er einen Crêpeteig anrührte, wobei er die Eier fachmännisch mit einer Hand aufschlug, und dann für die Füllung mit flinken Fingern Hühnerfleisch, Spargel und Pilze würfelte. Dabei redete er ohne Unterlass, beispielsweise davon, was er vor seinem Tod noch alles sehen und erleben wollte: über den Grand Canyon fliegen, die Nordlichter sehen, eine Amish-Siedlung besuchen. Mir wurde bewusst, dass ich mich dabei an seiner Seite sah.

»Ich habe also noch viel vor«, schloss er. »Wobei mir laut meinem Arzt nicht mehr allzu viel Zeit dafür bleibt, wenn ich so weitermache.«

»Warum achtest du nicht mehr auf deine Gesundheit?«

»Ich weiß es nicht. Ich führe dieses ausschweifende Leben eben schon viel zu lange.«

Ich fand ihn richtig süß, wenn er so war wie jetzt. Ganz anders als der ungehobelte Rüpel, den er in der Öffentlichkeit so oft gab.

»Hast du Kinder?«, fragte ich.

Er schüttelte den Kopf. »Nicht, dass ich wüsste jedenfalls. Das ist nichts für mich. Was für ein Vorbild würde ich denn abgeben?«

Er löschte Fleisch und Gemüse mit etwas Weißwein und Sahne ab.

»Du bist eine echte Inspiration, wenn du dich zur Abwechslung mal nicht aufführst wie ein Idiot«, bemerkte ich.

»Vielen Dank für das charmante Kompliment.« Er trat zu mir und sah mir in die Augen, dann strich er mir mit einer Hand über das Haar und küsste mich sehr zärtlich auf die Stirn.

Ich musste unwillkürlich lächeln.

Seine pikanten Crêpes waren köstlich. Sehr retro und sehr französisch.

»Danke. Das war großes Kino«, seufzte ich nach dem letzten Bissen. »Und jetzt kommt das Clafoutis?«

»Äh, ja. Und danach gehen wir nach oben?«

Ich hatte große Lust, genau das zu tun. Unbändige Lust. Aber ich wollte nicht mit Michel ins Bett gehen, ehe ich ihm reinen Wein eingeschenkt hatte.

»Sollte auch das Dessert meine Zustimmung finden, komme ich mit.«

Das Clafoutis war perfekt. Es zerging einem förmlich auf der Zunge, ein federleichter und zugleich unfassbar befriedigender Genuss.

»Ich muss sagen, das war *superb*«, verkündete ich.

Michel zwinkerte mir zu. »Das freut mich zu hören.« Er nahm meine Hand. »Folge mir unauffällig.«

Jetzt war ich es, die verzaubert war, betört von ihm und von dem wunderbaren Essen, das er für uns gemacht hatte.

Vergessen war Lucy Lovecake.

Ich folgte ihm schweigend über die prachtvolle Treppe in die obere Etage. Er führte mich in sein Schlafzimmer, und dort küssten wir uns, seine nach Kirschen schmeckenden Lippen drängend und zärtlich zugleich. Beim Anblick des Bustiers mit den Rosenknospen lächelte er.

»Seit dem Tag, an dem ich in eurer Boutique war, träume ich davon, dich darin zu sehen.«

KAPITEL 66

Gewissensbisse

»Na, zufrieden?«, fragte Michel tags darauf gegen Mittag. Wir lagen noch immer im Bett.

»Sehr.«

Mal abgesehen von der Tatsache, dass Michel jetzt nicht mehr bloß mein Freund war, sondern mein Lover – ein Mann, den ich verehrte und der mir vertraute und sich mir geöffnet hatte. Und ich hatte ihn immer und immer wieder belogen. *Ich bin ein ehrloses, abscheuliches Monster.*

Und was würde wohl Dominic dazu sagen, wenn er es wüsste?

Ich schauderte.

»Daisy?«, sagte Michel.

Ich legte den Kopf auf seine Brust. »Ja?«

»Bringst du mir das Twittern bei? Bitte.«

»Ach, deshalb hast du mich also zum Essen eingeladen!«, rief ich mit gespielter Entrüstung.

Er lachte. »Sag bloß, du hast gedacht, ich hätte es aus reiner Freundschaft getan!«

Okay, das verlangt nach einer Kissenschlacht.

Den Rest des Tages verbrachten wir damit, auf mehreren sozialen Netzwerken Accounts für ihn einzurichten.

»Fang mit den einfachen Sachen an. Facebook und Twitter, eventuell Instagram«, riet ich ihm. »Ich gehe davon aus, dass sich die meisten deiner Fans auf diesen Plattformen tummeln.«

»Wie du meinst.«

»Gut. Also, Nummer eins: Twitter.« Ich meldete ihn an, samt Foto und einem Bild von einem seiner Kochbücher.

»Das ist deutlich einfacher, als eine Webseite zu erstellen und zu pflegen«, bemerkte er. »Und wie finden mich die Leute?«

»Nichts leichter als das«, sagte ich. »Siehst du? Du hast bereits die ersten Follower.«

»Im Ernst? Und wer sind diese Leute?«

»Na, irgendwelche Leute eben. Fans.« Und es wurden sekündlich mehr.

»Das gibt's doch gar nicht«, staunte er. »Haben die denn nichts Besseres zu tun? Sind das irgendwelche Nerds, die nur noch vor dem Computer hocken, auf der Flucht vor der Realität?«

»Das ist heutzutage die Realität. So, jetzt könntest du etwas posten. Mal sehen, wie die Reaktionen darauf ausfallen. Aber fass dich möglichst kurz, ja? Was möchtest du schreiben?«

»Dass ich verliebt bin!«

Ich lief rot an. »Nein, etwas zum Thema Essen«, sagte ich lachend. »Schreib etwas über deine Bücher oder deine Arbeit. Na los. Re-Branding ist das Stichwort.«

»Okay. Wie wär's mit dem Rezept für die Crêpes, die wir gestern gegessen haben?«

»Gute Idee. Also, klick einfach in dieses Kästchen hier und leg los. Vergiss nicht zu erwähnen, dass die Zubereitung ganz schnell und simpel ist und dass die Frauen darauf stehen.«

Er machte sich ans Werk, und ich verfolgte, wie er den Text eintippte (oder eher hämmerte).

Ich bin verliebt! Meine Freundin war sehr begeistert von meinen pikanten Crêpes, deshalb kommt hier das Rezept dazu. Bon appétit!

Oh, Gott, dachte ich entsetzt. *Seine Freundin! Das wird ja immer schlimmer! Was bin ich bloß für eine hinterhältige Person? Sag es ihm, Daisy! Jetzt, auf der Stelle!*

Aber ich schaffte es nicht. Ich sah ihm nur schweigend zu.

Im Anschluss kopierte er den Link zu dem Rezept auf seine Webseite.

»Na, wie findest du das?«

»Sehr süß. Jetzt müssen wir nur noch abwarten.«

»Was denn?«

»Die Reaktionen.«

»Okay, Boss.«

Ich spähte auf den Bildschirm. »Wow, schon 78 Likes.«

»Echt? So schnell geht das? Cool. Das macht echt Spaß.«

»Sag ich doch. Siehst du, da kommen schon die ersten Kommentare. Wenn du willst, kannst du darauf antworten. Aber überleg dir immer gut, was du schreibst, und geh niemals online, wenn du betrunken bist, hörst du?« Ich sah auf die Uhr. »Ich muss demnächst los, aber ich erkläre dir noch kurz, wie das mit den Re-Tweets funktioniert und wie man jemandem folgt.«

»Warum musst du gehen? Steht mal wieder eine geheime Mission an?«

»Genau. Ich habe zu tun. Ich bin sehr beschäftigt.«

»Aber laut Clara arbeitest du nur noch zwei Tage die Woche in der Boutique. Du hast noch einen anderen Job, stimmt's? Machst du dich selbstständig oder so? Das mit dem Fernstudium kaufe ich dir nicht ab. Also, was ist es? Du kannst mir alles sagen, Liebling.«

Stöhn. »Ich will aber nicht darüber reden. Besser gesagt, ich darf nicht.«

Daisy, das ist der Moment, auf den du gewartet hast. Ihr wart euch noch nie so nah, und er ist bestimmt nicht allzu lange böse auf dich. Er wird dir verzeihen. Du warst schließlich immer freundlich und hilfsbereit zu ihm. Nun mach schon! Raus damit!

Aber ich brachte es nicht über mich. Nicht jetzt, nach unserer ersten gemeinsamen Nacht. Sie war so zauberhaft gewesen, und ich wollte sie noch eine Weile so in Erinnerung behalten, wollte nicht gleich alles ruinieren, auch wenn ich mich dafür hasste, dass ich ihn hinters Licht führte.

»Ich möchte dich bald wiedersehen«, sagte Michel. »Morgen habe ich einen Zahnarzttermin und übermorgen einen Fernsehauftritt, aber vielleicht danach?«

»Gern. Ich melde mich.«

Ich lade ihn einfach nächste Woche mal zum Essen ein, und dann sage ich es ihm und flehe ihn um Verzeihung an, und danach gehen wir miteinander ins Bett, und alles wird gut.

KAPITEL 67

Unsoziale Medien

Zwei Tage später brach das Chaos über mich herein. Ein Follower von Lucy Lovecake postete einen empörten Kommentar auf ihrer (meiner!) Facebookseite: »Michel Amiel ist eine unprofessionelle Arschgeige. Ehrlich gesagt dachte ich, er sitzt in Paris im Knast! Ignorier diesen strunzdummen Franzosen einfach, Lucy!«

Hm. Was mag es damit auf sich haben?

Ich klickte auf den dazugehörigen Thread. Er führte zu einem Video – offenbar ein Ausschnitt aus der Sendung *This Morning*, in der Michel erst vor ein paar Stunden zu Gast gewesen war. *Gut sieht er aus*, dachte ich mir, während das Interview lief.

»Vielen Dank, Michel, dass Sie bei uns waren. Es ist schön zu hören, dass Sie nach den … ähem … unsicheren Zeiten bis auf Weiteres in Großbritannien bleiben werden«, sagte Georgie, die Moderatorin, gegen Ende des Gesprächs und klimperte mit den Wimpern.

Michel wollte sich schon erheben, doch sie hielt ihn zurück: »Einen Moment noch, bitte … Unsere Zuschauer haben uns via Twitter ein paar Fragen an Sie geschickt. Würde es Ihnen etwas ausmachen, sie zu beantworten?«

»Aber nein, ganz im Gegenteil«, sagte Michel. *Sieh an, sein Benehmen ist ja zur Abwechslung mal vorbildlich.*

Allerdings musste er etwas Fieses über Lucy Lovecake gesagt

haben. Nur was? Allmählich hielt ich die Anspannung kaum noch aus.

Schließlich las Georgie die Frage einer gewissen Anna vor: *Haben Sie* French Fancy *schon gelesen?*

Michel konnte den Titel sofort zuordnen. »Auf den Rat einer lieben Freundin hin habe ich mir kürzlich einen Account bei diesem Twitter« – er zog das *i* in die Länge – »eingerichtet, und seither lese ich ständig von diesem verd… äh, von diesem Buch«, stellte er mit grimmiger Miene fest. »Ich habe es mir bei Harrods angeschaut. Es ist kein echtes Kochbuch, sondern eine Frechheit. Eine Verarsche, geschrieben von jemandem, der sich offenbar so dafür schämt, dass er oder sie es nicht einmal unter dem echten Namen veröffentlichen wollte.«

Nun schaltete sich Georgies Co-Moderator Simon ein. »Aber es ist durchaus unterhaltsam«, wandte er ein. »Und es ist doch legitim, dass es ganz unterschiedliche Arten von Kochbüchern auf dem Markt gibt. Außerdem passen die Themen Beziehung und Backen ganz gut zusammen, finden Sie nicht? Nicht umsonst heißt es »Liebe geht durch den Magen« – Essen ist ein sinnliches Erlebnis und oft mit romantischen Erfahrungen verknüpft.«

Danke, Simon!

»Ich wurde nach meiner Meinung gefragt, und ich sage: Bitte lassen Sie die Finger davon«, beharrte Michel. »Kaufen Sie lieber ernst zu nehmende, qualitativ hochwertige Kochbücher, aus denen Sie etwas lernen können. Bücher von jemandem, dem es ums Kochen geht und nicht um Romanzen.«

Jetzt übernahm wieder Georgie das Ruder. »Tja, klare Worte von Michel Amiel zum aktuellen Bestseller *French Fancy*. In der nächsten Frage geht es um Ihre Kochschule, Michel. Harriet möchte wissen, ob es stimmt, dass Sie im Frühjahr weitere Filialen im ganzen Land eröffnen werden.«

»Ja, das ist richtig«, sagte Michel stolz.

Mein Handy vibrierte, und ich hielt das Video an.

Das ist bestimmt Branwell. Oder Dominic. Oder beide.

Ich war wie vor den Kopf gestoßen nach Michels hasserfüllten Kommentaren über mein Buch. *Wie kann er es wagen! Zugegeben, er weiß gar nicht, dass es mein Buch ist. Wie soll er mir gegenüber loyal sein, wenn er keine Ahnung hat, dass ich es geschrieben habe?*

Trotzdem ließen meine Gewissensbisse gleich ein klein wenig nach in Anbetracht des missgünstigen Verhaltens, das er gegenüber einem für ihn wildfremden Menschen an den Tag gelegt hatte. Er wusste doch gar nicht, wen er da beleidigte! Es hätte jedermann sein können!

Vor allem jedoch störte mich Michels Aufruf, man solle statt *French Fancy* lieber ein ernst zu nehmendes Kochbuch kaufen. *Er tut ja gerade so, als hätten alle Menschen den Wunsch, Meisterköche zu werden! Natürlich soll ein Buch zum Thema Kochen lehrreich sein, aber es darf darin doch genauso um Genuss und Verführung gehen, oder?*

Ich griff nach meinem Handy. Wie ich vermutet hatte: Mein Agent und mein Verleger hatten sich gemeldet. Dominic hatte mir eine ellenlange Nachricht geschickt:

Hey, erreiche dich leider nicht … Hast du den Clip von This Morning schon gesehen? Hat auf Twitter einen regelrechten Shitstorm verursacht. Bereits 780 Posts auf Lucy Lovecakes Seite. Das ist FANTASTISCH! Diese Art von PR ist unbezahlbar. Der Typ ist so ein Loser! Und eine miese Ratte. Kein Wunder, dass es mit ihm steil bergab geht! Ich werde mir gut überlegen müssen, ob wir seine Brasserie weiterhin mit Hühnerprodukten beliefern. Nicht, dass uns das noch zum Verhängnis wird. Wenn du mich fragst, sollte Lucy Lovecake diesen arroganten französischen Arsch höflich, aber bestimmt in die Schranken weisen, also tob dich da ruhig aus. Und hab ich's nicht gesagt? Alle fragen sich nur eines: Wer ist diese Lucy Lovecake? Der Valentinstag naht mit Riesenschritten!

Noch während ich den letzten Satz las, rief Michel an. Ich ging sofort ran.

»Hi, Michel«, sagte ich mit aufgesetzter Fröhlichkeit.

»Hallo Daisy. Du wirst sehr stolz auf mich sein.«

»Ah ja?«

»Ja! Ich bringe meine Karriere wieder auf Kurs. Ich war im Fernsehen und habe ein Buch von der Konkurrenz verrissen, und ich habe Tausende von Followern, auch wenn mich ein paar von ihnen beschimpfen. Tolle Sache, dieses Twitter, muss ich sagen.«

»Äh, sehr schön, solange du nur dein Temperament im Zaum hältst und nicht betrunken online gehst«, ermahnte ich ihn. Ich wollte ihn nicht entmutigen, schließlich hatte ich ihn ja zur Nutzung dieses neuen Marketinginstruments überredet.

»Können wir uns treffen? Ich möchte dich wiedersehen«, sagte er. »Ich würde dir gern von den Rezepten erzählen, an denen ich arbeite.«

»Klar.« Es freute mich, ihn so motiviert zu erleben. »Kommt allerdings darauf an, wann.«

»In ein paar Stunden?«

Hm. Dominic hatte mir aufgetragen, Michel Amiel in meiner Rolle als Lucy Lovecake einen Rüffel zu erteilen.

Oh, Gott, was für ein Durcheinander.

»Es tut mir leid, aber heute Abend kann ich nicht. Ich melde mich, sobald ich Zeit habe, okay?«

»Na gut, wie du willst.« Das klang enttäuscht. »Aber lass mich nicht zu lange warten, ja?«

»Okay. Dann bis demnächst. Bye«, sagte ich betont gut gelaunt, während in meinem Kopf die Gedanken verrücktspielten.

»Bye, meine Schöne.«

Ich wusste, ich würde nicht in der Lage sein, ihm in die Augen zu sehen. Ich musste eine Entscheidung treffen, noch vor dem Valentinstag. Er musste es erfahren. Dann meldete sich meine feige, schwache Seite zu Wort: *Du könntest aber auch auf Abstand gehen, die ganze Sache einfach beenden. Dann kann es dir egal sein, wenn er es erfährt.*

Ich lag auf meinem Bett, tief in Gedanken versunken. *Eigentlich müsste ich förmlich überschäumen vor Glück.* Stattdessen krümmte ich mich innerlich bei der Vorstellung, mich gleich unter meinem Decknamen mit Michel anlegen zu müssen.

Und da fing ich an, mir einzureden, dass ich ohnehin nicht viel für ihn empfand. Ich rief mir in Erinnerung, was für ein egoistisches, neidisches Scheusal er sein konnte. *Du hast etwas Besseres verdient,* sagte ich mir. Manchmal, wenn wir uns lange genug selbst in die Tasche lügen, fangen wir an, diese Lügen zu glauben.

Als könnte er meine Gedanken lesen, schickte mir Michel spätnachts noch eine SMS.

»Daisy, du sollst wissen, dass ich dich liebe. Bitte geh nicht auf Distanz. Ich brauche dich. x, M«

Erst war ich gerührt. Die Versuchung, ihn anzurufen und ihm alles zu erzählen, war groß.

Doch dann dachte ich an das, was Dominic vorhin geschrieben hatte – dass Michel ein Loser war. *Es stimmt, er braucht mich. Und was ist mit mir? Fragt er sich je, was ich brauche?*

Eine leise Stimme tief in mir konterte: *Du bist ungerecht. Woher soll Michel denn wissen, was du brauchst, wenn du dein wahres Ich vor ihm verbirgst?* Doch ich stellte mich taub und zog mich zurück von diesem Mann, der mich faszinierte und inspirierte. Es folgten noch viele weitere Nachrichten. Ich ignorierte sie alle, genau wie seine unzähligen Anrufe. Mein Verhalten musste auf ihn völlig unerklärlich wirken. Ich konzentrierte all meine Energie auf Lucy Lovecake und gewöhnte mich an ein Leben ohne den emotionalen Aufruhr, in den mich jede Begegnung mit Michel unweigerlich versetzt hatte.

KAPITEL 68

Valentinstag

Am Valentinstag erhielt ich schon frühmorgens einen Blumenstrauß. Neugierig öffnete ich den mitgelieferten Umschlag. Ich tippte auf Branwell oder Dominic, aus Anlass der Signierstunde am Abend. Oder doch Michel, der die Hoffnung noch nicht aufgegeben hatte?

Über zwei Wochen war es jetzt her, seit wir die Nacht miteinander verbracht hatten. Und unmittelbar danach hatte ich mich quasi in Luft aufgelöst. Es musste ihm höchst eigenartig erscheinen, vor allem, weil es so schön gewesen war. Wahrscheinlich war er inzwischen zu dem Schluss gekommen, dass ich nicht alle Tassen im Schrank hatte.

Ah. Von Dominic.

Ich war erfreut, natürlich, aber auch etwas irritiert in Anbetracht seiner Karte, die recht persönlich ausgefallen war:

Daisy, ich finde unser gemeinsames Projekt einfach großartig und dich übrigens auch. Ich kann es kaum erwarten, dass die Welt da draußen erfährt, wie genial du bist.
Alles Liebe, x, Dom

Ich mochte Dominic, und würde Michel nicht existieren … Wer weiß, vielleicht hätten sich bei mir dann ja romantische Gefühle für Dominic eingestellt.

Eine Woche war es jetzt her, dass mir Michel zuletzt geschrieben hatte. Insgeheim hatte ich gedacht – gehofft –, er würde mir einen Besuch abstatten, doch nichts dergleichen war geschehen.

Ich war so grausam zu ihm. Bestimmt ist er zutiefst verletzt. Und verwirrt. Kein Wunder. Er war so gut drauf nach den positiven Erfahrungen mit Twitter und so inspiriert, was sein neues Buch anging …

Anfangs hatte ich ihn auf Facebook und Twitter gestalkt. Wie bescheuert man sich dabei vorkam! Ich war auf keine nennenswerten Überraschungen gestoßen. Er äußerte seine Meinung zu allem Möglichen, lieferte sich Wortgefechte mit anderen berühmten Köchen und postete Fotos von den Märkten und Geschäften, in denen er einkaufte – frischer Fisch, Rindfleisch, Käse. Er war wirklich mit Leib und Seele Koch, und seine Leidenschaft für sein Metier wirkte ansteckend. Nach ein paar Tagen hörte ich damit auf und freundete mich mit dem Gedanken an, dass unsere gemeinsame Nacht eine einmalige Sache bleiben würde. Eine schöne Erinnerung, sicher verwahrt in meinem Herzen.

Und nun nahte der große Moment: Heute würde die Welt erfahren, aus wessen Feder *French Fancy* tatsächlich stammte.

Bei dem Gedanken an den bevorstehenden Abend wurde mir flau. Meine Eltern würden kommen – sie schliefen wie Dominic in einem kleinen Hotel in Knightsbridge – und natürlich auch Kitty, Clara, ihr Mann Philip und Annabel. Außerdem hatte ich ein paar Kommilitoninnen von der Kunstakademie eingeladen, die mittlerweile in London lebten, ich schätze mal, um Tom Percy eins auszuwischen. Nicht, dass er mich noch groß interessierte. Ich dachte kaum noch an ihn.

Ich hatte ewig überlegt, was ich anziehen sollte. Lucy Lovecake am Valentinstag. »Vermutlich etwas Rotes, oder?«, hatte ich zu Kitty gesagt.

»Rot kommt manchmal ein bisschen nuttig rüber. Wie wär's stattdessen mit einem kräftigen Pink?«, schlug sie vor. »Das wirkt weicher, sinnlicher.«

»Gute Idee.«

Am Ende hatte ich mir bei ZIPPIT in der High Street ein figurbetontes Kleid im Fünfzigerjahrestil mit Wespentaille und atemberaubendem Dekolleté nähen lassen, nach einem Schnitt von John Lewis.

Kitty hatte mich zu einer der Anproben begleitet. »Wow! Das ist ja ein echter Figurschmeichler!«, hatte ihr Urteil gelautet.

Gegen drei Uhr nachmittags nahm ich ein heißes Bad in der Hoffnung, dass sich dann endlich ein bisschen Vorfreude bei mir einstellen würde. Bislang stresste mich der Gedanke daran bloß.

Kaum lag ich in der Wanne, meldete mein Handy den Eingang einer SMS. Ich angelte es mir von dem Hocker, auf dem es lag, und schluckte. Von Michel.

»Liebe Daisy, ich würde dich gern heute Abend sehen. Ich habe uns für 20 Uhr einen Tisch im Ivy reserviert. Es gibt niemanden, mit dem ich den Abend lieber verbringen würde als mit dir. Bitte sag, dass du kommen wirst. Ich liebe dich.«

Mir wurde übel. *Mist! Musste das ausgerechnet jetzt sein? Was soll ich antworten?*

Ich begann zu zittern. Eine letzte Lüge? Oder sollte ich ihm die Wahrheit gestehen? *Nein. Für lange Erklärungen ist jetzt definitiv nicht der richtige Zeitpunkt.*

Mit zitternden Fingern tippte ich: »*Hallo Michel! Schön, von dir zu hören. Ich würde furchtbar gern mit dir essen gehen, aber ich bin leider krank. Können wir es um zwei, drei Tage verschieben? Bitte sag Ja!*«

KAPITEL 69

Anonymität ade

Es kam keine Antwort. Schweren Herzens zog ich mich an. *Jetzt glaubt er sicher, dass ich einen anderen Freund habe.*

Das Kleid passte wie angegossen. Elegante Kitten-Heel-Pumps, eine süße Clutch, Hochsteckfrisur, dezentes Make-up. *Nicht übel. Mal sehen, was Kitty dazu sagt.*

»Toll siehst du aus, Daisy«, stellte sie fest. »Aber versuch's doch mal mit einem Lächeln.«

»Ich habe Lampenfieber«, sagte ich. »Du siehst auch toll aus.« Sie war mal wieder der Inbegriff schlichter klassischer Eleganz in ihrem schwarzen Cocktailkleid.

Um Viertel vor sechs wurden wir abgeholt. Um sieben sollte »Lucy Lovecake« die Signierstunde mit einer Ansprache eröffnen, danach sollte es einen Sektempfang und süße Häppchen geben.

Auf der Fahrt ging ich noch einmal meine Notizen durch. Mein Mund war trocken, mein Herz raste.

»Zielgruppe dieses Buches sind Frauen und Männer, für die Spaß und Sinnlichkeit unverzichtbare Bestandteile einer Beziehung sind … O Gott, klingt das schauderhaft«, stöhnte ich, von Panik ergriffen.

»Entspann dich«, sagte Kitty. »Es wird gut, keine Sorge.«

»Aber ich musste Michel einen Korb geben! Das war garantiert das letzte Mal, dass er sich gemeldet hat. Vor allem, wenn ihm zu Ohren kommt, dass ich Lucy Lovecake bin.«

»Das wird sich nicht verhindern lassen, Daisy. Du hättest von Anfang an mit offenen Karten spielen sollen.«

Ich warf ihr einen genervten Blick zu, und sie zuckte entschuldigend die Achseln.

»Sorry! Hast du nicht vor ein paar Tagen behauptet, er würde dich nicht mehr interessieren?«

»Ja, das habe ich mir eingeredet, aber ganz sicher bin ich nicht. Ich muss die ganze Zeit an ihn denken. Was zugegebenermaßen auch an meinem schlechten Gewissen liegen könnte«, sagte ich. »Ich bin sicher, ich kann ihn vergessen.«

»Versuch jedenfalls, dir davon nicht den Abend verderben zu lassen. Ich wette, du wirst haufenweise männliche Fans haben, vor allem, wenn du in *diesem* Kleid in die Zeitung kommst.«

»O Gott, Kitty, mir wird gerade ganz anders bei dem Gedanken, dass es bald kein Geheimnis mehr ist. Soll ich die ganze Sache abblasen?«

»Nein.« Sie schüttelte den Kopf. »Wir sind gleich da, und wir ziehen es durch.«

Dominic und Branwell hatten bei der Planung des Events an alles gedacht.

Wir wurden vor dem Kaufhaus von einer sympathischen Angestellten namens Bridget in Empfang genommen, die uns geradewegs in die Lobby führte. Von dort ging es mit dem Aufzug in die zweite Etage, wo in einer schick eingerichteten Lounge allerlei Erfrischungen bereitstanden.

»Wie viele Leute werden denn erwartet?«, erkundigte ich mich.

»Ein paar Hundert, aber keine Sorge, wir haben ein ausgeklügeltes Warteschlangensystem.«

»Im Ernst? Ein paar Hundert?«, wiederholte ich fassungslos. »Wie lange wird das Ganze denn dauern?«

»Alles in allem so ungefähr bis zehn Uhr. Wir haben Ihre Rede gleich für den Anfang eingeplant. Schließlich haben wir das heutige Event als ›Outing‹ beworben, da sollten wir die Besucher nicht zu lange auf die Folter spannen.«

»Auch gut, dann habe ich es wenigstens gleich hinter mir«, murmelte ich.

»Haben Sie Bammel?«, fragte Bridget.

»Und wie«, gab ich zu. »Im Nachhinein betrachtet war das Szenario der vergangenen Monate perfekt – ein Buch, das sich gut verkauft, und komplette Anonymität.«

»Ruhm hat auch seine guten Seiten«, versicherte sie mir. »Sie werden sehen, es wird Einladungen regnen. Ich wünschte, ich könnte mit Ihnen tauschen. Übrigens finde ich Ihr Buch großartig und meine Kolleginnen und Kollegen ebenfalls.«

»Danke für das Kompliment! Und auch für Ihre ermutigenden Worte. Sie haben recht, es wird bestimmt Spaß machen. Ich genehmige mir jetzt ein Glas Sekt, das wird mich entspannen, und dann kann ich den Rummel genießen.«

Bridget machte immer wieder einen Abstecher in die Buchabteilung und hielt mich darüber auf dem Laufenden, wer neu eingetroffen war: meine Eltern, mein Agent, mein Verleger … Ich selbst sollte mich im »Backstagebereich« aufhalten, bis man mich holen kam, was mir ganz recht war.

Auf diese Weise konnte ich noch die letzten Minuten meiner Freiheit auskosten.

Kurz vor sieben kam jemand, um mir ein winziges Mikrofon anzustecken.

»Tut mir leid, mein Kleid ist ziemlich eng«, sagte ich entschuldigend, doch das Kabel wurde einfach diskret am Rand des Ausschnitts entlanggeführt.

Dann war der große Moment gekommen, und ich begab mich mit Gummibeinen in die Buchabteilung. Branwell und Dominic erwarteten mich bereits neben einem Sessel, dessen Bezug mit Cupcakes bedruckt war. Mum und Dad winkten mir zu. Sie wirkten unheimlich stolz. Wahrscheinlich war ihnen nicht ganz klar, was es mit dem Hype um Lucy Lovecake in den sozialen Netzwerken auf sich hatte, aber sie freuten sich sehr, live dabei sein zu können.

KAPITEL 70

Enthüllung

Zu meiner Überraschung befanden sich im Publikum mehr Männer als Frauen.

»Die Jungs scheinen ja echt auf Lucy zu stehen«, flüsterte ich Kitty ins Ohr, die neben mir stand.

Sie nickte nachdrücklich.

Dominic sprach ein paar einleitende Worte, die vor allem an die Vertreter der Presse gerichtet waren, und nachdem er mich als »Daisy Delaney alias Lucy Lovecake, Autorin von *French Fancy*« vorgestellt hatte, war es an der Zeit für meine Rede.

Gemurmel im Publikum, angehaltener Atem, Kichern, etwas aufmunternder Applaus, während ich meinen Platz einnahm. Ich räusperte mich und atmete einmal tief durch.

Dann legte ich los, bedächtig, bestimmt und hoch erhobenen Hauptes. Ich entschuldigte mich für die Geheimniskrämerei, dankte den Anwesenden für ihr Interesse und verlieh meiner Ungläubigkeit darüber Ausdruck, dass mein Buch ein so durchschlagender Erfolg war.

»Ich kann nur hoffen, dass sich meine Leserschaft mit Daisy Delaney genauso rasch anfreunden wird wie mit Lucy Lovecake«, schloss ich. »Sonst haben wir ein Problem.«

Dominic zwinkerte mir zu und kam zu mir rüber, sobald ich geendet hatte. »Das war spitzenmäßig! Gut gemacht«, raunte er und drehte sich dann zum Publikum um.

Es waren so viele Leute im Raum versammelt, dass ich keine einzelnen Gesichter ausmachen konnte. Und es wurden immer noch mehr – ständig drängten sich weitere Menschen am überall postierten Wachpersonal vorbei.

»Sie können der Autorin nun Fragen stellen, und im Anschluss erhalten Sie die Gelegenheit, Daisy Delaney persönlich kennenzulernen und sich Ihre Ausgabe von *French Fancy* signieren zu lassen«, verkündete Dominic.

Wie auf ein Stichwort streckten sämtliche Anwesenden die Hände in die Luft. Dominic deutete auf eine Dame im Publikum und veranlasste, dass man ein Mikrofon zu ihr durchreichte.

»Miss Delaney, ist es Ihnen nicht furchtbar schwergefallen, Stillschweigen zu bewahren, als sich herauskristallisiert hat, dass Ihr Buch so populär ist?«

Ich überlegte. »Eigentlich nicht«, sagte ich. »Dominic – mein Verleger, wie Sie wissen – hat mich immer wieder daran erinnert, dass es nicht schadet, wenn man die Leute auf die Folter spannt, und ich muss sagen, er hat recht behalten.«

Als Nächstes fiel Dominics Wahl auf eine Frau ganz hinten. »Ich würde gern von der Autorin wissen, wie sie bei den Recherchen für ihr Buch vorgegangen ist und was sie auf die Idee gebracht hat, all diese Themen miteinander zu verbinden.«

»Eine hervorragende Frage!«, vermeldete da eine Stimme, die ich nur allzu gut kannte.

O Gott, steh mir bei!

KAPITEL 71

Aufruhr

Es war natürlich Michel. Er kämpfte sich durch die Massen nach vorne durch, das Gesicht wutverzerrt.

»Ich habe dir die ganze Zeit von dort hinten zugehört, Daisy Delaney«, rief er. »Oder soll ich dich lieber Lucy Lovecake nennen?« Er verzog verächtlich den Mund.

Man hätte eine Stecknadel fallen hören können.

Unsanft schob er die Leute beiseite, die ihm den Weg versperrten, bis er vor mir stand, nach Alkohol stinkend und mit hasserfülltem Blick.

»Betrügerin!«, schrie er.

Ich stand stocksteif da, nach Luft ringend, aber unfähig, einen Finger zu rühren. Aus dem Augenwinkel registrierte ich, wie sich Dominic im Bemühen, zu ihm zu gelangen, durch das Publikum drängte.

Ich fasste mir an die Kehle. Es kam mir so vor, als hätte mein Herz aufgehört zu schlagen. Vielleicht schlug es aber auch so schnell, dass ich es gar nicht mehr spürte.

Kann mir nicht jemand helfen?

Michel drehte sich zu der stummen Menschenmenge um und fuhr fort.

»Diese Frau hat mich dazu gebracht, über meine intimsten Gedanken und Gefühle zu sprechen! Sie hat in meiner Kochschule einen Backkurs absolviert, und sie hat mich unzählige Male belogen! Stellen Sie sich meine Überraschung vor, als ich neulich beim Zahnarzt saß und in einer Ausgabe der Zeitschrift *Elle* einen Artikel über …«

Zwei stämmige Glatzköpfe, die dem Wachpersonal angehörten, traten zu ihm. »Kommen Sie bitte mit, Sir«, sagte einer von ihnen.

»Ich bin noch nicht fertig!«, knurrte Michel, als sie sich anschickten, ihn von der Bühne zu busgieren. »Ich habe Daisy für heute Abend zum Dinner eingeladen, weil ich ihr eine letzte Chance geben wollte, mir die Wahrheit zu sagen, aber sie hat wieder gelogen! Sie hat behauptet, sie wäre krank! Man kann ihr *kein Wort* glauben! Sie gibt vor, Lucy Lovecake zu sein, aber sie spielt uns allen etwas vor! Sie hat vergessen, wie man die Wahrheit sagt!«, rief er, während er von den beiden Wachleuten abgeführt wurde. Er ruderte heftig mit den Armen und stieß einen Stapel meiner Bücher um.

Ich verfolgte es wie versteinert, registrierte wie in Trance das Blitzlichtgewitter der Fotografen und die zahlreichen Handys, mit denen der Abgang des Störenfrieds gefilmt wurde.

Branwell war genauso sprachlos wie ich, doch Dominic hatte sich inzwischen zu mir durchgekämpft und übernahm das Kommando.

»Tja, es ist wohl das Beste, wenn wir auf diese kleine Showeinlage von Monsieur Amiel mit der uns Briten eigenen Gelassenheit reagieren und einfach so tun, als wäre nichts passiert. Deshalb werden wir jetzt gleich mit der Signierstunde beginnen. Bitte orientieren Sie sich beim Anstehen an den Absperrbändern, und bedienen Sie sich gerne weiter am Kuchenbuffet! Vielen Dank für Ihr zahlreiches Erscheinen! Möge uns Lucy Lovecake noch viele weitere köstliche Kreationen bescheren.«

Er hob sein Sektglas. »Auf Lucy Lovecake!«

»Auf Lucy Lovecake«, echoten die Umstehenden.

»Alles okay?«, flüsterte Dominic, während er mich zum Tisch führte, an dem ich signieren sollte.

»Nein, aber ich habe wohl keine andere Wahl«, erwiderte ich.

»Stimmt. Aber du wirst von seinem Auftritt garantiert profitieren, wetten? PR-mäßig hätte dir gar nichts Besseres passieren können, auch wenn das diesem armen, verbitterten Irren vermutlich nicht klar ist.«

»Aber ich habe ihn tatsächlich hintergangen!« Ich unterdrückte ein Schluchzen.

»Hat er deine Loyalität denn verdient? Ihr habt schließlich keine wie auch immer geartete Beziehung. Und du *musstest* Lucy Lovecake geheim halten. Du hast getan, was du tun musstest, für deine Karriere«, sagte Dominic bestimmt.

Damit war die Diskussion vorerst beendet.

Ich setzte ein strahlendes Lächeln auf, bereit, die Warteschlange, die sich über die gesamte zweite Etage erstreckte, möglichst effizient und zugleich charmant abzuarbeiten.

»Vielen Dank, dass Sie gekommen sind«, sagte ich zu der Frau, die ganz vorne stand. Sie war um die dreißig und hatte rosige Wangen.

»Tolles Buch, Daisy. Es hat mich ungemein aufgeheitert!«

»Danke, das freut mich zu hören!« Ich lächelte sie an, um ein möglichst professionelles Verhalten bemüht, obwohl Michel offenbar noch in der Nähe war und sich, wie es schien, noch nicht geschlagen gegeben hatte, denn ich konnte aufgebrachte Stimmen hören. Ich versuchte, es einfach auszublenden. Das hier war *mein* Abend, die Präsentation meines ersten Buches. Ich hatte lange auf diesen Moment hingearbeitet. Und mir blieb ohnehin nichts anderes übrig, als scheinbar ungerührt weiterzumachen, auch wenn ich den starken Drang verspürte, Michel nachzulaufen und ihn um Verzeihung anzuflehen. Ihn zu besänftigen und die Sache in Ordnung zu bringen.

Mir war klar, dass das unmöglich war.

»Wann erscheint Ihr nächstes Buch, Daisy?«, wollte ein Mann Anfang vierzig wissen. »Das erste hat mir richtig gut gefallen.«

»Ich arbeite bereits am Folgeband«, sagte ich.

»Aber es wird doch hoffentlich noch viele weitere geben!«

Ich lächelte, bis mir die Wangenmuskeln schmerzten, und betrieb Small Talk, bis meine Kehle wie ausgedörrt war. Die Schlange kam mir endlos vor.

Gegen Ende sah ich mich plötzlich einem alten Bekannten gegenüber. Einem Mann, der sich seit unserer letzten Begegnung sehr verändert hatte.

»Daisy«, sagte er zärtlich.

Tom Percy.

»Hallo, Tom! Schön, dich zu sehen.«

»Ich habe es erst vor einer guten Stunde erfahren und bin sofort hergekommen. Ich hatte ja keine Ahnung …!«

»Tja, das mit dem Pseudonym war natürlich etwas albern«, sagte ich. Mit einem Mal fühlte ich mich ausgelaugt.

Dann schaltete sich Dominic ein: »Ich will dich ja nicht hetzen, Daisy, aber die Schlange ist noch immer recht lang.«

»Oh. Tut mir leid. Das ist ein alter Freund von mir.«

Tom trat einen Schritt beiseite. »Darf ich dich anrufen?«

»Es ist zu spät, Tom. Mein Herz gehört einem anderen.«

Kapitel 72

Ein gefundenes Fressen

Gegen zehn – ich saß immer noch auf meinem Platz und signierte Bücher – standen plötzlich Mum und Dad vor mir, jeweils mit einer Ausgabe von *French Fancy* in der Hand.

»Hallo, Daisy!«, sagte Dad. »Was für ein denkwürdiger Abend. Meinen Glückwunsch. Du hast dich wacker geschlagen.«

Mum hatte feuchte Augen. »Ich bin so stolz auf dich. Aber was für ein grauenhafter Bursche. War das dieser verrückte französische Koch, der sich andauernd zum Affen macht?«

»Ja, das war er. Aber er hat die Wahrheit gesagt – ich hab ihn angelogen, immer wieder. Es ging mir ja auch total gegen den Strich, aber wir hatten nun einmal beschlossen, ein Geheimnis aus Lucy Lovecake zu machen. Tja, das habe ich jetzt davon«, schniefte ich mit Tränen in den Augen.

Dad tätschelte mir die Hand. »Du hättest es garantiert bereut, wenn du ihn eingeweiht hättest, diesen Eumel.«

Ich musste wider Willen lachen über seine Wortwahl.

Dann gesellte sich Dominic zu uns. »Daisy, du bist ein richtiger Star, schon jetzt. Du hast diese kritische Situation wirklich vorbildlich gemeistert. Und Michel hat sich mit dieser Aktion garantiert endgültig ins Abseits befördert. Ab sofort ist er in der ganzen Stadt zur *persona non grata* abgestempelt, wetten? Ich hoffe, sie schicken ihn ein für alle Mal zurück nach Paris.«

»Wohl wahr«, sagte Branwell, dem es eben erst gelungen war,

sich aus der Unterhaltung mit einem Möchtegern-Schriftsteller zu befreien, der auf der Suche nach einem Agenten war.

»Wo ist er jetzt?«, fragte ich.

»Ich schätze mal, im Gefängnis, sofern er sich bis zum Eintreffen der Polizei nicht beruhigt hat«, sagte Dominic.

Ich seufzte. »Sie haben die Polizei gerufen?«

»Ja. Er war total außer Rand und Band.«

Ich dachte an die Preisverleihung vor einem Jahr. Damals war es noch vergleichsweise einfach gewesen, ihn ruhigzustellen – Kaffee und besänftigende Worte hatten ausgereicht. Und ein paar Tage später war er dann mit dem Geld für das Taxi vorbeigekommen und hatte mich bei der Gelegenheit zu meinem Buch inspiriert. Wir hatten so viele schöne Stunden miteinander verbracht. Und jetzt war es vorbei. Ich hatte sein Vertrauen missbraucht.

Tja, ich hab von Anfang an geahnt, dass es so kommen würde. Vielleicht war es feige von mir, ihm mein Projekt zu verschweigen, aber wer weiß, ob ich all diese schönen Momente mit ihm erlebt hätte, wenn er schon eher davon erfahren hätte. Und ich würde keinen einzigen davon missen wollen.

»Also, ich finde, Daisy Delaneys erster großer Auftritt gehört gebührend gefeiert. Wollen wir etwas essen gehen?«, schlug Dominic vor.

Die übrigen Mitglieder der Runde waren dafür.

Auf dem Weg zum Ausgang konnte ich nicht anders, als mich suchend nach Michel umzusehen. Teils hoffte ich, ihn noch einmal zu sehen, teils graute mir davor.

Dominic legte mir einen Arm um die Schultern. »Keine Sorge, sie haben ihn weggebracht«, versicherte er mir. »Das ist sein Ende, glaub mir.«

Ich spürte, wie mir eine Träne über die linke Wange lief.

Am nächsten Morgen wagte ich nicht, meinen Laptop anzuwerfen. Mir war klar, dass sämtliche Medien von meiner Signierstunde berichten würden, allerdings aus dem völlig falschen Grund.

Es klopfte an meiner Zimmertür.

»Komm rein, Kitty«, rief ich.

»Hi, Daisy. Tasse Tee gefällig?«, fragte sie.

»Tee und Trost, hm?«

»Genau. Wenn du mich fragst, ist ›Augen zu und durch‹ jetzt die beste Taktik. Diesen ganzen Aasgeiern geht sicher schon bald die Luft aus.«

»Okay, dann mal los.« Ich rechnete mit dem Schlimmsten.

Kitty holte den Laptop. »Was hältst du davon, wenn ich dir die Schlagzeilen vorlese, und du sagst mir dann, welche Artikel dich interessieren?«

»So machen wir's.«

»Okay, also: ›Stachelige Rosen zum Valentinstag: Das Debakel um Daisy Delaneys literarisches Debüt‹, ›Französischer Sternegastronom kocht vor Wut‹, ›Bei dieser Buchpräsentation ging es heiß her!‹, ›Geschmackssache: *French Fancy* stößt Michel Amiel sauer auf‹, ›Ein Franzose sieht rot: Dramatische Szenen bei Lucy Lovecakes erstem öffentlichen Auftritt‹, ›Saure Trauben: Michel Amiel ruiniert delikates Event bei Harrods!‹ …« Kitty verstummte. »Die Fotos sind teils ganz schön gewagt.«

»Wie, die offiziellen? In den Tageszeitungen?«, fragte ich.

»Jep. Sie haben dich abgelichtet, während du dich beim Signieren über den Tisch beugst. Hat was von Nell Gwynn.«

»Oh, nein! Lass sehen!« Ich griff nach dem Laptop. »Gott, das ist ja furchtbar! Geht es noch peinlicher?«

Während Kitty die Reaktionen auf Facebook, Twitter und Instagram unter die Lupe nahm, schnappte ich mir mein Telefon. Siebzehn verpasste Anrufe. Ich wählte Dominics Nummer.

»Guten Morgen, Daisy!«, tönte es vergnügt vom anderen Ende der Leitung.

»Ich wüsste nicht, was daran gut sein sollte. Ich versinke hier vor Scham im Boden!«

»Dafür gibt es nicht den geringsten Grund. Es sind bereits acht Anfragen für Fernsehauftritte hereingekommen und sechs fürs Radio, und alle wichtigen Tageszeitungen und Hochglanzmagazine wollen dich interviewen. Und das verdanken wir alles Monsieur Amiel. Dieser Skandal ist das Beste, was dir passieren konnte!«

Ich wusste, ich sollte mich freuen, aber mein schlechtes Gewissen brachte mich fast um.

»Wird das denn je wieder aufhören?«, fragte ich.

»Ich hoffe nicht.« Er gluckste.

»Tja, dann werde ich mich wohl an den Gedanken gewöhnen müssen, dass ich für dreißig Silberlinge meine Seele verkauft habe.«

»Das hast du nicht. Michel Amiel ist ein Mistkerl, wie er im Buche steht. Es war gut und richtig, dass du ihm Lucy Lovecake verheimlicht hast. Ich bin sehr stolz auf dich.«

KAPITEL 73

Reue

Kann ich davon ausgehen, dass du sämtliche Termine, die dir angeboten werden, wahrnimmst? Wenn wir es geschickt anstellen, kommen bald auch Anfragen aus dem Ausland, und zwar nicht nur aus dem europäischen, sondern auch von Übersee. USA. Asien. Genau das brauchen wir jetzt, Daisy. Wir wollen dein Buch ja schließlich auf fremdsprachigen Märkten verkaufen. Auch an Fernsehsender. Ich habe schon alles bis ins kleinste Detail geplant, und bis jetzt läuft es hervorragend.«

Wie schön für dich.

Warum fiel mir erst jetzt auf, wie berechnend Dominic war?

Täuschte ich mich, oder schwang da eine Spur Schadenfreude in seiner Stimme mit, die nicht nur auf die sagenhafte Publicity zurückzuführen war?

»Du musst total erschöpft sein, Daisy«, fuhr er fort. »Komm doch ein paar Tage zu uns auf die Farm, um dich von dem ganzen Trubel zu erholen. Wir könnten spazieren gehen, im Dorfpub etwas essen, ein bisschen ausspannen …«

»Klingt gut. Ich überleg's mir, danke. Aber vorher muss ich hier noch einiges erledigen. Nachsehen, was die Lucy-Lovecake-Fans so schreiben zum Beispiel«, sagte ich.

Ich musste tatsächlich etwas abschalten, aber mit Dominic?

»Ich gehe ein bisschen frische Luft schnappen«, verkündete ich, nachdem ich geduscht und mit Kitty gefrühstückt hatte. »Ich muss den Kopf frei bekommen, damit ich wieder klar denken kann.«

Sie nickte. »Das tut dir bestimmt gut. Ich beantworte inzwischen ein paar der Kommentare.«

»Danke. Ich habe gerade überhaupt keine Lust, mich damit auseinanderzusetzen.«

Ich zog einen dicken Wintermantel an und schlug den Weg zum Park ein.

An der Ecke West Street fiel mir auf, dass sich zwei Leute, die mir über den Weg liefen, mit dem Ellbogen anstießen. Andere starrten mich an, manche kicherten.

Eigenartig. Sind meine Haare elektrisch aufgeladen, oder was?

Ich ging weiter. Doch auch im Park erntete ich verstohlene Blicke, eine Hundebesitzerin gluckste in sich hinein.

Ich suchte Zuflucht unter einer großen Kastanie. Erst nach geraumer Zeit dämmerte mir, was los war.

Die Leute erkennen mich, weil sie heute früh mein Bild in der Zeitung gesehen haben. Daisy Delaney alias Lucy Lovecake.

Es war ein schreckliches Gefühl. Ich konnte mich kein bisschen darüber freuen, dass ich mit Lucy Lovecakes Beziehungstipps so erfolgreich war. Nicht, solange Michel sauer auf mich war. Und er würde mir niemals verzeihen. Ich zählte nun auch zur Riege der Frauen, die ihn hintergangen hatten. *O Gott, was, wenn mich Rose ebenfalls hasst?*

Erst da wurde mir bewusst, wie viel mir Michels Freundschaft bedeutet hatte. Mir brannten Tränen in den Augen bei der Vorstellung, nie wieder neben ihm im Kino zu sitzen, nie wieder mit ihm beim Abendessen Probleme zu wälzen.

Nun stell dich nicht so an, Daisy. Ihr wart schließlich nicht verheiratet oder so. Das ist doch albern.

Wenig später stand ich vor seinem Haus in der Elsworthy Road, obwohl ich nicht vorgehabt hatte, zu ihm zu gehen.

Ich erklomm die Treppe und klingelte. Nichts geschah. Wahrscheinlich war Rose noch in Paris, aber ich ging davon aus, dass Michel zu Hause war. Oder schmorte er etwa wieder einmal in einer Gefängniszelle? Wohl kaum, er hatte gestern ja niemanden verletzt.

Ich hob den Kopf und meinte, hinter einem der Fenster im Obergeschoss eine Bewegung wahrzunehmen.

Es ist also doch jemand zu Hause. Möglicherweise Michel.

Ich klingelte erneut. Hörte Schritte jenseits der Tür. Ich bückte mich, um durch den Briefschlitz zu spähen.

»Michel?«, rief ich. »Michel! Bist du da drin?«

Schweigen. Aber er war da, ich spürte es. Ich roch sein Parfüm, kaum wahrnehmbar. Ich musste ihm vermitteln, wie leid es mir tat, ehe ich ging.

»Bitte verzeih mir, Michel!«, rief ich. »Ich durfte niemandem davon erzählen, und als ich es dir endlich sagen wollte, war es schon viel zu spät. Ich weiß, ich hätte dich einweihen sollen, und es tut mir schrecklich leid, das musst du mir glauben! Du fehlst mir!«

Wieder hörte ich drinnen Schritte.

Dann vibrierte mein Smartphone. Ich fischte es aus der Manteltasche. Eine SMS von Michel!

»Verpiss dich, du falsche Schlange.«

Zutiefst verzweifelt trat ich den Heimweg an.

Er war ein ausgesprochen nachtragender Mensch, das war offensichtlich, wenn man ihn über seine Verflossenen reden hörte. Bei Eve hatte es zum Äußersten kommen müssen, ehe er eingelenkt und ihr ihre drei Millionen Euro bezahlt hatte.

Er war tief enttäuscht, kein Zweifel. Und ich konnte es absolut nachvollziehen.

Zu Hause wartete eine Nachricht von Dominic auf mich. Es ging um einen Fernsehauftritt in einer BBC-Fernsehshow.

»Schon morgen Vormittag, stell dir vor!«, berichtete ich Kitty.

»Und das ist erst der Anfang. Du wirst so was von berühmt!«, prophezeite sie.

»Ich wollte doch bloß genügend Geld verdienen, um die Miete zu bezahlen«, sagte ich matt.

»Lass den Kopf nicht hängen, Daisy! Ich wette, Michel kommt früher oder später wieder zur Besinnung«, versicherte sie mir.

»Das kann ich mir kaum vorstellen.«

»Wart's ab. Er macht doch immer erst einmal einen Riesenaufstand, und wenn etwas Gras über die Sache gewachsen ist, beruhigt er sich wieder. So ist er eben. Hab Geduld.«

Ich konnte nur hoffen, dass sie recht behielt.

»Ich glaube nicht, dass er mir je verzeihen wird.«

»Er mag dich, Daisy, und daran wird er sich spätestens dann wieder erinnern, wenn er vergessen hat, warum er sich über dich geärgert hat. Die Tatsache, dass mehr in dir steckt, als er auf den ersten Blick angenommen hat, war garantiert ein Schock für ihn.«

Wie ich Kitty um ihre Fähigkeit beneidete, problematische Situationen in Ruhe zu überdenken, statt sich zu impulsiven Kurzschlussreaktionen hinreißen zu lassen! Wäre es nach mir gegangen, ich hätte mich an den Gartenzaun vor Michels Haus gekettet.

KAPITEL 74

Geldsegen

Im Laufe der nächsten Wochen hörte ich keinen Ton von Michel. Tom Percy kontaktierte mich über Twitter, und Dominic meldete sich fast täglich, doch der ersehnte Anruf von Michel ließ auf sich warten. Immer wieder zückte ich wie von der Tarantel gestochen das Handy, wenn es klingelte oder piepste, und jedes Mal wurde ich enttäuscht.

Mein Leben änderte sich von Grund auf. Ende März erhielt ich zum ersten Mal meine Tantiemen. Dominic schickte mir vorab eine Mail mit der Abrechnung.

Von: Dominic McGann
An: Daisy Delaney
Betreff: Erste Abrechnung
Liebe Daisy,
anbei schicke ich dir die erste Abrechnung für *French Fancy.* Und das ist erst der Anteil der Verkäufe von den ersten paar Wochen, sprich von dem Quartal bis Ende Dezember. Mit anderen Worten: Die nächste Zahlung wird noch viel höher ausfallen. Nach deinem Outing am Valentinstag ist die Nachfrage nämlich noch mal rapide gestiegen. Das heißt, dein Agent wird dir demnächst insgesamt £ 28 546,86 überweisen. Damit hast du deinen Vorschuss bereits drin, und das war doch ein ordentlicher Batzen.

Herzlichen Glückwunsch vom gesamten Bluebells-Team! Wir sind hellauf begeistert.
X, Dominic

Das war ich ebenfalls. Ich hatte so viele Horrorgeschichten von Autoren gehört, die über ihren Vorschuss hinaus keinen Pfennig verdient hatten. Von meinen Büchern jedoch hatten sich innerhalb weniger Monate so viele verkauft, dass mir nach Abzug des Vorschusses noch ein beachtliches Sümmchen übrig blieb. In meinem ganzen Leben hatte ich noch nie so viel Geld auf einmal überwiesen bekommen.

Und da ich mit meiner Sparsamkeit jeden noch so geizigen Schotten in den Schatten stellen konnte, würde ich damit eine ganze Weile auskommen. Vorausgesetzt, ich musste nicht allzu viel in neue Klamotten für öffentliche Auftritte investieren.

KAPITEL 75

Auf nach Hay-on-Wye

Dominic hatte für mich eine schier endlose Reihe an Auftritten organisiert, und ich tingelte munter landauf, landab, ohne auch nur einen einzelnen auszulassen (einmal abgesehen von dem beim Club der Proletarier von Bradford, und das auch nur deshalb, weil er mit einem anderen Termin kollidierte). Ich hatte mir dafür dann doch noch weitere Kleider auf den Leib schneidern lassen – jedes davon mit eng anliegendem, miederartigem Oberteil und weit schwingendem Rock – und absolvierte in diesem offenherzigen Aufzug eine regelrechte Tour de Force (oder Tour de Vorbau, wie ich es insgeheim nannte).

»Wir müssen das Eisen schmieden, solange es heiß ist«, betonte mein gewiefter Verleger immer wieder. »Es kann gut sein, dass das Interesse nach einem Jahr schwindet. Aber es ist durchaus möglich, in einem Jahr so viel zu verdienen, dass du dich danach getrost zur Ruhe setzen kannst.« Also erhob ich keine Einwände. Wenn es um aktuelle Marketingtrends ging, wusste Dominic zweifellos, wovon er redete, und da Michel nicht mehr Teil meines Lebens war, kam mir das Dasein als hart arbeitender Single ganz gelegen. Es heißt doch immer, wer ein Vermögen machen will, darf seine Zeit nicht an das andere Geschlecht vergeuden.

Zugegeben, in letzter Zeit waren Dominic und ich uns recht nahe gekommen. Wir telefonierten fast täglich. Es gab ja auch ständig etwas zu besprechen (wie viel für mich abfiel, wenn *French*

Fancy demnächst auf Mandarin erschien, beispielsweise). Manchmal kam er nach London, sei es wegen einer Besprechung oder einfach nur, um mit mir zu Mittag zu essen. Unser Verhältnis war kameradschaftlich und sehr harmonisch; bisweilen hakte ich mich sogar bei ihm unter, wenn wir unterwegs waren. Die Nächte verbrachte er allerdings stets bei einem Kumpel, der in Notting Hill wohnte. Ein, zwei Mal hatte es zwar fast danach ausgesehen, als würden wir demnächst miteinander in die Kiste springen, aber ich wollte unsere Arbeitsbeziehung auf keinen Fall aufs Spiel setzen. Und nachdem Dominic so oft erwähnte, in einem Jahr könne alles schon wieder vorbei sein, dachte ich, gut, wenn wir uns danach immer noch mögen, können wir ja dann den nächsten Schritt wagen.

Ende Mai fuhren wir gemeinsam zum Literaturfestival Hay-on-Wye. Dominics Mutter passte auf Minty auf.

»Toll siehst du aus«, bemerkte er, als er mich mit seinem Cabrio in London abholte. Ich trug eines meiner bunt gemusterten Kleider und dazu eine Fünfzigerjahre-Sonnenbrille mit weißem Rahmen, die ich auf dem Portobello Market gefunden hatte.

Ich stieg ein, er verstaute meinen kleinen Koffer im Wagen (eigentlich hätte ich meine paar Habseligkeiten auch in einer Clutch transportieren können, so geübt war ich inzwischen im Packen), und wenig später brausten wir in seinem Aston Martin stilvoll über die A40 Richtung Herfordshire.

Dominic hatte romantische Musik eingelegt – »We Have All the Time in the World« und »My One and Only Love« von Louis Armstrong –, die Sonne schien, der Himmel war wolkenlos blau, und der Wettervorhersage zufolge sollte es das ganze Wochenende so bleiben. Ich fühlte mich in meine Kindheit zurückversetzt, in die Zeit der idyllischen Sommer, in denen man wunschlos glücklich ist und sich nicht vorstellen kann, dass es je wieder Regen geben wird.

»Das verdanke ich alles nur dir«, sagte ich.

Er lächelte. »Darf ich das als Kompliment auffassen?«

»Darfst du. Klar war ich zeitweise überfordert, und es nervt mich tierisch, dass ich an einem Bad-Hair-Day nicht mehr inkognito im Laden um die Ecke einkaufen gehen kann, aber ich war echt kurz davor, mich von meinen Träumen zu verabschieden. Ich hatte mich bereits damit abgefunden, dass ich wieder nach Irland ziehen und ein Dasein als Lohnsklavin fristen muss.«

»Tja, ich bin froh, dass es anders gekommen ist. Aber dein Erfolg ist ausschließlich auf dein Talent und deinen Einfallsreichtum zurückzuführen. Wenn sich hier jemand glücklich schätzen muss, dann ich. Du hast mich auserwählt! Wenn ich dein Buch nicht herausgebracht hätte, dann hätte es eben ein anderer Verlag getan.«

»Ach, du Schmeichler, du.«

Danach herrschte eine Weile einträchtiges Schweigen. Ab und zu lächelten wir uns an, und dann legte er mir eine Hand aufs Knie, oder ich berührte ihn an der Schulter und äußerte mich lobend über seine Fahrkünste.

Auf den Feldern und an den Hecken prangten frühsommerliche Blüten in Gelb, Blau und Rosa, mollige kleine Lämmer tollten ausgelassen über die Wiesen, Grasmücken und Laubsänger tschilpten fröhlich vor sich hin.

Könnte das hier das Wochenende sein, an dem sich die Dinge zwischen uns ändern werden?

Ich sprach nicht aus, was mir durch den Kopf ging, hatte aber das untrügliche Gefühl, dass Dominic das Gleiche dachte.

KAPITEL 76

Eine Panne kommt selten allein

Über die Hauptstraße von Hay waren bunte Wimpelketten gespannt, und allerlei charmante Krimskramsläden hatten ihre gestreiften Markisen ausgefahren, um die Raritäten in den Schaufenstern vor der Sonne zu schützen. An den Tischen vor dem pittoresken kleinen Hotel Kilverts saßen glücklich aussehende Menschen, die die wärmenden Sonnenstrahlen genossen und dazu kühles Bier oder erfrischenden Tee aus Porzellantassen tranken.

»Hier ist es genauso hübsch, wie ich es mir vorgestellt hatte«, stellte ich fest.

»Es grenzt schon fast an Kitsch, aber es ist wirklich etwas Besonderes. Und du passt in diese Kulisse einfach perfekt rein. Ich glaube, du wirst hier sehr gut ankommen«, erwiderte Dominic.

»Ach, richtig, ich bin ja zum Arbeiten hier. Das hatte ich schon fast vergessen.«

»Ich verlasse mich auf dich, Daisy. Es gibt da nämlich eine Insel in der Karibik, auf die ich scharf bin …«

»Also, ich lege mir als Erstes einen Hubschrauber zu«, scherzte ich. »Oder vielleicht eine von diesen Jachten, wie man sie im Hafen von Cannes sieht. Apropos, wir könnten doch mal nach Cannes fahren.«

Bis dato hatte ich 60 000 Pfund verdient, aber es war ja nicht verboten zu träumen.

Dominic wusste nur zu gut, dass mir das alles nicht wirklich wichtig war. Ich wollte bloß genügend Geld auf dem Konto haben, um mein Leben bequem bestreiten zu können, sprich ohne Angst vor der akuten Insolvenz.

»Halt Ausschau nach einem Hotel namens The Swan«, sagte er.

»Da drüben ist es!« Ich zeigte auf ein kleines weiß getünchtes Eckhaus auf der anderen Straßenseite.

»So, hier ist Ihr Schlüssel, Mr McGann«, sagte die freundlich lächelnde ältere Dame hinter dem Empfangstresen, die sich uns als Mrs Burton vorgestellt hatte. Gut möglich, dass ihr das Hotel gehörte.

Dominic räusperte sich. »Ich hatte aber zwei Zimmer gebucht.«

»Mir liegt nur eine Buchung vor, Sir. Für ein kompaktes Doppelzimmer.«

»Tut mir leid, da muss ein Missverständnis vorliegen. Wir brauchen zwei Zimmer.« Er sah zu mir und verdrehte unauffällig die Augen, als wollte er sagen: »Wenn man nicht alles selber macht …«

»Tja, bedauerlicherweise sind wir komplett ausgebucht«, sagte Mrs Burton. »Aber Ihr Zimmer verfügt zusätzlich zum Doppelbett über ein Sofa, auf dem man auch schlafen kann.«

Dominic kratzte sich am Kopf und drehte sich zu mir um.

»Und was jetzt? Es ist eher unwahrscheinlich, dass wir woanders fündig werden, außer vielleicht im Travelodge Motel in Leominster.«

»Warum sehen wir uns das Zimmer nicht einfach mal an? Die Lage ist unschlagbar. Für ein, zwei Nächte wird es schon gehen.«

Und so kam es, dass ich mich gleich darauf mit meinem Verleger in das kleinste Doppelzimmer der Welt quetschte.

»Ist ja putzig«, sagte ich und ging ins Bad, um mich frisch zu machen und fürs Abendessen umzuziehen.

»Auf welcher Bettseite möchtest du schlafen?«, fragte Dominic, stets der Gentleman.

»Ich nehme das Sofa«, rief ich.

»Ach so.« Das klang sehr enttäuscht. »Ich kann aber auch auf dem Sofa schlafen. Schließlich musst du morgen fit sein für deinen großen Auftritt.«

»Lass uns das nach dem Abendessen besprechen. Wir haben doch Halbpension, oder?«

»Ja. Bin mal gespannt, wie sich das gestaltet. Ob wir uns wohl einen Teller teilen müssen?«

Ich schnaubte belustigt. »Es ist bestimmt total okay.«

»Lässt du mich kurz ins Bad? Dann kann ich schon mal vorgehen, und du hast mehr Platz, um dich fertig zu machen«, sagte Dominic. »Lass dir ruhig Zeit.«

Ich nahm das Angebot dankbar an. Wenn ich an meinen bevorstehenden Auftritt dachte, wurde mir flau. Diesmal sollte ich nicht bloß interviewt werden, sondern an einem »Cake-Off« teilnehmen, in einem der großen Sponsorenzelte, das extra dafür mit zwei Küchen ausgestattet war. Und mein Kontrahent war Myles Munroe von *Bake It!*

Ich beschloss, mich fürs Abendessen aufzuhübschen. Etwas natürliches Make-up in Pfirsichtönen, Hochsteckfrisur, ein Sommerkleid in Knallpink mit weißen Punkten, dazu Espadrilles mit kleinem Keilabsatz. *Nicht übel*, dachte ich, als ich mich duckte, um mich im halbhohen Spiegel zu betrachten. Beim Aufstehen hätte ich mir beinahe den Kopf an der Dachschräge angestoßen. *Okay. Auf zum Dinner.*

Dominic wartete auf dem Sofa neben der Rezeption auf mich.

»Du siehst atemberaubend aus, Daisy«, sagte er und gab mir einen Kuss.

»Danke. Ich habe einen Bärenhunger.«

Wir erkundigten uns bei Mrs Burton, ob unser Tisch schon frei war, und mussten feststellen, dass auch diesbezüglich etwas schiefgelaufen war. Mrs Burton beharrte darauf, ihr liege keine Reservierung vor, und Dominic ärgerte sich, weil er keine Beweise vorlegen konnte. Er hatte alles telefonisch geregelt, was untypisch für ihn war.

Wir überlegten gerade, ob wir warten sollten, bis ein Tisch frei wurde, oder ob wir lieber gleich anderswo unser Glück versuchen sollten, als Dominic auf dem Regal hinter dem Rezeptionstresen eine Ausgabe von *French Fancy* erspähte.

»Ah, Mrs Burton, wie ich sehe, sind Sie ein Fan von Lucy Lovecake.«

»Ja, das bin ich. Ein fabelhaftes Buch. Ich habe ein Ticket für die Veranstaltung morgen, und ich hoffe, Lucy Lovecake gewinnt. Unter uns gesagt ist mir dieser Myles Munroe ziemlich unsympathisch. Diese Wolfsaugen … Er ist ein Opportunist, das sieht man ihm an.«

Dominic beugte sich über den Tresen. »Erzählen Sie es bitte nicht weiter, aber diese Lady hier ist Daisy Delaney alias Lucy Lovecake, die Autorin von *French Fancy*. Und ich bin der Verleger.«

Mrs Burtons Gesicht war ein Bild für die Götter. »Das glaub ich ja nicht!«, rief sie, von einem Ohr zum anderen lächelnd. »Das ist ja fast so, als würden wir ein Mitglied der königlichen Familie beherbergen! Alle reden über dieses Buch, und alle meine Freundinnen lesen es. Meine Freundin Gina hat sich damit sogar einen Mann geangelt! Mit der Schoko-Himbeer-Torte und roter Spitzenunterwäsche, wie Lucy Lovecake es empfiehlt. Warten Sie, ich sehe mal nach, ob ich nicht doch noch einen Tisch für Sie auftreiben kann. Einen schönen ruhigen in der Ecke. Zur Not stelle ich eben einen zusätzlichen auf.«

Ich war platt, und das nicht nur deshalb, weil ich Mrs Burton nun wirklich nicht zu meiner Zielgruppe gezählt hätte. Es war das erste Mal, dass ich auf diese Weise einen Nutzen aus meinem Werk zog, und irgendwie war mir nicht ganz wohl dabei.

Als wir gleich darauf im Speisezimmer saßen, verlieh ich meiner Verwunderung darüber Ausdruck.

Dominic zuckte die Schultern. »Deine Leserschaft ist eben sehr breit gefächert.«

»Ich dachte, meine Leserinnen sind in erster Linie berufstätige junge Frauen, die bei Twitter oder Instagram über Lucy Lovecake gestolpert sind. Und dann gibt es natürlich die männlichen Fans. Aber es ist wirklich super, dass ich auch das Liebesleben von etwas älteren Mittelschichtlern aufpeppen kann.«

»*French Fancy* lässt sich eben nicht in eine Nische zwängen«, bemerkte Dominic. »Das ist bei vielen großartigen Büchern ganz ähnlich. Trotzdem, dass dir dein Name schon nach so kurzer Zeit einen Tisch im The Swan in Hay-on-Wye verschafft, damit hätte ich nicht gerechnet. Du hast es geschafft!«

»Offenbar, ja.« Ich kicherte.

Da ich tags darauf früh rausmusste, beschlossen wir, alkoholmäßig nicht über die Stränge zu schlagen. Ich trank lediglich zwei Gläser Chablis, der sich angenehm entspannend auf meine Nerven auswirkte. Kurz nach zehn gingen wir auf unser Zimmer.

»Du hast vermutlich etwas Aufregenderes erwartet«, sagte ich entschuldigend, als ich in meinem schlichten weißen Nachthemd aus dem Bad kam. »Aber es war ja nicht geplant, dass wir uns ein Zimmer teilen.«

»Daisy, du solltest eigentlich wissen, dass du Reizwäsche gar nicht nötig hast.«

Ich schlüpfte unter die Daunendecke auf meinem improvisierten Sofabett und ließ mich in die dicken weißen Kissen sinken. »Puh, ganz schön durchgelegen.«

»Sollen wir nicht doch lieber tauschen?«, fragte Dominic.

»Hm … Vermutlich würde ich im Bett schon deutlich besser schlafen.«

Irgendwie ging beim Wechsel allerdings etwas schief, sodass wir am Ende zu zweit im gemütlichen Doppelbett lagen.

Als wir am nächsten Morgen erwachten, lachte die Sonne freundlich durch das Fenster herein, und die Vögel zwitscherten. *Sechs Uhr! Nur noch fünf Stunden bis zu meinem großen Moment!*

»Es geht erst um elf los, wir haben also noch etwas Zeit. Frühstück und Spaziergang?«, schlug ich vor, in Dominics Armbeuge geschmiegt.

»Und Knutschen«, sagte er. Ich konnte es ihm nicht abschlagen, obwohl ich mich insgeheim fragte, ob wir damit womöglich gegen irgendeinen Verhaltenskodex für Autoren und Verleger verstießen.

»Gibt es in meinem Vertrag einen Paragrafen zu diesem Thema?«

»Wie du weißt, habe ich an absolut alles gedacht, was deine Karriere angeht, Liebes.«

Das entsprach unleugbar den Tatsachen.

KAPITEL 77

Die Lage spitzt sich zu

Als ich mich für meinen Auftritt umzog, passierte das nächste Malheur. Der Reißverschluss meines Kleides – das mit dem Cupcake-Print – ging kaputt.

»O Gott, was soll ich denn jetzt machen?«

»Was hast du sonst noch dabei?«, fragte Dominic.

»Das Kleid, das ich hinterher anziehen wollte. Aber das ist ziemlich weit ausgeschnitten.«

Ich zeigte es ihm.

»Das ist doch perfekt«, sagte er.

Wir trafen mit reichlich Puffer auf dem Festivalgelände ein, wo schon einiges los war. An den Bücherständen drängten sich Käufer und Interessierte, die Cafés platzten aus sämtlichen Nähten und wurden laufend mit Nachschub beliefert, und auf der Wiese dahinter packten etliche Besucher bereits Picknickdecken und Proviant aus.

»Wie es aussieht, wird es heute richtig rundgehen«, stellte Dominic fest.

»Meinst du, es kommen viele Leute zu diesem Backwettbewerb?«, fragte ich nervös. »Wäre ja ganz schön peinlich, wenn Mrs Burton mutterseelenallein im Zuschauerraum säße!« Ich hatte keine Vorstellung davon, wie viele Fans Myles Munroe noch so übrig hatte.

»Ach, das wollte ich dir vorhin noch sagen – ich hab auf der Webseite nachgesehen, die Veranstaltung ist ausverkauft.«

»Was?«

»Jep. Das Zelt fasst um die zweihundert Personen.«

»Ach du Scheiße!«

Jetzt aber mal Konzentration, Daisy! Geh dein Rezept durch.

Dominic strich mir sanft übers Haar. »Entspann dich. Du bist genial.«

Aber nachdem unsere Reise plötzlich einen so romantischen Touch bekommen hatte, fiel es mir gar nicht leicht, in den Dienstmodus umzuschalten.

Am Empfang begrüßte uns eine Frau namens Tara, die mehr oder weniger für die Organisation des gesamten Festivals verantwortlich zu sein schien, so oft, wie sie auf dem Weg zum Backstagebereich angehalten wurde.

»Ich bin für die Events im Sachbuchbereich zuständig«, erklärte sie.

»Und was sind das so für Bücher?«, fragte ich.

»Alles Mögliche. Politikermemoiren, Biografien von Rockstars, Kochbücher, Werke von Komikern und Dokumentarfilmern wie Bear Grylls und so weiter. Die Art von Büchern, die es heutzutage in jeder Buchhandlung haufenweise gibt.«

Tara brachte uns in den Green Room, eine Art Lounge, in der ein Couchtisch und mehrere limettengrüne Clubsessel standen. »Hier könnt ihr noch ein bisschen entspannen«, sagte sie. Der Anblick einer riesigen Panoramaaufnahme von einer walisischen Landschaft, die eine komplette Wand zierte, wirkte in der Tat beruhigend. Es gab gratis Zeitungen, Tee, Kaffee und Gebäck, einen Kühlschrank mit Erfrischungsgetränken sowie mehrere gut gefüllte silberne Obstschalen.

Unter den anderen Anwesenden waren drei Komiker, die laut Programm ein Drei-Mann-Stück aufführen sollten, um Werbung für ein neues Buch über die Verbindung zwischen Stand-up Comedy und manischer Depression zu machen.

Es waren auch zwei, drei wichtige Politiker da und – unglaublich, aber wahr – einige richtige Schriftsteller. David Hurd beispielsweise und zu meiner großen Verblüffung auch Mary Lennox und Dr Sarah Hove, deren Serie über die Tudors ich furchtbar gern gesehen hatte.

Gott, wie peinlich, als einzige nicht ernst zu nehmende Autorin zwischen all diesen Oxford-Schwergewichten zu sitzen. Die kleine Daisy Delaney mit ihrem Abschluss in Mode! Ich habe keinen blassen Schimmer von der Schriftstellerei. Ich habe auf Veranstaltungen wie dieser nichts zu suchen. Ich verdanke es doch bloß Twitter, Facebook und Co., dass mein Buch so bekannt geworden ist! Warum sollte mir irgendjemand beim Kuchenbacken zusehen wollen? Solche Events dienen doch nur dazu, die Sensationsgier der Leute zu befriedigen! Fremdschämen und die Zurschaustellung von Peinlichkeiten als moderne Version der öffentlichen Hinrichtung.

Als hätte er meine Gedanken gelesen, beugte sich Dominic zu mir rüber und flüsterte: »Du musst dich vor diesen Leuten nicht verstecken. Die meisten von denen haben schon viel zu lange das Entertainment-Monopol inne.«

Trotzdem sehnte ich mich plötzlich heftig nach Claras kleiner Boutique in Primrose Hill, nach den Zeiten, in denen ich noch davon geträumt hatte, Momente wie diesen zu erleben.

Wir nahmen auf zwei Clubsesseln Platz, und Tara erklärte mir kurz, was mich erwartete.

»Also, moderiert wird die Show von Victoria Darling«, verkündete sie mit einem strahlenden Lächeln.

»Wow. Sie wollen mich wohl noch nervöser machen, als ich sowieso schon bin, wie?«

»Tut mir leid, ich dachte, es interessiert Sie vielleicht. Wir wissen meistens erst im letzten Augenblick, wer welchen Part übernimmt. Hay-on-Wye ist nicht gerade einfach zu erreichen. Dagegen ist sogar die Reise nach Mittelerde ein Klacks, haha. Na, jedenfalls warten wir noch auf Myles Munroe, aber er hat Caroline – Caroline Bateman, meine ich – vorhin geschrieben, dass er schon in der Nähe ist. Caroline ist heute in der Jury, die Ihre Kreation verkosten wird.«

»*Caroline Bateman? Caroline Bateman* verkostet meine Torte?«

Ich hatte diese Frau schon verehrt, als ich noch ein kleines Mädchen war.

Dominic legte mir einen Arm um die Schultern. »Du hast nichts zu befürchten. Deine Torten sind spitze.«

»Und es geht ja um nichts«, sagte Tara. »Wir hatten dieses Jahr übrigens schon so einige Pannen. Neulich ist der Strom ausgefallen, als gerade eine Tarte Tatin im Backofen stand …«

Könnte dieser Frau vielleicht mal jemand verklickern, dass ihre Kommentare alles andere als hilfreich sind?

»Sie sind hier im Glenfiddich-Zelt, das ist das größte und den Publikumsmagneten vorbehalten. Wir haben etwa vierzig Plätze für Journalisten und Blogger reserviert, weil wir den Eindruck haben, dass sie für eine Art Schneeballeffekt sorgen. Da verzichten wir gern auf das Geld, das uns der Ticketverkauf dieser Plätze einbringen würde.«

In diesem Moment stürmten drei sichtlich erregte Männer herein. Tara wandte sich abrupt ab und eilte zu ihnen hinüber.

»Das ist Stephen Murray«, murmelte Dominic halblaut. »Der schmeißt den Laden hier. Und die anderen beiden sind seine Kumpel Will Adams und Johnny Cavaye.«

»Die drei sehen aus, als wären sie von einem Löwen gejagt worden«, sagte ich. »Oder als hätte ihnen jemand eine Lösegeldforderung geschickt.«

»Stimmt. Sie haben ganz offensichtlich ein Problem.«

Mittlerweile hatte sich noch eine weitere Dame dazugesellt, und die fünf zogen sich in eine Ecke zurück, wo sie aufgeregt miteinander zu tuscheln begannen. Ich schnappte nur dann und wann ein paar Wörter auf. »Das klappt doch nie!« … »Schöne Scheiße!« … »Ich glaube kaum, dass sie sich darauf einlässt.«

Irgendwann verstummte das Gemurmel. Vereinzeltes Nicken.

»Jetzt haben sie wohl eine Lösung gefunden«, stellte Dominic, der auf seinem iPad den *Guardian* las, fest und hob amüsiert den Kopf.

Tara eilte zu uns rüber, die Wangen gerötet, ein künstliches Lächeln im Gesicht.

»Daisy, ich werde nicht lange um den heißen Brei herumreden. Wir müssen Sie um einen *riesigen* Gefallen bitten. Unser Vorschlag wird Ihnen höchstwahrscheinlich überhaupt nicht gefallen. Es tut mir echt leid. Warum muss eigentlich immer ich die Scheißjobs erledigen?«

»Worum geht es denn?«, fragte ich. Was konnte denn gar so schlimm sein?

»Myles Munroe schafft es leider doch nicht mehr rechtzeitig, sodass wir den Cake-Off abblasen müssten. Wir brauchen dafür nun einmal zwei Stars …«

Ich bin kein Star!

»Allerdings ist zufällig jemand vor Ort, der eigentlich erst nächsten Samstag kommen sollte. Er hat sich im Datum geirrt, und wir haben beschlossen, ihn beim Backwettbewerb gegen Sie antreten zu lassen. Schon allein deshalb, weil nicht anzunehmen ist, dass er den weiten Weg ein zweites Mal auf sich nehmen wird. Wie gesagt, so etwas passiert hier ständig.«

»Und …?«

»Um es kurz zu machen: Die Veranstalter sind der Meinung, dass Sie ein gutes Gespann wären, und deshalb wären wir Ihnen unheimlich dankbar, wenn Sie einwilligen würden.« Tara wand sich vor Verlegenheit.

»Nun kommen Sie doch bitte endlich zum Punkt«, mischte sich Dominic ein. »Gegen wen soll Daisy antreten? Das gefällt mir alles ganz und gar nicht.«

»Ach, das geht schon in Ordnung«, winkte ich ab. Ich wollte es um jeden Preis vermeiden, wie eine Diva rüberzukommen.

Tara schluckte schwer.

»Raus mit der Sprache«, befahl Dominic. »Wer ist der andere Autor?«

Sie schlug verlegen die Augen nieder. »Tut mir echt leid, Daisy, aber wir stecken bis zum Hals in der Scheiße. Es ist doch hoffentlich okay für Sie, wenn Sie gegen Michel Amiel antreten? Super, danke, Sie retten uns damit echt den Arsch.«

KAPITEL 78

Gute Miene zum bösen Spiel

Jetzt war ich es, die schluckte. »Aber wir sind total zerstritten! Michel hasst mich. Er hat bei meiner Buchpräsentation bei Harrods am Valentinstag für einen Skandal gesorgt und musste vom Sicherheitsdienst abgeführt werden, und seither haben wir kein Wort mehr miteinander geredet!«

Tara zeigte sich angemessen zerknirscht, hatte jedoch offenbar schon Schlimmeres erlebt als den Abgang eines Kandidaten in Polizeibegleitung.

Dominic war stinksauer. »Das ist eindeutig zu viel verlangt«, sagte er. »Füllen Sie den Burschen einfach ordentlich ab, und setzen Sie ihn in den nächstbesten Zug. Er ist selbst schuld, wenn er am falschen Tag hier aufkreuzt. Daisy will mit diesem Loser jedenfalls nichts mehr zu tun haben. Sein Verhalten ihr gegenüber war unter aller Kanone. Wie können Sie es wagen, so etwas von ihr zu verlangen? Und woher wollen Sie überhaupt wissen, dass er sich darauf einlassen würde?«

Inzwischen hatte er sich so richtig in Rage geredet, und die anderen Anwesenden hatten mit unverhohlener Neugier zugehört.

Tara redete noch einmal kurz mit ihren Vorgesetzten, worauf diese uns baten, ihnen in ihr Büro zu folgen, das hinter dem Green Room lag.

Dominic war noch immer auf hundertachtzig. »Daisy ist neu im Showgeschäft, und ich finde es echt unverschämt von Ihnen, sie in eine derartige Situation zu bringen.«

»Ich kann Ihnen versichern, dass wir das nicht geplant hatten«, sagte Johnny Cavaye. »Wir konnten nicht ahnen, dass Miles nicht rechtzeitig auftauchen würde, und dann ist Michel Amiel unerwartet hier hereingeschneit, und er besteht darauf, dass er heute zum Einsatz kommt oder gar nicht.«

»Wie wär's denn, wenn Caroline Bateman gegen Daisy antritt, und Michel übernimmt ihren Platz in der Jury?«, schlug Dominic vor.

»Auf die Idee sind wir auch schon gekommen, aber das will er nicht.« Johnny klang allmählich richtig verzweifelt.

Stephen und Will hielten sich raus. Tara lächelte starr. Ihr knallrot angemalter Mund irritierte mich immer mehr. Und diese strahlend weißen Zähne! Bestimmt waren sie nicht echt. Wie künstlich und verlogen das alles wirkte.

Was für ein Affentheater. In einer Stunde habe ich einen Auftritt beim Literaturfestival in Hay-on-Wye! Davon hätte ich vor einem Jahr nicht einmal zu träumen gewagt! Ich bin doch praktisch erst seit fünf Minuten dabei, eine Internetsensation, und schon liegen sich »meine« Leute wegen meiner Rechte in den Haaren und diskutieren darüber, was ich tun werde und was nicht. Das kann ja echt noch heiter werden.

»Ich mach's«, verkündete ich. *Wir sind hier schließlich nicht im Kindergarten.* »Aber erwarten Sie bloß nicht von mir, dass ich so tue, als wären wir beste Freunde.«

Tara sah aus, als würde sie mich vor Erleichterung am liebsten umarmen, sodass ich zu meiner eigenen Überraschung sicherheitshalber einen Schritt nach hinten wich, auch wenn es noch so divenhaft wirken mochte. Ich war bereit, diesen Leuten entgegenzukommen, aber geknuddelt werden wollte ich deswegen definitiv nicht.

Genau in diesem Augenblick tauchte Branwell auf. Als er hörte, was los war, sagte er: »Daisy, Sie sind ein Pfundskerl.«

Damit konnte ich etwas anfangen. Ich war kein Star, und ich war auch niemandes Liebling, Engel oder Süße. Ich war ein Pfundskerl.

Dann war es auch schon an der Zeit, mich verkabeln zu lassen und nach nebenan zu gehen.

»Viel Glück, Daisy.« Dominic küsste mich auf beide Wangen. »Ich werde in der ersten Reihe sitzen, nur ein paar Meter von dir entfernt.«

»Danke.«

Ich atmete einmal tief durch, entschlossen, die Sache möglichst würdevoll hinter mich zu bringen, wie sich das gehörte, wenn man in einem Backwettbewerb gegen einen Erzfeind antrat.

KAPITEL 79

Medienspektakel

NACH HAY-ON-WYE

Nach dem Debakel in Hay wollte ich nur noch nach Hause. Ich fühlte mich, als hätte man mich windelweich geprügelt. Jeder Zentimeter meines Körpers schmerzte, vor allem mein Herz.

Dominic war wegen meines Stimmungstiefs nach dem desaströsen Cake-Off beunruhigt. Die Heimreise war deutlich weniger fröhlich, wir schwiegen uns die meiste Zeit an.

»Das war ziemlich unschön. Tut mir leid«, sagte er, als ich in London aus seinem Wagen stieg. »War ja klar, dass uns Michel Amiel das erste romantische Wochenende verderben musste.«

Tja, so war Michel eben. Wo immer er auftauchte, hinterließ er eine Spur der Verwüstung.

»Für mich war es vor allem ernüchternd zu sehen, wie die Festivalmaschinerie tatsächlich funktioniert. Das war echt eine traumatische Erfahrung«, sagte ich. »Das ganze Brimborium … Für diese Leute sind die Autoren doch gar keine menschlichen Wesen, sondern Waren, mit denen sie ihre Geschäfte machen. Karikaturen. Das fand ich richtig beängstigend. Aber keine Sorge, ich brauche bloß ein paar Tage Ruhe, dann bin ich wieder ganz die Alte.«

»Das hoffe ich. Ich weiß, dass dich die Sache mit Michel aus der Bahn geworfen hat. Und wenn du mit ihm Kontakt aufnehmen willst, dann tu das. Ich werde dich nicht davon abhalten. Aber sei vorsichtig. Er ist ein Wiederholungstäter mit selbstzerstörerischen Tendenzen. Ich habe so was auch schon bei anderen erlebt. Du willst ihm helfen, das Muster zu durchbrechen, weil du ein weiches Herz hast, aber das kannst du nicht, Daisy.«

»Du hast recht. Ich hab mir bloß Sorgen um ihn gemacht, weil er sich so gefährlich nah am Abgrund bewegt. Das ist alles. Im Grunde ist er mir egal. Ich will nur sicherstellen, dass meine Mitmenschen glücklich sind.«

Dominic lächelte. »Und das macht dich ungemein liebenswert. Aber du wirst dir angewöhnen müssen, tougher zu sein. Wir haben eine Einladung aus New York erhalten – ein Verlag von der Upper East Side interessiert sich für *French Fancy*, und wir brauchen einen Big Player, der sich um den Verkauf der Rechte in den USA kümmert. Das kann Bluebells nicht übernehmen. Wir müssen steinhart sein, eiskalt verhandeln, müssen aus diesem Deal alles herausschlagen, was wir wollen. Diese Verlage sind nichts ohne Bestseller. Wir haben sie in der Hand. Du hast sie in der Hand.«

»Und ich bin bereit zu kämpfen. Ich brauche bloß etwas Erholung«, sagte ich. »Danke, dass du mich nach Hause gebracht hast. Du solltest jetzt schleunigst zu Minty fahren.«

»Ja. Wir sprechen uns in ein, zwei Tagen, und wenn du so weit bist, schmieden wir Reisepläne.«

Ich winkte ihm nach, bis sein Aston Martin um die Ecke gebogen war. Dann betrat ich unsere kleine Wohnung, und es fühlte sich so an, als würde sie mich in die Arme nehmen. Ich knallte die Tür hinter mir zu und sperrte die Welt da draußen aus.

Zwei Tage lang lag ich zusammengerollt im Bett und dachte über die neuesten Entwicklungen in meinem Leben nach. Irgendwann machte sich Kitty auf zum kleinen Laden an der Ecke, um ein paar Lebensmittel einzukaufen.

»Ich will dich ja nicht beunruhigen, Daisy, aber in unserer Straße lauern ein paar Fotografen.«

»Warum?«, murmelte ich benommen. Ich hatte das Gefühl, bis in alle Ewigkeit schlafen zu müssen.

»Sie haben eben rausgefunden, dass du hier wohnst, und jetzt hoffen sie, dass sie dich vor die Linse kriegen«, sagte sie sanft.

Ich setzte mich im Bett auf. »Meinst du? Was wollen sie denn mit einem Foto von mir anfangen?«

»Sie werden es verkaufen. An eine Zeitung oder ein Internet-Portal. Seit deinem Auftritt in Hay-on-Wye ist das Interesse an dir noch größer.«

»Oh, Gott ... Ich war längere Zeit nicht online. Was hab ich verpasst?«

»Ich mache dir Tee, Toast und Rührei, und dann erzähle ich dir, was sich in den letzten Tagen so getan hat, okay?«

»Das wäre toll, Kitty, danke. Tja, ich schätze, es ist höchste Zeit, dass ich mich mal wieder einlogge und ...«

»Warte damit lieber, bis ich dich auf den neuesten Stand gebracht habe, ja? Geh fürs Erste nur deine Anruferliste durch.«

»Okay ... Das klingt beunruhigend. Ist irgendetwas Schlimmes passiert?«

»Du musst dir nicht direkt Sorgen machen, aber die ganze Sache hat doch ordentlich für Furore gesorgt und deinen Bekanntheitsgrad – und vor allem deine Popularität – kräftig gesteigert. Nicht zuletzt, weil Michel ein derart bizarres Verhalten an den Tag gelegt hat. Du hast jede Menge Lob und Anerkennung für deine Gelassenheit und deine fabelhafte Torte geerntet.«

Damit ging sie in die Küche, um Frühstück zu machen.

Ich griff nach meinem Handy und scrollte durch die unzähligen Nachrichten, die mir Mum, Dad, Clara, Dominic und Branwell geschickt hatten. Kein Wort von Michel. Dafür hatte mir seine Mutter vor zwei Tagen geschrieben. *Oh, oh. Rose hasst es, SMS zu verschicken.* Wie erwartet war die Nachricht in Großbuchstaben verfasst.

»DAISY BITTE RUFEN SIE DRINGEND AN!«

Ich sprang aus dem Bett.

»Kitty!«, rief ich. »Michels Mutter hat mir geschrieben, vor zwei Tagen. Kannst du dir vorstellen, weshalb?«

Sie kam mit einem Tablett herein, das schwer mit Tee, gebuttertem Toast und einer riesigen Portion Rührei beladen war.

»Nein. Er hat in den letzten ein, zwei Tagen nichts gepostet.«

Ich aß mit einem Bärenhunger, während Kitty anfing zu erzählen.

»Nach deinem Sieg beim Cake-Off sind die Zugriffszahlen der Lucy-Lovecake-Seiten in schwindelerregende Höhen gestiegen. Die Reaktionen waren fast zu einhundert Prozent positiv. Kritik gab es nur von ein oder zwei hartnäckigen Amiel-Fans. Michel hat sich auf Twitter über dich ausgelassen. ›Daisy ist eine tolle Frau, aber sie hat mich betrogen‹ und so weiter. Da hat sich natürlich alle Welt gefragt: Wie und warum hat Daisy Delaney Michel Amiel betrogen? Die Leute wollen nicht glauben, dass er sich nur auf das Buch bezieht. Die Verschwörungstheroretiker haben sich so einige Erklärungen für euren Krach zusammengeschustert.«

»O Mann. Die Sache gerät total außer Kontrolle! Vielleicht sollten wir den Twitter-Account schließen.«

»Wenn du möchtest, das musst du entscheiden. Na, jedenfalls hatten sich die Dinge gerade wieder etwas beruhigt, weil es ja keine handfesten Beweise für die Gerüchte gab, als sich plötzlich eine gewisse Mrs Burton aus Hay eingeschaltet hat.«

»Mrs Burton? Das ist die Besitzerin des Hotels, in dem Dominic und ich abgestiegen sind! Sie hat doch nicht etwa …«

»Sie hat«, sagte Kitty. »Sie hat in einem Telefonat mit der *Daily Mail* behauptet, dass ihr – du und Dominic – ein Paar sein müsst, weil ihr ein Doppelzimmer gebucht hattet.«

Ich ließ den Kopf in die Hände sinken. »Das war doch bloß ein Missverständnis! Und überhaupt geht das niemanden etwas an!«

Bin ich jetzt mehr um meinen Ruf besorgt oder um Michels Gefühle? Schwer zu sagen.

Kitty nickte mitfühlend. »Es gibt da draußen eben Leute, die der Ansicht sind, dass jemand, der einen Blog schreibt, auf Twitter und Instagram sehr aktiv ist und diesen Medien seine Berühmtheit verdankt, mit den unangenehmen Aspekten genauso leben können muss wie mit den angenehmen.«

»Findest du das auch, Kitty? Ganz ehrlich?«

»Natürlich nicht, Daisy. Es ist eine Schweinerei, aber so etwas lässt sich nun einmal nicht verhindern. Durch die unsichtbare Wand der Anonymität, hinter der man sich im Internet verstecken kann, verlieren die Menschen jegliche Hemmungen und werden viel unverschämter als in persönlichen Gesprächen.«

»Und, hat Michel noch etwas gepostet, nachdem Mrs Burton in die Schlammschlacht eingestiegen ist?«

Kitty sah auf ihre Hände. »Nein. Seither herrscht von seiner Seite Funkstille.«

Ich schickte Rose eine SMS: *»Bin unterwegs, Daisy.«*

Sie antwortete: *»ICH BIN ROSE, NICHT DAISY!«*

Darauf ich: *»ICH WEISS, ICH BIN DAISY!«*

Ich duschte und zog mich an, so schnell es ging. Kitty bestellte ein Taxi, und als der Fahrer draußen vorfuhr, ging sie vor die Tür, um sicherzustellen, dass die Luft rein war.

»Keine Paparazzi, soweit ich das beurteilen kann«, berichtete sie. »Ich hab vorhin behauptet, dass du in Irland bist. Mir ist auf die Schnelle nichts Besseres eingefallen, aber es scheint funktioniert zu haben.«

»Gut gemacht, Kitty«, sagte ich. »Tja, dann begebe ich mich mal in die Höhle des Löwen.«

Zehn Minuten später stand ich in der Elsworthy Road. Michels Mutter ließ mich herein.

»Es tut mir so leid, dass ich es Ihnen nicht sagen konnte, Rose! Ich durfte nicht!«

»Er hat Ihnen vertraut, Daisy. Er hat Sie geliebt«, erwiderte sie schlicht.

»Es tut mir so furchtbar leid, glauben Sie mir!«

»Das sehe ich. Sie Ärmste.«

»Darf ich zu ihm?«

»Ich habe ihm erzählt, dass Sie kommen, aber er sagt, er will Sie nicht sehen, nie wieder. In seinen Augen sind Sie gleich eine doppelte Verräterin.«

Ich seufzte. »Darf ich ihm zumindest etwas sagen? Durch die geschlossene Tür, wenn es sein muss? Bitte!«

»Ich frage ihn.«

Während Rose nach oben ging, setzte ich mich ins Wohnzimmer, die Finger ineinander verknotet, und verfluchte Mrs Burton. *Diese charakterlose alte Kuh! Wobei … Kann es sein, dass Dominic tatsächlich nur* ein *Hotelzimmer reserviert hatte?*

Ehe ich mir groß den Kopf darüber zerbrechen konnte, kehrte Rose zurück.

»Er hat ein paar ganz schlimme Ausdrücke verwendet, und dann hat er gesagt, er hat die Nase voll von Ihren armseligen Lügen und Ihrem Selbstmitleid. Und ich soll Sie fragen, warum Sie ihm gegenüber nicht ehrlich waren, wenn Sie ihn doch angeblich so sehr lieben.«

Sie musterte mich. In ihrer Miene spiegelte sich viel eher Verzweiflung als Missbilligung.

»Sagen Sie ihm, dass es mir leidtut. Ich habe sein theatralisches Getue echt satt, aber ich liebe ihn.«

»Gut, ich sage es ihm. Warten Sie hier.«

Gleich darauf kehrte sie mit hängenden Schultern zurück. »Er sagt: ›Ich werde mich nie ändern.‹ Und dass Sie etwas Besseres verdient haben und ihn vergessen sollen. Und dann hat er sich abgewendet.«

»Rose, bitte sagen Sie ihm, er soll sich bei mir melden, wenn er reden will. Aber ich werde nicht ewig auf ihn warten.«

»In Ordnung. Gott, ihr zwei treibt mich noch in den Wahnsinn. Ihr führt euch auf wie Teenager! Andererseits habe ich ihn noch nie so verliebt gesehen. Er vergöttert Sie, Daisy. Aber mein Gott, dieses Drama! Was ist nur mit euch jungen Leuten heutzutage los? Warum muss man so private Dinge im Internet breittreten und sich öffentlich Nachrichten schicken, die jeder lesen kann? Es ist so würdelos! Einfach grauenhaft.«

»Sie haben vollkommen recht, Rose. Es tut mir leid, dass Sie in diese Angelegenheit hineingezogen wurden.« Ich umarmte sie. »Wir bleiben in Kontakt, ja?«

Die Sonne schien, also ging ich zu Fuß nach Hause. Ich machte einen Abstecher in den Park und setzte mich auf eine Bank. *Nicht zu fassen, dass Mrs Burton mit der Presse gesprochen hat! Ich hätte gedacht, sie wäre vom gleichen Schlag wie Rose Amiel. Sie war so nett und so begeistert von meinem Buch … Na ja, ich schätze, jeder hat seinen Preis.*

Beim Abendessen – es gab Spargel, Eier und getoastetes Roggenbrot – waren Kitty und ich ziemlich still. Der Laptop blieb aus; wir wagten es nicht, Lucy Lovecakes Seiten aufzurufen.

»Nichts davon ist echt«, sagte ich schließlich.

»Schon, aber ist das hier denn echt? Dass wir hier sitzen, in dieser winzigen Wohnung in London? Für uns mag es echt sein, aber für die große weite Welt da draußen gibt es dafür keine Beweise. Wie definieren wir Realität?«

»Als etwas, das man mit seinen fünf Sinnen wahrnehmen kann?«, schlug ich vor.

»Das ist eine mögliche Interpretation. Aber auch der Cyberspace ist nicht nur ein Hirngespinst, sondern eine neue Realität.«

»Stimmt, und er ist mit der Welt da draußen verbunden – all die Leute, die in Hay im Publikum saßen, hatten im Internet von meinem Buch erfahren. Das waren nicht bloß irgendwelche Bots.«

»Genau.«

»Gott, ich bin total durch den Wind. Vielleicht sollte ich mich betrinken.«

»Ich bin dabei.«

»Hervorragend. Und ich muss Dominic anrufen. Wir haben uns seit zwei Tagen nicht gesprochen.«

»Wie war's denn so mit ihm?«, wollte Kitty wissen.

»Du meinst, wie war die Nacht, die wir zusammen verbracht haben?«

»Jep.«

»Es war wunderbar. Ich war zwar recht nervös wegen meines Auftritts, aber es war sehr schön. Er ist … wie Samt, Michel dagegen ist …«

»Wie Glasscherben?«

Ich schnaubte. »Nein. Wie Leder wollte ich sagen.«

»Findest du nicht, du solltest Michel vergessen und Dominic eine Chance geben? Ihr zwei seid doch wie füreinander gemacht. Ihr habt so viel gemeinsam. Zum Beispiel seid ihr beide nicht mit der Polizei per Du …«

»Stimmt.« Ich stand auf, um Kaffee zu machen.

Kitty hat recht. In Michels Gegenwart fühle ich mich eingeschüchtert, unbehaglich und deprimiert. Und er wird sich nie ändern. Na-

türlich bereue ich, dass ich ihn angelogen habe, aber er ist nicht Teil meines Lebens. Ich wusste von Anfang an, dass er absolut unberechenbar ist. Wie hätte ich ihm da mein Geheimnis anvertrauen sollen? Verabschiede dich von deinem schlechten Gewissen, Daisy. Und von Michel Amiel. Und dann genieß deinen Erfolg, ganz ohne Schuldgefühle.

KAPITEL 80

Abschied von Primrose Hill

Irgendwann legte sich der Wirbel rund um den Backwettbewerb etwas, und Kitty und ich fingen wieder an zu twittern. Michel kündigte den Mietvertrag für sein Haus in der Elsworthy Road, sobald er sich etwas vom ersten Schock erholt hatte. Er bereitete seine Rückkehr nach Paris vor. Ich erfuhr es von Rose; er selbst meldete sich nicht bei mir. Wahrscheinlich hätte ich sowieso nur fadenscheinige Erklärungen gefunden. *Egal.* Er hatte bloß eine Gastrolle in meinem Leben gespielt, *auch wenn* er mich gleichzeitig verunsichert und inspiriert hatte.

»Und, wie geht es ihm?«, fragte ich seine Mutter, als wir uns beim Abschiedslunch gegenübersaßen.

»Er ist deprimiert. Er liebt Sie, aber er ist ein Dickkopf.«

»Ich bin froh, dass ich ihn kennenlernen durfte«, sagte ich. »Er sollte mehr auf seine Gesundheit achten.«

Sie bezeichnete ihn als den »stursten, widerspenstigsten und ehrlichsten Menschen« der Welt, und ich musste ihr recht geben. Die Zukunft der Kochschule war offenbar noch unklar; vorerst würden die Kurse weiterlaufen. Der Abschied von Rose brach mir fast das Herz. Ob sie wohl je wieder ein Teil meines Lebens sein würde?

Für mich lief das Geschäft hervorragend. *French Fancy* entpuppte sich als beliebte Lektüre für den Strandurlaub und verkaufte sich an den Flughäfen wie geschnitten Brot. Von vielen Buchhandlungen – großen Ketten genauso wie kleinen, unabhängigen Läden – waren umfangreiche Bestellungen eingegangen, wohl bereits mit Blick auf die Vorweihnachtszeit.

»Wir sind schon bei der vierten Auflage«, erzählte mir Dominic.

»Wie viele Bücher haben wir denn bis jetzt insgesamt verkauft?«, fragte ich.

»Ungefähr 250 000, einschließlich der eBooks.«

»Was? Das ist ja unglaublich!«

»Ich weiß. Und ich rechne damit, dass *French Fancy* demnächst in zwanzig Sprachen übersetzt wird. Im Oktober heißt es auf nach Frankfurt.«

»Was ist denn in Frankfurt?«

»Die größte internationale Buchmesse der Welt. Da sitzen dann die Mitarbeiter der Rechtsabteilungen wie die Sardinen in der Dose Tisch an Tisch und verkaufen im Zwanzig-Minuten-Takt die Rechte an ausländische Verlage. Drei Tage lang geht das so. Es kommt einem vor wie zwei Wochen, aber das Ergebnis kann sich sehen lassen. In Frankfurt werden die Karten neu gemischt und internationale Märkte erschlossen. Mehrere europäische Verlage haben bereits Interesse gezeigt, unser Terminkalender füllt sich allmählich. Ich werde eine neue Mitarbeiterin einstellen, die sich ausschließlich um deine Rechte kümmert. Die Bewerbungsgespräche dafür laufen gerade.«

»Dann brauche ich also nicht mitzukommen?«

»Du kannst mir gern Gesellschaft leisten, aber normalerweise sind die Autoren nicht in die Verhandlungen involviert. Du solltest lieber fleißig am zweiten Band arbeiten. Wir brauchen neues Material. Bei derart beliebten Büchern wollen die Leute immer sofort Nachschub.«

Ich lernte unheimlich viel, nicht nur von Dominic, sondern auch von Branwell, der mich immer wieder anspornte und viele gute Ratschläge auf Lager hatte. Ich war heilfroh, dass ich in ihm einen so erfahrenen Agenten gefunden hatte, und dankbar für sein Feedback. Nach wie vor schickte ich ihm jeden meiner Entwürfe, und er konnte mir ganz genau sagen, was zu Lucy Lovecake passte und wo ich mich im Ton vertan hatte. Dominic sah ich immer häufiger, wobei die Grenze zwischen geschäftlichen und privaten Begegnungen allmählich ganz veschwamm.

Weil ich mich in Primrose Hill zusehends eingeengt fühlte, dehnte ich meine Besuche auf seiner Farm immer weiter aus. Ich genoss die Ruhe und die Landluft, und die Leute waren angenehm bodenständig und respektierten meine Privatsphäre. Es war kein Problem, dass Dominic und ich doppelt aneinander gebunden waren. Wir besprachen Berufliches, kümmerten uns um Minty, kochten gemeinsam das Abendessen, gingen miteinander ins Bett.

Ich verbrachte den gesamten Juli auf der Farm. Wir pflückten Obst und kochten Marmelade ein, gingen mit Minty auf den Spielplatz, sonnten uns auf der Terrasse und tranken von Dominic gemixte Mojitos.

»Bist du glücklich?«, fragte er eines schönen Samstagnachmittags Ende Juli, als wir uns wieder einmal nebeneinander auf unseren Sonnenliegen räkelten.

»Sehr. Vielleicht bin ich einfach nicht für das Stadtleben geschaffen. Ich hätte mir über die Jahre ein Vermögen an Miete sparen können, wenn ich einfach gleich in ein kleines Cottage auf dem Land gezogen wäre.«

»Dann wäre das alles aber nie passiert«, überlegte er.

»Allerdings. Und ich bin sehr froh, dass es so gekommen ist und nicht anders.«

Er nickte. »Ich auch.«

Ich fragte mich, wie es wohl weitergehen würde.

Dann klingelte mein Handy, und der Bann war gebrochen. Ich spähte auf das Display. »Da sollte ich rangehen; es ist Branwell.«

Dominic nickte.

»Hey, Branwell. Wie geht's?«

»Hallo, Daisy«, dröhnte seine gottgleiche Stimme. »Ich wollte Sie fragen, ob wir uns mal wieder zum Lunch treffen könnten. Es gibt da jemanden, den ich Ihnen gern vorstellen würde.«

»Klar, wann denn ungefähr?«

»Der Bursche ist eine Woche in der Stadt und im Grunde flexibel. Wie wär's gleich diesen Freitag? Ich reservier uns einen Tisch bei Joe Allen.«

»Freitag passt hervorragend. Ich kann den Zug nehmen, der gegen Mittag in Paddington ankommt.«

»Sehr gut. Bis dann!«

»Bis dann!« Ich legte auf.

Dominic musterte mich neugierig. »Du fährst nach London?«

»Ja, ich treffe mich am Freitag mit Branwell zum Lunch. Er möchte mir jemanden vorstellen.«

»Hast du eine Ahnung, worum es gehen könnte?«

»Nein, keinen Schimmer.«

»Hat er gesagt, dass ich mitkommen soll?«

»Nein. Wahrscheinlich hat es mit der Agentur zu tun.«

KAPITEL 81

London Calling

Ich sah meiner Stippvisite in London mit gemischten Gefühlen entgegen. Mittlerweile war ich – wie früher in meiner Kindheit – wieder so an die Weite auf dem Land gewöhnt, dass mich die Vorstellung, einen Tag in der Großstadt zu verbringen, beinahe stresste. Am Freitag ließ ich mir morgens erst einmal ein Schaumbad ein, genoss von der Wanne aus den Ausblick auf die sanften Hügel von Oxfordshire und versuchte, an gar nichts zu denken. Allmählich lernte ich, meine Ängste zu überwinden und mir weniger Sorgen zu machen. Minty begleitete mich zum Dorffriseur und las eines ihrer Bilderbücher, während ich mir von Tasha glänzende, voluminöse Wellen föhnen ließ.

Wieder zurück auf der Farm zog ich mich um. Ich entschied mich für ein hellblaues Etuikleid – schlicht, cool und elegant.

»Ich lasse den Wagen wohl am besten am Bahnhofsparkplatz stehen, oder?«, fragte ich Dominic.

»Nicht nötig, wir fahren dich hin.«

»Und wenn ich erst spät zurückkomme?«

Er hob eine Augenbraue. »Warum solltest du? Hast du vor, so lange in London zu bleiben?«

»Nein, ich dachte nur … für den Fall, dass ich ausgerechnet dann zurück bin, wenn Minty ins Bett muss. Keine Ahnung, wann ich in London loskomme. Ich weiß ja nicht einmal, worum es geht.«

»Na gut, aber schick mir eine SMS, ja?«

Ich genoss die Zugfahrt. Es war schön, zu beobachten, wie die Patchworkdecke aus Äckern und Wiesen draußen allmählich dem Straßenraster der Vorstädte wich.

Bei meiner Ankunft im Restaurant war Branwell bereits da. Ihm gegenüber saß ein attraktiver älterer Mann mit silbergrauen Haaren – Amerikaner, wie mir schien. Makellose Zähne.

Die beiden erhoben sich, und ich begrüßte Branwell mit einem Kuss auf beide Wangen und schüttelte seinem Gast die Hand.

»Das ist Tony von der NBC«, verkündete mein Agent.

»Freut mich«, sagte ich und setzte mich. »Ich hoffe, Sie hatten eine angenehme Reise.«

»Die hatte ich in der Tat, danke. Um Sie kennenzulernen, war mir kein Weg zu weit.«

Hör bloß auf, mir Honig ums Maul zu schmieren, sonst bist du bei mir gleich unten durch.

»Das sagen Sie nach dem Essen bestimmt nicht mehr, was, Branwell?«, scherzte ich.

»Bis dahin wird er noch entzückter von Ihnen sein.«

»Ach, hören Sie doch auf!«

»Daisy hasst Komplimente, aber früher oder später wird sie meistens doch mürbe«, erklärte Branwell seinem Gast.

Tony lachte, und Branwell begann mir den Grund für seinen Besuch zu erläutern. »Tony hat mich kontaktiert, weil sein Sender eine Fernsehserie auf Basis von Lucy Lovecakes Beziehungstipps ins Leben rufen will«, sagte er. »Es soll quasi eine britisch angehauchte Version von Sex and the City werden, angesiedelt in Boston.«

»Verstehe.« Ich nickte. »Ein fiktionales Format also?«

»Teils«, sagte Tony. »Wir denken da an eine Mischung aus Fakten und Fiktion.«

»Scripted Reality?«

»Nicht ganz. So was hängt dem Publikum inzwischen zum Hals raus. Der neueste Trend heißt Edutainment – Fernsehsendungen, die sowohl bilden als auch unterhalten. Wir haben eine Studie in Auftrag gegeben, laut der das Konzept ›Beziehung‹ in der Krise steckt. Die Menschen wollen lernen, wie man erfolgreich eine Beziehung führt, und wir möchten es ihnen in unserer Serie zeigen. Wir haben lange nach einem Format dafür gesucht, und dann haben wir von Ihrem Buch gehört. Es war nach dem Literaturfestival in Hay-on-Wye Trending Topic auf Twitter, richtig?«

»Richtig.« Ich nickte. »Nach Hay ging es echt rund.«

»Das glaub ich gern. Großartig! Wir finden das, was Sie da mit diesem französischen Koch am Laufen haben, einfach köstlich.« Er grinste.

Ich hätte ihm beinahe gesagt, dass da gar nichts mehr lief, aber Branwell warf mir einen warnenden Blick zu.

»Das klingt alles ganz toll. Ich freue mich schon darauf, mehr über das Projekt zu erfahren«, sagte ich. »Natürlich muss ich das alles erst noch mit meinem Verleger besprechen.«

Branwell beugte sich nach vorn, die Hände wie zum Gebet gefaltet. »Darf ich fragen, warum?«

»Na ja, er macht die Bücher, und …«

»Genau«, unterbrach mich mein Agent. »Dominic macht die *Bücher*. Mit den Film- und Fernsehrechten hat er nicht das Geringste zu tun, einmal abgesehen davon, dass sich Ihre Bücher danach noch besser verkaufen werden.«

»Ah ja. Gut zu wissen. Sie müssen mit mir dringend mal eine Schulung zum Thema Rechteeinräumung machen.«

»Das ist kein Hexenwerk. Für jedes Buch gibt es gewisse Nebenrechte, die die Verwendung für Fernsehen, Radio oder Theater, für Spiele oder für den Abdruck in Zeitschriften regeln. Jedes dieser Rechte hat einen Wert und kann von Ihnen für gutes Geld verkauft werden – sei es an Ihren Verlag oder an jemand anderen. Ihr Verleger hat sich bereit erklärt, Ihr Manuskript in Buchform zu veröffentlichen, das bedeutet aber noch lange nicht, dass er aus der Nutzung der eben erwähnten Nebenrechte Kapital schlagen darf.«

»Alles klar.«

»Denken Sie immer daran, dass Dominic kein Recht hat, Sie auf das Thema Nebenrechte anzusprechen. Sollte er es trotzdem tun, dann verweisen Sie ihn an mich, ja?«, ermahnte mich Branwell.

»Mach ich.« *Hm. Bin mal gespannt, ob ich das wirklich tun werde.*

Tony unterhielt uns noch eine Weile mit allerlei Anekdoten über das amerikanische Fernsehen, wobei es in erster Linie um die zusehends verschwimmenden Grenzen zwischen Realität und Fiktion ging, ein Thema, das mich ja auch gerade sehr beschäftigte.

Nach dem Kaffee verabschiedete er sich, weil er zu seinem nächsten Meeting musste. Branwell und ich beschlossen, uns ein Dessert zu teilen, und unterhielten uns noch ein wenig über dies und das.

»Daisy?«

»Ja?«

»Was Ihr Verhältnis zu Dominic betrifft, das mich natürlich nicht das Geringste angeht …«

»Sehr richtig.«

»Ich werde das nur ein einziges Mal sagen und das Thema dann nie wieder anschneiden, okay?«

»Okay. Schießen Sie los.«

»Jede Schriftstellerkarriere erreicht unweigerlich irgendwann einen Punkt, an dem es Schwierigkeiten gibt. Reibereien mit dem Verlag beispielsweise. Die Beziehung zwischen Autor und Verleger ist ein bisschen wie eine Ehe. Ich weiß von keinem einzigen Autor, der nicht irgendwann Differenzen mit seinem Verlag hatte. Im Moment sind Sie groß im Kommen, da ist noch alles wunderprächtig, aber eines Tages …«

»Dominic und ich besprechen alles sehr offen und ehrlich«, unterbrach ich ihn. »Und Berufliches und Privates sind bei uns strikt getrennt.«

Noch während ich das sagte, wurde mir bewusst, dass es nicht stimmte. Das Gegenteil war der Fall.

»Ich will nur Ihr Bestes, Daisy. Sie sind vertraglich nicht verpflichtet, ihn in jeden Aspekt Ihres Schriftstellerdaseins mit einzubeziehen. Es ist kein Problem, wenn Sie es tun, allerdings könnte es für Sie schwierig werden, aus einigen der getroffenen Vereinbarungen auszusteigen, falls es auf der privaten Ebene doch einmal kriselt.«

»Ich weiß Ihren Rat zu schätzen, aber ich habe alles bestens im Griff. Machen Sie sich keine Gedanken.«

»Gut zu wissen. Damit ist das Thema für mich abgehakt, es sei denn, Sie sprechen es noch einmal an. So, und jetzt sollten wir uns diesen Schokoladenpudding schmecken lassen.«

Ich bestand darauf, ihn einzuladen. Ein gutes Gefühl.

»Oh, bevor ich's vergesse ...«, sagte Branwell, als wir aufbrachen, und fischte einen Zettel aus der Sakkotasche. »Hier.«

»Was ist das?«, fragte ich.

»Weiß ich auch nicht. Neulich rief eine Dame an, die unbedingt mit Ihnen reden wollte. Sie hatte unsere Nummer aus dem Internet. Ihren Namen wollte sie nicht nennen, sie hat uns lediglich diese Nummer gegeben mit der Bitte, Sie möchten sie anrufen. E-Mail-Kontakt hat sie abgelehnt. Es liegt an Ihnen, zu entscheiden, ob Sie sich darauf einlassen wollen. Gut möglich, dass sie nicht alle Tassen im Schrank hat. Es wird leider nicht ausbleiben – dass irgendwelche wildfremden Menschen versuchen, an Sie ranzukommen. Lassen Sie sich bloß nicht zu einem Treffen überreden, okay?«

»Okay.« Ich seufzte. »Meine Güte, was kommt als Nächstes?«

»Wer weiß? Was Sie jetzt brauchen, ist viel Ruhe, damit Sie sich dem zweiten Band widmen können. Wie läuft es denn damit?«

»Kaum Fortschritte in den vergangenen Tagen, aber keine Sorge, ich bin hoch motiviert und kann es kaum erwarten, mich wieder an die Arbeit zu machen«, versicherte ich ihm.

»Das wollte ich hören. Pausen sind gut und schön, aber machen Sie nicht zu lange blau, sonst kommt Ihnen womöglich Ihre literarische Stimme abhanden, und ist die erst einmal verstummt, dann ist es ziemlich schwierig, sie wieder zu aktivieren.«

»Kann ich mir lebhaft vorstellen.«

Im Taxi zum Bahnhof Paddington faltete ich den Zettel auseinander, überflog die darauf notierte Nummer und verstaute ihn dann in meinem Geldbeutel.

KAPITEL 82

Ein aufschlussreiches Telefonat

Ich kam gegen sieben nach Hause. Dominic brannte darauf, zu hören, worum es bei dem Essen gegangen war.

»Wer war denn nun der geheimnisvolle Gast?«, fragte er neugierig.

»Ähm, ein neuer Autor, den Branwell künftig betreuen wird«, flunkerte ich. »Ich sollte ihm ein paar Tipps zur Nutzung sozialer Medien geben. Witzig, oder?« Das hatte ich mir auf der Fahrt zurechtgelegt.

Möge der Herr im Himmel dir gnädig sein, Daisy. Du bist die reinste Serientäterin, wenn es darum geht, Männer zu belügen! Was soll bloß aus dir werden?

Während Dominic seiner Tochter eine Gutenachtgeschichte vorlas, fasste ich mir ein Herz und holte den Zettel mit der Telefonnummer aus meinem Geldbeutel.

Wahrscheinlich ist es eine der beiden aufdringlichen alten Schachteln vom Women's Institute in Woking, die mich nach dem Backwettbewerb in Hay auf dem Parkplatz angesprochen haben.

Ich tippte die Nummer ein und spürte, wie ich anfing zu zittern, während es klingelte.

Eine Frau ging ran. »Hallo?«

»Ähm, guten Abend, hier ist Daisy Delaney. Haben Sie kürzlich bei meinem Agenten Branwell Thornton angerufen?«

»Ja, das habe ich.«

»Okay. Wie kann ich Ihnen helfen?«

»Daisy, hier ist Mrs Burton. Sie erinnern sich? Vom The Swan in Hay?«

Ich erstarrte. Mrs Burton, die der *Daily Mail* gesteckt hatte, dass Dominic und ich uns ein Zimmer geteilt hatten! Ich sagte nichts. Mir schwirrte der Kopf.

»Bitte legen Sie nicht auf. Ich muss Ihnen etwas sagen.«

Ich brachte ohnehin kein Wort heraus.

»Ich habe nicht mit der *Daily Mail* gesprochen, sie können ihre Informationen also nicht von mir haben«, fuhr sie fort. »Es war zwar ein Reporter da, der mir Löcher in den Bauch gefragt hat, aber ich habe kein Wort gesagt, ehrlich. Ich finde Sie sehr sympathisch, und Ihr Buch ist großartig. Jemand anderes muss bei diesem Schmierblatt angerufen haben, unter meinem Namen. Ich bin keine Klatschtante.«

Soll ich ihr glauben?

Ich war mir ziemlich sicher, dass sie die Wahrheit sagte. Schließlich hatte ich mich schon damals, als mir Kitty von dem Artikel erzählt hatte, gewundert. Mrs Burton war überhaupt nicht der Typ für solche Aktionen.

»Mrs Burton, wissen Sie zufällig noch, wie der Reporter hieß?«

»Nein, aber hier liegt noch irgendwo seine Karte … Moment, ich sehe mal nach. Er hat mich gebeten, ihn anzurufen, aber das hab ich natürlich nicht getan. Ah, da ist sie ja. Michael Swanston.«

»Vielen Dank, dass Sie mir das erzählt haben, Mrs Burton. Ich weiß es zu schätzen.«

»Die ganze Sache hat mich fürchterlich aufgeregt und mir so einige schlaflose Nächte bereitet. Ich konnte mir lebhaft vorstellen, was Sie von mir denken. Aber jetzt geht es mir besser. Ich hoffe, wir sehen uns nächstes Jahr wieder?«

»Ich bezweifle, dass mein zweites Buch bis dahin erschienen ist, aber vielleicht im Jahr darauf«, sagte ich. »Wir hören bestimmt voneinander.«

»Das würde mich sehr freuen. Alles Gute in der Zwischenzeit!«

»Ihnen auch, Mrs Burton. Auf Wiedersehen.«

Ich googelte Michael Swanston. Hm. Freischaffender Journalist, hauptsächlich für die *Daily Mail* tätig.

In dieser Nacht schlief ich schlecht. Der amerikanische Fernsehproduzent spukte mir die ganze Zeit im Kopf herum. Diese ganze aufgesetzte Ehrlichkeit. *Wie werde ich dieses Ausmaß an Aufmerksamkeit verkraften? Und kann ich mit einer ganzen Flut an Fehlinformationen über mich umgehen, wenn mich schon ein so kleines Leck derart aus der Fassung bringt?*

»Alles okay?«, murmelte Dominic und wälzte sich zu mir herum, um mich zu umarmen.

Draußen ging bereits die Sonne auf.

»Ja«, sagte ich. »Ich stehe nur noch ziemlich unter Strom. Neuerdings finde ich London richtig anstrenged.«

»Ist es ja auch, vor allem, wenn man sich erst einmal an die Ruhe hier gewöhnt hat.«

Ich nickte. »Du sagst es.«

»Vielleicht solltest du dich dauerhaft daran gewöhnen. Hast du dir schon mal überlegt, den Mietvertrag für dein Zimmer dort zu kündigen?«

»Es ist tatsächlich Geldverschwendung, nicht? Ich bin fast nur noch hier bei dir.«

Er wälzte sich auf mich und sah mir in die Augen.

»Daisy, wie wär's, wenn wir …«

Ich flüsterte »Pssst« und küsste ihn.

KAPITEL 83

Knalleffekt

Die Leute von *Hannah*, einer Sendung aus dem Frühstücksfernsehen, hatten bei Dominic angefragt, ob ich spontan für ein Interview zu haben sei.

»Es soll um die Verwirklichung von Träumen gehen und darum, wie sich das Leben dadurch verändert. Und um femininen Feminismus«, berichtete er, als wir uns am Küchentisch gegenübersaßen. »Du würdest für jemanden einspringen, der kurzfristig abgesagt hat.«

Zur Besinnung gekommen ist, meinst du wohl.

»Und, hast du Lust?«, fragte er.

»Klingt nach einer guten Gelegenheit, oder?«, sagte ich zerstreut.

»Jep. Ich habe mir ein paar Zahlen geben lassen. Die Sendung hat regelmäßig 1,4 Millionen Zuschauer, hauptsächlich aus unserer Zielgruppe. Sie haben auch schon ein Feature über *Unter Hühnern – Ein unvergesslicher Junggesellinnenabschied* gemacht. Unmittelbar danach haben sich die Verkaufszahlen verdreifacht.«

»Soll heißen, du hast schon den Finger auf dem Knöpfchen, um die nächste Auflage drucken zu lassen.«

»Die ist ohnehin demnächst fällig, Daisy. *French Fancy* ist ein Phänomen.«

Einen Tag vor dem Interview fuhr ich nach London, um mein Zimmer in der Primrose Hill auszuräumen. Der Transporter für die Umzugskisten mit meinen paar Habseligkeiten war bereits bestellt. Kitty konnte sich dank ihrer guten Auftragslage als Model die Miete alleine leisten und würde in der Wohnung bleiben. Dass Pippa in die Rosehip Lane zurückkehren würde, war nicht sehr wahrscheinlich; sie lebte mit ihrem Jamie in New York und in den Hamptons.

»Wie läuft's denn so mit Dominic?«, fragte Kitty, als wir uns in unserer Wohnküche eine Tasse Tee genehmigten, sie auf dem Sofa, ich auf dem Korbstuhl.

Ich überlegte, ob sie aus Sorge um mich fragte oder ob sie traurig war, weil ich vor ihr eine neue Etappe meines Lebens antrat. *Vermutlich beides.*

»Versuch zu bleiben, wie du bist, Daisy.«

»Ich hab nicht vor, mich groß zu ändern. Oder hast du etwa das Gefühl, dass ich anders bin als früher?«

»Nein. Ich wollte es nur gesagt haben. Die Menschen lieben dich so, wie du bist.«

Kitty ging einkaufen, und ich stand beim Herd und musste unwillkürlich daran denken, wie Michel damals an jenem schicksalhaften Freitagnachmittag draußen vor dem Fenster gestanden hatte, die Augen weit aufgerissen in Anbetracht meines Aufzugs. Ich sank auf den Korbstuhl und begann zu schluchzen. Im Nachhinein betrachtet war das der schönste, lustigste und bedeutsamste Augenblick meines Lebens gewesen. Ich wusste, das Haus in der Elsworthy Road war leer. Seit Michel nicht mehr da war, kam mir auch Primrose Hill leer vor. Die ganze Stadt kam mir leer vor.

Wenn ich damals geahnt hätte, dass diese glückliche Zeit so schnell vorbei sein würde …

Prompt fiel mir ein Zitat aus Shakespeares *Sommernachtstraum* ein, das meine Englischlehrerin Mrs Murphy aufgesagt hatte, wenn sich eine von uns über ihren Freund aufgeregt hatte: »So schnell verdunkelt sich des Glückes Schein.« Ich verstaute meine Sachen – Kosmetika, Bücher, Schmuck, Klamotten – in Umzugskartons. Die Briefe von Tom Percy warf ich alle weg, ansonsten konnte ich nicht allzu viel mein Eigen nennen.

Zum Abendessen gab es Tapas, aus nostalgischen Gründen, danach half mir Kitty bei der Auswahl eines Outfits für das Interview bei *Hannah*.

»Es sollte bodenständig und eine Spur sexy wirken«, sagte sie. Ein hellgrünes Kleid mit herzförmigem Ausschnitt und Puffärmeln machte das Rennen, dazu würde ich mir die Haare hochstecken, mich dezent schminken und nur wenig Schmuck tragen.

»Ich werde aussehen wie eine Kankenschwester Ende der Siebzigerjahre«, stellte ich fest.

Kitty nickte. »Genau. Krankenschwestern sind bodenständig und eine Spur sexy.«

Danach machten wir es uns mit einer Flasche Prosecco auf dem Sofa gemütlich.

»Du wirst mir fehlen, Daisy«, sagte Kitty.

»Hör bloß auf. Ich kämpfe sowieso schon die ganze Zeit mit den Tränen. Mein Leben ist echt ganz schön bizarr in letzter Zeit. Erinnerst du dich an Mrs Burton, von der angeblich die Information stammte, dass Dominic und ich uns das Hotelzimmer geteilt haben?«

»Ja, wieso?«

»Tja, das war eine Falschmeldung. Sie hat mich über Branwell kontaktiert. Angeblich war ein Reporter namens Michael Swanston bei ihr, aber sie sagt, sie hätte dichtgehalten. Sie war total aufgelöst deswegen. Sie ist überzeugt, dass ihr Name für ein Täuschungsmanöver benutzt wurde.«

»Das ist ja ein Ding! Michael Swanston, sagst du? Kommt mir bekannt vor. Ich glaub, der hat mich auch kontaktiert, möglicherweise über Twitter. Aber von mir hat er auch nichts erfahren.«

»Was wollte er denn?«

»Na, über dich und dein Verhältnis zu Michel Amiel und Dominic McGann reden.«

»Und?«

»Ich hab gesagt, dass ich darüber nichts weiß und dass er selbst dann nichts von mir erfahren würde, wenn ich Bescheid wüsste. Nur über meine Leiche. Ich hasse es, wie diese gewissenlosen Schmierfinken versuchen, Misstrauen zu säen«, regte sie sich auf. »Aber ich bin immer vorsichtig, das weißt du ja.«

»Ja, das weiß ich.«

»Ich glaube, wir sollten der Sache auf den Grund gehen.«

»Klingt nach einer guten Idee.«

Kitty schickte Michael Swanston via Twitter eine private Nachricht: *Von wem haben Sie Ihre Informationen über Daisy Delaney und Dominic McGann wirklich?*

Er antwortete sofort: *Darf ich Sie anrufen?*

Kitty schickte ihm ihre Nummer. Sekunden später klingelte ihr Smartphone.

»Kitty Chang hier«, sagte sie. »Also, dann erzählen Sie mal.« Sie lauschte, nickte, schnappte nach Luft.

Als sie das Gespräch beendete, war ihr Gesicht aschfahl. Sie legte das Handy beiseite.

»Also? Wer hat es ihm gesteckt?«

Kitty sah aus, als wäre ihr ganz und gar nicht wohl in ihrer Haut. »Bist du ganz sicher, dass du es wissen willst?«

»Na klar!«, rief ich. Mein Herz klopfte zum Zerspringen.

»Er sagt, Dominic war der Informant.«

»Was?«, keuchte ich fassungslos.

Ich hustete, rang nach Luft, hatte das Gefühl zu ersticken.

Sie seufzte. »Es tut mir so leid, Daisy.«

»Und er war sich ganz sicher?«, presste ich hervor.

»Ja. Er sagt, sie hätten direkt miteinander telefoniert, ohne Mittelsmann.«

»Aber … warum …?«

»Ich nehme an, es war ein Versuch, Michel ein für alle Mal auszuschalten. Wer weiß, vielleicht wollte Dominic es dir auch leichter machen …«, sagte sie. Eine sehr barmherzige Interpretation. »Wahrscheinlich ist ihm nach Hay bewusst geworden, dass du noch nicht über Michel hinweg bist, und da hat er befürchtet, ihr könntet euch versöhnt haben. Ist ja auch nicht auszuschließen, dass ihr das Kriegsbeil tatsächlich begraben hättet, wenn das mit dem Doppelzimmer nicht bekannt geworden wäre.«

Ich verstand nichts mehr. Ja, Dominic war ein Stratege, aber das alles war definitiv zu viel des Guten. Als ich ins Bett ging, hatte ich das dumpfe Gefühl, dass hinter der goldenen Fassade meines neuen Lebens das Verderben lauerte.

Tags darauf wurde ich in aller Herrgottsfrühe für das Interview abgeholt. Beim Sender angekommen, verbrachte ich erst einmal eine halbe Ewigkeit in der Maske. So viel zum Thema dezentes Make-up. Auch das grüne Kleid stieß auf wenig Gegenliebe, stattdessen bekam ich die klassische TV-Auftritt-Kluft erfolgreicher Frauen verpasst: seidig glänzende Bluse in Zartrosa, schwarze Hose, Stöckelschuhe.

Na, toll. So weit ist es schon gekommen, dass du nicht einmal mehr selbst entscheiden darfst, was du anziehst.

Hannah, die Moderatorin, war sehr nett und einfühlsam. Sie kam gleich zur Sache und lenkte das Gespräch darauf, wie sehr sich mein Leben durch den Erfolg verändert hatte, anstatt den Erfolg zu verherrlichen.

»Das war bestimmt nicht einfach für Sie.«

»Stimmt, es war sogar ein ziemlicher Schock«, gab ich zu. »Ich brauche jetzt erst einmal etwas Zeit, um über die positiven und negativen Aspekte nachzudenken und mir zu überlegen, wie mein Leben in Zukunft aussehen soll.«

Sie nickte. »Kann ich mir vorstellen. Ich habe schon mit vielen Leuten gesprochen, die quasi über Nacht zu Geld und Ruhm gekommen sind, sei es durch einen Lottogewinn, einen sportlichen Wettkampf oder die unerwartete Wahl in ein hohes politisches Amt. Sie alle waren mit neuen Herausforderungen konfrontiert und berichteten, dass sie von einem Gefühl der Surrealität erfasst wurden … Erfolgreich zu sein ist ganz schön anstrengend, nicht wahr? Auch wenn das da draußen niemand hören will.«

Ich nickte. »Es gibt so einiges, das ich bereue, aber das ist wohl unvermeidlich, wenn alles so schnell geht.«

Damit war meine Schonfrist offenbar zu Ende, denn Hannah sagte: »Nun brennen natürlich schon alle darauf, dass ich auf Michel Amiel zu sprechen komme. Es heißt ja, Liebe und Hass liegen sehr nah beieinader. Trifft das auch auf Sie beide zu?«

Einen Augenblick saß ich wie vom Donner gerührt da. Man hatte mich im Vorfeld gebrieft, aber auf einen so ungenierten Vorstoß war ich nicht vorbereitet.

Ich räusperte mich. »Michel Amiel hat für meine Karriere eine sehr große Rolle gespielt. Er hat mich in vielerlei Hinsicht inspiriert, und ich verdanke vieles von dem, was ich über das Backen weiß, seiner Kochschule.«

»Aber die Debatten auf Twitter … Es hat den Anschein, als hätte Sie irgendetwas entzweit. Könnte man das so formulieren?«

Ich atmete tief durch.

»Ja, schon. Um die Leute neugierig zu machen, sollte *French Fancy* unter dem Pseudonym Lucy Lovecake erscheinen, was mehr oder weniger meine Idee war …«

»Verstehe …«

»Na ja, und um sicherzustellen, dass auch wirklich nichts davon nach außen dringt, durfte niemand außer dem Kernteam Bescheid wissen. Meine Identität sollte ja erst mehrere Monate nach dem Erscheinen des Buches enthüllt werden. Das hat dazu geführt, dass ich den Menschen in meinem Leben, die nicht eingeweiht waren, die eine oder andere Notlüge auftischen musste …«

»Aha. Und einer dieser Menschen, die Sie belügen mussten, war Michel Amiel.«

»Richtig«, würgte ich hervor und unterdrückte mit Mühe ein Schluchzen.

Reiß dich zusammen, Daisy!

»Das muss eine schwierige Situation für Sie gewesen sein«, fuhr Hannah fort. »Zu wissen, dass Sie einen potenziellen Bestseller geschrieben haben, aber niemandem davon erzählen zu dürfen, um den Erfolg nicht zu gefährden.«

»Allerdings. Ich hatte schreckliche Gewissensbisse, weil mir Michel während der Arbeit am Buch immer mehr ans Herz gewachsen ist, und außerdem habe ich ja auch Kurse an seiner Kochschule besucht. Ich wollte ihm die Wahrheit sagen, und ich bereue es sehr, dass ich es nicht getan habe.«

Hannah blickte direkt in die Kamera. »Liebe Zuschauer, nach einer kurzen Pause wird uns Daisy Delaney, die Autorin von *French Fancy*, in das Geheimnis ihres Erfolgs einweihen und uns erzählen, wie sie es geschafft hat, sich einen Agenten zu angeln und ihrem Glück auf die Sprünge zu helfen. Bleiben Sie dran.«

In der Werbepause stellte ich fest, dass mir Dominic mehrere Nachrichten zum gleichen Thema geschickt hatte. Sie lauteten alle etwa gleich:

»Hör verflucht noch mal endlich auf, über Michel Amiel zu reden!«

Ich antwortete ihm erst nach der Sendung.

»Hallo Dominic, ich werde noch eine Weile in London bleiben. Mir geht das alles zu schnell. Ich glaube, ich brauche jetzt etwas Zeit für mich, auch um am nächsten Buch zu arbeiten. Es tut mir leid. Vielleicht bin ich doch noch nicht ganz über Michel Amiel hinweg. Danke für alles! X, Daisy«

Mit Branwells mahnenden Worten im Ohr schickte ich die Nachricht ab. Ich wollte meine Karriere nicht ruinieren, aber wie sollte ich mit einem Mann leben, dem ich nicht vertraute?

Natürlich bombardierte mich Dominic daraufhin mit Nachrichten und Anrufen, aber ich ignorierte sie alle. Schließlich schrieb ich ihm eine letzte SMS, die nur aus zwei Worten bestand: *»Michael Swanston.«*

Danach herrschte Stille.

KAPITEL 84

Alles auf Anfang

Backen ist erfahrungsgemäß die beste Therapie, dachte ich auf dem Rückweg in die Rosehip Lane und besorgte in einem Supermarkt die Zutaten für ein Blech French Fancies. Zu Hause angekommen, machte ich mich unverzüglich ans Werk und vergaß alles um mich herum, bis die fertig glasierten und verzierten Köstlichkeiten zum Trocknen auf einer Kuchenplatte standen. Dann brach ich zu einem Spaziergang durch Primrose Hill auf, auf dem ich die altvertraute Umgebung ganz bewusst in mich aufnahm. Am Ende stattete ich Catherine einen Besuch ab.

»Daisy!«, rief sie erfreut, als ich die Kochschule betrat. »Wie schön, Sie zu sehen! Wobei man Ihnen zurzeit ja überall begegnet. Gut gemacht, meine Liebe. Und die Tortenkreation, mit der Sie in Hay angetreten sind! Einfach sagenhaft.«

»Danke, Catherine. Das verdanke ich großteils den Kursen hier. Ich weiß gar nicht, wie ich Ihnen und Marguerite danken soll.«

»Nichts zu danken. Viele Leute absolvieren bei uns einen Kurs, aber nur die wenigsten schreiben daraufhin einen Bestseller!«

»Ach, verschonen Sie mich bloß damit. Erzählen Sie mir lieber, wie es mit der Kochschule weitergehen wird.«

»Das wissen wir ehrlich gesagt auch nicht so genau.«

»Michel lässt sich nicht mehr hier blicken?«

»Nein, nie.«

»Geht es ihm denn gut?«

»Was man so hört, ist er schwer angeschlagen. Als er das letzte Mal hier war, sah er schlecht aus«, gestand sie.

Ich nickte betrübt. »In Hay war er auch in einem erbärmlichen Zustand.«

»Er lebt in Paris. Wir kommen ganz gut zurecht, aber es würde nicht schaden, wenn er mal wieder auf einen Abstecher in der Brasserie vorbeischauen würde. Wobei sich der Manager wirklich bemüht. Jeder von uns versucht, den Laden am Laufen zu halten, bis sich Michel wieder gefangen hat. Keine Ahnung, ob man sich da überhaupt große Hoffnungen machen darf.«

Ich stieß einen langen, tiefen Seufzer aus. »Tragisch.«

Catherine beugte sich über den Tresen und raunte: »Ich gebe Ihnen seine neue Adresse.«

Ich sagte nichts, beschwerte mich aber auch nicht, als sie die Schublade aufzog und mir eine Visitenkarte mit Michels Kontaktdaten überreichte.

Auf dem Nachhauseweg fühlte ich mich von dem Kärtchen in meiner Hand seltsam getröstet, obwohl ich wusste, ich würde nicht den ersten Schritt machen. Dafür hatte ich zu viel Angst. Angst davor, dass er nicht reagieren würde.

Bedrückt schloss ich die Tür auf.

»Kitty? Ich bin wieder da!«

Keine Antwort. Wie es schien, war Kitty ausgeflogen. Dafür stieg mir plötzlich ein vertrauter Geruch in die Nase.

Und tatsächlich: Auf dem Korbstuhl in der Küche thronte Michel Amiel.

»Michel!«, hauchte ich.

»Kitty meinte, ich würde dich hier finden«, sagte er.

Er sah gut aus, fit und gesund und ordentlich angezogen. Das Schild an seiner Reisetasche verriet, dass er direkt vom Flughafen hierhergekommen war.

»Du bist zurück? Meinetwegen?«

»Ja, deinetwegen.«

»Wie … Wie ist es dir in der letzten Zeit ergangen?«, fragte ich.

»Erst hatte ich eine ganze Weile Liebeskummer. Aber dann dachte ich: Schluss mit dem Selbstmitleid! Ich war jeden Tag joggen, ich war schwimmen, ich habe ein neues Buch geschrieben, ich habe mich gesund ernährt und auf Alkohol verzichtet, und ich habe einiges dazugelernt, damit ich bereit bin.«

»Bereit? Wofür?«

»Für jetzt.« Er stand auf und trat zu mir.

»Dann verzeihst du mir also?«, flüsterte ich.

»Natürlich verzeihe ich dir«, murmelte er und zog mich an sich.

Ich war sprachlos. Wir umarmten uns, und dann setzte er sich aufs Sofa, zog mich auf seinen Schoß und küsste mich zärtlich.

»Ich dachte, ich hätte dich ein für alle Mal verloren«, sagte ich.

Er grinste. »So viel Glück hat kein Mensch.«

Ich lachte und zerzauste ihm die ordentlich frisierten Haare.

»Hey, diese Frisur hat mich viel Geld gekostet!«, protestierte er.

»Aber mir gefällst du so.«

»Frauen!«, grummelte er. »Man kann es euch einfach nicht recht machen. Mal sind wir euch zu ungepflegt, dann sind wir wieder zu geschniegelt.«

Ich küsste ihn auf den Mund, und er ließ die Hände über meine Oberschenkel gleiten. »Was, keine Seidenstrümpfe?«, beschwerte er sich.

»Das lässt sich ändern.« Ich stand auf und verschwand in meinem Zimmer.

Als ich zurückkam, sagte er: »Musik, bitte!«

»Was für eine Musik?«

»Für einen Foxtrott.« Er tanzte ein paar Schritte.

»Du hast Tanzen gelernt?«

»*Oui.*«

»Nur für mich?«

»Für uns.«

Nach dem Tanz zog er den Reißverschluss an meinem Kleid auf und ließ es auf den Boden gleiten.

»Kann ich dir vielleicht ein paar French Fancies anbieten?«

»Aber *ich* bin doch dein ›French Fancy‹.«

Von der ersten Liebe und zweiten Chancen

SASHA WASLEY

Outback Dreams – So weit die Liebe reicht

ROMAN

Willow und Tom waren beste Freunde – bis etwas geschah, das sie entzweite und das Willow nicht vergessen kann. Zehn Jahre sind vergangen, seit sie das letzte Mal mit Tom gesprochen hat. Als ihr Vater krank wird, kehrt Willow in ihre australische Heimat Kimberley zurück und übernimmt die Familien-Farm. Bald schon ist sie auf Toms Hilfe angewiesen. Doch ihr abwehrendes Verhalten über Jahre hinweg hat bei Tom tiefe Wunden hinterlassen. Noch immer sind Toms aufrichtige Briefe von damals ungeöffnet. Willow muss all ihren Mut zusammennehmen, um sich endlich ihren Ängsten zu stellen und auf Tom zuzugehen …

KNAUR